청소년문학의
정체성을
묻다

청소년문학의
정체성을
묻다

오세란 평론집

책머리에

이 책은 지난 십여 년간 발표했던 문학평론을 모은 것이다. 이 중에서 청소년소설을 다룬 글이 가장 큰 비중을 차지한다. 그것은 내가 평론 활동을 하기 시작한 2007년 무렵부터 청소년소설이 급격히 쏟아져 나온 까닭도 있고 학부모로서의 관심도 없지 않았기 때문이다. 그러나 무엇보다도 청소년이라는 존재가 내가 탐구하는 인간 혹은 인생이라는 테마와 잘 맞아떨어졌기에 청소년소설이라는 장르에 깊은 매력을 느꼈다.

흔히 청소년기를 정체성 탐색의 시기라 규정한다. 정체성을 탐색하고 확립한다는 것은 자신을 어디엔가 귀속시키는 작업이기도 하다. 남성이나 여성으로 혹은 누군가의 부모나 자식으로 자신의 위치를 귀속시킬 때 인간은 심리적 안정감을 얻는다. 작가들을 비롯한 많은 사람들이 정체성을 탐색하고 확립하는 시기를 '청소년기'로 보고 있다. 나는 이러한 기존의 관념이 의심스러웠다. 인간이 어느 시기에 이르면 돌연 자신의 자리를 찾고 그 자리를 안정적으로 유지하는 것이 가능할까? 성장소설 중 많은 양을 차지하는 예술가소설에서 예술가들이 이 세상 어딘가에 속하지 못하고 경계에 머물며 끝나는 결말은 정체성의 상대적인 불안정성을 암시하는 것이 아닐까? 따라서 청소년기는 정체성을 확립하는 시기라기보다는 정체성에 대해 가장 크게 고민하는 시기이고, 정체성 탐색은 청소년기뿐만 아니라 인생의 어느 시기에나 주어지는 과제이자 화두가 아닐까?

청소년기에는 인생의 모든 시기에 걸쳐 있는 문제들이 가장 활성화되어 드러난다. 가령 청소년 시절의 전유물처럼 여겨지는 기존 질서에 대한 유별난 반항은 존재와 세상 간의 갈등이라는 점에서 인생의 어느 지점, 어느 순간에나 존재하며 유의미하다. 개인이 세상에서 자신을 찾아가는 과제를 사회에 진입하기 전 단계에 해당하는 것쯤으로 치부해 버리고, 반항이 거세되어 순응한 상태를 적응과 성장이라 말하는 것은 사회에 완전히 동화된 자, 즉 타락한 어른들의 자기변명이다. 인간은 인생의 어느 시기에든 기존 질서에 회의할 수 있어야 하고 그 질서를 무너뜨리고 다시 세울 용기를 가져야 한다.

청소년들이 대중문화를 포함한 다양한 문화와 예술에 가장 민감한 반응을 보이는 것은 그들의 정서나 감성이 시대적으로 가장 앞서 있음을 말해 준다. 성인이 되면 그런 예민함이나 전인적 능력이 전반적으로 줄어든다. 청소년 시기에 인생에서 가장 넓고 깊은 '이야기'를 만들어 낼 수 있다. 청소년이 점잖은 어른이 되길 바라기 전에 어른이야말로 청소년이 가진 반항과 용기와 순수함을 되찾아야 한다.

이렇듯 청소년소설에 등장하는 많은 고민들은 어른인 내게도 여전히 유효하기에 나는 청소년소설을 나 스스로를 위해 읽어 왔다. 그럼에도 나의 첫 평론집 원고를 다시 읽어 보니 주제가 너무 진지한 탓인지 내용이 딱딱하게 느껴진다. 그동안 청소년소설의 주제가 진지했던 것도 하나의 원인이었을 것이다. 작품 속에 등장하는 특별하고도 극단적인 사례를 몇 년간 접해 오면서 '일상성'이야말로 인간의 내면을 보여 주는 큰 도구인데 우리 청소년소설은 아직 그것을 활용하지 못하고 있다는 생각이 들었다. 사실 근대소설의 시작은 '일상의 발견'과 맞닿아 있다. 그리고 일상은 작은 것이지만 사소한 것은 아니다. 일상은 권력과도 깊은 연관이 있다. 나는 앞으로 청소년소설 속에서 사소한 일상을 찾아 힘주지 않고 가볍고 재미있게 접근할 계획이다. 그리하여 작은 것 뒤에 숨어 있는 괴물의 발자국을 찾으려 한다.

서두에서 말했듯이 청소년소설은 궁극적으로 나 자신의 삶과 연관되어 있다. 살아가면서 고민하는 여러 문제에 대한 답을 문학의 바다에서 구하려는 과정이 바로 나의 글쓰기 행위이기 때문이다. 중요한 것은 나날이 반복되는 나의 사소한 일상이 영원히 지속될 문학이라는 이야기 세계에 속해 있고, 문학에 내 삶을 의탁하고 있는 한 나는 1인칭 시점과 전지적 시점을 교차하고 은유와 상징을 받아들이며 꿋꿋이 버텨 갈 거라는 사실이다.

1부는 청소년문학에 관한 평론으로 이 책의 중심을 이룬다고 볼 수 있다. 청소년소설이 쏟아져 나오게 된 시대적 배경, 청소년소설이 쌓아 올린 성과와 나아갈 방향 등을 진단하는 글이다. 속속 발표되는 작품들을 따라 읽으며 비평을 하는 나로서도 숨 가쁜 시간이었기에 서술이 다소 거친 부분이 있으리라 생각한다. 청소년문학을 새로운 장르로 따로 불러내기 위해 논리적 초석을 다지는 한편, 작품 속 주인공들이 우리 시대를 어떻게 거슬러 오르고 있는지를 살피면서 앞으로 청소년이 살 만한 세상을 만들려면 어떻게 해야 하는지에 대한 고민을 담았다. 나와 동일한 의문을 가졌던 이들에게 유의미한 시간이 되었으면 싶다. 2부는 아동문학에 관한 평론이다. '역사물'이나 '과학물'과 같은 장르에 대한 비평을 개척하려 했고, 동화에 나타난 '아이러니'와 같은 글쓰기 수사법을 주목하려 했다. 익숙한 것보다는 새로운 것에 호기심이 많은 나의 성격이 반영되어 있다고 볼 수 있다. 특히 나를 평단에 내보내 준 「역사를 소재로 한 어린이문학, 새롭게 읽기」는 어린이 역사물의 패러다임이 바뀌던 시기를 짚은 글로 역사물을 읽는 이들에게 도움이 되리라 생각한다. 그리고 최나미 작가와의 대화는 평론가의 일방적인 글쓰기에서 벗어나 그의 작품을 함께 이야기하고 의미를 공유하는 소중한 시간이었다. 인터뷰한 내용을 평론집에 실을 수 있게 허락해 준 최나미 작가에게 고맙다는 말씀을 전한다. 3부와 4부는 여러 매체에 발표했던 서평을 청소년문학과 어린이문학으로 나누어 엮은 것이다. 최근작부터 오래된 작품까지 두루 다루고 있어 흐름을 일별해 볼 수 있다고 애써 장점을 찾아본다.

세상에서 생산되는 모든 결과물이 그렇듯 이 책 역시 나만의 작업이라 볼 수 없다. 어린 시절 부모님께서 『어깨동무』『소년중앙』『여학생』 등의 잡지와 계몽사, 동서문화사, 계림문고 등의 책을 접할 수 있게 해 주신 덕분에 내가 이야기의 길을 걷게 되었다. 어린이도서연구회 회원들과 함께하는 동안에 많은 작품을 읽을 수 있었고, 충남대학교 국문과 대학원에서 문학 서사를 꼼꼼히 읽는 법을 배울 수 있었다. 남편과 딸 은형, 아들 재용의 도움으로 공부를 계속할 수 있었다. 부족한 글을 읽고 다듬어 준 편집자들의 고생이 없었더라면 이 책은 나오지 못했을 것이다. 도와준 모든 분들께 고마움을 전한다.

2015년 11월
오세란

제 4 부

제 **1** 부

청소년문학의 정체성을 묻다

『완득이』이후

청소년문학은 없는가?

'청소년문학'은 대체 무엇인가. 청소년문학을 연구하는 사람에게도 청소년문학의 개념은 머리 아픈 문제다. "아동청소년문학의 개념은 아동청소년의 경험을, 아동청소년의 관점에서, 아동청소년이 이해할 수 있는 형식으로 표현한 문학으로, 아동청소년을 독자로 상정하고 창작된 작품"[1] 또는 "특별한 소설 문법을 따로 가진다기보다는 청소년을 주체로 혹은 독자로 주목했다는 점이 가장 큰 특징인 장르이며, 청소년을 당당한 자의식을 가진 주체로 인정하고 접근하려는 의지가 청소년문학의 본질적인 부분"[2]이라는 정의는 참으로 피상적인 문구다. 외국처럼 청소년을 위한 소설 장르가 양적·질적으로 성숙해 독립된 영역으로 자리 잡은 상황도 아니니 때로는 우리에게 "청소년문학은 없다."는 냉정

---

* 이 글의 원제는 「『완득이』이후」(『창작과비평』 2010년 여름호)이고, 평론집에 수록하면서 제목을 바꾸고 내용을 일부 수정했다.

한 판단에 그냥 손을 들어 버리고 싶기도 하다. 그럼에도 청소년문학은 성립하기 어렵다고 단정하기에는 뭔가 미진함이 남는다. 오랫동안 청소년에게 제공되던 '교육으로서의 문학'만 계속 강요하는 것은 어른 세대가 청소년에게 가하는 일종의 문화 폭력이 아닌가 싶다. 청소년 주체도 빠져 있고 독자에게도 다가서지 못하는 근현대 한국 소설이나 어른 독자를 대상으로 쓰인 작품만을 청소년 독자에게 제공한다면 그들은 문학이 주는 위로와 안식, 그리고 감동을 어디서 찾을까 싶은 것이다.

또한 현재 청소년문학이라는 용어는 발견된 것도, 연구된 것도 아니며 '기획'된 것이라는 지적은 일견 타당하다.[3] 그러나 그것은 절반의 진실이다. 청소년문학은 1990년대 후반부터 청소년문화를 위해 꼭 필요한 장르로 인식되면서 치열하게 개척된 면도 크기 때문이다. 그리고 그러한 개척을 통해 비로소 청소년을 위한 문학적 장이 형성되었다. 사실 청소년문학은 2008년에 출간된 김려령의 『완득이』(창비) 이전부터 성장해 왔다. 그러다 『완득이』에 이르러 비로소 청소년독자를 포함한 일반 독자들에게 큰 파급력으로 다가왔다. 『완득이』는 실제로 폭넓은 독자층에게 '청소년문학'이라는 장르를 알린 첫 작품이 아닌가 싶다. 청소년 소설이 고등학교 현장에서 사용되는 학생용 추천 도서 목록에 오르는 경우는 드문 편인데, 『완득이』만은 거의 모든 학교가 추천 도서로 채택하고 있는 것을 보아도 알 수 있다.

모든 작품에 성과와 한계가 있듯 『완득이』에도 장단점이 공존한다. 그런데 『완득이』에 대한 비평에는 작품 외적인 담론이 몇 가지 존재한

1 김상욱 「전복적 상상력으로서의 청소년문학」, 『내일을 여는 작가』 2009년 여름호, 69면.
2 오세란 「청소년문학과 청소년문학이 아닌 것」, 『창비어린이』 2009년 봄호, 175면.
3 강유정 「장르로서의 청소년소설」, 『세계의문학』 2009년 가을호, 192면.

다. 그것은 첫째 청소년소설은 성장소설과 무엇이 다른가, 둘째 청소년소설이 대중 독자를 의식한 장르문학에 가까워지는 현상을 어떻게 볼 것인가, 마지막으로 『완득이』 이후 청소년소설이 계속 채워 나가야 할 내용은 무엇인가 하는 점이다.

청소년소설은 곧 성장소설인가?

『완득이』 이후 텔레비전 독서 프로그램이나 신문 서평에서 청소년소설을 다루는 경우가 생겼다. 그런데 이럴 때 청소년소설이라는 단어 대신 주로 '성장소설'이라는 명칭을 사용한다. 저널리즘의 속성상 대중에게 친근하게 여겨지는 단어를 사용하는 것이라 짐작되지만 아직까지 청소년을 위한 소설은 곧 성장소설이라는 통념이 지배하고 있다는 방증일 것이다. 학계에서도 상황은 비슷한데, '성장소설 연구' '소년소설 연구' '청소년소설 연구' 등 유사한 텍스트를 분석한 이러한 논문 제목마저 혼란스럽다. 청소년소설의 개념이 아직 정립되지 않은 까닭도 있겠으나 새로운 문학 장르를 학문의 장으로 선뜻 받아들이지 못하는 학계의 경직되고 보수적인 관습 때문이기도 하다.

성장소설은 일반적으로 미성숙한 자아가 다양한 경험을 통해 정신적 위기나 절망의 과정을 극복하고 성숙해 가는 사건을 그린 소설로 정의된다.[4] 이러한 유형의 서사를 지칭하는 용어는 교양소설, 교육소설, 형성소설 등 대략 20여 가지가 혼용되어 사용된다. 성장소설은 단일한 개념이라기보다는 다수의 문학적 유형이 모여 이루어진 장르이며 보편적

---

4 문학과사회연구회 편 『문학과 현실의 삶』, 국학자료원 1999, 133면.

으로는 독일 문학의 빌둥스로만(Bildungsroman)에서 가져온 교양소설과 이니시에이션 스토리(initiation story)에서 가져온 통과의례소설의 정의가 대표적이다.[5] 즉 성장소설은 근대소설의 기본 형식이며 특정한 패턴을 이야기하는 문학 용어라 할 수 있다.

한국 소년소설은 우리 아동문학이 형성되던 시점인 20세기 초부터 동화와 더불어 창작된 장르이다. 동화와 또 다른 문법을 가진 소설 형식의 아동물로 독자의 학령에 따라 소년소설, 아동소설 혹은 학원소설 등으로 구분된다. 청소년소설과 성장소설, 소년소설의 관계는 따로 또 같이 가는 교집합 관계로 볼 수 있다.[6]

기본적으로 소설은 등장인물이 사건을 겪어 가며 변화 혹은 성숙에 이르는 장르다. 근대소설의 주인공은 당대 사회의 모순을 비판하고 지배 이념을 거부하면서 새로운 이념을 추구하는 문제적 인물이다. 따라서 근대소설은 본래 성장소설적 속성을 내재하고 있으며, 성장은 단지 청소년만의 특징이 될 수 없다. 그럼에도 청소년소설을 '성장소설'이라 부르는 이유는 대략 두 가지다. 하나는 청소년소설이 성장소설 장르에서 출발했다고 보기 때문이고, 다른 하나는 청소년에게 가장 중요한 과제로 '성장'을 꼽기 때문이다.

청소년소설에서 성장을 다루는 작업은 여전히 중요하지만 성장의 기의(記意)는 사실상 고정돼 있지 않고 시대나 사회에 따라 변화한다. 가령 통과의례의 개념을 주조로 하는 '이니시에이션 스토리'가 복잡한 현대사회에서 여전히 절대적인 의미를 지닐 수 있을지는 고민해 볼 문제다. 성장은 우리 시대에 보편적이면서도 개별적으로 다양하게 의미화되어 표출되기 때문에 그것을 다룬 작품의 주제와 내용, 형식, 인물, 사

---

5 오세란『한국 청소년소설 연구』, 청동거울 2013, 94~96면 참조.
6 이에 대한 자세한 내용은 같은 책 참조.

건, 배경 등도 그만큼 다양해지고, 성장의 기의 역시 다양하게 환기될 수밖에 없다.

이니시에이션 스토리와 함께 성장소설의 대표적 갈래인 교양소설은 주인공이 근대적 시민사회의 구성원으로 진입하기 위한 문화적 교양과 주체 정립의 시련을 겪는 과정을 제시하는 유형이다. 따라서 근대를 형성한 철학을 깊숙이 내면화했으며 근대사회를 이룬 가치들이 바탕이 된다. 성장소설의 이러한 측면 때문에 현대사회에서는 주체가 근대적 욕망을 회의하며 성장의 의미를 재고하는 반(反)성장소설이 출현하게 된다. 이는 성장소설에 내재된 근대성이 어떤 의미로든 재평가되고 있음을 의미한다. 성장소설에 내재된 철학은 오늘날 청소년소설에서 고민해야 할 담론보다 훨씬 좁은 스펙트럼을 지닌다. 청소년소설은 성장소설의 근대적 성격에서 출발하여 근대사회의 산물인 '성장'에 대한 개념 자체를 회의하는 데까지 나아갈 수 있다. 현대 청소년소설은 근대사회에서 발생한 청소년의 개념을 한층 넓은 각도에서 조망하기 때문이다. 성장소설이 근대의 산물이라면 청소년소설은 근대와 탈근대의 철학을 모두 품을 수 있는 장르이다.

구병모의 『위저드 베이커리』(창비 2009)는 다양한 기법을 구사한 청소년소설이지만 이 소설에서 정작 주목할 점은 기법이 아니라 메시지다. 작품은 독자들에게 성장에 관한 기존의 따뜻하고 낭만적인 환상을 전혀 제공하지 않으며 이 세상에 엄연히 존재하는 어두움과 악, 불행을 견디라고 냉정하게 말한다. 이 작품이 기존 성장소설과 변별되는 점은 힘든 통과의례를 거쳐 나의 성장이 완성되는 것이 아니라 판타지 세계를 지나서도 여전히 견뎌야 할 시간은 지속된다는 것을 환기하는 데 있다. 그것은 낭만과 결별한 어른에게 찾아드는 과제다. 이제 어린아이는 죽고 어린아이가 품었던 가족의 환상도 깨진 자리에서 개인이 탄생한다.

세상을 냉소적으로 바라보며 어른들을 완벽하게 불신했기에 탯줄을 끊을 수 있었던 '나'가 살아가는 방식은 두 가지로 제시된다. 자신이 원하는 과거로 돌아가 다시 삶을 시작할 수 있게 만들어 주는 마법 과자 머랭 쿠키를 먹는 y의 방식은 과거의 기억을 바꾸는 것이다. 머랭 쿠키를 먹지 않는 n의 방식은 현실을 견디는 것이다. 이 소설은 우리가 과거를 바꿀 수는 없기에 결국 이 자리를 지키면서 스스로의 힘으로 오늘을 버티라고 명한다. 세상에 엄연히 존재하는 악을 발견하고 그 속에서 살아야 함을 각인한다는 점에서 성장은 비극성을 내포한다.

얼마 전까지 청소년소설과 함께 출판계를 흔들었던 칙릿(chick lit) 역시 성인 여성의 성장담이다. 칙릿은 자본주의 사회에서 성장을 대하는 새로운 관점을 보여 준다. 성장은 청소년의 전유물이나 청소년기에 완수되어야 할 과정이 아니라 어른들에게도 남겨진 숙제라는 것이다. 전아리의 『직녀의 일기장』(현문미디어 2008)은 칙릿의 고등학생판이다. 직녀는 이미 세상이 우습다는 것을 파악해 버린 십 대다. 조숙한 소녀인 직녀의 마음은 '어른들이 기대하는 성장 따위는 하고 싶지 않다.'는 것으로 요약된다. 꿈이 뭐냐고 묻는 아버지의 질문에 "전국 방방곡곡에 수백 대의 음료수 자판기를 세우는 것이다. 그리고 차례로 도시를 순회하며, 자판기에 쌓인 돈을 회수하러 다니고 싶다."(116면)라고 대답하는 장면은 어른이 청소년에게 기대하는 성장 혹은 이상적인 직업관은 이미 현실에서 통용되지 않는 막연한 가치임을 냉정하게 보여 준다. "다음 생에는 바위로 태어나고 싶다. 햇살이 잘 비추는 계곡에 육중한 몸을 풀어 놓고 평생 잠만 자는 바위. (…) 무엇보다 바위에 끌리는 것은 입과 귀가 없다는 점이다."(159면)에서 알 수 있듯 직녀는 '무엇을 하기'보다는 '무엇을 하지 않는' 나이브한 삶에 더 무게를 둔다. 빨리 어른이 되어 뭔가 새롭게 할 수 있기를 꿈꾸기보다는 그냥 '날 좀 내버려 뒀으면 좋겠다.'는 심정의 토로는 어른들이 기대하고 강요하던 기존의 성장을 거절하거나 재고하겠다는 십 대의 의사 표현이다. 변화하는 성장의 개념을 놓고 보자면 직녀는 어른들이 아이들에게 기대하던 성장이 무너진 자리에 서 있다. 직녀의 모습에서 '성장해서 득 될 게 없는' 조숙한 아이의 속내가 읽힌다. 이같이 변화된 성장의 기의들은 일찍이 1990년대 이후로 일반문학에서도 쉽게 발견할 수 있는 코드다. 기존 사회의 편입을 거부하는 장정일의 성장소설 『아담이 눈뜰 때』(김영사 1992)나 성장을 거절하고 소녀로 남고자 하는 욕망을 그린 배수아의 작품, 현실을 비껴 살아가는 젊은이들이 주로 등장하는 백민석의 작품이 그러하다.

이현의 단편소설 「그가 남긴 것」(『영두의 우연한 현실』, 사계절 2009)은 이 작품을 성장소설로 보느냐 청소년소설로 보느냐에 따라 결말에서 주인공의 입장이 달라진다. 작품은 병들어 무능하고 책임감도 없던 아버지를 둔, 그래서 갑자기 아버지가 세상을 떠난 뒤에도 큰 슬픔을 느끼지 못하는 정후와 정아 남매의 이야기다. 이 소설은 '아버지의 부재' 혹은 '좋은 아버지의 부재'로 요약되는 한국 성장소설의 속성과 맥을 같이하면서, 그 아버지가 이제는 사라지기를 바라는 무의식적 원망(願望)을 담고 있다. 다음은 이 작품의 마지막 부분이다.

"아빠는…… 우리한테 뭘 남겼을까?"

정후가 가만히 물었다. 정아의 흐느낌이 여백을 메웠다. 그래도, 뭔가 남겨 주지 않았을까? 어렸을 때 읽은 책 중에 그 얘기 기억나? 부자 아버지가 삼형제에게 유산을 남겨 주잖아. 과수원인지, 밭인지…… 암튼 그곳에 보물이 숨어 있다고. 그런 것처럼 말이야, 라고 정후가 읊조렸다. 그래서 결국 보물이 있었던가? 뭔가, 있었던 것 같기도 한데…… 하도 오래전 이야기라 기억이 잘 안 나네. (174~75면)

옛이야기 속 부자 아버지는 삼형제에게 아무런 유형(有形)의 보물도 남겨 주지 않았다. 다만 삼형제가 보물을 찾기 위해 밭을 열심히 파다 보니 작물이 알차게 여물었을 뿐이다. 그런데 이 사회의 어른들은 아이들에게 보물을 주지도 않고 이야기 속 부자 아버지처럼 밭을 갈게 만들지도 않는다. 우리는 아이들에게 메마르고 거친 땅을 물려주면서도 그에 대한 자각조차 없는 나쁜 아버지들이다. 그럼에도 아이들이 척박한 땅에서 결국 무언가 얻을 것이라고 믿는다면 그것은 이 소설을 지금까지 우리가 읽어 왔던 성장 코드로 읽는 것이다. 반면 청소년소설 속 아이들이라면 '나쁜 아버지, 그가 물려준 나쁜 땅, 그리고 그의 무덤'에 침이라도 뱉으며 돌아설 것이다.

가벼운 터치로 그려지는 『완득이』는 인물의 성장을 깊이 있게 보여 주지 못하며 계몽 서사적인 측면이 있다는 일부의 평가가 틀린 말은 아니다. 그럼에도 완득이의 성장에 초점을 맞추어 이 소설을 본다면 그것이야말로 기존 성장소설의 협소한 틀로 청소년소설을 재단하는 것이다. 소설 속에서 성장(혹은 성숙, 통찰)은 다양한 주제·내용·인물·사건이 결합해 나타나는 결과(혹은 양상)이지 목적은 될 수 없다. 항상 성장의 리트머스 시험지를 들이대는 한 청소년소설은 '나 이렇게 성장했다.'는 식의 계몽 서사를 벗어나기 힘들다. 현재 우리 청소년소설 속 아이들은 사회를 삐딱하게 바라보며 신나게 달려가다가도 작품의 결말에 이르면 어른들의 눈치를 보며 슬금슬금 착한 성장으로 봉합되는 수순을 겪는다. 이러한 작품들에 출판사들은 '교육적 의도'를 암시하는 '성장'이라는 꼬리표를 붙여 상업적 판매를 시도한다. 이것은 청소년소설이 성장소설에 머무르면 안 되는 이유이며 청소년소설이 따로 존재해야 하는 이유이기도 하다.

청소년소설은 장르문학에 가까운가?

『완득이』가 우리 문학에 가져다준 또 하나의 시사점은 청소년소설이 독자와의 교감에 큰 무게를 두고 있다는 사실이다. 본래 아동청소년문학이 일반문학과 다른 점은 '독자'를 상정하고 창작된다는 점이다. 아동문학 비평에서 자주 쓰이는 '재미와 감동'이라는 표현도 독자의 입장을 고려한 어휘다. '청소년'소설이라는 명칭 역시 독자를 의식해서 만들어진 것이다. 소설이 독자를 의식한다는 것은 그만큼 창작 미학만으로는 평가하기 어려운 속성이 내재함을 뜻한다. 그렇다고 청소년소설이 특정하고 도식적인 서사 문법을 구사하여 대중에게 다가가는 것을 목적으로 하는 장르문학이라는 의미는 아니다.

본격문학사에서는 언급되지 않지만 독자들에게 잊히지 않는 청소년 캐릭터 중 한 명은 '얄개'다. 조흔파의 명랑소설『얄개전』(1956), 최요안의『남궁동자』(1959)와『억만이의 미소』(1964)는 당시 인기가 높던 청소년소설이지만 통속물이라는 비판을 받아 아동문학사에서도 배제되고 일반문학사에서도 대중소설 이상의 평가를 받지 못했다. 그럼에도 '얄개'나 '억만이'가 하찮게 다뤄져서는 안 되는 까닭은, 그 시대 청소년 독자들이 그 캐릭터들에게 보내 준 사랑은 역사적 진실이며 거기에는 그럴 만한 요인이 있을 것이기 때문이다. 이 작품들이 독자에게 사랑받은 이유는 '명랑소설'이라는 장르적 속성 때문이 아니라 당시 청소년 독자들이 읽던 순수소설에서는 찾아볼 수 없는, 시대적으로 친근한 인물이 등장했기 때문이다. 즉 당대성을 발견한 것이다. 청소년에게 사랑받았던 문학을 보면 청소년소설의 독자들은 문학이 보편적으로 추구하는 기준 이상의 무언가를 요구하고 있음을 발견하게 된다. 즉 청소년소설은 어떤 방식으로든 당대 청소년 독자와의 교감을 필요로 한다.

『완득이』역시 작품에서 보여 주는 개성 있는 캐릭터와 요즘 아이들의 정서를 대변하는 '쿨'한 서술이 독자의 마음을 건드린다. 장애인 아버지와 베트남인 어머니, 가난하고 외로운 어린 시절 등 완득이를 둘러싼 환경은 세상과 거리를 두려는 완득이의 독특한 성격을 형성하는 바탕이 된다. 완득이의 입장에서 서술되는 문장들은 그러한 성격을 잘 드러낸다. 가령 어머니를 처음 만나는 장면에 삽입된 난데없는 라면 욕심은 애써 감정을 드러내지 않으려는 완득이의 성격을 완곡하게 반영한다.7 완득이의 삶 자체는 지독히 외롭지만 작품은 의도적으로 그의 외로움에 거리를 두고 접근한다. 완득이를 세상에 불러내는 역할을 하는 '똥주 선생'역시 표면적으로는 소설에 흔히 등장하는 악역 캐릭터지만 사실 그의 겉모습은 따뜻한 속마음을 드러내기 위한 일종의 장치다. 청소년문학은『완득이』를 통해 당대성을 확인했을 뿐 아니라 대중성까지 획득하게 된다. 1990년대 후반 이후 오랜 숙제였던 청소년문학의 당대성은 이경혜의『어느 날 내가 죽었습니다』(바람의아이들 2004)나 신여랑의『몽구스 크루』(사계절 2006) 등에서 비로소 획득되었다고 평가된다. 그러나 이 작품들을 청소년들이 어떻게 읽었는지에 대한 정보는 확실치 않았는데『완득이』에 이르러 청소년 독자와의 교감에 확신을 얻었다고 할 수 있다. 청소년문학은『완득이』를 통해 드디어 '당대 독자'와 '대중 독자'를 동시에 발견한다. 문제는 이후 우리 청소년소설의 방향이 급속하게 명랑 혹은 재미를 전략으로 삼아 대중 서사의 코드로 기울어져 가

---

7 "그분은 잠시 주춤하더니 신발을 벗고 방으로 들어갔다. 촌스럽게 꽃분홍색 술이 앞에 뭉텅이로 달린 낡은 단화였다. 나는 라면을 끓여 방으로 들어갔다. 생전 처음 그릇에 라면을 옮겨 담아서. 그분은 자기 그릇에 있는 라면을 내게 덜어 주었다. **배고팠는데 잘됐다.**"(78면, 강조는 인용자)

고 있다는 점이다.

대중 코드를 빌려 왔다 하더라도 그것을 이용해 작품의 재미를 불러일으키고 독자와 교감을 나눌 수 있다면 일종의 전략이라 할 것이다. 특히 우리 사회에서 청소년은 대중 코드를 가장 적극적으로 받아들이는 집단이므로 대중 코드는 독자와의 교감을 돕는 장치로 활용될 수 있다. 마르트 로베르(Marthe Robert)는 『기원의 소설, 소설의 기원』(김치수·이윤옥 옮김, 문학과지성사 1999)에서 소설이 자신을 귀족 출신이라고 내세워도 소설은 어디까지나 성공한 평민이며, 여러 세기에 걸쳐 일군 재산을 가로챈 벼락출세자라고 일컫는다. 사실 작품성의 문제는 소설을 구성하는 여러 가지를 고려해야 하는 것이지 대중 서사냐 본격문학이냐로 구분되는 것이 아니다. 통속성과 대중성 그리고 문학성의 잣대가 이분법적으로 단칼에 구분되는 것도 아니고 본격문학의 장에서 출간되는 작품 중에도 통속적이고 상업적이며 동어반복적 작품은 존재한다. 결국 코드 자체가 문제인 것은 아니다. 현재 청소년소설이 대중 서사의 코드를 활용하려 한다면 그것으로 어떠한 효과를 얻을지에 대한 전략적 고민이 필요하다. 가령 청소년만이 가진 삐딱한 시선으로 세상을 한껏 우습게 보고 기성 사회의 문제들을 날카롭게 지적할 수 있는 아이가 청소년소설의 주체가 된다면 그것이 대중 코드라 한들 무슨 문제가 되겠는가? 결국 자본주의 사회에서 문학은 자본을 전유(專有)하여 세상을 이겨 나갈 것인가, 자본에 매몰된 것인가의 기로에서 줄타기를 하는 광대와 같은 장르이니 말이다.

그러나 재미와 웃음이라는 대중 코드로 독자에게 다가서려는 현재의 청소년문학에는 상당한 위험이 내포되어 있음도 고백할 수밖에 없다. 소설이 서사마저 포기하고 대중에게 가닿아 소비될 것만 노린다면 그것은 무의미한 일이다. 최근 청소년문학에서 눈에 띄는 것은 무엇보다 그 뿌리가 깊지 못해 독자들의 반응에 시시때때로 흔들리고 휩쓸리는 현상이다. 현재 대중 코드를 가진 작품에서 가장 우려되는 점은 작중인물들이 상처를 대하는 방식이다. 김혜정의 『닌자걸스』(비룡소 2009)에서 고은비는 뚱뚱한 연예인 지망생으로 주위에서 언어폭력에 가까운 조롱을 받는다. 그러나 은비가 받는 상처는 웬일인지 그다지 심각하게 다가오지 않는다. 서술이 워낙 과장되어 있어 현실적으로 느껴지지 않기 때문이다. 그렇다고 이 작품을 본격적인 풍자로 보기도 힘들다. 박정애의 『다섯 장의 짧은 다이어리』(웅진주니어 2009)도 마찬가지다. 주인공 '송송'의 서울 상경기는 같이 사는 '아미'로 인해 엉망이 되지만 결과적으로 송송에게 그것은 상처가 되지 않는다. 송송의 서울 체험은 그녀의 귀향과 더불어 지나간 과거로 남을 뿐이다. 이 역시 전개되는 사건 자체가 현실적이지 않기 때문이다. 이렇듯 현실을 과장하여 만든 '가상 사건'들은 일종의 현실 왜곡이므로 독자들은 사건을 현실에서 파생된 코미디로 보게 된다. 작중인물이 코미디 속에 있으니 이들의 경험은 상처를 드러내고 극복하는 일과는 동떨어진 것이다. 주체가 상처받지 않는다는 것은 곧 진실과의 거리가 멀다는 의미다. 청소년문학에서 상처는 무엇보다 정면으로 마주 보아야 할, 놓쳐서는 안 될 '오브제'다. 가장 대중적인 장르인 만화나 영화에서조차 감동적인 작품은 상처를 본격적으로 다루며 웃음과 감동을 교차시킨다. 작품에서 상처를 외면할 때 아이들은 삶을 온전히 바라보는 것에서 멀어지며 감동 또한 줄 수 없다. 청소년소설의 대중 코드가 소설적 진실까지 놓쳐 버린다면 그것은 알맹이를 뺀 공허한 웃음에 불과하다.

청소년소설은 건전해야 하는가?

최근 청소년소설은 관계의 문제에 새롭게 주목하고 있다. 가령 학교에서 일어나는 집단 따돌림 현상은 피해자와 가해자가 양분되는 패턴을 벗어나 가해와 피해의 경계가 모호한 상황으로 연출되기 시작했다. 이 모호한 구도는 청소년이 서로를 경쟁자로만 바라보도록 강요하는 사회에서 최초에는 누군가가 피해자가 되지만 종국에는 과정에 개입된 모든 이들이 피해자가 되는 상황을 암시하는 것이다. 피해자와 가해자 간의 복잡한 관계는 상처 혹은 죄의식으로 표출된다.

김려령의 『우아한 거짓말』(창비 2009)은 이러한 상황의 단면을 예민하게 포착한 작품이다. 『완득이』에서 보여 준 다소 성급하고 낙관적이며 건전한 마무리와 달리 이 작품은 인물들의 상처를 있는 그대로 보여 주려 한 점이 돋보인다. 서사는 비교적 단순하다. 중학교 1학년 천지의 자살과 죽음 뒤에 감추어진 관계의 고리를 드러내는 것이다. 그 방식이 미스터리로 이루어져 있기는 하지만 독자는 이미 주요 맥락을 알고 있다. 따라서 천지가 죽기 전 다섯 사람에게 건넨 빨간 털실 뭉치의 행방을 쫓는 만지의 행보는 새로운 비밀을 파헤치려는 것보다는 털실 뭉치를 받은 인물들의 또 다른 상처를 보여 주려는 것에 가깝다.

『우아한 거짓말』이 전해 주는 바는 아이들은 서로 상처를 주고받으며 살 수밖에 없다는 것이다. 천지는 화연에게 상처를 받았지만 화연은 가해자가 될 수밖에 없는 사연이 있다. 화연의 행동을 일일이 지적하며 도리어 천지를 불편하게 했던 미라 역시 공격적인 행동을 할 수밖에 없는 집안 사정이 있다. 표면적으로는 따돌림을 당해 자살한 천지와 그를 괴롭힌 화연의 이야기지만 사실은 진실치 못한 관계 속에서 주고받을 수밖에 없는 상처들이 있고 그것을 우아하게 감싸고 외면하는 현실이 더 문제적이라는 것이다. 하지만 작품에서는 아쉽게도 그러한 주제가 효과적으로 드러나 있지 못하다. 일단 작품의 기초를 이루는 스토리가 빈약하여 추리소설 형식의 서사가 충분한 효과를 발휘하지 못하고 있다. 또한 천지나 미라, 화연 각각의 처지에서 파헤쳐진 상처를 끝까지 밀고나가지 못한다. 따라서 천지의 언니 만지가 화연의 속사정을 챙기며 화연에게도 예정되어 있을지 모를 사고를 예방한다는 착한 결말에 이를 수밖에 없다.

이와 견주어 최인석의 『약탈이 시작됐다』(창비 2010)[8]는 그동안 청소년소설이 머뭇거려 온 몇몇 문제를 정면으로 돌파하고 있다. 이 작품은 과감한 소재를 도입한 듯 보이지만 실은 전통적인 성장의 테마를 다룬 것이다. 성장소설에서 금기와의 충돌이야말로 가장 전형적인 사건이기 때문이다. 『약탈이 시작됐다』는 '사랑'을 예로 들어 '금기'를 이야기하고자 한다.

이 작품이 지금까지의 성장소설과 다른 점은 아이들이 아닌 어른의 모습에서 찾을 수 있다. 금선과 서봉석 선생은 여전히 금기라는 시험에 든 어른이다. 이들은 자신에게 일어난 마음의 파장을 회피하지 않고 진지하게 마주하고 사회적 통념과 자신의 행위에 대한 책임을 고민한다는 점에서 여전히 성장의 테마를 안고 살아가는 어른들이다. 서봉석 선생을 금기와 충돌하는 대표 인물로 설정하면서 작품의 무게가 어른에게 쏠리고, 또 그 어른이 지나치게 바람직한 인물이라는 한계는 있으나 고등학생 성준과 윤지 역시 사건을 함께 겪고 관찰하며 성장해 나간다는 점에서 청소년이 아닌 어른에게 초점이 맞추어진 상황을 극복하고 있다.

---

8 『약탈이 시작됐다』에 대한 내용 분석은 3부에 실린 「사랑을 빌려 와 금기와 마주하다」(『어린이책이야기』 2010년 여름호)와 일부 겹친다.

이 작품의 묘미는 무엇보다도 풍부한 문학적 장치의 활용이다. 성준의 눈으로 초점화되어 금선을 묘사하는 첫 장면과 마지막 장면, 서봉석 선생과 징계위원회 위원들과의 면담에서 보여 주는 풍자적 묘사, 욕망의 분출구로 상징화된 종로라는 배경 설정 등이 대표적인 예이다. 특히 작품에서 종로는 금기로 인해 수면으로 떠오르지 못한 욕망이 잠재되어 있다가 대리된 욕망으로 나타나는 약탈 공간으로 상징된다. 종로에서 사람들이 물건을 훔치는 것은 단순히 소유에 대한 욕심 때문이 아니다. 인간의 욕망은 대부분 대리된 욕망인바, 이들의 행위는 누군가에게 반납했던 자신들의 욕망을 되찾아 오려는, 순간적으로나마 금기를 벗어나려는 몸부림이다. 이들이 꿈꾸는 것은 무엇인가? 그것은 인간에게 부여된 여러 종류의 금기와 통제로부터의 해방이다. 인간에게는 인생의 시기마다 사회적 금기 혹은 금지로부터 자신을 재정립해야 하는 지점이 있다.

『약탈이 시작됐다』는 성장소설이면서 청소년소설이 된, 또 청소년소설에서 문학적 장치를 활용하여 효과를 거둔 사례이다. 이런 점에서 이 작품은 최근의 청소년소설에 몇 가지 시사를 던져 준다. 첫째, 이 작품에 활용된 여러 문학적 장치는 작품이 가진 스토리의 풍부함 덕분에 빛난다는 점이다. 몇몇 청소년소설은 이를 충족시키지 못한 채 창작 기법만 실험하는 경향이 있는데, 서사의 중요성을 염두에 둘 필요가 있다. 둘째, 청소년소설은 '청소년문학'일 뿐 아니라 '문학'임을 절실히 인식할 때라는 점이다. 청소년소설은 이제 좀 더 치열해져야 한다. 여기서 청소년소설이 갖춰야 할 과감함 혹은 치열함은 단지 소재나 주제의 문제가 아니다. 문학의 이름으로 용기 있게 표현되어야 할 미학적 결단의 문제이고, 문학이 당연히 추구해야 할 예술적 윤리의 문제이기도 하다. 청소년소설이라는 경계 안에 머물며 미성년 독자를 지나치게 의식하거나 학부모의 눈에 거슬리지 않게 하려고 문학적으로 형상화해야 할 장면이나 서사를 포기하는 것이야말로 청소년소설의 퇴보를 가져올 수 있는 덫이다. 불온하고 불편한 문학만이 독자에게 새 세계를 열어 줄 수 있다.

청소년문학은 있다!

청소년소설의 문법이 일반소설과 다름없다고 한다면 결국 청소년소설은 청소년이라는 독자를 주목하게 된다. 청소년문학이 기획의 산물이듯 '청소년'이라는 세대도 기획된 집단이다. 근대 초기 어두운 시대를 헤쳐 나갈 시대적 아이콘에서 몇십 년 만에 사회 최대의 문제 집단으로 전락한 '청소년'의 좌표를 들여다보면 기성세대에 의해 끊임없이 조작되고 있음을 알 수 있다. 가령 오늘날 청소년을 문제 집단으로 간주하는 것은 사회 전체의 문제를 그들에게 고스란히 떠안기려는 음모. 청소년 문제는 사회 전체의 문제에서 파생된 국지적인 것임에도 어른들은 '청소년 문제'를 부각하며 이전에 발생한 근본적인 사회 문제들을 약화시킨다. 청소년기를 아동과 어른의 중간 지대에 끼어 있는, 어서 지나가 버려야 할 기간으로 여기는 것도 통념에 불과하다. 청소년기는 인생의 다른 모든 시기와 마찬가지로 소중한 시절이다. 청소년을 보호의 대상으로 여기며 통제하려는 것이나 청소년기를 어른이 되기 위한 준비기로만 규정하는 것은 오래전에 만들어진 생각들이다. 청소년문학이 할 일은 현재 답습되는 이러한 통념들을 청소년 자신의 눈으로 바라보며 거기에 균열을 내는 것이다.

그렇다면 청소년소설은 어떤 형식으로든 저항성을 내재하게 된다.

그런 의미에서 필자는 청소년소설 속 주인공을 의도적으로 '주체'라고 부른다. 주인공이나 화자로서 청소년소설 속 아이들은 어른들의 시선에 너무 쉽게 휘둘리는 사회적 약자들이다. 가야트리 스피박(Gayatri C. Spivak)의 '하위주체' 개념은 청소년에게도 해당된다. 청소년소설은 하위주체인 청소년을 대변하는 문학이고 청소년이 스스로 말할 수 있도록 그들의 불온함까지도 허용해야 하는 문학이다. 한국사회에서 청소년소설의 불씨가 쉽게 꺼질 수 없는 것은, 이 땅의 청소년들은 할 말이 많기 때문이다. 청소년소설은 한국사회가 빚어낸 청소년에 대한 고정관념을 깨뜨릴 저항성을 품고 단선적이고 도식적인 성장담을 지양하면서 독자와 의미 있는 만남을 가져야 한다. 청소년 주체가 우리 사회를 속속들이 전유해 그들의 코드로 세상을 변환하는 것, 그것을 청소년문학에 요구한다.

(2010)

만들어진 청소년, 만들어 나갈 청소년문학

기획된 세대, 청소년

교복 자율화가 시행된 1983년 무렵 의류 시장에 '틴에이저'를 위한 옷이 나오기 시작했다. 교복 외에는 엄마나 언니의 옷을 빌려 입었던 나에게는 이런 옷이 매우 새롭고 낯설었다. 그런데 그런 옷을 보자 나도 내 옷이 비로소 갖고 싶었다. 그렇다. 우리는 눈앞에 존재하지 않는 것에 대해서는 욕망조차 할 줄 모른다. 청소년소설이라 명명된 작품이 꽤 쏟아져 나온 지금도 '청소년소설'의 개념과 성립의 타당성 여부에 대해 여전히 이견을 보이고 있다. 청소년소설을 쓰는 작가가 '청소년소설'이라는 명칭 사용에 의미를 두지 않는 경우도 있다. 실제 존재하는 것에 대해 여전히 회의하는 것은, 청소년소설이 일반소설의 미학이나 문법과 차별화되지 않는 장르라는 점 때문일 수도 있겠지만, 청소년을 위한 소설이 거의 없던 문학 판에 익숙해 있던 습관이 새로운 지형도를 따라 잡지 못하기 때문이라 할 수도 있다.

청소년소설을 일반소설과 다름없다고 강조할수록 결국 청소년소설의 의미는 청소년 독자를 주목하고 그들을 주체적 화자로 삼아 그들의 생각을 대변하는 것에 맞추어질 수밖에 없다. 그리고 현재 한국 청소년들의 처지를 돌아본다면 그것은 어떤 형식으로든 운동성을 띠게 된다. 여기서 운동성이라 함은 단순히 정치적·사회적 입장이 아닌 기성 사회가 답습하는, 각질처럼 단단해진 규범과 의식을 비켜서서 바라보며 고민하는 태도를 말한다. 한국사회는 청소년도 행복할 권리가 있다는 상식이 통하지 않는 사회이다. 우리나라 헌법이 규정한 "모든 국민은 인간으로서의 존엄과 가치를 가지며, 행복을 추구할 권리를 가진다."라는 행복추구권 조항이 청소년에게는 더욱 먼 일로 느껴진다. 한국 현대사회를 진단하고 청소년문학의 방향을 찾기 위해서는 '청소년기'에 대한 기존 관념을 꼼꼼히 돌아보며 청소년이 서 있는 명확한 좌표를 인식하는 일이 중요하다.

니체(F. W. Nietzsche)는 존재하는 것은 사실이 아니라 사실에 대한 해석이라 했다. 십 대의 청소년기에 대한 관념과 해석도 시대나 환경에 따라 달라져 왔다. 아동에 대한 관념이 근대 공간에서 새롭게 형성된 것처럼 청소년에 대한 관념 역시 마찬가지다. '아동'이라는 틀을 만들고 그 안에 '동심'이라는 내용을 채워 나간 것과 견주자면 청소년은 근대 사회에서 성년 대 미성년의 구도 아래 미성년으로 포섭되지만 미성년이 다시 한 번 아동과 소년으로 세분화되는 과정에서 '아이도 어른도 아닌 양가적 존재' '주변인'이라는 특징을 중심으로 자리 잡게 된다. 근대 이전 십 대를 바라보는 시각은 성인에 가까웠다. 아동기를 갓 벗어날 무렵부터 노동을 시작하고 곧 혼인 연령기에 접어들었으니 어찌 보면 당연한 일이었다. 소년, 청년이라는 말의 연원은 좀 더 시대를 거슬러 올라가지만 근대 초기인 1910년 전후 본격적으로 등장한 '청년'의 기표는 당시 국난 극복의 희망을 상징하는 시대적 아이콘이었다. 그 후 청년이라는 명칭은 소년, 아동으로 분화를 거치고 1940년대 일제강점기 말에는 청소년이 국가를 위한 일꾼으로 강조되었으며 이러한 인식은 거의 1970년대까지 이어졌다.[1] 근대 이후 생리심리학에 기초한 '질풍노도'는 청소년에 대한 인식을 보여 주는 대표적인 용어이며 이는 시대에 따라 조금씩 다른 색깔과 뉘앙스로 받아들여졌다. 그랜빌 스탠리 홀(Granville Stanley Hall)이 '질풍노도'라는 용어를 처음 사용할 때는 부정적 의미였지만 우리나라에서 근대 초기에 청년이 가진 힘은 시대를 헤쳐 나갈 수 있는 긍정적인 열정으로 간주되기도 했다. 20세기 초반에는 국가를 위한 가장 앞서가는 동력 집단으로 추앙받던 세대가 20세기 후반에 오면서 점차 문제적 집단으로 전락하기 시작한다. 준비기로서의 청소년기가 길어지고 성년기가 점차 뒤로 밀리면서 생겨난 현상이다. 근대 초기 긍정적 열정의 상징적 표현이기도 했던 질풍노도는 막가파식 행동을 서슴지 않는 십 대의 부정적 행동의 생물학적 원인으로 지칭되기 시작했다. 그러나 질풍노도는 생물학적 관점보다는 사회학적 관점에서 살펴보아야 한다. 청소년 문제는 사회 전체의 문제에서 파생된 국지적인 것이다. 그럼에도 어른들은 '청소년 문제'를 가장 크게 부각시키면서 사회 전반의 문제들을 약화시킨다. 아동, 청소년, 성인이라는 세대 문제는 각각 미묘한 고리로 연결되어 있으며 아동과 청소년은 성인이 만들어 놓은 함정에 걸린 희생양에 불과하다.

---

1 '청소년'이란 말은 '청년'과 '소년'의 합성어로 뒤늦게 만들어졌다. 청소년이란 말이 일제강점기 신문, 잡지에 간간이 나타났지만 대중적인 개념은 아니었다. 하지만 일제강점 말기에 법령이나 행정 문서에 청소년이란 말이 나타나기 시작했을 때는 사뭇 다른 의미를 내포하였다. '청소년'은 훈육되고 규율되어야 할 존재로서 '소년'과 '청년'을 총칭하는 말로 등장하게 된다. 김현철 「청소년은 누구인가?」, 『이팔청춘 꽃띠는 어떻게 청소년이 되었나』, 인물과사상사 2009, 18면 참조.

공간의 구획 짓기, 학교를 중심으로

근대사회에서 청소년은 아동과 성인의 중간에 위치하면서 훈육되거나 보호받아야 하는 존재로 인식된다. 그러나 보호받아야 한다고 여겨지는 미성년들은 그가 어떤 자리, 어떤 상황에 있는지에 따라 언제라도 '성인의 영역'으로 호출될 수 있다. 청소년을 보호하는 공간은 '가정'과 '학교'가 대표적으로, 가령 근대사회의 핵가족 제도는 성인이 미성년을 보호하고 양육하여 사회의 차세대 노동력을 준비하는 기능을 담당한다. 사회적으로는 '학교'가 미성년을 보호하는 역할을 맡는다. 근대 초기로 돌아가 보면 학교 제도가 미성년기를 분절하는 기준이 됨을 알 수 있다. 미성년(기)은 학교라는 제도를 통해 일반 사회와 물리적으로 구별되고 질적으로 차이를 갖는 그 무엇으로 자리 잡게 되었다.[2]

청소년이 보호되는 존재인지 소외되는 존재인지는 학교라는 공간 안에 머물고 있는지 그러지 않은지를 살펴보면 알 수 있다. 『괭이부리말 아이들』(김중미, 창비 2000)에서 영호 삼촌은 학교에 다니지 않는 동수에게 학교에 다시 다닐 것을 계속 권유한다. 영호 삼촌이 동수에게 복학을 권하는 이유는 졸업장이라는 자격증이 현실적으로 중요하기 때문이기도 하지만 본드에까지 손을 대는 동수가 학교라도 다녀야 지금보다 더한 상황을 막을 수 있다고 생각하기 때문이기도 하다. 「화란이」(신여랑 『자전거 말고 바이크』, 낮은산 2008)에서 '화란이'는 학교와 가정이라는 공간에서 내쳐진 자를 보여 주는 극단적 예이다. 2인칭 '너'로 불리는 독자에게 화란이는 소외되어 있다가 모습을 드러낸 타자다. 십 대의 나이에

---

2 조은숙 『한국 아동문학의 형성』, 소명출판 2009, 89면.

이미 성인의 삶을 사는 '화란이'는 청소년이 보호받지 못할 경우 바로 성인의 삶으로 편입된다는 것을 보여 준다. 더구나 십 대 여성은 성인보다 훨씬 심각한 위험에 노출되어 있다. 순수한 이미지로 포장된 십 대 여성 댄스 그룹은 실제로 몸짓이 선정적일 때 관객의 눈길을 더 받는다. 「화란이」라는 작품은 극단적인 설정과 창작 방식으로 현실과 문학의 경계에 대한 논란을 불러일으키기도 했지만, '화란이'라는 인물은 우리 청소년문학계에 나타난 낯선 아이임에 분명하다.

청소년이 머무는 학교도 세분하여 보면 상황에 따라 그들의 삶의 양태가 달라진다. 미성년을 보호해야 한다는 사회의 태도는 이중적이다. 『꽃섬고개 친구들』(김중미, 검둥소 2008)에서 여상을 다니며 밤에는 패스트푸드 가게에서 아르바이트를 하는 선경의 삶은 언제라도 전업 노동자의 길을 갈 수 있는 예비 노동자로서의 그것이다. 알바를 하는 미성년들은 노동시장에서도 보호받기는커녕 미성년이라는 이유로 더욱 착취당한다. 이동통신 대리점에서 영업을 하는 영미는 자신보다 나이가 많은 남성 직장 상사로부터 성적인 관계를 요구받기도 한다. 『꽃섬고개 친구들』은 사회에서 주목받지 못하는 다양한 삶을 다루려다 보니 서사가 장황해지는 한계가 드러나지만 비주류 청소년들의 삶을 실감 있게 보여 준다. 『꼴찌들이 떴다!』(양호문, 비룡소 2008)에서 공고에 다니는 남자 고등학생들은 건설 회사의 실습생으로 일하며 착취를 당한다. 하지만 이들은 정면 대결을 통해 자신들의 열악한 처지를 돌파하지 못하고, 적대적 인물의 갑작스러운 변화, 주제의식에서 벗어난 농촌 살리기 등 애매한 화해로 마무리되어 아쉬움을 남긴다. 결국 청소년을 보호한다는 말은 '아직 배우는 자'의 위치에 안정적으로 머물 때에만 적용되는 말이다. 그렇다면 우리나라에서 아직 온실이라 여겨지는 인문계 고등학교의 경우는 어떠한가.[3] 중간층 삶을 사는 아이들에게 보호의 공간은 동전의 양면처럼 통제의 공간이다. 『난 할 거다』(이상권, 사계절 2008)는 1970년대 한국사회가 군사통치 스타일로 고등학생을 단속하면서 국가의 일꾼으로 만들어 나가고자 하는 풍경을 보여 준다. 나라에 충성할 역사적 사명을 띠고 이 땅에 태어난 고등학생들에게 국민교육헌장을 외우게 하던 시절, 군사 문화가 교정을 지배하던 시절의 이야기다. 지방 명문 고등학교에 다니는 시우는 선생들의 단속과 통제로 스트레스성 실어증 증세를 보인다. 선생들의 체벌에 방어적 자세를 보이던 시우가 서서히 자존감을 얻어 가는 것은 책 읽기를 시작하면서부터이다. 시우는 책을 읽으며 '난 쓸 거다.'라는 목표를 가지게 된다. 그런데 성장소설의 관점에서 이 작품을 보면 자칫 시우에게 '상처'를 준 외부의 폭력과 어른들의 통제마저도 성장에 필요한 밑거름이라는 식으로 읽힐 수 있다. 성장을 위해서는 폭력이나 통제 등 자신이 겪은 어떠한 일들도 수용된다. 그것을 겪어 내야 성장이 가능하기 때문이다. 이것이 성장소설과 청소년 주체의 시각에서 쓰인 청소년소설과의 미묘한 시각차이다. 따라서 성장소설 형식의 청소년소설은 주체에 대한 조심스러운 접근이 필요하다. 학교가 보호의 공간인 동시에 통제의 공간이라면 통제의 방식도 문제가 된다. 현재 학생들을 통제하는 방식은 주로 언어폭력과 군대식 체벌이다. 김중미의 「불편한 진실」(『창비어린이』 2008년 겨울호)에서 학교는 폭력을 예방하는 공간이 아니라 도리어 폭력을 확산하는 장이다. 이 작품은 선생과 학생의 구도로 이루어진 대립이 학생과 학생의 대립으로 이어지는 양상을 보여 준다. 학생과 학생이 대립하는 이유는 개인적 갈등 때문이 아니고 가방 수색이나 몸 검사를 학생회에 대행시키면서 선생의 권력을 학생에게 위임했기 때문이다. 선생으로부터 위

---

3 최근 각종 특목고, 외고, 자율형 사립고, 특수고 등으로 학교가 서열화되고 비평준화되는 양상은 인문계 고등학교 학생들의 삶을 더욱 힘들게 만들어 가고 있다.

임받은 권리를 빙자하여 폭력을 행사하는 학생과 그것을 겪어야 하는 학생과의 갈등을 통해 학교 제도 안에서 폭력이 서열화된 모습과 보호의 공간인 학교에서 폭력이 도리어 번져 나가는 양상을 보여 준다.

통제의 방식으로 정당화되는 어른들의 폭력에 대해 생각해 보자. 누군가에게 '남자 고등학교에서 선생의 구타와 언어폭력'은 집단을 유지하기 위한 최소한의 악이라는 말을 들은 적이 있다. 폭력적 태도로 학교 규율을 유지하는 방식이 정당화되고 있는 것이다. 그런데 우리 사회에서 한 번이라도 청소년을 진심으로 대한 시절이 있는가. 최근 발생하는 학교 폭력의 원인은 청소년을 비인간적으로 사육하고 통제하는 데 있다. 청소년이 폭력적으로 되는 것은 질풍노도라는 생물학적 원인 때문이 아니다. 사회에서 그들을 대하는 태도가 질풍노도의 증상을 발현하도록 만드는 것이다. 또한 최근의 '학교 폭력 근절 대책'은 폭력의 원인을 규명하여 근본적인 처방을 하겠다는 것이 아니라 폭력을 일으킨 학생을 집단에서 격리, 추방하겠다는 것인데 이는 학교 시스템이 도리어 문제아를 양산하는 방향으로 작동하고 있음을 보여 준다.

몸의 통제, 억압되는 욕망

근대사회는 몸과 정신을 이분하여 몸이 가진 가치나 본성을 외면하고 억압한다. 특히 청소년기의 몸은 성인들에 의해 철저히 통제된다. 미성년의 미숙한 몸을 보호해야 한다고 믿기 때문이다.『열일곱 살의 털』(김해원, 사계절 2008)은 우리나라 청소년들에게 익숙한 '두발 단속'의 문제, 말하자면 오래도록 계속된 '털의 전쟁'을 다룬 작품이다. 왜 청소년의 머리털이 그들에게는 물론 어른에게도 그다지 중요한가. 청소년에게 털을 지키는 것은 자신의 몸을 자기 마음대로 할 수 있는 자유를 수호하는 것이다. 어른들이 털을 통제하는 것은 단순히 몸을 통제하기 위해서가 아니라 정신을 가두기 위해서다. '두발 단속'을 하는 것은 머리를 단정하게 만들려는 목적도 있겠지만 거기에는 집단을 획일화하고 통제하려는 비민주적인 의도가 강하게 깔려 있다. 이 소설은 두발 자유 1인 시위 이야기를 시종일관 명랑한 분위기로 이끌면서 무겁지 않게 서술해 나간다. 작가는 시위를 시작한 일호의 성격과 상황을 유머러스하게 서술한다. 사실 우리나라 학교에서 제정신으로 이런 시위를 하기는 쉽지 않을 터이니 일호의 캐릭터를 조금 단순하게 접근할 필요도 있다. 일호의 캐릭터에 비해 사건이 진지하게 확대되다 보니 일호가 이 사건을 감당하기에는 점차 버거워지고 결국 사건을 해결하는 일은 할아버지에게 넘어가는 아쉬움이 있다.

청소년이 미성년으로 분류되면서 가장 크게 받은 몸의 통제는 아마도 성적 억압일 것이다. 근대 이후 십 대의 성에 관한 기대 수준은 그 이전과 달라진다. 노동력의 재생산과 자손의 번창이 중요한 목표였던 근대 이전 십 대의 혼인이나 출산은 장려되었고 마을에 결혼하지 않은 과년한 젊은이를 그냥 두는 것이 도리어 문제였다. 『동의보감』에는 십 대에 성적 기능이 매우 왕성하다고 기술되어 있다. 우리 역사상 최근 백년이 십 대의 성관계가 허락되지 않은 유일한 기간일 것이다. 근대 이후 우리나라에서는 미성년의 위치를 벗어날 때까지 성과 관련된 행위가 금지되었고, 은밀히 행해지는 성의 속성상 겉으로 통제하기 힘들기에 그것은 죄의식과 같은 내면적 기제를 통해 억압되었다.

최근 청소년의 임신과 관련된 작품이 속속 출간되고 있다. 『쥐를 잡자』(임태희, 푸른책들 2007), 『키싱 마이 라이프』(이옥수, 비룡소 2008), 『발차기』(이상권, 시공사 2009) 세 작품은 모두 고등학교 여학생의 임신을 소재로 다루고 있고 '생명 존중'의 메시지를 전달한다는 점 또한 비슷하다. 그런데 '임신'은 단지 십 대 때에만 일어나는 사건이 아니고 낙태 문제 역시 십 대만의 문제는 아니다. 청소년의 성을 다룬 대부분의 작품이 임신에서 시작하여 생명 이야기로 마무리되는데 이것은 어쩌면 성적 욕망의 문제를 정면으로 다루기 어렵기 때문이 아닌가 싶다. 청소년의 성과 관련해서 현재 정작 중요하게 다루어져야 할 것은 임신 후가 아니라 임신 전의 청소년의 성과 사랑에 관한 부분이기 때문이다. 이들 작품을 보면 "성적 욕망이 생식 기능의 중대함 속에 남김없이 흡수되었다."는 미셸 푸코(Michel Foucault)의 말이 떠오른다.

『발차기』는 경희의 임신에서 이야기가 시작된다. 처음에는 '박쥐' '거미'와 같이 혐오스럽게 표현되던 배 속의 아이에게 '사계'라는 이름을 붙여 주면서 임신을 대하는 주인공의 태도는 서서히 변하고 드디어 생명의 움직임인 '발차기' 동작을 느끼며 그간의 갈등은 생명의 편에 서겠다는 의지로 마무리된다. 그런데 임신이라는 결과가 있기 위해서는 임신의 과정, 즉 성관계가 이야기되어야 하는데 이 작품에서 경희는 정수가 성관계를 여러 번 요구하여 마지못해 허락한 것으로 묘사된다. 또 '단 한 번의 관계로 임신이 되었다.'고 강조하기도 한다. 이러한 서술은 결국 경희가 원래부터 방종한 아이는 아니라는 표현을 에둘러 한 것이다. 성관계에 이르기까지의 고민에 대한 애매한 표현과 경직된 서술을 넘어 십 대의 성에 대한 좀 더 자유롭고 여유 있는 시선은 보이지 않는다. 이 밖에도 경희의 남자 친구인 정수의 성적 욕망에 대한 갈등은 거의 나타나 있지 않고 정수의 엄마 역시 정형적 캐릭터에서 벗어나지 못한다. 『키싱 마이 라이프』 또한 마찬가지다. 여학생 하연은 남자 친구 채강과 단 한 번의 관계로 임신을 하고 갈등을 거쳐 미혼모의 집에서 아이를 낳는다. 이 작품 역시 하연과 채강의 성적 욕망과 성관계가 자연스러운 사건 안에서 표출되기보다는 진부하게 설정되어 있다. 또한 이 소설의 초점이 '낙태하지 않고 아이 낳기'에 맞춰져 있다 보니 어떻게든 하연이가 아이를 낳기 위하여 '엄마의 눈'을 피하고자 중반부터는 무리한 이야기가 전개된다. 『쥐를 잡자』에는 임신과 관련된 남성은 아예 등장하지 않는다.

세 작품에서 임신은 모두 일종의 '사고'다. 남자와 여자 사이의 성관계와 임신은 모든 연령대에서 '사고'가 될 수도 있고 '사랑에 따른 결과'가 될 수도 있다. 작품들은 전반적으로 청소년들에게 '성을 어떻게 이야기해 주어야 할지' 그 고민이 깊어지지 못한 상태에서 창작된 것으로 여겨진다. 최근 청소년의 성을 다룬 소설에 대해 원종찬은 "'성과 사랑'에 관한 금기에 도전하는 것처럼 보이는 작품들의 대부분이 십 대의 자기 선택적인 성애(性愛)를 그리지 못하고 성매매, 성폭력, 성추행, 원치 않은 임신, 미혼모 등 피해 사례만 두드러지게 강조하고 (…) 문학예술의 눈이라기보다는 청소년 보호의 사명감에 불타는 교사, 학부모, 성직자의 눈에 가까워서 십 대가 경험하는 성애의 감정을 왜곡하는 게 아닐까 여겨질 정도다."[4]라고 지적하고 있다. 왜 청소년의 몸 내부에서 일어나는 본능과 욕망을 자연스럽게 인정하고 바라보는 청소년소설이 나오지 않는 걸까? 임신이 아닌 '십 대의 성과 사랑'을 구체적으로 이야기해 주는 작품이 나왔으면 한다.

덧붙여 청소년소설에서 주로 다루고 있는 낙태 문제는 십 대의 성이나 사랑 문제와는 층위가 조금 다르다. 작품들은 임신한 사실을 알았을 때의 당황스러움과 거부감, 그에 따른 죄의식이 배 속 아이가 생명으로 커 감을 느끼면서 모성으로 상쇄되는 패턴을 따른다. 배 속 아이가 엄연

---

4 원종찬 「아동문학의 주인공과 아동관에 대하여」, 『창비어린이』 2009년 여름호, 36면.

한 생명임은 틀림없는 사실이지만 십 대 소녀에게 그것을 모성으로만 연결하는 것은 일종의 모성 이데올로기의 강요라 할 수 있다. 모성은 단지 임신한 여성에게 일어나는 생물학적 본능이라기보다는 여성과 남성이 모두 고민해야 할 또 다른 사회적·생태학적 개념이기 때문이다.

저당 잡힌 시간, 준비기

현대사회는 경제학적 효율성에 기초하여 인간을 '인적 자원'으로 규정하고 그에 따라 '인생의 주기'를 나눈다. 노년기에는 경제적 효율성이 줄어들기 때문에 인간적 가치가 떨어지기 마련이다. 미래사회에서는 경제적 가치를 창출할 집단을 준비하는 데 박차가 가해진다. 청소년기가 준비기라는 생각은 미래를 위해 희생을 강요하는 것을 정당화한다. 물론 청소년기가 '준비기'라는 것이 아주 틀린 말은 아니다. 그러나 한편으로 생각해 보면 인생의 모든 시기가 준비기인 동시에 향유기이다. 또 젊은 시절 몇 년 동안 준비한 것으로 평생을 먹고사는 발상 자체가 더 이상 유효하지 않은 시대이기도 하다. 미성년이 준비기일 뿐이라면 젊은 시절에 준비만 하다 세상을 떠나는 사람은 얼마나 억울한가. 억울하지 않기 위해서는 인생의 어느 시기도 삭제되거나 저당 잡히지 말아야 한다. 또한 인생의 모든 시기가 준비기이며 향유기라면 어떻게 그것을 준비하느냐도 깊이 생각해 볼 문제다. 한국사회에서 '시간은 돈'이다. 따라서 준비기로서의 청소년기는 곧 진출할 사회에서 유리한 자리를 선점하기 위해 벌이는 준경쟁 시기에 다름 아니다. 기존 사회가 이미 정해 놓은 목표를 무조건 강요당하는 청소년들은 자기 삶의 주도권을 잃어버리게 된다.

국가인권위원회가 기획 제작한 6편의 옴니버스 애니메이션『별별 이야기』(2005) 중의 한 편인 「사람이 되어라」는 우리나라 교육 현실을 풍자한 작품이다. 공부만을 강요하는 사회에서 고등학생 원철과 친구들은 '고릴라'의 모습으로 등장한다. 학교 선생님과 아버지에게 "사람이 되어라."라는 말을 너무 많이 들어 괴로워하던 원철은 어느 날 숲 속에서 하늘소, 사슴벌레 등을 만나고 곤충을 연구하는 사람이 되기로 결심한다. 그러자 원철은 드디어 사람이 된다. 그러나 사람이 된 원철에게 그동안 사람이 되라고 강요하던 선생님은 "지금 사람이 되라."는 것이 아니라며 '대학 가서 사람 되자.'고 쓰인 급훈을 가리킨다. 원철 아버지 역시 자신도 지금까지 사람의 가면을 쓰고 살았지만 사실은 번듯한 대학을 못 나온 고릴라였음을 고백하며 눈물을 흘린다. '사람이 되라.'는 문장의 속내가 상황에 따라 달라지는 형국을 통해 한국의 교육 현실과 학벌 지향적 모습을 통렬하게 고발하고 있다.

　『스프링벅』(배유안, 창비 2008)은 대학 입시가 가져온 가족의 불행을 다루고 있다. 형의 자살이라는 충격적인 사건에서 시작하는 이 소설은 그 자살이 대리 수능시험으로 인한 죄의식 때문이며 그것을 강요한 사람이 바로 엄마라는 점에서 더욱 충격적이다.『스프링벅』에는 청소년기를 준비기로만 보고 목표 달성을 위해서는 물불 가리지 않는 비윤리적인 사회를 향한 비판이 담겨 있다. 그러나 어머니로 대표되는 기성세대에 대한 비판이 날카롭게 드러나 있다고 보기는 힘들다. 어머니는 형의 죽음이 있기 전까지 자신이 죄를 지었다는 의식이 전혀 없었고 비극적 사건이 일어난 이후에도 자신의 의견을 표현하지 않는다. 이 작품은 한국의 교육 현실에서 기성세대가 어떻게 변화해야 하는지에 대한 반성을 제시하지 않은 것이다. 어머니의 눈물은 슬픔일까, 죄책감일까? 아마도 둘 다이겠지만 작품에서 죽음의 원인에 대한 진단은 충격적인 죽음을 대하는 감상적 태도에 가려져 버린다. 좋은 대학에 가는 것이 최종 목표가 되어 버린 이 사회에 대한 날카로운 지적에까지 이르지는 못했다고 생각한다. 일본 소년소설 중에 사춘기에 접어든 아들과 중산층 의식을 대변하는 어머니와의 대립을 정면 돌파한 야마나카 히사시 장편동화 『내가 나인 것』(햇살과나무꾼 옮김, 사계절 2003)과 같은 치열함을 보여 주지 못해 아쉽다.

『아무도 대답하지 않았다』(배봉기, 사계절 2009)는 '느린 아이' 찬오가 왜 자살에 이르렀는지를 미스터리 형식으로 접근한다. 찬오는 경쟁 교육의 희생양이고 독사라는 별명의 강 선생은 '성공해야 한다.'는 기존의 학교와 기성세대의 가치관을 대변하며 영우와 민제, 서 선생은 중간 지점에 서 있는 관찰자이다. 모범생인 민제나 영우가 찬오의 죽음에 책임을 느낀 것은 그들이 찬오를 방치했다고 생각하기 때문이다. 찬오의 죽음에 대해 글을 쓰는 영우의 이야기는 관찰자로서 교육 문제에 동참하는, 내면에서 들려오는 자신의 목소리를 찾는 과정이기도 하다. 그런데 학교 교육의 가장 큰 희생자인 찬오가 자살해 버려 그 사건을 해석하는 입장만이 나열되면서 교육에 대한 문제의식이 약화된다. 특히 견고한 교육제도를 상징하는 교장이나 강 선생의 행동이 확고한 데 비해 교장을 만나고 나온 서 선생의 태도는 혼란스러워 작품의 전망을 한층 어둡게 한다. 결말에서 흔들리는 민제의 여행 역시 새로운 세계로 떠나기 위해 마음을 준비하는 여행이 아니라 현실로 돌아오기 위해 그동안 일어난 사건을 정리하는 여행이 될 가능성이 높아 보인다.

앞에서 언급한 작품은 과도한 '준비기'에 휩쓸려 자신의 시간을 빼앗긴 아이들의 이야기였는데, 그렇다면 '준비기'에서 벗어난 고등학생의 삶은 과연 행복한가. 『직녀의 일기장』(전아리, 현문미디어 2008)은 집안일에 무심한 아버지와 오빠의 대학 입시에 온 신경을 쏟는 어머니를 둔 덕분에 비교적 학교 공부에서 자유로운 직녀의 이야기다. 그러나 이미 대부분 고등학생들의 유일한 목표를 대학 입시에 맞춰 놓은 현실에서 개인적으로 벗어난 직녀는 자신만의 새로운 세계를 찾지 못하고 시간을 보낸다. "다음 생에는 바위로 태어나고 싶다. 햇살이 잘 비추는 계곡에 육중한 몸을 풀어 놓고 평생 잠만 자는 바위. (…) 무엇보다 바위에 끌리는 것은 입과 귀가 없다는 점이다."라고 중얼거리는 직녀는 '무엇을 하기'보다는 '무엇을 하지 않는' 삶에 더 무게를 둔다. 빨리 어른이 되어 뭔가 새롭게 할 수 있는 날을 꿈꾸기보다 '날 좀 내버려 뒀으면 좋겠다.'고 생각하는 직녀는 공부를 포기해도 다른 일에 생산적으로 몰두하며 행복을 찾아 나가는 대안을 발견하지 못하여 권태로워하는 요즘 아이들의 모습을 반영한다. 이 작품은 준비기에서 벗어나도 사회가 이미 만들어 놓은 그물에 포획된 채 살아가는 청소년들의 또 다른 모습을 보여 준다.

현실에서 견디거나 탈주하기

현실이 마음에 들지 않는다면 아이들은 자신들이 서 있는 자리를 버리고 떠나야 한다. 현실로 돌아오는 여행이 아니라 성경 속 아브라함과 같이 어디로 떠날지 알지 못하지만 떠나야 하는 여행이어야 한다. 탈주는 세상에서 도망가는 것이 아니라 새로운 것을 창조하고 생성하는 시작점이다. 탈주 선은 세상을 탈주케 하는 다른 삶으로 인도하는 선을 그린다.[5] 탈주는 단지 공간의 이동이 아니다. 몸은 이 자리에 있어도 다른

---

5 이진경 『노마디즘』, 휴머니스트 2002, 737면 참조.

형태의 삶을 사는 것이다. 『영두의 우연한 현실』(이현, 사계절 2009)은 우리가 무언가를 선택할 때마다 그 경우의 수만큼 수많은 우주가 동시에 존재하여 수많은 '나'와 '나의 상황'이 존재할 수 있다는 가설에서 출발한다. 이 작품은 인간이 발 디딘 현실이 그리 견고한 것이 아니며 가변적일 수도 있다는 메시지를 전해 준다. 우리가 원하는 현실이 될 때까지 현실을 바꿀 수 있다는 희망적인 소식이다. 우연히 도착했던 현실에서 새로운 현실로 떠나기 위해 편의점 창고에 서 있는 영두의 뒷모습은 우리가 사는 현실을 떠나야 한다는 말 없는 외침이다. 어느 세상으로 떠날지는 각자의 자유다.

청소년은 기획된 세대이다. 시대에 따라 상황에 따라 배치되는 청소년의 좌표를 보며 이제 우리가 익숙하게 여겨 온 청소년에 대한 고정관념을 회의해 볼 필요가 있다. 무엇보다도 청소년기는 아동과 어른의 중간 지대에 끼어 있는, 어서 빨리 지나가 버려야 할 시간이 아니다. 청소년기는 인생의 모든 시기와 마찬가지로 소중한 시간이다. 청소년을 보호의 존재로 여겨 통제하려는 시도도, 청소년기를 어른이 되기 위한 준비기로만 여기려는 음모도 오래전에 기획된 생각들이다. 이왕에 청소년문학이 만들어졌다면 그 내용을 어떻게 채워 갈 것인가. 현재 답습되는 생각에 기대어 작품을 재생산할 것인가. 청소년기의 현상과 문제를 다른 눈으로 바라보며 새롭게 나아갈 것인가. 그것은 청소년문학에 관여하고 있는 모든 사람의 숙제일 것이다.

덧붙여 이 글은 한국사회에서 청소년과 청소년문학을 이야기하는 것이었기에 작품에 대한 이야기가 다소 소재 중심으로 논의되었음을 아쉽게 생각한다. 이 시점에서 청소년문학을 위해 꼭 하고 싶은 이야기는, 문학은 소재와 기법 등의 구성 요소들을 모두 아울러 '울림'을 만들어 낸다는 것이다. 소리가 먼 산에 닿아 메아리를 만들어 내듯이 문학은 작가의 목소리, 즉 작품이 독자의 마음에 닿아 울려 퍼질 때 비로소 완성된다. 그렇다면 최근 우리 안에 진정 울림이 있는 작품이 있었던가 하는 생각을 더듬어 보게 된다. 청소년들의 삶에 대한 작가적인 고민이 녹아든 이야기가 마치 항아리에 담겨 오랜 시간 숙성된 간장처럼 진한 향과 윤기를 머금고 다가와야 하는데, 일회용 시대에 걸맞은 한 번 읽고 잊혀버릴 책을 늘어놓고 있는 것은 아닌지 걱정이 된다. 청소년에게 들려주고 싶은 이야기가 오랜 시간 햇빛을 받은 과실처럼 달고 깊은 맛이 나기 위해서는 고민과 생각이 무르익도록 기다려야 할 터인데, 현재 청소년소설은 독자에게 행간을 읽을 자유도 주지 않고 너무 많은 이야기를 늘어놓고 일일이 설명하고 있다. 철학이 부재한 자리를 거친 현실을 쏟아내어 메우고 있는 듯하다. 청소년문학의 밭에서 싹들이 날로 자라나는 것은 반가운 일이지만 그것을 어떻게 곱게 가꾸어 오래도록 키워 나갈지에 대해서는 우리 모두의 책임 있는 자세가 요구된다.

(2009)

청소년소설 속 아이들을 불러내다

외적 성장과 내적 평가

지난 십 년간 청소년문학은 어느 문학 장르보다 크게 변화했다. 1990년대 후반부터 시작된 청소년문학에 대한 고민이 2000년대 현장에서의 작업을 이끌었고 결국 최근의 성과를 이루어 냈다. 여러 출판사가 청소년문학 시리즈를 따로 묶을 만큼 출간량이 늘었고 서점에는 청소년물 진열대가 따로 마련되는 추세이다. 소수지만 몇몇 책들은 베스트셀러 상위권에 링크되며 청소년문학을 일반 대중에게 알리기도 했고 청소년문학 공모상만 해도 사계절 출판사의 사계절문학상(2002년 제정), 푸른책들의 푸른문학상(2003년 제정), 창비의 청소년문학상(2007년 제정), 비룡소의 블루픽션상(2007년 제정), 세계일보의 청소년문학상(2007년 제정)으로 늘어났다. 이런 외적인 성장과 발전에 대해서는 누구나 인정하는 바이니 이 자리에서 이런 이야기를 또 하는 것은 지난 십 년에 대한 동어 반복적 평가에 불과하다. 아이가 십 년간 얼마나 자랐고 체중이 늘었는지에 대한 기록이 그 아이의 내면적 삶의 모습을 온전히 반영해 줄 수 없듯이, 청소년문학에 대한 평가 역시 외연의 점검이 아니라 청소년문학만이 추구해 온 문학 내적인 탐색을 통해 좀 더 구체적으로 이야기할 수 있으리라 생각한다.

청소년소설의 주체는 청소년이다. 청소년문학은 청소년의 삶과 정서를 대변하려는 의도를 가졌으며 그것은 구체적으로 청소년 화자에 의한 서사이자 청소년 독자를 위한 서사로 나타난다. 주체로서의 청소년을 의식한 서사만이 독자에게 작품에 대한 동일시와 몰입이라는 문학적 경험에 동참시키고 그들의 고민을 모색할 수 있는 장을 형성해 준다. 따라서 청소년을 위한 이야기의 소재에는 제한이 없고, 청소년소설이 지향하는 바는 분명히 존재한다. 이 글에서는 그동안 청소년소설에 등장한 작중인물들이 어떠한 양상으로 표현되었는지, 그들이 작품에서 어떻게 주체의식을 찾아 나가고 있는지를 중심으로 살펴보고자 한다. 물론 그럼으로써 인물의 문제와 함께 지난 십여 년간의 청소년문학의 흐름도 자연스럽게 짚어질 것이다. 어쨌든 이 글은 지난 십 년간 우리에게 다가왔던 청소년소설 속의 아이들을 불러내는 작업이 될 것이며 우리는 작가의 대리인에서 스스로의 주체로 발전해 가는 작품 속 아이들을 발견할 수 있을 것이다.

성장 서사 살펴보기

청소년소설은 2000년대 중후반에 들어서야 본격적으로 비상하기 시작했지만 1990년대 후반부터 조용한 파문이 감지되어 왔다. 청소년을 위한 문학이라고는 오래된 한국 단편소설을 묶어 내는 것이 고작이었는데 1997년 사계절 출판사가 본격 청소년문학선 '1318문고' 시리즈를 펴내기 시작한 것이다. '1318문고' 중 초기에 출간된 박상률의『봄바람』(1997),『나는 아름답다』(2000),『밥이 끓는 시간』(2001), 채지민의『내 안의 자유』(2000), 한창훈의『열여섯의 섬』(2003) 같은 작품이 당시의 대표적인 청소년소설이다. 이 소설들은 대부분 당시 청소년을 위한 유일한 문학 장르로 인식되던 성장소설의 모양새를 띠고 있지만 청소년 독자를 염두에 두고 작중인물로 청소년 화자를 선택하여 쓴 소설이라는 데에 의미가 있다. 그럼에도 당시 출간된 많은 창작동화의 세례를 받고 자란 청소년을 위하는 데 한계가 있다고 지적되기도 했다. 또한 2000년대 초반 청소년문학 관계자들이 여러 매체를 통해 성장소설과 청소년소설 간의 변별점을 밝히려는 시도를 했는데 지금 돌이켜 볼 때 그러한 노력은 '청소년을 위한 서사는 곧 성장소설인가' 하는 청소년소설의 정체성에 대한 근본적인 고민의 시작이었다. 말하자면 자서전적이고 회고적인 형태의 성장소설과, 청소년 화자를 주체로 삼아 그들의 생각·정서·의지를 대변해야 하는 청소년소설 사이의 거리를 발견한 것이다. 당시 이러한 의문들은 성장소설에 등장하는 인물과 배경이 오늘날과는 동떨어진 것이기 때문이라고 풀이되었다.

그러나 작품 속 시대적 배경이 '과거'라거나 성장소설의 외피를 입고 있다는 것 자체가 문제는 아니다. 시대적 배경이 오래전의 과거라 할지라도 작중인물과 결합하여 독자의 몰입을 가능케 하는 작품이야 얼마든지 있다. 청소년소설로서의 성장소설을 서술할 때 주목해야 하는 점은 배경의 문제라기보다는 서술 방식의 문제다. 무엇보다도 자서전적 성장소설에는 주인공의 모습에 작가의 그림자가 포개어진다. 사실 십 대는 '나 자신에 대한 관심'과 '자의식'이 커지는 시기이다. 그러므로 청소년소설에는 자의식이 드러날 수 있지만 작품에서는 그러한 '자의식'이 문학적으로 형상화되어야 한다. 그런데 지난 성장소설에 드러나는 자의식은 문학적 대상으로의 자의식이라기보다는 작가의 자의식에 가깝다. 시대적 배경이 과거인 작품이든 오늘날인 작품이든 작중인물에 드리워진 작가의 그림자는 작가와 작품의 거리를 좁히는 반면 작품과 독자의 거리는 멀어지게 만든다. 『봄바람』이나 『나는 아름답다』는 아름다운 성장소설이지만 소설 속 훈필이나 선우는 독자와 함께 교감을 나누기보다는 혼자 놀고 있는 듯하다. 이러한 성장소설의 형태는 작가들이 존재하는 한 앞으로도 계속 생산될 것이다. 『난 할 거다』(이상권, 사계절 2008)나 『순간들』(장주식, 문학동네 2009) 같은 작품이 꾸준히 나오는 것으로 보아 알 수 있다. 물론 이러한 소설도 그 나름의 의미는 있다. 미술에서 '자화상'도 분명 멋진 작품이 될 수 있듯이 말이다. 다만 이렇듯 작가의 음영이 일정 부분 드리워진 성장소설이 어떻게 독자와 교감할 것인가에 대한 방법적 고민이 더욱 깊어져야 한다.[1]

성장소설의 구성 방식에 대해서도 한번 생각해 보자. 성장소설뿐 아니라 모든 소설은 '성숙' 혹은 '변화'를 이야기한다. 모든 소설은 작중인물 A가 모종의 사건을 거쳐 A′가 되는 것을 서술한다. 성장소설의 경우 그 모종의 사건은 바로 세상에 태어나 한 번도 겪지 못했던, 그러나

---

[1] 일례로 회고형 성장소설에 등장하는 이미 성장한 서술자아의 회고·독백의 목소리가 지나치게 큰 경우 현재 진행의 경험자아에 속하는 주체적 자아의 관점과 심정이 약화된다. 성장소설이지만 사건을 직접 겪어 내는 경험자아, 즉 십 대 주체의 소리가 상대적으로 큰 『내 인생의 스프링캠프』(정유정, 비룡소 2007)는 이러한 문제점이 드러나지 않는다. 최근 번역된 H. M. 반 덴 브링크 청소년소설 『안톤의 여름』(박종대 옮김, 사계절 2009) 역시 이미 성장한 서술자가 5년 전의 청소년기를 회상하는 형식의 작품으로, 현재와 과거가 질서 없이 서술되지만 과거의 회상이 주로 설명보다는 장면의 묘사와 행동을 통한 심리 표출에 맞추어져 있다. 따라서 서술자아의 해석적 목소리가 거의 드러나지 않는다.

결국 겪고 딛고 일어서야 할 숙명적인 통과의례의 사건이다. 그러다 보니 여기서 자칫 '성장'을 기존 사회로 진입하기 전 단계 혹은 '사회화'의 전 단계로 여길 수 있다. 성장소설은 이러한 위험성을 내재한 계몽적 시각이 드러날 수 있는 장르다. 이러한 위험이 있기에 청소년소설로서의 성장소설은 성장의 의미를 새롭게 모색하고 전복하는 성장 서사를 창조해 내야 한다.

어쨌든 성장소설의 일정한 패턴은 이야기의 구성과 더불어 어떻게 서술했는지를 주목하게 하고 그것은 사건을 바라보는 '깊이'의 문제와 연결된다. 외국 청소년소설 중에 성장의 서사를 담은 작품들을 보면 그 주제가 물론 사회적 사건인 경우도 있지만 '죽음'이나 '관계' 등 인간이 인생을 살아가면서 깨닫게 되는 보편적이고 숙명적인 사건을 이야기할 때 더 큰 울림을 준다. 죽음을 이야기하는 로이스 로리의 『그 여름의 끝』(고수미 옮김, 보물창고 2007)이나 샤론 크리치의 『두 개의 달 위를 걷다』(김영진 옮김, 비룡소 2009), 관계의 문제를 다룬 마르야레나 램브케의 『아빠는 아프리카로 간 게 아니었다』(이은주 옮김, 시공주니어 2005), 『함메르페스트로 가는 길』(김영진 옮김, 시공사 2006) 등이 우리에게 감동을 주는 것은 사건 자체라기보다 그들에게 일어난 사건과 함께 그것을 바라보는 깊이 때문이다. 결국 청소년소설로의 성장 서사는 과거의 내 이야기를 하더라도 그것을 오늘날의 독서 현장으로 불러내야 한다. 과거의 '나'를 등장시켜도 현재의 '청소년 주체'로 만들어 내야 한다. 소설은 작가가 아닌 서술자를 내세워 거리(距離)의 미학을 만들어 가는 장르이기 때문이다.

나를 둘러싼 모든 것들

과거의 나를 돌아보던 성장 서사에서 벗어나 '지금 여기', 오늘을 살아가는 아이들을 주목한 작품으로는 『어느 날 내가 죽었습니다』(이경혜, 바람의아이들 2004)를 떠올리게 된다. 중학생 유미가 가장 친했던 남자 친구 재준의 사고사 이후 그가 남긴 일기를 읽으며 삶과 죽음을 생각하게 되는 이 작품은 십 대의 아이들에게 죽음을, 그리하여 지금 현재의 삶을, 즉 '실존'의 문제를 던져 준다. 사춘기에 이르러 아이들은 자기 자신을 새롭게 인식하게 되고 자신을 대상화하여 바라보며 정체성을 형성해 나간다. 이른바 '제2의 탄생'이다.

그런데 죽음을 눈앞에 상정해 놓고 자신의 삶의 의미와 정체성을 짚어 보는 『어느 날 내가 죽었습니다』는 기존 성장소설의 형식에서 벗어나 오늘날의 아이들을 그린 데에서 한발 더 나아간다. 이 작품으로부터 우리 청소년소설은 이제 '나'의 존재를 작가에서 분리하여 주체적 화자로 인식하기 시작한다. 『어느 날 내가 죽었습니다』는 작품 속에서 '실존하는 나'를 재인식할 뿐 아니라 청소년소설 속 '주체'도 발견한다. 당시 출간된 청소년소설 『나의 그녀』(이경화, 바람의아이들 2004), 『나』(이경화, 바람의아이들 2006) 등을 보면 '나'를 들여다보는 일에 몰두하고 있음을 알 수 있다.

2000년대 중반 들어 '나'에 대한 관심은 '나'를 둘러싼 것들로 확장된다. 작가들은 '나를 둘러싼 모든 것들'이야말로 '나'를 구성하는 것, 곧 '나'의 일부라고 생각한 듯하다. 그리고 '지금 여기' 서 있는 '나를 둘러싼 모든 것들'을 둘러보는 지난한 작업을 통해 2000년대 청소년소설이 한 권씩 쌓여 간다. 청소년들이 살아가는 삶의 자리를 다룬 『주머니 속의 고래』(이금이, 푸른책들 2006), 『몽구스 크루』(신여랑, 사계절 2006), 『단어장』(최나미, 사계절 2008), 『직녀의 일기장』(전아리, 현문미디어 2008), 『중학생 여러분』(이상운, 바람의아이들 2008), 아이들에게 처한 특별하고 어려운 자리를 이야기한 『유진과 유진』(이금이, 푸른책들 2004), 『환절기』(박정애, 우리교육 2005), 『우리들의 스캔들』(이현, 창비 2007), 『열일곱 살의 털』(김해원, 사계절 2008), 『꽃섬고개 친구들』(김중미, 검둥소 2008), 학업 문제에 좀 더 집중한 『스프링벅』(배유안, 창비 2008), 『아무도 대답하지 않았다』(배봉기, 사계절 2009) 등이 모두 청소년을 둘러싼 것들을 이야기한다. 가족 문제에 초점을 맞춘 『나는 아버지의 친척』(남상순, 사계절 2006), 『나는 할머니와 산다』(최민경, 현문미디어 2009) 같은 작품도 있고 십 대 소녀들의 임신과 출산에 관한 『쥐를 잡자』(임태희, 푸른책들 2007), 『난 할 거다』(이상권, 사계절 2008), 『키싱 마이 라이프』(이옥수, 비룡소 2008) 같은 작품도 나왔다. 조금 다른 방식으로 청소년소설에 접근한 작품으로는 『초원의 별』(강숙인, 푸른책들 2006), 『처음 연애』(김종광, 사계절 2008), 『뚜깐뎐』(이용포, 푸른책들 2008), 『위저드 베이커리』(구병모, 창비 2009) 등을 들 수 있다.

작가군도 넓어져 동화 작가 중에서 청소년문학으로 관심을 넓힌 이금이·이현·이경혜·이경화·김중미·이옥수·배봉기·이용포·배유안·최나미·한정기·임태희 등이 있고, 공모전을 통해 등장한 신여랑·정유정·김혜정·전아리·강미 등이 있으며, 일반문학에서 청소년문학으로 관심을 넓힌 박정애·김종광·공선옥·이명랑 등이 있다.

여기서 또 하나 주목할 점은 2000년대 중반 이후 등장한 이러한 청소년소설은 그 주제와 함께 기법적인 면에서도 다양한 시도를 하고 있다는 것이다. 『쥐를 잡자』『아무도 대답하지 않았다』의 시점 변화나 『우리들의 스캔들』의 추리 기법이나 카메라 기법, 『스프링벅』에서 내용 속에 또 하나의 희곡을 넣는 방식 등을 대표적으로 들 수 있다. 『나는 누구의 아바타일까』(임태희, 사계절 2007)도 독자에게 낯설게 다가왔고, 기법이라고 하긴 어렵지만 『내 인생의 스프링캠프』(정유정, 비룡소 2007), 『하이킹 걸즈』(김혜정, 비룡소 2008), 『킬리만자로에서, 안녕』(이옥수, 시공사 2008) 같은 여로형 구성도 여러 편 등장했다. 이러한 시도들은 모두 '청소년에게 일어나는 사건'들을 작가가 거리를 두고 바라보고자 의식했다는 공통점이 있다. 앞서 말한 바와 같이 우리 청소년소설은 작중인물과의 거리가 매우 가까운 작품들로 출발했고 2000년대 중반에 이르러 우리는 그 거리 두기를 표면화한 여러 작품을 만나게 된다.

이러한 거리 두기는 무엇보다 작가가 작중인물이나 작품의 주제와 의도적으로 거리를 둘 필요가 있음을 의식하고 있는 데서 출발한다. 최근 청소년소설의 주제는 평범하고 일상적인 주변사보다는 임신이나 시사적인 문제들이 많다. 작가가 냉정하게 거리를 두지 않으면 하고 싶은 이야기가 많아지고 목소리가 높아질 수밖에 없는 주제인 것이다. 결국 거리를 유지하기 위한 의식적인 노력은 작중인물을 제대로 자리매김하기 위한 작업이고 이는 다양한 양상의 기법으로 이어진다. 문제는 이러한 거리 두기의 기법이 주제를 적절하게 드러내고 독자와 작품과의 거리를 조절하는 데에도 효과를 발휘하고 있느냐 하는 점이다.

작품마다 다양하게 시도하는 '보여 주기'의 효과가 모두 성공적이었다고 평가하기는 힘들다. 보여 주기의 지나친 강조로 인해 독자가 도리어 작품이나 작품 속 아이들과 멀어지는 상황이 되기도 했기 때문이다. 앞서 언급한 작품들은 대부분 독자가 작품 속 인물을 자신과 동일시하고 그들과 사건을 함께 겪어 가며 갈등을 해결하는 방식이 더 효과적일 수 있다. 청소년 독자는 그들의 삶에 밀착된 주제에 대해 모종의 기대 지평을 가지고 독서를 하게 된다. 그런데 이러한 보여 주기, 거리 두기의 기법은 독자에게 몰입의 독서보다는 지적인 해석의 독서를 강조한다. 『아무도 대답하지 않았다』의 인물들이 보여 주는 각각의 입장은 현재의 교육 현장을 냉정히 관찰하게 할지언정 작품 속 삶과 동일 선상에 선 청소년 독자들에게 삶의 전망을 바라보게 하는 방식은 아니다. 주제와 기법의 불균형은 작품을 읽고 나서 뭔가 답답함과 미진함을 주게 된다. 『목요일, 사이프러스에서』(박채란 사계절 2009)에서 작가가 말하고자 하는 바는 '청소년 자살' 문제다. 비정상적인 사회로 인해 발생하는 청소년 자살에 대한 안타까움이 이 소설을 쓰게 된 이유일 것이다. 그러나 작품에서 '자살 연극'이라는 설정을 받쳐 주기에는 하빈이를 포함한 아이들 각각의 플롯이 억지스럽다. 청소년 화자들은 그들의 자리에 주인으로 서 있기보다는 작가의 의도를 구현하기 위한 측면이 크다. 작가와 작품의 거리 두기에서 파생되는 작품 속 아이들과 독자가 멀어지는 문제는 작품의 주제에 따라 좀 더 판단해야 할 부분이다. 문학이란 단순한 재현 이상의 '어떤 것'이며 보이는 것(즉 사건의 재현, 반영)과 사건을 보는 작가 의식(작가적 세계관의 표현, 표출, 해석)이 하나가 된 것이다.

청소년소설 단편집도 주목해 볼 필요가 있다. 단편소설이야말로 문학적 기법의 효과를 가늠해 볼 수 있는 장르이다. 장편이 사건의 연속, 즉 서사에 무게중심을 두는 데에 견주어 단편은 하나의 사건을 중심으로 기법을 실험해 보며 완성해 갈 수 있는 장르이다. 『라일락 피면』(공선옥 외, 창비 2007), 『깨지기 쉬운 깨지지 않을』(박정애 외, 바람의아이들 2007), 『베스트 프렌드』(이경혜 외, 푸른책들 2007) 등이 처음 기획된 청소년 단편소설집이다. 작가들에 따라 문학적 장치를 시도했지만 결과적으로 작품이 관념성을 벗어나지 못했고 이를 극복하고 단편 서사의 미학을 완성해 가는 후속 작품이 본격적으로 이어지지 못한 편이다. 이후 작가들이 자신의 작품을 모은 단편집을 속속 출간하고 있는데, 『겨울, 블로그』(강미, 푸른책들 2007), 『벼랑』(이금이, 푸른책들 2008), 『자전거 말고 바이크』(신여랑, 낮은산 2008), 『영두의 우연한 현실』(이현, 사계절 2009), 『나는 죽지 않겠다』

(공선옥, 창비 2009) 등을 꼽을 수 있다. 장편과는 서사 문법이 다른 단편에 대한 비평적 관심이 필요하다.

대중 서사의 코드로

최근 청소년소설에는 명랑한 캐릭터가 등장한다. 서술도 즐겁고 쿨하다. 그것은 『완득이』(김려령, 창비 2008)에서부터 시작된 듯하다. 『완득이』는 청소년소설의 방향을 바꾸는 전환점이 된 작품이다. '완득이'는 작품에서 작가와 거리를 두고 있고 독자에게도 매력적으로 흡입되며 심지어 서술자인 자기 자신과도 때로 일정한 거리를 두는 독특한 캐릭터다. 장애인 아버지, 베트남인 어머니, 가난하고 외로운 어린 시절 등 완득이를 둘러싼 모든 환경은 세상과 거리를 두는 완득이의 성격을 형성하는 바탕이 된다. 그런데 완득이의 삶 자체는 지독히 외롭지만 작품은 의도적으로 그것을 재미와 유머로 접근한다. 완득이의 입장에서 서술되는 문장을 살펴보자. 『완득이』에는 독자의 감정을 움직이는 에피소드들이 종종 등장한다. 그런데 독자의 감정이 동요될 시점에 살짝 다른 이야기로 방향을 바꾸어 감정을 더 이상 깊이 가져가지 않는다. 상처를 덮고자 하는 완득이의 성격이 잘 드러나는 것이다. 또한 슬픈 에피소드들을 직접적인 진술보다는 묘사를 통해 보여 주고 있어 독자들에게 감정을 느끼도록 만든다.[2]

---

2 "가지고 가." 그분이 내 손에 이천 원을 쥐여 주었다. 나는 그분 손에 반찬통을 쥐여 주었다. "고마워⋯⋯." 그분 턱이 파르르 떨렸다. 턱까지 흘러내린 눈물이 덜렁거렸다. "음식이 좀 짜요. 저 그렇게 짜게 안 먹어요." 그분이 활짝 웃었다. 그분은 울면서 웃는 능력이 있다. (『완득이』, 151~52면)

다음은 캐릭터다. 완득이를 세상에 불러내는 역할을 하는 '똥주 선생'은 표면적으로는 지금까지 소설에서 흔히 묘사되던 악역 캐릭터지만 사실 그의 겉모습은 따뜻한 속마음을 드러내기 위한 일종의 장치이다. 『완득이』는 이처럼 완득이의 속내가 드러났다 감춰졌다 하며 생기는 빈 공간과 캐릭터가 재미를 유발한다. 사실 『완득이』를 뜯어보면 서사의 구성이나 인물의 변화가 흡족하지 않은 점도 있다. 그럼에도 여러 점에서 주목받아 마땅한 『완득이』는 청소년소설에서 캐릭터라는 장치에 주목하게 된 계기가 되어 주었다.

그동안 청소년소설은 창작만 될 뿐 실제 소비되지는 못한다는 인식을 단숨에 뛰어넘은 작품이 『완득이』다. 이후 우리 청소년소설의 방향은 명랑 혹은 재미를 전략으로 삼아 대중 서사의 코드로 나아가고 있다. 올해 출간된 『위저드 베이커리』(구병모, 창비 2009) 역시 대중 판타지에 기댄 서사 전개를 바탕으로 한다. 작품이 독서 대중을 의식하기 시작한 것이다. 즉 독자 수용에 의미를 두고 '대중 서사'의 코드로 접근하는 것이 현재 청소년소설에 일어난 현상이다.

『구라짱』(이명랑, 시공사 2009)은 소설가 지망생으로 예술고에 다니는 '빛나'라는 여학생의 이야기다. 어린 시절 상처로 인해 진실을 믿지 않게 된 빛나는 '자신을 감추는 거짓의 글'을 쓰고 있다. 자신의 상처를 들키지 않기 위해 거짓말을 만들어 내는 것이다. 그러다 보니 결국 자신의 실제 이야기로 상을 받은 글은 표절로 의심을 받게 된다. 이 작품은 사실의 글을 써야 한다고 생각하는 '한뜻'과 거짓말을 반복하는 빛나를 통해 '진실한 글'이란 무엇인지 고민하게 하고 빛나의 상처와 빛나의 글쓰기 행위를 대위법적으로 연결하여 문학에 대한 메타적 시각을 제공한다.

그런데 이 작품 역시 대중 서사의 코드를 가져왔는데 그것은 과장된 캐릭터와 사건에서 찾아볼 수 있다. 이 작품의 인물들은 전형적인 시트콤 드라마나 과장되고 단순화된 만화 캐릭터들이다. '백지' '장식용' '잘난척' 등 본명보다는 별명이 주는 성격만을 충실히 따르는 배역들은 빛나를 둘러싼 조연들이다. 동시에 이 작품의 또 하나의 특징은 과장법에 의한 전개다.

> 대회 시작 시간에 임박해서 스포츠카 한 대가 굉장한 속도로 행사장 안으로 돌진해 들어왔다. 뿌왕! 달려오는 스포츠카는 당장이라도 하늘로 비상할 듯 심하게 가볍게, 심하게 빠른 속도로 달려왔다.
> "뭐야, 저거? 브레이크 고장인가 봐!"
> "피해!"
> 운동장을 가득 메운 인파는 두 갈래로 좍 갈라졌다. 모세의 말 한마디에 반으로 쩍, 갈라진 홍해처럼 말이다.
> "꺅!"
> 아이들은 비명을 지르고, 모성이 지극한 엄마들은 죽기 살기로 뛰어와 아들딸들을 껴안고 운동장을 굴렀다. (『구라짱』, 215~16면)

코믹 드라마를 연상케 하는 이러한 서술 방식은 가독성을 높이면서 빛나의 상처를 명랑 코드로 둘러싸는 역할을 한다.

그러나 현재 청소년소설에서 재미와 웃음이라는 대중성의 코드로 독자에게 다가가려는 기법은 통속화의 위험성을 가진 것도 사실이다. 『닌자걸스』(김혜정, 비룡소 2009)는 연기 지망생인 은비와 각기 다른 개성을 지닌 지형, 소울, 혜지라는 네 명의 여고생 이야기다. 시종 명랑 발랄 캐릭터인 이들이 일으키는 소동 중에서 압권은 자살 소동이다. 작품은 학교 옥상에 올라가 거북이 가면을 쓰고 심화반 폐지를 주장하는 등 코믹

한 분위기 안에서 공교육의 문제점을 짚고 있다. 그러나 이 작품의 코믹한 대중 코드와는 별개로 아이들에게 닥친 사건들이 치열하게 전개되었는지, 주어진 과제들이 잘 극복되었는지는 의심의 여지가 있다. 무엇보다도 이들의 심화반 폐지 주장이 작품 속에서 전혀 해결되지 않고 싱겁게 끝나고 있기 때문이다. 이 작품은 명랑 코드를 넘어서는 전복적 서사가 아닌 일종의 어리광에 머물고 만다. 여고생들의 일상을 즐겁게 보여 준다고 해도 주요 사건을 다루는 문학적 치열함을 잃어버린다면 아이들은 다양한 내면을 드러내는 살아 있는 주체가 아니라 주체를 흉내낸 일종의 구성물이 되어 버린다.

돌이켜 볼 문제들

지난 십여 년간 청소년소설은 숨 가쁘게 달려왔다. 일단 그 노력에 긍정적인 평가를 보낸다. 그러나 여기서 잠시 돌이켜 볼 문제가 하나 있다. 청소년소설은 왜 그렇게 숨 가쁘게 달려왔고 지금도 달리고 있는가. 문학은 본래 달리는 장르가 아니고 달리는 것을 멈추게 만드는 브레이크가 내장된 장르가 아닌가. 우리가 서 있는 자리를 되짚어 보기 위해서는 달리는 걸음을 멈추고 그 주제가 무엇이든 깊이 들여다보는 자세가 중요하다. 지금까지 청소년소설이 다양한 자리에 있는 많은 아이들을 불러내는 작업에 몰두해 왔다면 이제부터는 그들이 가진 고민을 깊이 들어 주는 방향으로 나아가야 한다. 단지 소설에 청소년이 등장하여 그들의 신변 이야기를 보여 주는 게 독자가 바라는 전부는 아니다. 작품 속에서 청소년들이 주체로 서서 자신이 처한 현실을 바라보고 실제 사건 속에서 행동하며 자신이 처한 고민을 풀어 나가고 있는지가 핵심이다.

　성장소설은 매우 중요한 청소년소설의 한 방식이지만 자칫하면 십대의 소년들을 사회화하는 매체로 작용하기도 하고 때로는 은연중에 작가 자신이 살았던 방식, 과거에 대한 정당화에 머물기도 한다. 훌륭한 성장소설이란 개인의 특별했던 경험도 문학적 여과를 거쳐 독자에게 보편적으로 다가가는 것이다. 그리하여 독자는 성장 서사의 결을 더듬으며 인생이 가지고 있는 여러 가지 색깔과 음영을 통해 생의 애매성(ambiguity), 문학의 애매성을 터득하는 것이다. 최근 읽은 『바람이 노래한다』(권하은, 창비 2009)는 그런 점에서 반가운 작품이다. 차분한 문체로 뜨거운 사랑이야기를 담은 이 낭만적 작품을 통해 청소년들은 사랑이라는 감정이 만들어 내는 소용돌이를 들여다볼 수 있다.

　또 한 가지 돌이켜 볼 문제는 대중 서사의 코드다. 기실 코드 자체는 아무 문제가 아니다. 문제는 현재 청소년소설이 대중 서사의 코드를 통해 어떠한 효과를 얻을 것인지에 대한 전략적 고민이다. 단지 독자들의 손에 닿기 위함이 유일한 목적이라면 그것은 의미가 없다. 현대사회의 대중들은 웃음만을 맹목적으로 요구하는 집단이 아니라 작품의 대중적 코드를 읽으면서 그 안에 담긴 문학적 효과를 계산해 내는 독자들이다. 더구나 청소년은 대중적 코드를 가장 앞선 자리에서 받아들이는 동시에 해석하는 집단이다. 텔레비전의 개그 프로그램에 종종 시사적인 주제를 풍자하는 에피소드가 등장하는데 이는 대중적 코드가 세상을 풍자하고 가치관을 뒤집어 보는 기능이 있음을 뜻한다. 최근 일상사를 다룬 청소년문학 서사는 대중적 코드를 전유하여 기존 사회에 답습되는 고정관념을 균열 내는 장르로서의 역할이 가능하다. 최근 텔레비전 프로그램 '개그 콘서트'에서 재미있는 인물을 발견했다. 다름 아닌 초등학생 '희망'이와 유치원생 '소망'이를 동생으로 둔 '절망'이다. 동생들이 순진하게 어른들이 하는 말을 믿을 때 랩으로 그것을 뒤집으며 "너희들은 몰라. 인생, 어두워."를 반복한다. 삐딱하게 서서 껄렁거리며 기존의 가치관을 의심하는 절망이, 단지 그 모양새가 아니라 그가 사회를 바라보는 시선의 뿌리에 바탕을 두고 있음을 들여다볼 필요가 있다. 청소년만이 가진 삐딱함으로 세상을 한껏 우습게 보고 세상에서 일어나는 일들을 날카롭게 지적할 수 있는 아이가 청소년소설의 주체가 된다면 그것이 대중적 코드라 할지라도 문제 될 것이 없다고 본다.

(2009)

청소년문학과 청소년문학이 아닌 것

성장소설과 같거나 혹은 다르거나

2008년 한국문학을 결산하는 문예지 글이나 신문 기사를 읽으면 공통적으로 '성장소설의 활약'을 거론하면서 대표적으로 『개밥바라기별』(황석영, 문학동네 2008)과 『완득이』(김려령, 창비 2008)를 들고 있다. 그간 청소년문학을 관심 있게 지켜본 사람으로 『개밥바라기별』과 『완득이』를 동일한 '성장소설' 범주로 묶어 버리거나 성장소설과 청소년문학이라는 용어 자체를 구분 없이 사용하는 경우를 접하면 마음이 불편하다. 최근 성장소설과 청소년소설의 활약은 반길 일이지만 청소년문학은 도리어 성장소설이라는 용어에 묻힌 감이 있다.

원론적으로 문학은 모두 '성장'에 관해 이야기한다. 작품 속에 그것이 구체적으로 드러나건 그렇지 않건, 문학이 인생을 말하고 인간을 그린다면 그것은 결국 내면의 성숙과 관련이 있기 때문이다. 하루하루 부쩍 크는 어린이를 떠올리면 성장은 어쩌면 동화에 가장 많이 담겨 있다

고 할 수 있다. 그러나 동화 앞에 수식어 '성장'이라는 말을 써서 '성장
동화'라고 일컫지는 않는다. 일반문학, 가령 노년을 다룬 박완서의 소설
에도 노년기를 겪는 인간의 또 다른 성숙 과정이 담겨 있다. 결과적으로
성장이 인생의 한 시기에만 이루어지는 것이 아니기에 청소년기에 성
장이 중요한 과제라 할지라도 청소년소설을 곧 성장소설이라 칭할 수
는 없다.

성장소설은 범박하게 정의하자면 '소년이 성인이 되어 가며 겪는 내
면적 갈등과 정신적 성장, 그리고 세계의 주체로서 정립되는 각성 과정
을 담고 있는 일반문학의 한 장르'이다. 작중 화자로 주로 십 대 소년을
등장시켜 그들의 내면과 세계와의 갈등을 표출하지만 애초부터 청소년
독자만을 염두에 두고 창작하지는 않는다. 우리 사회에서 최근까지 청
소년들에게 성장소설을 주로 건네준 것은 이 장르 외에 마땅하게 청소
년을 주인공으로 삼은 '청소년소설'이 없던 시절 생겨난 관습적 성격이
짙다.[1] '성장소설'은 장르적 분류인 반면 '청소년소설'은 특정한 문학
적·미학적 규범을 가진 문학 장르를 지칭한다기보다는, 독자의 연령대
로 구분된 수용미학적인 면이 강하다. 일반소설의 문법과 변별되는 청
소년소설의 특징은 사실상 존재하지 않는다. 결국 성장소설과 청소년

---

1 물론 한국문학에서 청소년 독자를 염두에 둔 소설이 없었던 것은 아니다. 청소년을 위
한 읽을거리는 어느 시대에나 있었다. 조혼파의 『얄개전』이나 최요안의 명랑소설들,
박범신의 『깨소금과 옥떨메』 등 청소년의 일상을 다룬 많은 명랑소설이 실제 청소년
독자에게 인기를 끌었다. 그러나 대중성에 기반한 작품을 '본격문학'의 장으로 포섭하
지 않으려는 보수성은 명랑소설을 제외한, 문단에서 반열을 이룬 작가들의 '성장소설'
만을 문학적 계보에 남기려 했다. 이러한 문학 관습이 현재 성장소설 장르를 청소년소
설이라 지칭하는 가장 큰 원인이다. 2008년에 출간된 성장소설 『개밥바라기별』의 경
우 작가조차도 자신의 작품을 청소년 독자와 매우 쉽게 연결하고 있는데, 이것은 이제
막 열린 청소년문학의 장을 혼란스럽게 만들 여지가 있다고 생각한다.

소설이라는 용어는 소설을 구분하는 서로 다른 기준이다. 한 편의 소설이 성장소설이며 동시에 청소년소설일 수도 있고, 성장소설이되 청소년소설로 적합지 않을 수도 있다.

그런데 필자가 전제한 것처럼 성장소설이 아닌 청소년소설이라는 분야가 따로 있다면 대체 청소년소설은 청소년소설이 아닌 소설과 무엇이 다른지 검토가 필요하다. 이런 고민에는 구체적으로 몇 가지 의문이 뒤따른다. 2008년 한국문학을 결산하는 자리에서 여러 번 거론된 성장소설 『개밥바라기별』은 정말 청소년을 위한 소설이기도 한 걸까? 청소년 화자를 내세운 일반문학과 청소년소설의 차이는 무엇일까? 초등학생을 대상으로 한 소년소설과 청소년소설의 변별점은 무엇일까? 최근 일반문학에서 새롭게 변화되고 있는 '성장' 코드는 청소년소설과도 연결될 수 있을까? 이런 작은 의문들을 하나씩 풀어 나갈 때, 즉 청소년소설을 동화와 일반소설과 함께 놓고 안팎으로 두루 살필 때 청소년소설만의 정체성을 발견할 수도 있지 않을까 하는 생각이다.

'기쁜 우리 젊은 날'을 바라보는 시선

황석영은 『개밥바라기별』 후기에서 "『바리데기』를 내놓고 나서 전혀 새로운 젊고 어린 독자들이 생겼다는 사실을 알고, 그들과 속 깊은 이야기를 나눌 작품에 대하여 여러 가지로 생각하게 되었다."(283면)라고 쓰고 있다. 또 "이 소설은 수십 년 전의 일이고 지금 세대의 아버지나 어머니들이 겪은 일이다. 그러나 젊음의 특성은 외면과 풍속은 변했지만, 내면의 본질은 지금도 별로 변하지 않았다."(287면)라고도 덧붙이고 있다. 황석영이 청소년 독자를 의식하여 집필했다고 하는 『개밥바라기별』은 전형적인 자전적 성장소설이다.

죄르지 루카치(György Lukács)는 소설에 대해 '길은 시작되었는데 여행은 이미 완결된 형식'이라 정의했다. 같은 서사 장르지만 현재형으로 서술되는 희곡이나 시나리오와 달리 소설은 사건이 진행되어감과 동시에 서술자의 시선에 의해 그 사건이 해석되어 독자에게 전달된다. 작품 속에서 사건은 끊임없이 발생하지만 그것을 해석하는 자아는 이미 그것을 겪은 상태다. 소설 속 미세한 시선의 낙차가 성인이 되어 십 대 시절의 자신을 돌아보는 '회고담'류 성장소설에서는 특히 중요한 의미를 생성한다.

『개밥바라기별』역시 회고담류 성장소설이기에 십 대의 경험자아 '준'과 이미 성인이 되어 청소년 시절의 준을 돌아보는 서술자아로 소통 층위를 나눌 수 있다. 또 『개밥바라기별』은 '준'과 '준의 친구들'이 번갈아 서술자로 등장한다. 그러나 이 모든 것은 결국 "준은 별난 녀석이었다."는 진술에서 알 수 있듯이 준에 대한 집중 조명으로 모아진다. 작품은 젊은 시절의 준을 이상화하여 바라보며 이것은 젊은 시절을 낭만적으로 윤색하게 된다. 이 작품은 십 대인 경험자아가 겪는 고민을 들려주는 이야기가 아니라 이 모든 사건을 뛰어넘어 성장한 성인 서술자가 들려주는 나르시시즘이 강한 과거 이야기인 것이다.

'젊음의 특성은 외면과 풍속은 변했지만 내면의 본질은 변하지 않았다.'는 작가의 발언을 인정한다 해도 이 작품에서 '내면의 본질'을 말하는 방식은 이미 사건을 겪은 성인의 눈으로 과거를 회상하며 해석하는 식이다. 젊은 시절이 아무리 힘들었을지라도 되돌아보는 자에게는 그 고통조차 '기쁜 우리 젊은 날'로 기억된다. 『개밥바라기별』은 결국 십 대를 '주체'로 내세우기보다는 어른이 된 준의 기억 속에서 '대상화된 십 대'를 그리게 된다.

『개밥바라기별』과 비슷한 형태의 성장소설류는 이미 청소년문학에서도 여러 번 출간된 바 있다. 청소년문학의 씨앗이 싹을 틔우던 시절, 청소년문학은 곧 성장소설로 인식되었다. 나이 든 작가가 자신의 청소년기를 회상하며 작품을 창작했기 때문이다. 『난 할 거다』(이상권, 사계절 2008)[2] 역시 형식 면에서는 이와 비슷한 구조를 가지고 있다. 『난 할 거다』는 고등학생이 된 시우가 학교에서 벌어지는 사건 속에서 정체성을 찾아가는 이야기로 전통적인 성장소설 혹은 성장소설의 다른 갈래인 예술가소설이라 할 수 있다. 그런데 이 작품 역시 1970년대를 시간적 배경으로 삼고 있지만 여타의 성장소설과 달리 작가가 오늘날의 독자를 의식하여 공감대를 형성하고자 노력한 흔적이 뚜렷하다.

첫째, 『난 할 거다』에 묘사된 우리나라 남도에 위치한 어느 중소 도시의 고등학교 풍경은 놀랍게도 지금과 크게 다르지 않다. 교사들은 권위적이고 학생에게 진실한 관심을 보이지 않는다. 높은 점수를 받아 유명 대학에 진학해야 하는 고등학생들의 절박한 과제도 지금과 다르지 않다. 작가는 수십 년이라는 시간이 흘렀음에도 여전히 낯익은 풍경을 발견하여 그것에 주목한다. 독자들은 교육을 빙자하여 억압하던 과거의 풍경을 바라보며 현재형으로 경험을 공유한다. 70년대나 지금이나 동일하게 비민주적인 교육 현실은 곧 주인공 시우와 현재의 청소년 독자가 만나는 지점이기도 하다.

둘째, 이 작품은 경험자아의 서술이 큰 부분을 차지한다. 황석영의 『개밥바라기별』이 이미 성장한, 그것도 나름 훌륭하게 성장한 성인의 시선에 의해 낭만적으로 윤색된 과거를 그린다면, 『난 할 거다』는 괴로움 속에서도 당대를 치열하게 살아 낸 십 대의 외침을 더욱 크게 전해

---

2 『난 할 거다』에 대한 내용 분석의 일부는 3부에 실린 「청소년소설에서 '성장'의 테마」
(『출판저널』 2008년 9월호)에서 요약한 것이다.

준다. 이 작품은 십 대 소년 시우의 약한 모습을 솔직하게 드러냄으로써 도리어 강한 문학적 공감대를 형성하게 한다. 작품을 읽다가 보면 지금도 이 땅 곳곳에서 교육이라는 미명 아래 '길들임'을 당하며 십 대를 견디어 내고 있을 청소년들의 모습이 포개어진다. 70년대를 지낸 시우가 2008년을 사는 수많은 시우와 만나는 순간이다.

2008년을 사는 또 다른 시우를 들자면 그것은 『열일곱 살의 털』(김해원, 사계절 2008)의 일호다. 얼마 전 서울의 한 고등학교에서 실제 있었던 '두발 자유 1인 시위'를 모티프로 한 『열일곱 살의 털』은 『난 할 거다』와 마찬가지로 주로 학교에서 벌어지는 사건을 다루고 있다. 항상 머리를 단정히 깎는 태성이발소 손자 일호가 아이러니하게도 씩씩하고 꿋꿋하게 '두발 자유 1인 시위'를 벌이게 된 이유는 머리를 단정히 깎으라고 강요하며 정작 학생의 머리를 비인격적으로 다루는 체육 교사의 태도에 화가 났기 때문이다. 학교의 상황이 『난 할 거다』와 거의 유사하다는 점에서 한국의 청소년 인권 문제가 대대로 얼마나 후진적인지 보여 준다. 사실 '두발 단속'은 단순히 단정한 머리 만들기만이 목적은 아니다. 일방적인 '오삼삼' 스타일을 강요하는 것은 두발 단속을 통해 집단을 획일화하고 통제하려는 비민주적인 의도를 갖고 있다.

이 작품에서 재미있는 인물은 일호의 아버지다. 일호가 태어나기도 전에 집을 나가 일호가 머리 때문에 학교와 갈등을 일으킨 시점에 갑자기 나타난 아버지는 기존의 아버지와 사뭇 다른 태도를 보인다. 상담실에서 "선생님들께서 바리캉으로 머리를 미는 행위는 반인권적입니다. 국제인권위원회에 제소할 만한 일"(109면)이라고 목소리를 높이고, 일호를 수업에 들여보내지 않고 상담실에서 정신교육을 시키겠다는 학생주임의 말에는 "아이의 수업권을 박탈"(112면)하는 행위라며 일호를 학교에서 데리고 나가 버린다. 과장된 용어를 진지하게 구사하여 더욱 우스워지는 일호 아버지는 『완득이』의 똥주 캐릭터에 이어 청소년소설에 속속 등장하는 청소년을 지지하는 어른이다.

기존의 전형적인 성장소설에서 아버지는 주로 사회적 초자아, 즉 사회의 권위를 상징했다. 소년은 아버지로 대표되는 초자아적 권위 아래서 갈등하는 동시에 사회에 적응하기 위해 그 권위를 인정해야 했다. 어떤 이들은 성장소설이 가진 본질적 한계를 이 부분에서 찾기도 한다. 그런데 『열일곱 살의 털』에는 일호의 편이 되어 그들의 입장을 대변해 주는 새로운 아버지와 할아버지가 등장한다. 이는 새로운 세대와 어른이 세상을 함께 바꾸어 나가야 한다는 메시지이고, '성장'의 끝이 반드시 기존의 권위에 순응하는 것은 아니며, 그 권위의 성격 자체가 변할 수도 있음을 보여 준다.

한편 『열일곱 살의 털』은 기성세대와 청소년이 하나가 되어 사건을 해결하기는 하지만 일호가 시작한 사건을 '할아버지'가 주도권을 쥐고 해결하는 결말이 아쉬움을 남긴다. 현재 우리의 청소년문학이 청소년을 주체로 발견하고 호명하는 과정 중이라고 할 때 청소년소설 안에서 청소년과 기성세대와의 관계를 좀 더 세밀하게 바라보고 청소년을 주체화하려는 노력이 필요하다. 결국 청소년소설을 규정짓는 것은 성장소설의 형식이 아니라 청소년 화자를 대상화하지 않고 주체화하려는 의지이다. 십 대인 주인공이 주체로서 꿋꿋이 서서 자신의 경험을 독자에게 전달하고 있는지가 중요한 것이다.

조숙한 화란이, 성장하고 싶지 않은 직녀

이번에는 십 대를 작중 화자로 삼은 일반소설을 잠시 살펴보자. 대체로 이러한 소설은 십 대의 시선으로 본 무언가를 말하고자 한다. 가령 『미나』(김사과, 창비 2008)는 청소년소설이 아니지만 주요 등장인물들은 모두 고등학생이다. 똑똑하고 조숙한 여고생 수정은 세상을 재빨리 파악하고 온 세상을 휘두르고 싶지만 아무 노력 없이도 우아하고 여유 있는 삶을 사는 친구 '미나'를 보며 불공평한 세상에 불만을 품고 결국 미나를 죽여 버린다. 등장인물이 청소년이고 고등학생의 일상이 소상히 나오지만 이 소설이 말하고자 하는 바는 청소년들의 이야기가 아니라 그들의 시선으로 본 사회 비판이다. 이런 소설에 등장하는 십 대는 기존 사회를 삐딱하게 바라보게 하기 위해 조숙하게 설정되며 어른들이 십 대에게 기대하는 캐릭터를 훌쩍 뛰어넘는다. 이 소설을 군이 유형화하자면 일찍 어른이 되어 버린 조숙한 자아, 반(反)성장 인물을 등장시켜 한국사회를 비판하고 냉소하는 반성장소설의 범위에 든다고 할 수 있다.

여기에 「화란이」(신여랑 『자전거 말고 바이크』, 낮은산 2008)[3]를 겹쳐 보자. 「화란이」는 『어린이와 문학』(2007년 10월호)에 발표되었을 때부터 논란이 되었던 작품이다. 이 작품에서 논쟁은 '화란이'라는 인물이 가지고 있는 반(反)성장적인 성격과 논픽션을 떠올리게 하는 다큐멘터리식 서술 방식, 독자를 2인칭의 '너'로 호명하는 소통 방식이 맞물리면서 싹텄다. 이 논쟁에서 의견이 가장 분분했던 점은 주인공 '화란이'라는 캐릭터에 대한 평가다. 가출하여 남자아이와 동거하며 원조 교제로 살아가는 화란이는 '훼손된 사회에서 훼손된 방식'으로 살아가는 인물이다. '화란이' 역시 '반성장 인물'로, 타락한 사회를 반영하는 미성년이다.

「화란이」는 독자로 하여금 '화란이' 너머에 있는, 그를 만들어 낸 사

---

3 「화란이」에 대한 분석의 일부는 3부에 실린 「이 땅의 아웃사이더, '화란이'를 위하여」(『출판저널』 2008년 7월호)에서 가져왔다.

회를 바라보게 한다. '화란이'는 사회에 의해 만들어진 동시에 사회에 의해 거부된 '희생양'이다. 르네 지라르(René Girard)는 『폭력과 성스러움』(김진식·박무호 옮김, 민음사 2000)에서 '희생양 메커니즘'에 대해 말한다. 인간을 제도와 관습으로 억압하는 사회는 그 억압이 축적되면서 사회의 성립 기반이 위험해진다. 이때 사회의 이탈자를 공격함으로써 사회 구성원의 불만을 잠재우며 사회는 존속을 유지한다. '화란이를 배척하는 행위' 역시 제도와 관습에 묶여 있는 대다수 사회 구성원들에게 잠재된 불만과 무의식을 억압하는 기능으로 작용한다. 작품 속에서 독자를 향한 '너'라는 호칭은 사회의 인사이더인 '너'와 아웃사이더인 '화란이'의 경계를 보여 주는 극단적 장치다.

그러나 「화란이」에서 아쉬운 점은 바로 이 부분이다. 이 작품이 청소년소설이라면 여기서 2인칭의 '너'는 곧 작품을 읽는 일반 청소년 독자가 되는데 사실상 화란이를 만들어 낸 가장 큰 책임은 사회의 어른에게 있기 때문에 작품 속에서 '너'에게 하는 주장과 이를 귀담아들어야 하는 독자 간에 소통의 주파수가 어긋난다. 앞서 『미나』에서도 언급했듯 어떤 작품에 작중인물로 청소년이 등장한다고 해서 그 작품이 꼭 청소년 독자를 향한 이야기는 아니다. 이 둘은 별개의 문제다. 청소년소설은 일반 독자도 물론 읽을 수 있지만, 청소년 독자를 특별히 주목하여 성립된 문학이다. 그 때문에 청소년 독자와의 좀 더 섬세한 소통이 청소년문학의 필요조건임을 알 수 있다.

이번에는 성인용 성장소설에 나타난 변화하는 성장 코드를 살펴보며 이를 청소년소설과 연결해 보자. '성장소설' 하면 언뜻 십 대 화자를 떠올리지만 최근 일반문학 장르 중에 활발히 창작되고 있는 성장소설, 이른바 칙릿의 경우 이삼십 대의 여성이 주인공이다. 칙릿은 대중문학적 속성이 강해 비판을 받기도 하지만 내용과 형식으로 볼 때 여성 '성장 서사'에 속한다. 젊은 여성이 복잡한 세상에 부딪히고 살아가면서 자신의 내면을 변화시키기 때문이다. 칙릿이 기존의 성장 서사와 다른 점은 무엇인가. 그것은 앞서 말한 것처럼 작중인물의 연령대가 성장을 과제로 안고 있다고 여겨지는 십 대가 아닌 이삼십 대 독신 여성이라는 점, 여성들의 체험을 전통 성장 서사에서 익숙하게 보던 성장 극복담이 아닌 개별 에피소드 중심으로 풀고 있다는 점이다.[4]

예를 들어 대표적인 칙릿인 『달콤한 나의 도시』(정이현, 문학과지성사 2006)와 『쿨하게 한걸음』(서유미, 창비 2008) 모두 삼십 대 여성이 처한 '결혼'과 '직업 구하기'라는 과제를 여러 가지 에피소드로 가볍게 서술한다. 여기에 주인공의 소비 패턴이 곁들여지는데 이들의 소비 지향성은 삶 자체를 규정하는 행동 양식이다. 기존의 '어른 되기'가 자신의 욕망을 절제하고 '달콤함'을 포기하는 과정이었다면 칙릿 속 여성들은 통장 잔고가 줄어들지언정 결코 스타벅스의 캐러멜 마키아토를 포기하지 않는다. 근대사회에서 요구하는 이성적 자아로서 욕망을 억누르는 인내를 감내해야 하는 '어른 되기'를 거부하고 자신의 소비 욕망에 충실한 새로운 여성들은 '물질은 영혼이 서식하는 곳'이라는 질 들뢰즈(Gilles Deleuze)의 에스프리에 충실하다. 이러한 현상은 '근대사회가 규정한 어른 되기'로부터의 탈주이며, 자신의 내면에 잠재된 다양한 욕망을 발견하고 그것을 스스로 인정하는 고도 자본주의 사회에 진입한 새로운 인간상이다. 따라서 이들은 근대적 개념인 기존의 성장과는 다른 삶을

---

4 성장소설이 남성을 중심으로 만들어진 문학 양식이기에 기존 여성 성장소설의 내용과 형식 역시 남성 성장소설과 변별되는 점이 상당히 많다. 주로 청소년기라는 특정 시기를 중심으로 하는 남성 성장소설과는 달리 여성 성장소설 속 성장은 성인이 된 뒤에도 지속되는 경우가 많으며, 통과제의를 거쳐 사회에 수용되는 서사 구조나 주인공의 심리 상태 등도 남성 성장소설과 차이를 보인다.

꿈꾼다.

칙릿은 성장에 대한 기존의 관념이 서서히 변화하고 있음을 보여 준다. 기존 성장소설이 어른과 아이, 성숙과 미성숙의 이분법적 시각으로 미성숙에서 통과제의를 거쳐 성숙으로 나아가는 과정을 담고 있다면 이제 사회는 성숙한 세대와 미성숙한 세대를 가르기 힘들어졌다. 고정되고 표면화된 성장의 개념, 혹은 인간은 빨리 성장해야 한다는 인식이 고도 자본주의 사회에 이르러 변화하고 있다. 십 대에 방황을 거쳐 자아 정체성을 형성하고 이십 대부터는 사회에 순조롭게 적응한다는 성장 개념은 옛말이 되었으며 결혼이나 취업과 같은 어른 되기의 과제들은 삼십 대에 이르러서도 여전히 미루어 둔 숙제처럼 남아 있다.

칙릿이 고도 자본주의 사회에서 성장을 대하는 새로운 인간상을 보여 준다는 점을 청소년문학에서도 기억할 필요가 있다. 『직녀의 일기장』(전아리, 현문미디어 2008)은 칙릿의 청소년판이라고 할 수 있다. 에피소드 중심으로 일상적 풍경을 모아 놓은 『직녀의 일기장』은 일상이 모여 '청소년기'가 형성되고 흘러감을 보여 준다. 점잖은 중년 신사지만 집 밖에서 여직원과 바람을 피우는 아버지와, 오빠의 대학 입시에 온 신경을 쏟는 어머니를 둔 중산층 집안에서 자라는 직녀는 이미 세상이 우습다는 것을 파악해 버린 십 대다.

어쨌든 변화하는 성장의 개념을 놓고 보자면 '직녀'와 '화란이'는 결국 기존에 기대하던 성장이 무너진 사회에서 파생된 두 가지 양상을 보여 주는 인물들이다. '직녀'는 실제로는 조숙하지만 이런저런 성장의 고민을 일상적 흐름 속에 용해한다. 물론 그러면서도 직녀는 자란다. 직녀에게서 우리 사회가 성숙하거나 성장해서 득 될 게 없는 사회임을 영리하게 알아차린 십 대의 모습이 엿보인다. 어른들이 기대하는 순수한 십 대의 개념을 넘어서는 '화란이'의 조숙하고 위악적인 캐릭터 역시 세상의 타락을 너무 일찍 알아 버린 데서 탄생했다. '화란이'의 일탈 행위는 사회에서 자신을 돌보아 줄 이가 아무도 없음을 깨달은 자의 생존 본능에서 나온 것으로 화란이의 '어른 흉내 내기'는 일종의 보호색이다. 빨리 커서 어른이 가진 '힘'을 획득해야 살 수 있다고 여기는 것이다. 두 캐릭터는 모두 기존에 십 대들이 가져야 마땅하다고 여겨지던 고정적인 캐릭터와 성장 지향 의식에 미세한 균열을 만들어 내고 있다. 성장이란 개념은 이제 소설이나 현실에서도 그리 단순하게 규정할 만한 것이 아니다.

청소년에게 불온함을 허하라

어린이문학에서 동화가 아닌 소년소설의 경우 소설의 문법을 염두에 두면서 어린이만의 눈높이와 세계를 반영해야 하는 두 가지 요구를 안고 있다. '6학년 동화'가 일반적인 '소설'과는 다른 측면에 주목하여 '동화는 현실에 갇히지 않고 그 너머로 나아간다.'는 점을 동화 장르의 '낭만성'과 연결하기도 하지만,[5] 만약 같은 이야기를 소년 '소설'이라는 문법에 초점을 맞추면 평가가 달라질 수도 있다. 특히 소년소설이 소설적 구조를 가지고 있으면서도 어린이의 눈높이나 어린이문학이 가진 긍정성을 쉽사리 작품에 반영하여 섣부른 화해로 끝나는 경우도 종종 찾아볼 수 있다.

'사춘기 초딩' '6학년 동화' 그리고 '소설화 경향' 등으로 요약되는 최근 고학년 소년소설은 많은 경우 어린이 화자에게 생겨난 '자의식'을

---

5 조군장 「'6학년 동화', 현실에 서서 낭만을 보다」, 『창비어린이』 2008년 봄호 참조.

바탕으로 한다. 소설적 문법을 충실히 구사하여 자의식을 표현한 소년소설로 최나미의 작품을 꼽을 수 있다. 소년소설집 『셋 둘 하나』(사계절 2007)는 막 사춘기에 들어선 아이들의 복잡하고 반항적인 심리 상태와 이들이 친구를 사귀면서 타자와의 관계를 배워 나가는 이야기를 보여준다. 사춘기 초딩들은 지금까지 의심 없이 받아들이던 부모의 가치관에 회의할 뿐만 아니라 그들을 불신하게 되지만 그 회의와 불신이 전면적으로 표출되기 어렵기에 동화에서 보기 힘든 내면적 갈등이 서술된다. 그러나 자의식에 눈뜬 이들의 고민은 때로는 지루하기까지 한데, 이는 그들의 고민이 스스로 해결할 수 없는 성질의 것이기 때문이다.

머리가 큰 아이들은 이제 부모와의 불화나 어른들이 만들어 낸 사회적 갈등을 의식하지만 그들에게는 아직 이 문제를 해결할 힘이 없다. 친구 사이에서도 우정의 색깔이 복잡하다는 것을 깨닫지만 해결할 방법을 알지 못한다. 「수호천사」에서는 자혜와 선우의 갈등과 선우 부모의 이혼 상황이 맞물려 있지만 아이들은 이 갈등을 스스로 해결하기 힘들다. 「셋 둘 하나」 역시 사춘기 여자아이들 사이에서 벌어지는 관계 형성과 뒤에 남는 복잡한 심리를 이야기하지만 그들은 친구 사이가 깨진 뒤 그것을 추스르는 과정까지 이르지 못한다. 그들은 자신에게 일어난 사건의 화자이지만 아직까지 그것을 해결할 '주체'로 성장하지 못한 것이다.

반면 청소년소설 『단어장』(최나미, 사계절 2008)은 중학생을 화자로 서술하면서 도리어 속도감을 가진 가볍고 즐거운 소설이 되었다. 『셋 둘 하나』가 단편소설집이고 『단어장』은 장편 청소년소설이라는 차이가 있지만, 사춘기에 막 진입했으나 아직 자신의 고민을 조절할 수 없던 초등학생들에 비해 소설 속 여중생 우령은 넓어진 자신의 세계에 대한 자신감을 회복하고 유머로 고민을 해결해 간다. 가령 친구 관계를 보면 우령은 '혜린'이라는 사차원의 아이를 만나서도 그 친구와 친해졌다 다시 거리를 두는 것에 훨씬 능숙하다. 우령은 이미 관계는 소통의 문제임을 파악하고 있다. 『단어장』은 우령과 단짝 친구 열매를 등장시켜 청소년기 아이들 특유의 눈으로 세상을 재미있게, 일정한 거리를 두고 바라보며 부모보다는 친구들과 어울려 자신들의 문제를 해결해 가려는 모습을 보여 준다. 거리를 두고 세상을 자기 나름대로 해석하기도 하고 그러다가 문득 세상이 우스워 보이기도 하는 것은 청소년소설이 명랑소설과 쉽게 연결되는 지점이기도 하다. 최나미의 작품을 보면 자의식이 어린이 눈높이인 화자에 머무느냐 자의식을 바탕으로 주체로 나아가느냐에 따라 소년소설인지 청소년소설인지 가늠할 수 있음을 확인하게 된다.

청소년소설은 '사춘기 초딩'의 자의식을 확장해 그들이 의식하는 자신과 세계와의 갈등을 소설적 문법에 기초하여 보여 준다. 여기서 중요한 점은 어린이에게는 버겁게 다가왔던 자의식이 청소년기에 이르러서는 그들을 혼자 서게 만드는 힘이 된다는 점이다. 자의식은 기존 사회에 대한 반항의 출발이며 이는 기존 권력, 기존 세대의 눈에는 '불온한 것'으로 비친다.

이 지점에서 『스프링벅』(배유안, 창비 2008)은 이야기해 볼 만한 작품이다. 형의 자살이라는 충격적인 사건에서 시작되는 이 소설은 그 자살이 대리 수능시험으로 인한 죄의식 때문이며 그것을 강요한 사람이 바로 엄마라는 점에서 더욱 충격을 준다. 형의 죽음에 괴로워하는 고등학교 2학년 동준과 학교 친구들의 이야기가 작품의 중심축이고, 동준이 학교 축제를 준비하며 출연하는 연극 대본으로 또 하나의 이야기가 만들어진다. 연극 대본 역시 자신이 좋아하는 비보이 댄스를 하려고 하는 고등학생 미키와 그것을 반대하는 권위적인 아버지, 아이들을 언제나 경쟁 상황에 놓이게 하는 교장과 갈등하는 내용이다. 그런데 이 소설에 등장하는 아이들은 너무 착하다. 엄마와 싸우고 가출한 창제는 복지시설에서 한 달간 봉사활동을 하고 돌아온 후에 진로를 사회복지학으로 정한다. 학교 급식에 대한 불만은 아이들이 자발적으로 의견을 모아 급식회사에 건의하는 '급식 모니터회'를 조직하여 해결한다. 지학 선생의 폭력에 화를 내는 아이들에게 선생은 "미숙한 어른들을 너희들이 용서하라."고 말한다.

문학은 기존의 세상을 '불온하게' 바라보아 '진실'에 다가서고자 한다. 그렇다면 청소년들의 분노와 불온함은 그들의 처지에서 온전히 표출되어야 한다. 어른의 시선에 의해 청소년의 분노나 불온성이 정제된다면 작중인물들은 서사 안에서 자신의 심정을 표출할 수 없고 독자는 온전한 카타르시스에 이를 수 없다. 『스프링벅』에서 여러 사건을 겪는 아이들의 모범적인 태도와 '미숙하고 부족한 어른들을 용서하라.'는 발언은 이 작품이 청소년을 대변하기보다는 어른의 심정을 청소년에게 전달하고 있다는 느낌을 강하게 준다.

청소년 시기 아이들은 어른들을 용서하고 싶지 않을 것이다. 작품 속 아이들도 거짓 시험을 치러서라도 좋은 대학을 가야 한다고 생각했던 엄마의 비윤리성이나 지학 선생의 폭력을 쉽게 용납하지 못할 것이다. 그들은 어른들을 쉽게 용서하지 못할 때 비로소 어른들이 만든 세상과 다른 세상을 꿈꾸게 된다. 『스프링벅』에서 엄마를 안타까워하면서도 용서하지 못하는 동준의 방황, 관습적 화해를 유도하지 않는 결말, '지학 선생님 사건'에서 그럭저럭 사건이 마무리되는 부분보다 긴장이 감도는 전개 과정이 독자에게 설득력 있게 다가오는 이유도 갈등 속에서 아이들의 내면이 가장 잘 드러나기 때문이다.

어린이문학을 뿌리로 둔 청소년소설이 인식해야 할 것은, 당연한 말이지만 청소년은 어린이와 전혀 다른 존재임을 인정하는 것이다. 청소년들을 '여전히 착한 아이들'로만 그려 낸다면 불온함, 즉 세상을 달리 보아 기존 사회의 균열 지점을 밝혀 내는 눈을 갖기 힘들다. 청소년소설은 여러 가지 고민과 분노를 안고 있는 청소년의 내면을 다층적으로 보여 주면서 그들의 처지에서 하고 싶은 말을 쏟아 내는 장이 되어야 한다. 그러할 때 청소년문학의 의미가 깊어질 수 있을 것이다.

대상이 아닌 주체로

청소년은 모든 문학을 접할 자유가 있다. 청소년 독자가 청소년소설만을 읽지는 않는다. 가령 『꽃피는 고래』(김형경, 창비 2008)는 십 대 소녀를 주인공으로 한 소설이지만 청소년소설로 분류되어 있지 않다. 이 소설에서 말하고자 하는 바는 '십 대'의 체험이 아니라 '어리고 약한 인간'이 세상의 무거운 현실을 이겨 내는 것이기 때문이다. 작가가 청소년 독자만을 주목한 것은 아니지만 『꽃피는 고래』는 십 대가 충분히 읽을 만한 작품이다. 청소년 독자는 자신이 읽을 책을 청소년소설 분류 여부로 선택할 이유가 없다.

그럼에도 청소년문학이라는 장이 새롭게 형성된 것은 그것이 어린이문학과 일반문학의 틈새를 발견한 출판 시장의 논리 때문이건 청소년만의 읽을거리를 제공하여 청소년문화를 넓혀 주고자 하는 바람의 소산이건 간에 청소년을 특별한 주체로 인정한 문학이 성립했음을 의미한다. 청소년문학은 앞서 살펴본 바와 같이 특별한 소설 문법을 따로 가진다기보다는 청소년을 주체로 혹은 독자로 주목했다는 점이 가장 큰 특징인 장르이며, 청소년을 당당한 자의식을 가진 주체로 인정하고 접근하려는 의지가 청소년문학의 본질적인 부분이라 할 것이다.

덧붙여 청소년 역시 어린이와 함께 인간의 인생 주기를 분리하여 바라보면서 '발견'된 근대적 개념이기에 청소년기를 규정하는 여러 고정관념이 존재한다는 점에 유념할 필요가 있다. 청소년문학은 실제 작품 속에서 그러한 관념들을 회의하고 점검하고 재정의해야 한다. 이를테면 '성장'이라는 관념이 그렇고, 청소년을 미성년의 시기, 미성숙의 시기로 규정하여 건전함을 계몽하고 두발 검사나 가방 검사와 같은 검열을 정당화했던 것 역시 그러하다. 문학을 통해 청소년 들여다보기는 결국 약자로서의 청소년 편들어 주기다. 모든 문학이 그러하겠지만 청소년문학은 특히 기존 세계관과 첨예하게 대결하는 위치에 있다. 이는 청소년문학이 진보적이어야 하는 이유이기도 하다.

(2009)

청소년문학의 당대성과 새로움에 대하여

청소년문학이 선 자리

청소년문학은 어린이문학에 견주어 오랫동안 주목받지 못했다. 그럼에도 청소년문학을 싹 틔우고자 하는 노력이 밑받침되어 2006년과 2007년 청소년문학은 새로운 전기를 맞고 있다. 시대와 호흡하고 다양한 소재와 창작 기법을 활용한 청소년소설이 속속 출간되고 있는 것이다. 청소년문학이 힘차게 달리기 시작했다.

2006년에 이어 2007년 출간된 청소년소설에서 짚어야 할 과제는 대략 세 가지로 요약된다. 첫째, 지난 몇 년간 청소년소설을 읽으며 독자와 비평가들이 가장 안타까워했던 것은 '당대성' 문제였을 것이다. 사계절출판사의 '사계절 1318문고'를 중심으로 한 기존 작품들은 청소년문학의 밭을 일구며 의미 있는 성과를 거두어 왔지만 당대성이 미흡했

* 이 글의 원제는 「비행을 꿈꾸다」(『창비어린이』 2007년 겨울호)이다.

던 것도 사실이다. 그러한 한계를 돌파하며 최근 '오늘의 청소년'을 주목한 작품들이 많이 등장했다. 이러한 현상은 일단 반가운 일이나 '지금, 여기'를 그렸다고 해서 그것이 곧 문학적 성과로 이어지는 것은 아니다. 오늘의 청소년을 그린 작품을 들여다보며 그 문학적 성과에 대해 이야기해 보고자 한다.

둘째, '청소년소설은 곧 성장소설'이라는 등식은 이미 힘을 잃었지만 청소년소설의 가장 근본적인 테마는 여전히 '성장'일 것이다. 따라서 성장의 과정을 담은 서사가 많은데, 과연 성장이란 무엇일까를 진지하게 고민해야 할 시점이 아닌가 한다. 성장의 함의에 따라 달라지는 서사의 모양새를 확인해 보고자 한다.

셋째, 올해(2007) 출간된 청소년소설에서 가장 크게 나타나는 특징은 새로운 소재와 다양한 창작 기법의 활용이다. 기법의 다양화는 복잡한 현대사회에서 기존 방식만으로는 작품을 창작하기 어렵다는 고민이 반영된 것이자, 새로운 창작 기법에 도전하려는 작가들의 실험 정신이 발현된 것이기도 하다. 같은 소재라도 다양한 기법으로 다루어지는 것은 바람직한 일이지만 그 주제나 서사를 잘 형상화하고 있는지 점검이 필요하다. 새롭게 확대된 소재 또한 같은 차원에서 살펴보아야 할 것이다.

덧붙여 올해 하반기에는 이현의 「빨간 신호등」(『창비어린이』 2007년 가을호), 신여랑의 「화란이」(『어린이와 문학』 2007년 10월호)와 같은 단편 청소년소설이 발표되었고, 청소년소설 단편집 『라일락 피면』(창비 2007), 『깨지기 쉬운 깨지지 않을』(바람의아이들 2007), 『베스트 프렌드』(푸른책들 2007)가 잇따라 출간되었다. 단편 청소년소설이 잇따라 등장한 것은 주목할 만하고 문제작도 눈에 띄는데, 아쉽게도 이 글에서는 지면상 다루지 못했음을 밝힌다.

'지금, 여기'의 발견

지난 몇 년간 청소년소설을 개척해 온 '사계절 1318문고'의 성과는 어린이문학의 장에서 청소년문학을 분화하여 주목시킨 점에 있다. 그러나 이 시리즈의 여러 작품이 "한 세대 이상의 과거 혹은 농촌과 섬 등을 배경으로 하고 있기 때문에 오늘의 청소년들이 직면한 현실의 문제와는 동떨어진 느낌을 자아"[1]내면서 작품과 독자 사이의 거리를 멀어지게 하는 문제가 그동안 지적되어 왔다. 최근 작품들은 이러한 점을 극복하고 '지금, 여기'의 청소년에 주목하고 있다. 당대성을 도입하는 노력은 청소년의 말투나 행동, 습관과 풍속을 묘사한 점, 현대사회의 예민한 지점을 포착하려고 성(性)·학교·인권 등으로 소재를 확대한 점, 그리고 이 같은 소재를 서사에 적극적으로 반영하여 새로운 주제를 이끌어 내려 한 점 등을 통해 확인할 수 있다.

한편 '오늘, 이 자리'를 그리는 것이 우리 청소년문학에서 갈급한 문제였던 만큼, 당대성의 도입 자체가 작품의 성과를 가름하는 성급한 잣대가 되기도 했다. 그러나 당대성 도입 여부가 문학적 완결성의 기준이 될 수 없음은 물론이다. 사실 당대성에만 무게중심을 둔 작품은 극단적으로 보자면 자칫 세태소설, 풍속소설의 의미만 남을 수도 있다. 문학에서 당대성 도입은 개인과 사회가 충돌하는 지점을 민감하게 포착하여 문학적 형상화를 잘 이루어 냈을 때 비로소 의미를 획득하게 된다. 오늘의 청소년을 그리면서도 접근 방식이 조금 다른 두 작품을 살펴보자.

청소년소설 속 주인공들의 삶을 당대 안으로 끌어들인 『몽구스 크

---

1 원종찬 「청소년문학 어디까지 왔나」, 『푸른 글터』 2006년 상반기호(창간호), 18면.

루』(신여랑, 사계절 2006)는 마치 요즘 아이들을 직접 만난 듯한 느낌을 줄 정도로 청소년들의 몸짓과 말투, 행동과 외양을 고스란히 담아냈다. 최근 아이들의 관심 대상인 비보이를 그린 이 작품은 지난해에 출간되어 청소년소설의 흐름이 '지금, 여기'로 향할 수 있게 확실한 물꼬를 터 주었다. 탄탄한 문장들은 구체적 사건들과 결합하고, 인물들의 대화에 담긴 은어와 비속어는 거리낌이 없어 작품에 사실감과 생동감을 주는데, 이러한 언어가 작품성을 훼손하지 않고 도리어 문학적 진실성으로 포용되는 점을 주목할 만하다.

이 작품의 주제 자체는 당대 상황을 포착한 것이라기보다 보편적인 것에 가깝다. 무엇에 미쳐 살아갈 때 사람은 희열을 느끼고, 청소년은 능히 그럴 세대라는 것이다. 그러나 어른들은 십 대에게 '무엇에 미쳐 살라.'고 주문하면서도 정작 '무엇에도 미치지 못하도록' 차단해 버린다. 모든 것은 대학 입학 때까지 보류되고 아이들은 점점 '무엇에 몰두하여 사는 법'을 잊어 간다. 『몽구스 크루』는 현실의 바로 이 측면을 포착한다. 우리 주위 한쪽 구석에서 공부는 내팽개치고 힘든 현실은 잊어버리고 춤 연습에 몰두하는 몽구를 보며 독자는 행복은 결과가 아니라 과정임을, '몰입'은 세상의 어떠한 슬픔이나 외로움도 이긴다는 단순한 진리를 확인하게 된다. 청소년 독자들은 몽구와 진구 형제가 춤에 몰두하는 것을 보며 몰입의 경지를 대리 경험하고, 이로써 뜨뜻미지근한 삶을 살고 있는 자신들의 상황을 돌아볼 수 있을 것이다.

한편 이 작품은 몽구와 진구의 성장 서사이자, 형제이면서도 서로 판이하게 다른 두 사람의 갈등을 다룬 가족소설이기도 하다. 이야기는 진구의 춤에 대한 열정을 발견하고 질투하던 동생 몽구가 진구의 외로움을 받아들이면서 형을 이해하는 화해의 결말로 나아간다. 갑자기 몽구가 진구에게 '형'이라고 부르며 이어지는 심경 변화나 엄마의 갑작스러운 태도 변화는 작품 초반과 비교할 때 일관되지 못해 아쉬움으로 남는다.

올해 많은 관심을 받은 작품 중 하나인『우리들의 스캔들』(이현, 창비 2007)은 그야말로 '학교 인권'이라는 현 시대의 가장 첨예한 문제를 정면 돌파한다. 주위의 어느 평범한 중학교 교실에서 실제로 일어난 일이 아닐까 하는 생각이 들 정도로 교사와 학생의 갈등을 생생하게 재현한 풍경이나 또래 아이들이 겪는 복잡한 우정의 색깔이 현실과 매우 가깝게 다가온다. 오늘을 사는 십 대 독자들에게 '우리들의 이야기'로 읽힐 수 있다는 것은 이 작품의 큰 장점이라 할 수 있다.

이 작품의 서사는 크게 두 줄기로 나뉜다. 보수적 시선으로는 곱게 볼 수 없는 주인공 보라의 이모가 교생이 되어 교육 권력이나 기존 관습과 벌이는 대립이 첫 번째 줄기다. 두 번째는 보라네 반 아이들을 둘러싸고 일어나는 학교 인권 문제다. 이 두 줄기의 사건이 드러나거나 해결되는 공간으로 인터넷 매체가 활용된다. 작품은 학교 인권 문제를 실제 교실에서 일어나는 사건처럼 고발하는 장점이 있다. 하지만 두 줄기 서사가 고르게 완결된다고 보기는 어렵다. 이모가 관련된 사건은 서두를 장식하며 작품을 이끌어 가지만 보라네 반에서 벌어지는 이야기가 중심이 되면서 이모와 관련된 사건의 해결은 이모의 독자적인 행동이나 요약된 말로 처리되어 버린다.

또한 이 작품은 이모의 다혈질적인 성격, 그리고 같은 반 은하 아버지와 담임교사의 폭력으로 전반적으로 선동적인 분위기를 풍기고, 주요 사건들이 추리와 폭로의 방식으로 드러나면서 끝까지 긴장감 있게 전개된다. 이러한 전개 방식은 작품을 흡인력 있게 만들지만 동시에 주요 사건이 제목처럼 '스캔들'로 마무리되는 원인으로 작용한다. 작품에서 인물들이 소통하는 인터넷 카페 또한 얼마든지 무책임해질 수 있는 익명의 공간이기에 뜨겁게 달구어졌던 온라인 사건도 현실로 돌아오면 해결 이전의 상태로 돌아가 버릴 위험이 존재한다. 결국 보라는 혼란스러운 과정을 겪으며 그 나름대로 작은 승리를 맛보지만 사건 하나로는 현실이 쉽게 바뀌지 않는다는 차가운 결말에 이르러 달라지지 않은 타락한 현실을 발견하며 '냉소적 성장'에 이르게 된다.

어쨌든 『몽구스 크루』와 『우리들의 스캔들』은 당대 청소년의 외피를 묘사하는 데 머물지 않고 그들이 서 있는 자리를 대변하려는 노력이 돋보인다.

성장과 서사의 관계

앞서 언급했듯이 성장소설이 곧 청소년소설은 아니지만 청소년소설에서 성장을 다루는 작업은 여전히 중요하다. 다만 '성장'의 기의(記意)는 고정되어 있지 않으며, 시대나 사회에 따라 변화한다. 이를테면 성장의 기의 중 통과의례의 개념을 주조로 하는 '이니시에이션 스토리'(initiation story)가 복잡한 현대사회에서 여전히 절대적인 의미를 지닐 수 있을지는 좀 더 고민해 볼 문제다.[2] 또한 성장은 한 시대나 사회 안에서도 보편적인 동시에 개별적으로, 다양하게 의미화되어 표출된다. 이에 따라 성장을 다룬 작품의 주제와 내용, 형식, 인물, 사건, 배경

---

2 현대사회에서 청소년기는 상당히 오랫동안 지속되는 발달단계로, 청소년기의 완료가 정확하지 않고 청소년의 특권과 책임 규정이 종종 비논리적이고 혼란스럽다. 이것은 사춘기 통과의례를 통해 성인기 입문을 명확하게 나타내던 원시사회와는 대조된다. 필립 라이스 『청소년심리학』, 정영숙·신민섭·설인자 편역, 시그마프레스 2001, 45면 참조.

등이 그만큼 다양화되고, 그에 따라 다시 성장의 기의도 다양하게 환기될 수밖에 없다.

기존 성장소설이 곧 청소년용 소설이라고 여겨진 것은 그동안 청소년 독자에게는 성장소설의 형식과 내용이 적합하다는 암묵적인 합의가 있었기에 가능했다. 기존 성장소설에서 '성장'이 뜻하는 바에는 미성숙에서 성숙으로 이르는 단선적인 지시 방향이 내포되어 있었다. 청소년에게 권하던 대부분의 기존 성장소설이 이러한 방향성을 내포한다는 것은 청소년문학을 교육적·교양적 차원에서 바라보고 있었음을 뜻한다. 대부분 서술자아와 경험자아가 분리되어, 미성숙했던 시절의 경험자아를 성숙한 서술자아가 회고조로 돌아보는 기존 성장소설들의 서술 방식에서 이 점을 확인할 수 있다.

청소년소설에서 '성장'은 이제 현대사회를 살아가는 청소년의 고민을 심층적이고 다층적으로 담아낼 수 있는 차원으로 그 의미가 넓어져야 한다.[3] 이제 소설 속 주인공에게 닥친 성장에 대한 고민들이 더는 단선적으로 해결될 수 없는 지점에 이르렀다. 지금의 청소년 서사는 통과의례를 거쳐 화해와 적응의 결말로 쉽게 마무리될 수 없는 면이 강하다.

『주머니 속의 고래』(이금이, 푸른책들 2006)는 세 아이 — 잘생긴 외모로 연예인이 되기 위해 오디션을 보러 다니는 민기, 눈이 먼 외증조할머니와 힘들게 살아가는 연호, 공개 입양아로 사춘기를 맞아 방황하는 준

---

3 이를테면 십 대의 가장 중요한 성장 과제 중 하나로 여겨지는 자아 정체성 확립 문제를 생각해 보자. 본디 정체성이란 자신이 아직 지니지 못한 힘이나 능력을 얻고자 하는 동기에서 비롯된다. 때문에, 자아는 자기 자신과 자기 이미지를 새롭게 구성하면서 정체성을 형성하지만 하나의 정체성을 의식적으로 선택할 때 다른 것은 배제되며, 결국 정체성은 본래의 자신과 언제나 불일치된다. 곧 완결된 의미의 자아 정체성이 존재한다는 생각은 일종의 환상이며, 십 대를 포함해 우리가 추구하는 자아 찾기는 영원한 현재 진행형일 뿐이다.

희—의 이야기가 번갈아 가며 진행된다. 이금이표 소설의 커다란 장점인 탄탄하고도 자연스러운 구성과 문장이 이 작품에서도 여전히 빛난다.

그러나 이 소설은 세 아이를 성장이라는 관문으로 진입시키기 위해 서사가 성급하게 화해로 마무리되는 전형적인 결말을 보여 준다. 할머니와 함께 밑바닥 생활을 하던 연호가 자신의 꿈을 발견하고 가수 연습생이 된 뒤 모든 문제 상황이 회복되는 점이 특히 그렇다. 할머니와 함께 지하 방으로 이사를 하고 가난과 절망에 빠졌던 연호가 가수의 길을 선택한 뒤 집안의 어려운 상황은 급격히 호전된다. 민기 또한 좋아하던 여학생이 자기 흉을 보는 것을 우연히 들은 뒤 철없던 행동을 반성하고 아버지가 부르는 노래 「고래 사냥」을 들으며 자신의 미래를 다짐하는 상투성을 노출한다. 자신의 정체성에 대해 줄곧 갈등하던 준희가 결말에 이르러 친엄마를 만난 뒤 자신을 키워 준 부모에 대한 애정을 회복하는 것 또한 그렇다.

이렇듯 이 작품의 결말은 청소년소설이 화해로 마무리되어야 한다는, 기존의 고정되고 좁은 성장 개념에 따른 서사를 답습하면서 파생된 한계를 드러낸다. 흡사 몸집이 큰 청소년이 작아진 옷을 입고 있는 것 같은 느낌이다. 성장이란 기실 가난, 미래에 대한 불안, 정체성 혼란 등에 대해 좀 더 깊이 고민하는 과정 속에 담겨 있다. 굳이 작품이 화해와 해결의 서사로 마무리되지 않더라도 독자들은 작중인물들이 진지하게 고민하는 모습과 과정을 지켜보며 동지 의식을 느끼고 '성장'의 의미를 되새길 것이다. 현대사회에서 십 대의 성장은 완료형이라기보다 현재진행형이기 때문이다.

『나는 아버지의 친척』(남상순, 사계절 2006)은 같은 아버지의 자식이면서도 친남매가 아닌 미용과 준석의 이야기다. 부모가 이혼한 뒤 엄마와 둘이 살다 엄마의 죽음으로 여러 친척집을 떠돌고 마침내 친아버지와 살게 된 미용에게 친아버지는 멀기만 한 존재다. 미용은 앞으로 낯선 이들과 가족이 되어 함께 살아야 한다. 더구나 친아버지에게는 친자식은 아니지만 친자식처럼 키워 온 준석이 있다.

이야기는 한 번도 만난 적이 없는 사람을 앞으로 아버지라고 부르며 살아야 하는 미용의 상황과, 고등학생이 되도록 친아버지라고 믿고 따르던 사람이 실은 친아버지가 아님을 인정해야 하는 준석의 고민을 교차시킨다. 이러한 미용과 준석의 상황은 변형되어 있긴 하지만 업둥이나 사생아, 고아처럼 소설 속에 끊임없이 등장하는 전형적 인물들의 정체성 탐색 작업이라 할 수 있다. 작품은 핏줄과 애정이 바탕이 된 유아기적 세계와 결별하고 인위적 관계로 이루어진 세상에 진입해야 하는 성장의 두 가지 과제를 다루고 있다. 준석이 '분리'의 과제를 앞두고 있다면 미용은 분리의 아픔을 겪고 새로운 관계로 '진입'해야 하는 과정을 겪고 있다. 작품은 결말에 이르러 미용이 집을 떠나려는 순간에 들어온 아버지에 의해 반전된다. 아버지의 '오해'를 알면서도 그 오해를 묵인하고 아버지의 뒤를 따라나서는 미용의 태도는 이제 우연과 오해, 불합리로 이루어진 새로운 세상에 자신을 진입시킬 준비가 되었음을 암시한다.

이 작품은 단단한 구성과 문장으로 이루어져 문학적 완성도를 높이고 있으며 모범적이고 보편적인 성장 서사의 형태를 띠고 있다. 그러나 다른 한편으로는 독자를 미용과 준석의 과제에 동참하게 하기보다는 구경꾼에 머물게 하는 요소 또한 있다. 정체성 탐색을 거쳐 성장의 결말에 이르기 위해 설정된 미용과 준석의 상황이 이전과는 달리 개별화되고 다양화된 오늘의 청소년에게 내 것으로 받아들여질 수 있을까? 성장 서사에서 주인공에게 닥친 성장의 과제가 오늘의 독자에게 수용되기 위한 구체적인 고민이 요구된다.

『내 인생의 스프링캠프』(정유정, 비룡소 2007)는 중학생 준호가 수원에서 남해의 임자도까지 여행을 떠나는 이야기다. 준호는 원치 않았지만 어느 틈에 낯선 할아버지와 승주, 정아, 그리고 개 루스벨트까지 동행한다. 이 작품에서는 이들의 여행이 마치 로드무비처럼 생생하고 속도감 있게 펼쳐진다. 사실 여행을 성장의 길이나 인생의 길과 등치시키는 것은 영화나 소설에서 매우 익숙하게 보아 온 방식이다. 그럼에도 우리 청소년소설에서는 이 작품이 그러한 방식을 처음 도입한 듯하다. 원치 않는 이들과 동반자가 되어 임무를 완성해야만 하는 준호의 여행은 인생에 따르는 눈물과 고통이 함축되어 있다는 점에서 제목처럼 인생의 '훈련장'(스트링캠프)이다.

이 작품은 영화나 소설에서 성장을 그리던 종래 방식을 도입하고 탄탄한 문장과 구성, 생동감 있는 인물로 형상화하여 활기를 획득했다. 또한 1980년대를 시대적 배경으로 한 회고담 형식임에도 그리 먼 이야기로 느껴지지 않는 것은 작품에서 경험자아의 처지가 두드러져 준호의 심리와 행동이 독자에게 매우 가깝게 전달되기 때문이다. 준호 자리에서 서술되는 문장들은 사건 안에 놓이면서도 때로 사건을 외부에서 바라보고 있어 그 거리감이 유도하는 통찰력과 유머가 재미를 불러일으키기도 한다.

이 작품 또한 냉정하게 바라보면 작위적 설정이 눈에 띈다. 그럼에도 독자는 이를 논리적으로 따져 보기 전에 자신도 모르게 여행에 동참하게 된다. 바로 이 작품이 지닌 속도감 때문이다. 빠른 서사 전개가 독자를 몰입시키는데, 이것은 현대사회 여러 매체의 속도에 익숙한 십 대 독자를 포섭하는 유효한 전략이다. 성장 서사에서 이 부분에 주목할 필요가 있다. 앞서 제시한『나는 아버지의 친척』에서 작위적 상황 설정이 눈에 띄는 것도 이 점과 관련이 있다.『나는 아버지의 친척』은『내 인생의 스프링캠프』에 비해 훨씬 느린 기존 성장소설의 템포에 맞추어져 있다.

금기를 깨는 소재와 새로운 창작 기법

최근 청소년소설은 소재의 금기를 깨며 지속적으로 새로운 소재 찾기에 도전하고 있다. 일단 올해 새롭게 등장한 소재를 살펴보면 임신, 낙태, 성폭행, 폭력 등이 눈에 띈다. 그동안 금기시되던 소재를 과감하게 수용했다는 점에서 반길 일이지만 이러한 현상이 어디서부터 연유되었는지 확인할 필요가 있다. 문학의 소재는 자고로 다양해야 하지만, 올해는 유독 그 다양함이 금기 영역의 개척이라는 또 다른 의미의 특정 소재에 몰렸기 때문이다. 이는 금기를 깨는 작업이 특정 소재의 편향으로 이어져 다양화에 이르지 못한 과도기적 현상이라 생각된다. 그래서 소재가 작품에서 어떻게 쓰이고 있는지 점검할 필요가 있다. 더불어 최근 출간된 청소년소설의 새로운 창작 기법 또한 살펴봐야 할 대목이다.

『쥐를 잡자』(임태희, 푸른책들 2007)는 우리 청소년소설에서 드물게 십 대의 임신·낙태·자살이라는 민감한 문제를 한꺼번에, 그것도 정신분석학적 관점에서 다루고 있다. 작품은 임신을 '쥐'라는 상징으로 치환하여 마주하지 못하고 피하고 싶은 불안 히스테리와 연결한다. 사물함과 냉장고에 갇힌 쥐는 현실로부터 단절되어 있는 십 대 주인공 주홍의 내면과 일치하며, 주홍이 결국 세상에서 제거되는 결말은 그가 이 사회에서 쥐였음을 보여 준다.

이 작품은 주홍의 학교 담임교사, 주홍의 엄마, 그리고 주홍의 시점에서 번갈아 서술된다. 일반적으로 소설에서 시점의 교차는 사건을 입체적으로 볼 수 있게 하지만 이 작품에서는 그러한 효과를 불러일으키지 않는다. 교사와 엄마의 서술은 주홍의 상황을 다시 한 번 요약한다는 점에서 입체적이라기보다는 도리어 병렬적이다. 이때 교사와 엄마의 서술은, 지나친 감이 없지 않지만 한 사건을 세 사람의 시점으로 분산해서 반복적으로 보여 줌으로써 주홍의 임신이 확인되는 지점까지는 소외되고 분열된 주홍의 내면을 강조하는 효과를 거두고 있다.

낙태로 인한 충격이 주홍의 자살로 이어지는 후반부를 보자. 주홍은 낙태 후 생명을 죽인 죄를 범했다고 생각하여 스스로 자신을 벌하고자 한다. 거식증으로 자신을 벌하던 주홍은 자기 자신을 희생 제물로 여겨 자살에 이르는데, 이 지점에서 주홍의 자살은 십 대 임신을 용납하지 않는 사회 전체의 죄를 대속하는 모양새로 변이된다. 한편 주홍의 임신을 알게 된 교사는 주홍을 직접 돕기보다 성 상담 인터넷 카페에서 익명의 아이들과 교류하면서 십 대 임신에 대한 사회적 해결 의지를 보인다. 십 대의 성 의식과 사회적 해결 방법을 서사에 포함시키기 위한 의도겠지만 교사의 태도는 정신분석학적으로 보자면 일종의 상황 도피에 해당한다. 엄마 또한 주홍을 키우며 때때로 주홍을 외면했고 주홍의 낙태를 부추겼다는 점에서 사건에서 자유로울 수 없는데, 신기하게도 주홍이 자살하는 결말에 이르러 용서를 얻는다. 그 이유는 임신·낙태·자살이라는 중첩된 소재들이 최종적으로 '생명 윤리'라는 주제로 수렴되면서 엄마는 주홍에게 '생명'을 준 존재임이 강조되기 때문이다. 결론적으로 이 작품의 창작 기법은 주홍의 파편화된 심리를 보여 주는 상황까지는 효과를 거두고 있지만, 민감한 소재에 대한 사회적 발언을 의식하는 후반부에서는 도리어 서사에 부담이 된다.

『나는 누구의 아바타일까』(임태희, 사계절 2007)는 십 대의 삶을 '아바타'에 비유하여 존재의 주체성에 대해 말하고자 한다. 주인공 영주는 어느 날 학교 담벼락에 쓰여 있는 '나는 누구의 아바타일까'라는 문장에 공감하여 소설을 쓰기 시작한다. 성추행을 당한 뒤 자신의 손을 스스로 못 쓰게 만들고 몸을 씻지 않는 것으로 자신을 보호하는 같은 반 이손이 그린 그림을 보며 영주는 영감을 얻는다. 이손도 소설 쓰기에 동참하는데, 이들의 창작 작업은 성추행을 당한 수치스러운 기억을 가진 두 아이가 무의식을 꺼내 놓는 승화의 과정이다. 영주와 이손은 '자신들의 몸'이 '타인에 의해 함부로 만져졌다는 점'에서 아바타와 자신들을 동일시한다. 여기에 나이 든 남자와 '원조 교제'를 하며 몸을 상품화하는 영주의 친구 '화' 또한 현대사회의 단면을 보여 준다. 그러던 영주는 어느 날 할머니가 뜨개질을 하다 뜨개코가 하나 빠지자 지금까지 떴던 것을 모두 풀어내는 모습을 보며 '자신이 아바타'라는 전제 자체가 잘못되었음을 인식한다. 영주는 '나는 누구의 아바타가 아니다.'라는 생각에 이른 것이다.

이 작품은 주관적 서술에 무게를 둔 창작 기법으로 쓰였다. 특히 작품에 드러나는 분위기는 괴기함의 미학[4]이라 할 수 있는데, 이러한 창작 기법은 영주와 이손이 환경에 맞서지 못하고 부조리한 현실에서 분열되어 있음을 보여 준다. 따라서 작품은 후반부에 이르러 환경에 맞서는 변화된 영주를 보여 주려 하지만 순조롭게 진행되지 않는다. 영주는 타락한 현실을 발견하지만 결국 자신이 그 현실 속으로 들어가야 함을 인정하면서 엄마와 자신에게 상처를 주었던 아버지와 사촌 오빠 영채를 용서한다. 영주의 심경 변화는 이손도, 독자도 설득해 내지 못한다. 작품은 인물이 환경에 소외되어 있는 상황을 내내 낯설게 그린다. 따라서

---

4 흔히 미학은 아름다움을 자아내는 대상을 주목하는 것이라고 알려져 있지만 괴기함이나 그로테스크 역시 낯섦, 특히 반감이나 두려움을 표현하는 미학의 한 요소라 할 수 있다. 서사에 괴기함을 도입하는 것은 독자를 낯선 상황에 놓아 단순한 사건도 즉시 해결하지 않고 애매모호하게 처리하여 서사를 낯설게 변주하는 효과를 가져온다.

현실로 귀환하는 기존 성장 서사의 결말로 돌아오기에는 작품이 너무 멀리 나갔다.

『어느 날, 신이 내게 왔다』(백승남, 예담 2007)는 질풍노도의 시기로 일컬어지는 청소년기의 '폭력'을 어느 날 찾아오는 반갑지 않은 손님으로 바라본다. 주인공은 우연히 검은 수첩을 줍게 되고 그 수첩의 주인인 명계의 신, 흑문도령과 만나게 된다. 주인공은 수첩을 손에 넣으며 자신에게 내재하던 폭력과 화를 분출하는 '덩어리'의 존재 또한 불러들이게 되는데, 이러한 설정은 일본 만화 『데스 노트(*Death Note*)』(오바 츠구미 지음, 오바타 다케시 그림)에서 빌려 온 것이다. 이후 주인공은 폭력이 심해져 결국 정신과 의사의 치료를 받으며 '덩어리'를 물리치고 폭력 중독을 다스려 나가게 된다.

『데스 노트』를 차용하긴 했지만 우연히 내 몸에 들어온 폭력을 떠나보내기 쉽지 않은 '이방인'으로 풀어 가는 점은 흥미롭다. 그러나 강한 자가 되고 싶은 십 대의 욕망이 만들어 낸 환상으로 폭력을 다루면서 작가는 여러 가지 소재와 다양한 창작 기법을 활용하는데, 이것들을 모두 동원할 필요가 있었을까 하는 의문이 든다. 이러한 소재와 창작 기법이 등장하면서 서사는 복잡하고 장황해진 데 반해 정작 주인공의 폭력 중독을 치료하는 핵심 주제는 너무나 간단하게 해결되어 버리기 때문이다. 또한 이 작품은 십 대의 폭력과 함께 엄마의 알코올 중독이라는 또 하나의 중독 증세를 다루는데, 엄마의 증상도 주인공이 병원에서 퇴원하면서 갑자기 호전된다. 엄마는 아버지와의 불화를 이혼으로 끝맺고 삶을 회복하는데, 엄마의 고민 과정을 깊이 있게 담았다고 보기는 힘들다.

비행을 꿈꾸다

기존 청소년소설에서 가장 아쉬웠던 부분이 오늘을 사는 청소년의 모습을 현장감 있게 짚지 못한 점이라면, 지난해와 올해 이 부분은 기대 이상으로 만회되었다. 많은 작품에서 고르게 오늘을 사는 청소년의 구체적인 모습이 그려지고 있다. 이제는 왜 '지금, 여기'를 서사에 담으려고 하는가에 대한 고민이 필요한 시점이다. 작중인물에게 당대 청소년의 외피를 입혀 독자에게 쉽게 다가가려는 차원인가? 아니면 청소년이 안고 있는 고민을 적확하고 현실감 있게 포착하거나, 문학을 통해 개인과 당대 현실이 대립하는 지점을 균열시키고자 함인가?

청소년소설이 다루는 주제는 여전히 '성장'의 담론에 포괄되지만 이제 그 성장의 폭을 넓히면서 다양한 스펙트럼에 주목해야 한다. 오늘을 사는 청소년의 세계에서 성장은 붙잡기도, 눈으로 확인하기도 힘들다. 이 점에서 '반(反)성장소설'[5]의 모양을 빌려 성장을 이야기하는 일반문학의 사례도 참고할 가치가 있다고 생각한다. 올해 창작된 몇 편의 작품에서도 '반(反)성장으로의 성장'을 이야기해 볼 수 있는 부분이 발견된다.

마지막으로 본디 문학에서 금기의 소재란 없기에, '교육'이란 미명 아래 청소년문학의 소재를 제약해 온 상황에서 벗어나 소재의 폭이 넓어지고 있는 최근의 변화는 그 의의가 자못 크다. 이혼 가정, 엄마의 자살 시도나 음주, 임신, 낙태, 성폭력, 학교 폭력, 주인공의 자살, 가출 등

---

5 반(反)성장소설은 본래 아이답지 않은 아이 혹은 더는 성장하지 않는 아이를 등장시켜 아이러니 기법으로 타락한 사회를 돌아보고 비판하려는 의도가 강한 갈래다. 그러나 근대의 기획인 아이와 어른, 미성숙과 성숙이라는 이분법적 구분을 재고하면서 '반(反)성장의 방식으로 성장'을 드러내는 것에 대해 논의가 필요하다.

으로 확대된 소재는 이른바 비행(非行)의 영역, 금기의 영역에 계속하여 도전하고 있다. 그러나 소재는 진지하게 다루어질 때 의미를 갖는다. 그 야말로 소재로만 머물 때 작품은 소재주의라는 비판에서 자유로울 수 없다. 결론적으로 소재가 무엇이든 문학적으로 완결성 있게 그려져야 한다는 것이다. 더불어 새로운 기법으로 창작되는 소설이 늘어나는 것 또한 주목할 부분이지만 아쉽게도 현재 그러한 창작 기법들이 주제를 더 효과적으로 드러내고 있다고 보기는 힘들다.

올해 발표된 청소년소설들을 돌아보면 이제 막 이륙하려고 활주로를 달리고 있는 비행기가 떠오른다. 그러나 자칫 소재를 확대하려는 의욕이 성급한 창작으로 이어진다면 '지금, 여기'를 뛰어넘어 문학적 완결성을 담보하고 우리 시대의 고전으로 자리매김할 작품은 나오기 어려워질 수도 있다. 이러한 내 우려가 기우가 되도록 청소년문학이 더욱 힘차게 비상하기를 기대해 본다.

(2007)

제 **2** 부

동화와 소년소설이 전달하려는 메시지는 동일한가

역사동화와 어린이 역사소설 사이에서

아동문학 서사 장르의 용어를 어떻게 쓸까 하는 문제는 현재 동화와 소년소설이 모두 '동화'로 범칭되는 현상에 대한 문제 제기의 성격이 짙다. 아동문학이 지닌 일반문학과의 변별점을 강조하며 '어린이'를 중심으로 한 서사 장르를 '동화'로 통칭하는 것은 분명 수긍되는 측면이 있다. "중요한 것은 '동화의 눈'을 놓치지 않는 것이며, 이는 곧 '어린이의 눈'에서 비껴 서지 않는 것"[1]이라는 지적 역시 참으로 중요하다. 아동문학과 어린이 독자는 일반문학의 잣대만으로는 해석하기 어려운 면이 분명히 있기 때문이다. 그럼에도 어린이라는 대상을 지나치게 의식할 때 문학이 지닌 고유한 미학을 판단하기 어려워지는 것도 간과할 수 없는 사실이다.

---

[1] 김상욱 「동화의 눈으로 본 소설의 세계」, 『어린이와 문학』 2008년 2월호, 54면.

필자의 비평 등단작은 「역사를 소재로 한 어린이문학, 새롭게 읽기」(『창비어린이』 2007년 봄호)이다. '역사동화'나 '어린이 역사소설'이라는 분명한 명칭이 아닌 애매모호하고 두루뭉술한 제목을 붙이게 된 사연이 있다. 아동 역사물은 오랫동안 사실과 허구를 의식하지 않고 '역사이야기' 혹은 '역사전기소설'이라 지칭돼 왔다. 이후 아동 역사물은 픽션과 논픽션이 구분되고 '문학적 창작성'이 강조되는 등 이전과는 다른 모양새로 진화하기 시작한다. 어린이용 역사 서사물의 경우 특히 소년소설 장르에서 소설적 원리로 구현된 작품이 많았기에 '동화'라는 명칭을 붙이기에는 적절치 않은 경우가 많았다. 애초 필자의 등단작 원고에서는 '어린이 역사소설'이라는 긴 명칭을 사용했지만 발표 과정에서 편집자와 의논하여 '역사동화'라고 범칭하였다. 가독성을 의식한 결정이었지만 그 부분에 대한 고민이 완전히 해결된 것은 아니었다.

이후 역사동화에 관한 한국아동청소년문학학회 학술대회에서 필자는 근대 이전을 시대적 배경으로 한 역사 서사물에 관해 주제 발표를 했다. 당시 발표문에서는 텍스트를 소년소설의 관점에서 주로 해석했는데, 『단군의 조선』(송언, 우리교육 2007)이나 『화룡소의 비구름』(배유안, 한겨레아이들 2008) 등은 소년소설보다 '동화'로 해석하는 것이 적절하다는 것을 현장에서야 느끼게 되었다. 그날의 경험은 어린이용 역사 서사물을 단일한 장르 용어로 규정하는 것이 창작과 비평의 현장에 생산적 결과를 가져오지 않음을 깨닫는 계기가 되었다.

장르는 메시지를 전달한다

장르 용어 문제는 단순히 용어 사용의 문제가 아니라, 장르를 구분하는 순간 먼저 결정되는 프레임(분석틀) 문제와 연관된다. 문예비평가이자 미디어학자인 마셜 매클루언(Marshall McLuhan)은 "매체는 메시지다."라고 했다. 매체에 담겨 있는 특정한 내용이 아니라 매체라는 형식 자체가 곧 메시지를 전달한다는 것으로, 이는 매체의 속성에 이미 메시지가 담겨 있음을 뜻한다. 사회학자 장 보드리야르(Jean Baudrillard)는 매클루언의 명제를 더 넓게 확장하는데, 그는 매체를 자신의 형식에 따라 작용하는 작동체로 본다. 매체의 작용 그 자체는 결코 중립적이지도 혁명적이지도 않으며, 매체가 작동하는 방식이 더욱 중요한 결과를 산출한다는 것이다.[2]

대중매체의 속성과 문학의 속성이 똑같은 것은 아니지만 두 가지 모두 전달 매체라는 점에 비추어 문학 장르의 형식도 일종의 메시지를 전달한다고 적용해 보자. 아동문학의 서사 장르 역시 내용이나 주제와 관계없이 장르의 형식 자체가 특정한 메시지를 전달한다는 가정은 우리에게 여러 가지를 생각하게 한다. 동화와 소년소설이 독자에게 전달하려는 메시지는 같은 것인가 다른 것인가. 만일 동화와 소년소설이라는 하위 장르를 '동화'라는 단일 장르로 통칭해도 아동문학 서사 장르만의 특정한 메시지를 전달할 수 있다면 '동화'라는 단일 용어의 성립이 가능할 것이다. 그러나 현재까지 동화와 소년소설이 말하고자 하는 메시지에는 분명 일종의 변별점이 있다는 것이 보편적인 생각이다. 지면이 짧아 거칠게 구별할 수밖에 없지만 동화가 지닌 이상성·낭만성·보편성에 견주어 소설의 사실적이고 개별적인 세계의 구현은 독자에게 전달하고자 하는 메시지의 층위가 다르기 때문이다.[3]

---

2 이진경 편저 『문화정치학의 영토들』, 그린비 2007, 30면 참조.
3 G. 루카치 『소설의 이론』, 김경식 옮김, 문예출판사 2007, 157~71면 참조. 빌헬름 마이스터의 교육소설과 노발리스의 낭만적 서사를 비교해 놓은 부분은 소년소설의 사실성

생활동화는 동화인가 소설인가

동화와 소년소설 사이에 존재하는 또 한 가지 뜨거운 감자는 '생활동화'라는 하위 장르다. 생활동화의 유래와 발전 과정에 대한 서술은 생략하기로 하고, 현재 초등학교 저학년이나 중학년이 읽는 (환상)동화와 생활동화가 '환상의 개입' 여부만으로 구분 가능한지를 예로 들어 생활동화 장르 용어의 애매함을 살펴보자. 가령 김리리의 『화장실에 사는 두꺼비』(문학동네 2007)와 「검정 연필 선생님」(『검정 연필 선생님』, 창비 2006)은 동화 속에 '환상'이 개입되기에 생활동화로는 분류되지 않는다. 그러나 두 작품은 비슷한 소재와 구성을 보이면서도 다른 측면이 있다. 『화장실에 사는 두꺼비』에서 두꺼비가 지닌 상징성은 설화적 상상력에 기초한다. 주인공은 두꺼비와 만나 두꺼비가 지닌 주술성을 체험하게 되고, 결국 두꺼비는 사라지지만 주인공에게 그 힘이 전달되었음을 알 수 있다. 두꺼비가 지닌 상징적 힘이 주인공의 내면으로 들어와 합일되었기 때문이다. 반면 「검정 연필 선생님」에서 검정 연필은 주인공에게 시험을 해결해 주는 매력적인 도구였지만 결국 주인공은 검정 연필이라는 마술적 힘에 의지하지 않고 이성을 발휘할 때 성장하게 된다. '검정 연필 선생님'의 등장은 일종의 소설적 풍자이며 주인공은 근대적 자아로서 자신의 사고에 의지하여 자기가 만난 환상을 배제하고 극복해야 한다. 따라서 『화장실에 사는 두꺼비』에는 동화가 지닌 환상성이 잘 드러난 반면, 소설적 세계관에 기초한 「검정 연필 선생님」은 환상이 도리어 골치 아픈 문젯거리가 된다.

과 동화의 낭만성을 고민하는 데 좋은 참고 자료가 된다.

한편 송언의 『멋지다 썩은 떡』(문학동네 2007)은 '과장'에 기초한 전형적인 동화적 전개로 시작하지만 생활동화의 범위를 벗어나지 않으려는 틀 때문에 선생님의 허풍을 주워 담는 봉합의 과정으로 마무리된다. 반면 현덕의 『너하고 안 놀아』(원종찬 엮음, 창비 1995)는 환상적 요소가 전혀 개입되지 않기에 생활동화로 분류되지만, 어린아이들이 벌이는 놀이와 생활 속에서 어른들의 소설적 세계와는 다른 위치에 있는 아이들만의 세계를 뚜렷이 창조해 낸다. 이것은 간결성과 반복성을 주조로 하는 동화적 문체가 만들어 낸 효과다. 생활동화와 (환상)동화를 단순히 '환상'의 개입 여부로만 나누기보다는 동화가 지닌 다른 속성, 가령 문체나 구성 방식까지 고려해야 '동화'와 '생활동화를 포함한 소설 장르' 간의 변별점이 세밀하게 드러날 것이다.

장르는 상징을 전달한다

"매체는 상징"이라는 말도 있다. 각종 매체들은 매체가 지닌 속성에 의지하여 상징을 전달한다는 것이다. 서사 장르는 언어와 문체를 사용하여 상징을 표출한다. 언어는 "이야기를 실어 나르는 형식이자 동시에 그 자체로 주제"라거나 "'어떻게' 말하는가 하는 것이 곧 '무엇을' 말하는가 하는 것을 의미한다." "문체란 단지 내용을 담아내는 수사적 차원에서의 언어 현상이 아니며, 거기에는 주제, 인물의 의식, 작가의 세계관 등이 복합적이고도 심층적으로 얽혀 있다."라는 문장들이 이를 뒷받침한다.[4]

---

4 황도경 『문체로 읽는 소설』, 소명출판 2002, 51~52면 참조.

그렇다면 과연 동화와 소설의 언어나 문체가 동일한 상징적 효과를 지니는가. 최근 출간된 위기철의 『우리 아빠, 숲의 거인』(사계절 2010)에서 알 수 있듯 '거인'의 상징은 동화의 문법, 시적 언어로 해석할 때 우리에게 또렷하게 전달된다. 만약 생활동화를 포함한 소년소설의 범주에서 같은 의미를 전달하고 싶다면 그것을 표현하는 언어의 양상은 달라질 것이다. 따라서 본래 다른 세계에 속한 동화와 소년소설(생활동화)을 같이 묶는 것보다는 따로 또 같이 발전시키는 과정이 필요하다고 생각한다.

(2010)

과학과 현실 비판의 상상력, SF동화

SF적 상상력이란?

겨울방학을 맞아 아이들과 영화 「아바타」를 본 분들이 많을 것이다. SF영화답게 인간이 꿈꿀 수 있는 상상의 세계를 바로 우리 눈앞에 펼쳐 보이는 디지털 기술도 압권이지만 역시 가장 기억에 남는 것은 이 영화가 던져 주는 메시지였다. 가까운 미래에 에너지 문제를 해결하기 위해 지구인들은 새로운 행성 판도라에서 대체 자원을 얻으려고 한다. 판도라 행성 주민 곁에 가까이 가기 위해 일부러 아바타가 된 주인공 제이크가 나비족 처녀 네이티리를 사랑하게 되고 결국 나비족의 편에 서서 판도라 행성을 지키는 이야기는 SF 장르가 가진 본질적 성격을 충실히 보여 준다.

이렇듯 SF는 과학적 상상력을 바탕으로 미래에 있을 법한 가상세계를 다루는 장르다. 그런데 여기서 작가의 상상력은 현실과 연결할 수 있는 차원의 개연적 과학이라는 점에서 과학적 상상력이기도 하지만 문학적 상상력에도 가깝다. SF는 환상을 보여 준다는 점에서 판타지와 비슷하지만 판타지와 구별되는 점도 있다. 판타지에서 환상은 현실의 메타포이면서도 현실과는 다른 세계를 그리고자 한다. 반면에 SF에서 과학적 상상력을 빌려 그리려고 하는 시공간은 도리어 현재를 가리키는 시곗바늘과 같다. 무엇보다도 판타지는 애니미즘이나 초현실과 같은 비이성적 환상을 다루는 반면, SF는 근대 이후 발전한 과학주의를 바탕으로 인간의 이성이나 논리로 상상할 수 있는 세계를 극대화한 장르다. 또한 SF는 장르적 성격이 뚜렷하기에 인물이나 서사 면에서 전형성이 나타날 수 있다. 주로 미래의 지구 혹은 우주에서의 선과 악의 갈등, 뚜렷이 구분되는 등장인물들의 성격과 행동, 예상 가능한 결말 등이 많은 SF 장르에서 반복해서 볼 수 있는 구조다.

SF동화는 과학적 상상력으로 독자에게 즐거움을 선사하는 동시에 현대사회에 대한 비판과 성찰을 담고 있는 독특한 장르다. 아이들에게 특별한 재미와 메시지를 줄 수 있는 장르인 것이다. 그래서 이 글에서는 지금까지 우리 어린이문학으로 나온 대표적인 SF동화에 대해 이야기해 보려고 한다. 주로 각각의 동화들이 어떤 과학적 모티프를 바탕으로 현실의 한 측면을 포착하여 비판의 메시지를 담고 있는지, 그 메시지가 단순한 계몽이 아닌 깊은 성찰에 이르고 있는지, SF동화의 특성상 그 분명한 메시지 때문에 도리어 주제로만 접근되고 있는 것은 아닌지, 이들 동화가 문학적 완성도 또한 담보하고 있는지 등을 짚어 보려고 한다.

미래의 시선으로 바라본 현대사회

『씨앗을 지키는 사람들』(안미란, 창비 2001)은 미래사회를 상상하여 먹거리 문제, 특히 씨앗을 둘러싸고 벌어질 수 있는 자본과 생명의 문제를 제기한다. 진희는 연구원인 어머니와 연구소에서 근무하다 박물관 원예사가 된 아버지와 함께 K-32 지역에 살고 있다. 본래 농사란 농부들이 땅에 직접 씨를 뿌리고 농작물을 추수한 뒤 그 씨를 받아 이듬해에 다시 뿌리는 작업이다. 그러나 작품 속 미래사회는 '21세기 콜럼버스 사'같이 농산물의 유전자 정보를 연구하여 특허를 받은 다국적기업으로부터 씨앗을 사야 한다. 결국 진희 아버지는 씨앗을 얻기 위해 쑥갓을 키우다 감옥에 가게 된다. 이 일로 진희 어머니는 "모든 씨앗은 원래부터 그걸 키우는 모든 사람의 것"이며 생명이 깃든 것을 소수가 독점할 때 생기는 문제점을 깨닫게 된다. 진희 어머니와 진희 아버지는 사람들과 함께 '씨앗을 지키는 사람들' 모임을 만들어 작은 농장에서 직접 농사를 짓기 시작한다. 결말 부분 진희와 가족들이 밭에서 발견하는 배추 흰나비는 그들의 작업에 희망찬 출발을 알리는 상징일 것이다.

이 작품은 우리가 살아가는 현실을 반영하면서도 미래사회의 모습을 구체적으로 그린다. 또한 등장인물들이 사건에 직접 뛰어들어 그 일을 해결하려는 모습을 적극적으로 보여 준다. 사회에서 일어난 일에 대해 조용히 침묵하고 살아가려던 진희 엄마와 문제를 직시하고 해결하려는 진희 아빠와의 갈등, 그리고 벌써 우리 사회에서 나타나고 있어 이대로 방치하면 미래사회에서 커다란 문제가 될 식량의 독점화 문제를 설득력 있게 풀어 나간다.

많은 SF 장르가 흥미롭게도 미래를 모두 통제사회로 그린다. 『미래의 소년 미르』(조성은, 비룡소 2006)에도 '알'이라는 통제사회가 나온다. 환경 파괴가 일어난 직후 사람들은 자연을 피해 그곳으로 도피해 살아간다. 지구 환경 파괴 때문에 도망쳐 들어간 '알'은 사람들을 통제하기 위해 거대한 독재국가로 변해 있다. 지구 환경이 파괴된 이후에 태어난 미르는 이 통제된 사회 '알'과 대비되는 '다시 태어난 숲'에서 할아버지와 단둘이 살던 아이다. '알'과 '다시 태어난 숲'은 결국 인공적인 문명과 자연, 통제와 자유의 대비를 나타낸다. '알'은 자연에서 도피한 후 모든 것을 인공적으로 만들어 놓은 사회다. 또한 그곳은 통제사회이며 계급사회이고 독재사회이기도 하다. 사람들은 이 거대한 방주 안에 갇혀 살다 보니 여러 가지 정신적 문제에 시달리게 되고, 사회의 여러 문제에 이의를 제기하는 사람들이나 장애인들은 가장 하층부로 쫓겨나 가난하고 어려운 생활을 하고 있다.

미르는 결국 '알'에서 만나게 된 미리내와 함께 사람들을 모아 요요차를 타고 '알'을 탈출한다. 작품은 '알'에서 사는 삶과 '자연'에서의 삶을 '선택'의 문제로 귀결시킨다. 자연이 파괴되었을 때 '알'을 선택했던 사람들과 자연을 선택했던 미르의 할아버지를 견주어 보여 주고, 미르와 미리내가 '알'을 떠나는 장면에서도 다시 한 번 '알'에 남을지 자연으로 떠날지 '최후의 선택'을 두고 갈등하는 사람들을 보여 준다. 이러한 문제 제기는 중요하지만 '알'이라는 사회의 여러 가지 문제를 파헤쳐 놓기만 하고 그것을 고스란히 남겨 둔 채 '탈출'하는 결말은 아쉽다. 또한 '알'에서 사는 사람들의 고통을 묘사한 것에 견주어 자연에서 사는 모습은 구체적이지 않으며 결말이 급하게 낭만적으로 처리된다.

『다름이의 남다른 여행』(최유성, 우리교육 2007) 역시 미래의 통제사회를 배경으로 삼고 있다. 작품에 나오는 미래사회는 사람들의 경제력에 따라 사는 곳이 철저히 분리되어 있다. 이 중 아사달특별지구는 가장 부유한 계층이 모여 사는 동네다. 주인공 다름이는 아사달특별지구에 산다. 다름이의 머릿속에는 값비싼 이루미가 내장되어 있다. 이루미는 다름이가 어디에 있든 엄마의 모아모아로 신호를 보내 다름이의 위치를 알려 주기도 하고 아이들의 집중력과 기억력을 높여 학습에 도움을 주는 기계다. 그러나 이루미는 아이들의 생각을 읽어 내고 위치를 추적하는 등 그들을 통제하는 도구이기도 하다. 아사달특별지구는 돈 있는 부모들에 의해서 미래가 결정되어 버린 아이들이 사는 곳이라는 점에서, 그리고 그곳에서 획일화된 교육을 통해 미래에 부를 얻게 된다는 점에서 현재 우리가 살고 있는 사회의 알레고리이다.

다름이는 우연히 이루미가 자신을 통제하고 있다는 사실을 깨닫고 그 문제를 해결하기 위해 여행을 시작한다. 작품은 어린이를 통제하는 이루미 장치를 제거해야 한다는 쪽으로 나아간다. 그런데 이 문제를 해결하는 사람은 이루미나 아사달특별지구를 가장 적극적으로 옹호하던 다름이의 엄마다. 이 작품에서 아쉬운 점은 등장인물, 특히 다름이 엄마의 변화가 설득력이 떨어진다는 점이다. 등장인물의 성격에 일관성이 부족한 것이다. 그러므로 줄거리를 따라 전개되는 등장인물들의 대사가 마치 서사의 진행을 위한 '변명'처럼 여겨진다. 다름이 엄마는 아사달특별지구의 가치관을 가장 잘 대변하는 사람이었다. 이런 엄마가 다름이가 보인 몇 가지 행동으로 인해 갑자기 돌변하여 그토록 원하던 스타 선생님이 되어 진행한 첫 수업에서 어린이들에게 이루미를 제거해야 한다고 선동한다. 또한 엄마의 이런 선동 다음에 일어나는 사건도 의아스럽다. 수업 중에 이 이야기를 듣고 많은 어린이들이 다름이의 집으로 몰려오는데 이 동화는 이러한 결말의 비약으로 인해 참신한 아이디어로 어린이를 통제하는 사회를 보여 주던 재미를 떨어뜨리고 있다.

존재와 관계 그리고 시간

SF동화에 흔히 등장하는 것이 외계인이나 외계 생명체 그리고 각종

로봇이나 새로운 모습으로 태어난 인간이다. 과학적 지식을 동원하여 만들어 낸 이들 다양한 '타자'들은 결국 우리 인간이 어떻게 존재해야 하는지의 문제를 담고 있다. 또한 새롭게 등장하는 생물체나 진화한 인간이나 사이보그 등을 통해 인간이 인간을 둘러싼 각종 생명과 어떻게 관계를 맺을 것인지를 이야기한다.

『지엠오 아이』(문선이, 창비 2005)에 등장하는 주인공 '나무'는 부모의 유전자에 다른 사람의 우성 유전자를 합성하여 만든 유전자 조작 인간이다. 나무 같은 아이가 유전자 조작 식품을 먹었을 때 희귀한 불치병이 발생할 수 있다는 설정에서 『지엠오 아이』는 출발한다. 나무의 부모는 나무를 주문했다가 단지 필요 없어졌다는 이유로 버린다. 나무의 옆집에 사는 할아버지는 장기를 복제하고 유전자 조작을 통해 나무 같은 아이들을 만들어 내는 사업가이다. 자신이 하는 일을 반대하는 아들과 오래전 헤어져 외롭게 혼자 살고 있는 할아버지가 우연히 나무와 함께 살면서 변화하는 이야기는 결국 인간은 어떤 존재인가, 인간과 인간의 관계는 어떠해야 하는가라는 문제로 나아간다. 가령 인간의 가치를 여러 가지 방법으로 알아보라는 나무의 학교 숙제를 보고 할아버지는 다음과 같이 말한다.

"(…) 인간의 몸속에 들어 있는 성분을 조사한 거다. 일 그램당 값으로 따져 볼 때 헤모글로빈은 약 삼천삼백 원 정도고, 알부민도 마찬가지다. 콜라겐은 약 만육천오백 원, 정제한 트립신은 삼만구천육백 원, 결정화된 인슐린은 오만이천팔백 원." (108면)

이렇듯 인간의 가치를 물질화하여 평가하던 할아버지는 나무와 함께 살면서 인간의 가치는 정량적으로 평가될 수 없다는 것을 깨닫는다. 이 작품은 인간 복제, 애완견 복제, 장기 복제, 냉동 인간 등 생명을 조작할 수 있는 여러 가지 과학적 변수로 인해 생명이 가진 고유한 권리와 가치가 어떻게 박탈될 수 있는지 말한다. 그러나 이 작품에서 궁극적으로 이야기하고 싶은 주제는 결말로 갈수록 과학 문명의 발전으로 빚어지는 생명 윤리의 문제보다는 할아버지와 나무가 나누는 사랑이라는 관계의 문제로 집중된다. 할아버지와 나무가 점차 가까워지는 이야기만 떼어 놓고 보자면 '나무'가 'GMO 아이'인 것은 크게 중요치 않다. 작품의 주제가 생명 윤리의 문제인지 관계의 문제인지 어느 하나에 집중할 필요가 있다.

안미란 동화집 『너만의 냄새』(사계절 2005)에 실린 단편들은 모두 여러 가지 모양새로 펼쳐지는 '관계'의 문제를 다루고 있다. 이 중에서 「친구를 제공합니다」는 SF 형식으로 가상현실에서 벌어지는 이야기에 토대를 두고 '진정한 관계'의 문제를 제기한다.

나에게는 리얼 친구가 없다. 다른 아이들은 어떨까? 진짜 사람끼리 만나서 이야기 나누고 몸을 부딪치는 만남, 그런 리얼끼리의 만남에서 완벽한 친구를 발견할 수 있을까? 정말 좋은 애를 만난다 하더라도 걔가 나를 받아들여 줄까? 나를 싫다고 하면 그때는 어떻게 하지? 나는 그런 불안감에 떨고 싶지는 않다. (126면)

진짜 친구와 만났을 때의 불안 때문에 주인공은 컴퓨터의 세계에 빠져 사람들의 분신인 아바타와 사람들이 만든 피조물인 하몬과 가상의 교류를 갖는다. 가상의 세계는 리얼(사람의 분신)과 리얼이 아닌 피조물로 이루어진 계급사회다. 주인공은 가상세계에 몰입하지만 가상세계의 캐릭터들은 순간적인 존재들이다. 이들 간의 관계는 갑작스레 단절

될 수밖에 없고, 그들과의 감정이 채 정리되지 않은 주인공은 혼란에 빠진다. 컴퓨터가 로그아웃되는 순간 사라지는 가상의 친구들과 나눈 온갖 기억이 여전히 내 몸속에 남아 있다면 이들과의 관계는 과연 무엇일까? 작가는 이러한 가상세계에서의 관계를 통해 진정한 관계란 상처를 받을지라도 온몸으로 체험해야 하는 것임을 이야기한다.

한편 시간에 대한 새로운 해석 역시 SF 장르가 추구하는 매력적인 주제다. 『짜장면 불어요』(이현, 창비 2006)에 실린 단편 「지구는 잘 있지?」는 지구를 탈출한 우주선 안에서 벌어지는 이야기이다. 이 이야기 속에서 철저히 통제되는 것은 바로 사람의 기억이다. "온 세계가 전쟁판이라" 지구의 멸망을 앞두고 노아크 우주선에 탑승한 사람들은 "우주에서는 규칙을 잘 따라야 한다."는 우주선을 통솔하는 집단에 의해 기억을 통제받는다.

이 작품에서 통제하는 것은 사람들의 기억이지만 구체적으로 그것은 '오늘'에 고정되어 있다는 점에서 시간의 통제다. 날짜는 언제나 2045년 11월 25일이고 사람들의 기억은 언제나 우주선에 탑승한 첫날이다. 실제 정확한 날짜가 언제인지도 알 수 없고 왜 우주선에 실려 있는지도, 우주선의 목적지가 정확히 어디인지조차 알 수 없다. 우주선을 지배하는 이들은 왜 탑승자의 기억을 언제나 우주선에 탑승한 첫날로 고정해 놓았을까? 기약도 없이 우주를 떠돌아야 하는 나날들이 무한정 반복되고 있다는 무서운 진실을 깨닫는 순간 탑승자들은 폭동을 일으킬 수도 있다.

이 작품이 에둘러 말하고자 하는 바는 우리가 살고 있는 이 시간이다. 우리가 사는 시간 역시 우리는 매일 새롭게 생성된다고 생각하지만 사실은 어제나 오늘이나 똑같은 날이다. 우리가 흔히 생각하는 날마다 새로운 날이 될 거라는, 내일은 오늘과 다를 거라는 기대는 누군가에 의해 끊임없이 주입되는 환상이나 착각에 불과하다는 것이다. 좀 더 확대 해 석하자면 우리는 평소 똑같은 텔레비전 프로그램을 보고 똑같은 음식을 먹으며 똑같이 살면서도 목적지가 어디인지 모르는 사람들처럼 무감각하게 표류하고 하루하루를 무자각적으로 살고 있다. 그러다 우리는 종종 일상이 끊임없이 반복된다는 사실을 깨닫고 몸서리친다.

그렇다면 이 작품이 말하고자 하는 것은 대체 무엇인가? 이 작품의 묘미는 우리가 하루하루를 충실히 제대로 살아 내는 것으로 새로운 날을 만들 수 있다는 아이러니한 결말이다. 누구는 글을 쓰고 누구는 그림을 그리며 하루를 의미 있는 것으로 채울 때 기억은 비로소 영속성을 지니게 된다. 무의미한 시간의 반복을 유의미한 기억의 연속으로 만들어 내기 위해서 우리에게는 스스로 무언가를 창조하는 '각성'의 과정이 필요하다. 이러한 성찰은 아이들에게 자칫 어려울 수 있지만 시간에 대한 알레고리로 충분히 읽어 볼 만한 주제이다.

나가며

이렇듯 과학적 상상력을 동원하여 우리 사회를 색다른 시각에서 성찰하는 SF동화는 우리 아이들에게 재미와 감동을 줄 수 있는 주목해 볼 장르이다. 지금까지 살펴본 SF동화를 통해 우리는 우리가 만들어 나가야 할 미래가 어떠해야 하는지, 그것을 위해 지금 이 순간을 어떻게 살아야 하는지 알 수 있었다. 그러나 아무리 좋은 메시지라도 주제가 그대로 드러난다면 그것은 일종의 구호와 다름없다. 완성도 높은 서사와 깊은 성찰을 담아 더욱 감동을 주는 동화가 많이 나오길 기대한다.

아무리 SF영화가 재미있다 하더라도 SF동화만이 가진 장점이 한 가지 있다. SF동화를 읽는 동안 우리 아이들의 머릿속에는 SF영화보다 훨씬 뛰어난 나만의 영화가 상영된다. 바꾸어 말하면 영상보다 글로 만나는 상상력이 더 멋진 그림을 낳는 것이다. 최근에는 청소년을 위한 SF소설집도 나왔고 미처 소개하지 못한 SF동화도 있을 것이다. 아이들과 함께 찾아 읽어 보고 SF영화와도 견주어 보며 SF의 매력에 빠져 보시길 바란다.

(2010)

역사를 소재로 한 어린이문학, 새롭게 읽기

들어가며

역사동화[1]는 역사적인 인물이나 사건을 소재로 어린이 독자를 위해 쓰인 문학이다. 역사동화는 창작동화처럼 허구적 서사지만 역사적 인물이나 사건과 같은 '사실'이 포함된다는 점에서 일반 창작동화와 구별된다.

일반 창작동화의 작가는 자신의 상상력을 바탕으로 자신이 원하는 대로 이야기를 전개하고 완성할 수 있는 자유가 있다. 반면 역사동화의 작가는 작품을 창작하면서도 끊임없이 역사적 사실을 의식해야 한다. 또한 작가가 작품에서 기존에 알려진 역사적 사실만을 반복한다면 독자로부터 진부하다는 평가를 받을 수 있고, 반대로 문학적인 상상력을 높였다 하더라도 허구적인 면을 과장한다면 장르의 본래 특성상 담보

---

[1] 이 글에서는 역사를 소재로 한 아동소설 일반을 '역사동화'로 범칭해 쓰기로 한다.

해야 할 사실의 영역을 벗어나 버리고 만다.[2]

그럼에도 역사동화는 역사적 사건과 문학적 진실이 교차하며 빚어내는 지점이 매력적인 장르다. 어쩌면 이미 과거가 된 역사적 사실이 작가에게는 아직 다가오지 않은 미래처럼 또 다른 의미에서 상상력을 무한히 펼칠 수 있는 공간일 수도 있다. 현재의 시선으로 과거와 만나고 이미 일어난 사실을 허구로 재현하여 문학이라는 또 다른 진실로 만들어 내는 작업은, 역사적 사실이라는 하나의 모티프를 여러 모양새의 역사동화로 창작할 수 있다는 점에서 음악의 변주곡을 연상시키기도 한다.

지금까지 어린이문학 비평에서 역사동화는 열외에 있었다. 최근까지 역사동화의 모양새가 문학적인 형상화보다 교육적 의도를 앞세우는 경우가 많았던 것이 그 원인이 아닐까 한다. 우리나라의 역사동화는 1920년대 『어린이』지에서 조선의 역사와 위인을 알려 주며 민족적 각성을 촉구하려고 한 데서 시작했다고 볼 수 있다. 역사동화라는 장르 자체가 민족의 발견과 더불어 시작되었다는 것은 그 장르에 계몽의식과 분리할 수 없는 부분이 있다는 것을 뜻한다. 또한 교육적 관점에서 보면, 역사동화는 어린이에게 어렵게 느껴지는 역사 지식을 어린이들이 좋아하는 '이야기'라는 서사 양식으로 구성하면서 발전한 측면이 크다. 이렇듯 역사동화가 주로 계몽적 기능에 무게를 두며 발전해 온 까닭에 어린이문학에 관한 논의에서 작가가 인물이나 사건, 배경 등을 결정할 수 있는 일반적인 창작동화보다 소홀히 다루어진 듯싶다.

그러나 최근 어린이문학에서 두드러진 현상 중 하나가 역사동화들이 다양하고 뚜렷한 문학적 성과를 이루어 내고 있다는 것이다. 때로는 진지한 역사의 무게를 담은 고발문학으로, 때로는 역사적 사건을 잔잔한

---

2 서정철 『인문학과 소설 텍스트의 해석』, 민음사 2002, 475면 참조.

배경으로 담은 성장소설로, 때로는 사실과 허구를 섞어 그 둘의 상관관계까지 고민해 볼 수 있는 작품으로 말이다. 이러한 점들은 최근의 다양하고 흥미로운 역사동화들을 담론화해야 할 필요성을 말해 준다.

이 글에서 다룰 주요 논제는 역사동화에서 계몽의 문제와, 사실과 허구의 상관관계이다. 먼저 역사동화의 한 축을 담당하고 있는, 한국 근현대사를 다룬 작품을 중심으로 그 안에 담긴 계몽성과 문학적 형상화의 관계를 살펴보려 한다. 이를 통해 우리는 역사동화에서 계몽성이 만들어 낸 '흔적'을 살펴볼 수 있을 것이다. 또한 최근에 출간된 역사동화를 중심으로 허구와 현실이 어떤 지점에서 만나 변주되는지 그 양상과 의미를 알아보려 한다. 허구적 인물과 역사적 사건이 결합된 소년소설을 먼저 살펴보고, 다음으로 역사적 서사와 허구적 서사에 대한 담론을 제공하는 작품들에 관해 이야기해 보고자 한다.

기존의 역사동화 중에는 정사(正史)를 바탕으로 과거의 정확한 복원이나 재현을 목표로 한 작품이 많다. 이를테면 주로 고대를 중심으로 한 작품의 경우 『삼국유사』와 『삼국사기』를 사료로 삼아 역사적 사실을 허구의 서사로 만들어 낸 것이 많으며, 또 당시를 복원한 작품 중에는 영웅이나 장수를 중심에 둔 전기(傳記)소설 형태로 당대 역사를 바라본 것이 많다.[3] 이러한 작품들은 이 글에서 이야기하려는 작품과는 일정한 거리가 있다. 따라서 이 글의 목적에 충실하기 위해 이러한 역사동화에 대한 분석은 생략하기로 한다.

3 이윤희 「한국 역사동화 연구」, 중앙대학교 대학원 박사학위 논문, 2002 참조.

고발의 문학, 계몽의 담론

흔히 문학은 심미적 판단이 중요한 문예 장르로 인식되지만, 사실 그보다 훨씬 깊고 다양한 시각에서 바라보아야 하는 사회적 생산물이다. 이를테면, 사회적 위기가 고조되던 시절 거칠게 쓰인 현실 지향의 시들이 문학적 상징을 세련되게 구사한 시들보다 절실하게 다가왔던 까닭은, 문학은 당대의 현실을 작가와 독자가 함께 호흡할 때 그 리얼리티가 확보되기 때문이다.

산문도 마찬가지다. 역사소설이나 역사동화에서 중요한 것은 역사적 사건을 바라보는 역사의식이다. 1970년대 이후 일반문학과 90년대 이후 역사동화를 통해 작가의 역사의식이 작품에 얼마나 큰 영향을 미치는지를 알 수 있다. 당시 우리 역사동화의 주류는 주로 고발의 눈으로 한국 근현대사를 조명하는 것이었다.

이러한 종류의 역사동화가 활발하게 출간되는 것은 일반문학에서 다루어진 역사적 소재들을 어린이문학에서도 활용하려는, 어린이문학이 일반문학을 뒤따르는 속성과 더불어 한국 근현대사의 숨겨진 사건들을 어린이에게 알려 주어야 한다는 계몽적 의도와 무관하지 않다. 물론 어린이에게 아직 알려지지 않은 역사적 진실을 드러내 주는 작품을 쓰는 것은 의미 있는 일이다. 그러나 이제는 그러한 역사적 사건을 드러낼 때 무엇을 이야기하는지와 더불어 어떻게 창작되었는지도 함께 살펴보아야 할 때가 되었다.[4]

한국 근현대사의 여러 사건 중 역사동화에서 집중적으로 다루어지는 사건은 동학농민혁명, 한국전쟁, 광주민주화운동 등이다. 이를테면 광

---

4 원종찬「'일하는 아이들'과 '유희정신'을 넘어서」, 『창비어린이』 2003년 여름호, 28면 참조.

주민주화운동을 다룬 작품만 해도 「손바닥에 쓴 글씨」(김옥『손바닥에 쓴 글씨』, 창비 2002), 『기찻길 옆 동네』(김남중, 창비 2004), 『누나의 오월』(윤정모, 산하 2005), 『너는 스무 살, 아니 만 열아홉 살』(박상률, 사계절 2006), 『큰아버지의 봄』(한정기, 한겨레아이들 2006) 등이 있다. 그리고 이들 작품은 대체로 고발의 형식을 띠고 있거나 당시 광주를 제대로 알리려고 했는데, 이는 일반문학과 비슷한 관점이다. 그런데 이러한 관점은 그 타당성 여부를 떠나 작가의 목적의식이 앞서게 되어 문학적 형상화에 걸림돌로 작용하는 경우가 많다. 80년대 이전에 나온 많은 반공 동화가 그 생명을 길게 유지하지 못했던 것처럼, 진보적인 사상을 담고 있더라도 창작 의도가 작품 전면에 드러날 경우 문학이 지녀야 할 심미성을 담보하기 어렵기 때문이다.

이를테면 광주민주화운동이 우리 역사에서 중요한 사건이고, 그 이야기를 어린이에게 꼭 들려주어야 한다고 생각한다면, 작가가 말하고자 하는 '광주민주화운동의 의미'를 작품의 미학적 전개를 고려하여 서술하는 한편, 특히 어린이들이 이해할 수 있는 눈높이로 그려야 할 것이다. 곧, 같은 사건을 다루더라도 어린이문학이 그것을 수용하는 방식에 대해서는 좀 더 깊은 고민이 따라야 하는 것이다.

독서가 작가와 독자 간의 대화라면 어린이문학에서의 소통은 더욱 섬세한 과정을 요한다. 어른들은 문학에서조차도 어린이에게 늘 무언가를 가르치려 해 왔고, 어린이들은 어른이 생각하는 것 이상으로 수직적인 의사소통에 민감하게 반응한다. 그러므로 무엇보다도 먼저 독자인 어린이를 진지한 대화 상대로 생각하고 말 걸기를 청하는 어린이문학이 되어야 할 것이다. 그것이 성공하지 못할 때 어린이문학은 어린이 독자에게 감동을 제공하기 어려울 것이다.

좀 더 구체적으로 어린이문학에서 어린이 독자와의 의사소통 과정을 살펴보면, 어린이문학 텍스트들은 시점 면에서 대부분 어린이를 초점화자로 삼는다. 그리고 서술자와 초점화자는 동일할 수도 있고 분리될 수도 있다.

일반문학에서도 물론 1950년대 전쟁 전후를 배경으로 한 작품을 보면 초점화자가 어린이인 경우를 많이 발견할 수 있다. 이것은 우리 작가 대부분이 당시 어린 나이로 비극적 사건을 겪고 그 뒤에 그것을 회고하며 소설을 썼기 때문이기도 할 테고, 초점화자인 어린이와 서술자인 어른의 시각적 아이러니를 유발하려는 의도도 있을 것이다. 일례로 제주 4·3항쟁을 배경으로 한 『순이 삼촌』(현기영, 창비 1979)의 경우 사건을 서술하는 어른 서술자와 어린 시절을 회상할 때 등장하는 어린이 경험자의 거리가 사건을 바라보는 특정한 시각을 만들어 낸다. 결론적으로 역사의 비극적 사건을 소재로 한 문학에서 서술자와 초점화자를 분리하고 어린이 초점화자를 등장시키는 것은, 어린이의 눈높이에서 헤아릴 수 없는 비극적 사건을 조명함으로써 사건의 충격성을 증폭시키는 구실을 한다.

그런데 어린이문학에서는 이러한 방식에 좀 더 진지하게 접근해야 한다. 역사를 고발하는 어린이문학에서 초점화자와 서술자를 분리하는 것은, 일반문학과는 달리 아이러니를 불러일으키려는 의도가 아니다. 역사동화에서 어린이 초점화자를 등장시키는 것은 역사적 사건을 어린이의 눈높이에서 바라보고 해석함으로써 그것을 같은 눈높이의 어린이 독자에게 이해시키기 위한 것이다.

『붉은 유채꽃』(정도상, 푸른나무 2004)의 봉달이, 『노근리, 그해 여름』(김정희, 사계절 2005)의 은실이, 『큰아버지의 봄』의 경록이 등을 텍스트 안의 초점화자로 들 수 있다. 그런데 어린이 초점화자들은 역사적 사건을 관찰할 수는 있지만 독자에게 왜 그러한 사건이 일어났는지를 설명해 줄 만한 눈높이를 지니고 있지 않다.

『붉은 유채꽃』은 제주 4·3항쟁을 소재로 하여 당시 제주도 민중의 삶을 그려 내고 있다. 작품 속에서 봉달이는 아직 취학을 하지 않은 어린아이다. 잠자리에서 오줌을 싸고 미군이 주는 초콜릿을 먹고 싶어 안달하는 철부지다. 이런 봉달이의 눈에 비친 제주 4·3항쟁은 봉달이가 이해할 수 없는 충격적 사건일 뿐이다. 이 작품은 세상을 보는 시각을 여섯살 어린이에게 맡김으로써 독자에게 사건을 충실히 전달하는 데 한계가 있고, 사건을 이야기하는 어린이의 육성도 담아내기 어려워졌다. 그러므로 고발성이 강한 주제의 역사동화에서 서사학적으로 '신뢰성 없는 화자'에 해당하는 어린이 초점화자를 통해 사건을 전개하려 했다면, 이를테면 어린이 초점화자의 연령을 좀 더 고려한다든지, 사건을 제대로 설명하고 전달해 줄 수 있는 중도적 인물을 등장시킨다든지 하는 방법이 모색되어야 했다.

제주 4·3항쟁의 충격이나 비극이『붉은 유채꽃』을 통해 묘사될 수는 있겠지만 어린이 독자에게 그런 일이 왜 일어났는지를 설명하기는 쉽지 않다. 작품에 등장하는 어른들의 대화만으로는 사건의 본질이 충실하게 전달되기 어렵다. 때문에 작품 뒤에「4·3항쟁에 관하여」라는 부록을 싣고 있다. 그러나 어린이문학에서 역사적 사건에 관해 들려주어야 한다고 생각했다면 작품 자체로 그 사건이 충분히 설명되도록 텍스트 안에 녹여 내야 했다. 텍스트 안에서 문학적으로 형상화되어야 할 부분을 텍스트 밖에 후기로 넣어 보충하는 것은 바람직하지 않으며, 그런 보충은 계몽의 의도를 강하게 드러내 보여 줄 뿐이다.

최근에 출간된『큰아버지의 봄』은 광주민주화운동을 소재로 한 작품이다. 사건이 일어난 지 최소한 30년 이상 지나야, 곧 한 세대를 넘어선 뒤에야 그 사건을 객관적으로 소설화하는 것이 가능하다고 한다. 광주민주화운동은 이제 그 용광로같이 뜨겁기만 했던 울분을 가라앉히면서 서서히 역사적으로 복권되고 객관적으로 조명되는 자리를 찾고 있는 것으로 보인다.

『큰아버지의 봄』은 광주민주화운동에 관련된 작품 중에서 비교적 어린이 독자를 세심하게 고려하여 구성된 것이다. 주인공 경록이는 2006년을 사는 6학년 아이다. 광주민주화운동의 상처와 아픔을 상징하는 큰아버지의 존재를 알게 된 경록이가 80년 광주민주화운동의 의미를 알아 가는 과정을 씨줄로, 한 반에서 아이들을 괴롭히는 재동이 일파를 보며 그들과의 갈등을 변화시키려는 용기를 찾아가는 모습을 날줄로 엮어 놓았다. 현재를 사는 경록이에게 과거의 광주 이야기는 이해하기 어려운 것이다. 텍스트 안에서도 경록이는 '광주가 무엇을 의미하는지' 이해하기 어렵다는 언술을 되풀이한다. 작가는 경록이에게, 그리고 독자에게 두 줄기 이야기를 교차하여 광주민주화운동의 의미를 인식시킨다. 즉 학교에서 일어나는 폭력적 갈등에 대항하는 경록이의 구체적 행동과, 은수 이모와 경록이가 광주 망월동 묘지를 방문하는 장면 등에 대한 서술을 통해 광주민주화운동의 역사적 의미를 깨닫게 한다. 그리고 80년 당시 광주민주화운동을 이끈 주체들에 남겨진 상흔을 뜻하는 큰아버지의 죽음을 통해 광주민주화운동이라는 역사를 의미 있는 과거로 자리매김하려 한다. 광주민주화운동 당시 희생된 이들을 추도하는 씻김굿이 작품의 후반부를 차지한다. 작품에서 씻김굿은 광주민주화운동이 현대사에서 제대로 평가되기를 기원하는 의미를 띠지만 아쉽게도 감상성에 치우쳐 어린이 독자에게 설득력 있게 다가서고 있다고 보기는 어렵다.

『붉은 유채꽃』과『큰아버지의 봄』이 제주 4·3항쟁과 광주민주화운동에 대해 폭력적인 권력에 항거했던 항쟁의 역사임을 고려하여 남성적 시각으로 그렸다면,『노근리, 그해 여름』은 노근리 사건이 일방적인 민중의 수난임을 의식하여 은실이라는 여자아이의 눈을 통해 당시 마을 사람들과 마을의 모습을 풍속사적으로 담아낸 점이 특징이다.5 이 작품은 어린이에게 노근리의 충격적인 사건을 들려주어야겠다는 작가의 의도가 제목만큼이나 두드러져, 충격적 사건을 재현한 이후 곧 노근리에서의 충격적인 사건을 전달해야겠다는 의도가 주는 중압감을 덜어 낸 중반 이후 급격히 밀도가 떨어지는 모습을 보인다. 노근리 사건을 겪은 뒤 주인공인 은실이가 말을 못 하게 된다는 것은 어쩌면 작가가 은실이를 통해 독자에게 무언가를 전달하기는 힘들다는 것을 실토한 것일 수도 있다. 한편 은실이의 언니 금실이는 정신이상이 된 뒤 원인 모를 죽음을 맞는데, 이 과정 역시 어린이 독자에게는 피상적으로 비칠 우려가 있다. 결국『노근리, 그해 여름』에서 가장 중심에 있는 노근리 사건을 알리고자 하는 계몽적 의도가 부각되어 작품 전체의 구성에 영향을 준 것으로 보인다.

어떤 면에서 보면 특별히 충격적인 사건이 일어나지는 않지만 한국 근현대사에서 이중으로 소외된 여성의 삶을 성장기의 소녀 주인공을 통해 묘사함으로써 일제강점기 백성의 삶을 대변한, 같은 작가의『국화』(김정희, 사계절 2002)가 더 완결성이 높게 느껴지는 것은 이 때문이다. 『몽실 언니』(권정생, 창비 1984) 역시 여성 작중인물인 몽실이의 성장담과 풍속의 재현을 통해 한국전쟁을 보여 줌으로써 독자들이 이 땅의 일반 백성이 겪은 전쟁의 아픔을 읽을 수 있도록 한다. 이처럼 충격적 사건을 고발하는 계몽적인 방식으로만 역사를 다루는 것보다는 일반 백성들의

5 참고로, 소년을 주인공으로 한 소설과 소녀를 주인공으로 한 소설의 시공간의 특징은 마리아 니콜라예바『용의 아이들』(김서정 옮김, 문학과지성사 1998), 190면에 자세히 나와 있다.

삶과 풍속으로 역사를 재현하는 것이 독자가 좀 더 실감할 수 있다는 점에서 큰 의미를 갖는다.

요약하자면, 1990년대를 지나 2000년대에 들어서서도 여전히 어린이문학에서 역사의 특정한 사건을 중심으로 이야기를 전개하는 작품들이 꾸준히 여러 모양새로 출판되고 있다. 그것은 어린이문학이 해야 할 많은 일 가운데 하나이기도 하다. 다만 그것을 어린이문학으로 형상화하는 과정에서 좀 더 세심하고 깊이 있는 고민이 앞으로도 계속되어야 할 것이다.

성장의 이야기들, 허구와 역사의 만남

최근 역사동화에서 역사적 사실을 배경으로 두고 허구적 인물의 성장담이나 모험담을 주요 플롯으로 내세우는, 허구와 역사의 자리를 역전시킨 작품들이 많이 등장했다. 허구적 인물을 주인공으로 할 경우 작가는 자신만의 상상력을 발휘하여 작품을 창작할 수 있고 작품을 읽는 어린이 독자도 더욱 풍부한 문학적 경험을 얻을 수 있다. 허구적 인물을 주인공으로 한 최근의 역사동화는 『무덤 속의 그림』(문영숙, 문학동네 2005), 『하늘에 새긴 이름 하나』(이현미, 문학과지성사 2006), 『초정리 편지』(배유안, 창비 2006) 등이 대표적이다.

『무덤 속의 그림』은 허구적 인물이 살아가는 과정에서 시대에 대한 단서들을 발견케 했고, 『초정리 편지』는 허구적 인물 장운이와 실제 인물 세종대왕의 만남을 통해 '한글 창제'라는 시대적 사건을 그렸다. 『하늘에 새긴 이름 하나』는 고려시대 몽골족이 침입하자 불심(佛心)으로 이민족을 몰아내기 위해 팔만대장경을 만드는 과정을 모티프로 삼고 있다. 세 작품 모두 성장기에 있는 피지배계급의 소년을 대상으로 이들이 시대의 한 사건과 만나고 역경 속에서 자신의 일을 통해 정체성을 찾아 나가는 성장소설의 모양새를 취하고 있다. 이렇듯 성장담을 중심에 두고 역사적 사건을 배경으로 만들면 어린이 독자에게 역사에 대한 부담을 지우지 않는 장점을 얻게 된다.

작중인물의 성장을 전면에, 역사적 사건을 후면에 배치하여 조합한 이들 작품에서는 첫째로, 배경이 된 역사적 사건이 작품 안에서 제대로 된 자리를 차지하고 있는지가 역사소설로서의 완성도를 높이는 요건이 될 것이다. 이를테면 몇해 전에 출간된『사금파리 한 조각』(린다 수 박, 서울문화사 2002)의 경우 시대적 배경인 고려시대 모습이 작품 속에서 제대로 형상화되지 않아 이 땅에는 한 번도 존재한 적이 없는 판타지 공간과 같은 배경이 되었다.『사금파리 한 조각』이 역사소설인 한 그 점은 분명 작품의 한계일 것이다. 그것에 비해 앞의 세 작품의 경우 시대적 배경을 우리가 구체적으로 상상할 수 있는 역사적 공간으로 복원해 주고 있다.

둘째, 허구적 인물인 소년들의 성장담과 사실로서의 역사적 사건이 잘 결합돼 있는지도 작품의 완성도에 영향을 주는 요인일 것이다. 이 점에서 앞의 세 작품은 창의력과 자연스러움으로 역사동화를 새롭게 썼다고 생각한다.

『무덤 속의 그림』에서 고구려 장례 풍습인 순장(殉葬)이 피지배계층 사람들에게 악습으로 다가오고 무연이 고구려 벽화를 그리는 화공이 되어 가는 과정은 읽는 이로 하여금 작품에서 눈을 뗄 수 없는 재미를 불러일으킨다.『초정리 편지』는 장운이가 우연히 만나 한글을 배웠던 할아버지가 세종대왕이었다는 발상이나 당시 한글 창제 때문에 일어난 사회적 에피소드들이 작품의 재미를 높인다.

『하늘에 새긴 이름 하나』역시 고려시대 팔만대장경을 만들게 된 계기인 몽골족의 침입을 적절한 배경으로 만들어 냈다고 할 수 있다. 다만 아쉬운 점은 내용 전개상 간혹 지나친 민족주의적 의도가 드러난다는 것이다. 예컨대 30면의 경우, 몽골군이 경판을 불태우자 승려들이 대장경판을 둘러싸고 스스로 불에 타 죽었다는 이야기와 그것에 감동을 받는 주인공의 심리묘사는 지나친 민족주의적 발상이라고 할 수 있다.

마지막으로 앞의 세 작품이 따르고 있는 소년들의 성장담이라는 구성 방식에 관해 이야기해 보자. 이 세 작품의 특징이 바로 소년의 성장담을 전면에 내세운 점이라면 성장소설로서의 완결성 역시 지녀야 하기 때문이다.

『무덤 속의 그림』의 무연,『초정리 편지』의 장운,『하늘에 새긴 이름 하나』의 동경은 모두 어려운 처지에 있는 소년들이다. 이들은 화공이 되고, 석공이 되고, 불경 새기는 일을 하는 힘든 과정을 겪으며 예술가로, 장인으로 거듭난다.

『무덤 속의 그림』의 무연은 숲에서만 살다가 산 아래 마을에 호기심을 갖게 된다. 마을로 내려온 무연은 우연히 자신의 출생 사연과 부모님의 죽음에 얽힌 비밀을 알게 되고, 결국 화공이 되어 부모님의 죽음을 추모하게 된다. 여기서 무연과 무연의 아버지 무두지 장군, 그리고 무연의 경쟁자인 공탁과 그 아버지인 막리지 공비추 사이의 가족사적 대결 양상이 이 소설의 핵심 플롯이 된다. 이것은 우리가 텔레비전에서 흔히 볼 수 있는 전형적인 역사극의 플롯이고, 이로 인해 작품은 한층 흥미진진해졌다. 하지만 이 작품은 무연과 공탁의 가족사가 전형적인 선악 대결로 전개되는 평면적 구도를 취하고 있어 무연의 내적인 고민을 담아내며 성장담을 완성하는 데에는 한계가 있다. 작중인물이 외부 사건과 맞닥뜨리며 내적인 성장을 이루어 가는 것이 성장소설의 핵심임에도 불구하고 무연은 일관되게 착하기만 하고 공탁은 그 반대다.

『초정리 편지』도 이러한 구도를 보여 준다. 낮은 신분이지만 열심히 노력해서 석공이 되고자 하는 장운은 그의 적대자인 상수에게 처음부터 계속 미움을 받지만 그의 행동은 그에 크게 영향을 받지 않는다. 그렇기에 작품 안에서 사건을 겪어 나가는 장운의 내면적인 성장에 큰 변화가 없는 듯이 느껴지고 작품의 결말에서 장운이 '컸다'는 느낌으로 다가오지 않는다. 이 작품이 성장소설의 모습을 취했다면 주인공을 통해 진정한 성장의 과정을 그려 내야 했을 것이다.

그에 비해 『하늘에 새긴 이름 하나』에는 말썽꾸러기이고 무엇 하나 잘하는 것 없던 동경이 자신의 아버지와 같던 구레나룻의 죽음, 경판에 구레나룻의 이름을 새기고자 하는 소망, 그리고 그 절실함이 만들어 낸 노력을 거치면서 내적 성장을 이루는 모습이 설득력 있게 그려져 있다. 성장소설이라는 면에서 보자면 『하늘에 새긴 이름 하나』는 입체적인 성격묘사를 통해 완성도를 높이고 있다고 하겠다.

한편, 이 작품들에는 『초정리 편지』의 난이나 『하늘에 새긴 이름 하나』의 송화 등 여자 조력자들이 나오는데, 특히 송화의 경우 충분히 능력이 있는 아이임에도 불구하고 주인공보다는 조력자 자리에 머문다는 점에서 이 아동소설들이 남성 위주의 세계관을 담고 있다는 비판에서 자유로울 수 없을 것이다. 『무덤 속의 그림』 역시 여성 인물들은 모두 남성 인물의 동선 주위에서 보조자의 자리에 머물러 있다.

이렇게 몇 가지 아쉬운 점이 있긴 하지만 앞서 살펴본 바와 같이 성장담을 전경화하고 역사적 사건을 배경으로 삼은 최근의 역사동화들은 역사의 문학적 형상화를 대하는 새로운 즐거움을 선사한다. 허구적 인물과 역사적 사실의 만남을 자연스럽게 그려 내면서 허구적 인물이 살아가는 문학적 서사에도 충실한 작품들이 더욱 많이 나오길 바란다.

허구와 사실을 보는 새로운 방식

앞서 말했듯이 역사물은 사실적 이야기가 개입된다는 점에서 일반 창작물과 구분된다. 하지만 최근 허구적 서사와 비허구적 서사가 서로 영향을 주고받으며 닮아 가고 있고, 서사학적 측면에서 보면 의외로 두 장르를 구분하는 기준을 찾기도 쉽지 않다.[6]

또한, 흔히 사실이라고 여겨지는 역사 역시 사람들의 눈과 입에 의지하여 만들어진 서사인 것이고, 허구인 옛이야기는 사람들의 삶을 바탕으로 구성된 것이다. 그렇다면 이 두 장르는 우리가 지금까지 생각해 왔듯이 차이를 지닌 별개 장르라기보다는 의외로 공통점이 더 많은 장르일 수도 있다.

역사와 옛이야기를 같은 층위에서 다룬 작품들이 있다. 이들은 역사가 우리에게 주는 진실과, 허구가 우리에게 전달하는 의미 사이에 공통점이 있다고 생각하면서 문학에서 허구적 서사와 비허구적 서사의 구분이 중요한 것은 아니라고 말하는 듯하다. 역사를 말하면서 동시에 허구를 말하는, 곧 역사와 허구가 섞여 있는 작품으로 『숨 쉬는 책 무익조』(김성범, 문학동네 2002), 『종이옷을 입은 사람』(김진경, 문학동네 2005), 『해를 삼킨 아이들』(김기정, 창비 2004) 등이 있다.

『숨 쉬는 책 무익조』는 동학혁명을 배경으로 한 역사동화다. 그러나 이 동화는 동학혁명을 전면에 내세우며 그 과정을 꼼꼼히 기술한 『네가 하늘이다』(이윤희, 현암사 1997)와 같은 방식의 동화는 아니다. 『숨 쉬는 책 무익조』는 우연히 한결이의 손에 들어온 고조할아버지의 한문책이 스

---

6 서정철, 앞의 책 475면 참조.

스로 이야기를 들려주는 데서 출발한다. 고조할아버지의 혼이 들어 있는 책이 이야기를 들려주므로 그 이야기는 사실로 여겨진다. 그런데 책 속의 책이 들려주는 이야기야말로 참으로 허구적인 이야기다. 책이 들려주는 이야기는 무익조라는 날개 없는 하얀 새의 이야기다. 이 무익조는 작품의 후반부로 가면서 동학혁명을 위해 싸웠던 동학군을 상징한 다는 것이 점차 드러난다. 무익조는 하얀 옷을 입은 우리 백성과 연결되고, 갈색 깃을 지닌 다른 무익조와의 싸움을 통해 동학군과 적군의 갈등으로 구체화된다. 그리고 동학군이 무익조를 먹는 에피소드와 다음 날 장렬한 싸움으로 숨지는 동학군, 그 위로 겹쳐지는 무익조, 그리고 동학군과 무익조가 하늘로 올라가는 환상이 겹치고, 무익조는 자유를 꿈꾸는 이 땅의 백성임이 명백히 드러나면서 이야기는 절정을 이룬다. 어린이문학에서 역사적 배경을 바탕으로 이만큼 높은 문학적 성과를 거둔 작품은 흔치 않을 것이다.

『숨 쉬는 책 무익조』는 서술자가 한결이에서 고조할아버지로, 다시 고조할아버지의 어릴 때로 바뀌면서 각각의 말투가 달라지는 부분의 연결이 매끄럽지 못하고, 그러다 보니 나중에는 1인칭과 3인칭을 헷갈리는 실수가 나온다. 그리고 작품 초반에 주인공인 한결이와 숨 쉬는 책, 곧 고조할아버지와의 대화나 141면의 무지개에 대한 '나'와 할아버지의 이야기는 어린이 독자에게 너무 관념적이지 않을까 하는 생각이 든다. 그러한 한계를 지니고 있음에도 이 작품이 옛 사건들을 복원해 내는 방식을 보면 책 속의 허구적인 이야기가 상징하는 바와 역사적 사실로서 동학혁명이 꿈꾸었던 의미를 동일한 위치로 등치시키는 데 성공하고 있다. 기존의 역사동화에서는 볼 수 없던 방식이다.

『종이옷을 입은 사람』은 한지로 한복을 짓는 솔이 할머니에서 이야기가 시작되는데, 곧이어 만리장성을 쌓던 중국의 진시황 시절 권력의 희생양이 된 수많은 백성들의 아픔을 담은 전설이 등장한다. 그리고 전설에 담긴 피지배계층의 문제를 한국전쟁 때 공산주의자로 몰려 마을 사람들이 몰살당한 사건과 연좌제에 묶여 자신의 뜻을 펼칠 수 없었던 솔이 아버지의 내막과 연결 짓는다. 또한 결말에서도 솔이는 종이옷을 태우는 할머니의 모습을 보며 '효순이 미선이 사건' 뒤에 일어난 촛불시위를 떠올린다. 곧, 종이옷을 짓는 할머니로부터 들은 중국의 전설 속에 담긴 의미와 우리의 역사적 사건이 지닌 의미가 동일시되면서 사실과 허구가 같은 층위에서 이야기된다.

이 작품에서 아쉬운 점은 전설을 통해 들려주는 백성들의 아픔이 한국전쟁 때 희생된 사람들 모습과는 잘 연결되는 데 비해, 솔이 아버지 이야기로 이어지면서는 점차 관념화되고, 솔이와 솔이 엄마의 대화나 솔이의 기억으로만 서술되는(혹은 등장하는) '효순이 미선이 사건'까지 연결 짓는 것에서는 무리가 느껴진다는 것이다. 130면의 "아빠의 혼은 아직 그 보이지 않는 성벽 밑에 깔려서 다 빠져나오지 못하고 있어." 라는 서술은 지나치게 관념적이고, 139면의 종이옷을 태우는 할머니를 보며 솔이가 촛불시위를 떠올리는 모습은, 과거의 전설에서 현재의 사실로 이어져 오는 비도덕적 권력에 희생된 백성의 아픔을 나타내려 한 것이지만, 전설이 주는 의미를 현재에 일어난 사건까지 연결시키며 되살리고자 하는 욕심의 개입으로 보인다.

『해를 삼킨 아이들』의 경우 구성이 참으로 재미있고도 용감하다. 팔도 사투리를 이용해 우리 근현대사를 옛이야기처럼 바꾸어 서술하고, 옛이야기를 패러디하여 현실을 재현하면서 그야말로 사실과 허구와의 장벽을 무너뜨렸다. 현대사를 조명하면서도 이데올로기를 개입시키는 대신 옛이야기식의 허구적 서사로 풍자성을 담기도 한다. 아이들에게 역사를 알게 하려고 이 작품을 읽혔다가 죽도 밥도 안 되었다는 이야기를 어른들로부터 들었다. 허구와 사실이 뒤섞여 역사를 읽는 기존의 방식으로 이 작품을 읽으면 도리어 가독성이 떨어질 위험마저 안고 있다. 그러나 한발 물러서서 생각해 보면 이 작품을 통해 우리는 역사적 사실과 옛이야기의 변별점에 대해 고민을 해 볼 수 있다.

『해를 삼킨 아이들』은 우리의 근현대사를 허구적인 옛이야기로 만들어 내면서 결국은 역사가 사람들의 눈과 입에 의해 만들어지는 일종의 이야기임을 주장하는 듯하다. 이렇게 사실과 허구를 뒤섞어 새로운 이야기를 만들어 내는 방식을 통해 독자는 역사 또한 하나의 이야기일 수 있다는 생각을 갖게 된다.

좀 더 확대해석하자면 이 작품은 허구적 가상현실과 실제현실을 뒤섞은 작품이다. 후기자본주의와 관련된 역사적 변화 중의 하나는 가상현실이 현실세계와 동등한 지위를 가지게 되었다는 사실이다. 가상현실은 실제 현실보다 더 현실감을 지니게 되었으며, 반대로 실제현실 자체도 일종의 꾸며진 시나리오일 수 있다는 것이다.[7] 그렇다면 허구와 사실의 변별점보다는 공통점에 무게를 두게 된다. 그리고 옛이야기가 허구에서 출발했지만 인간의 진실한 소망을 담고 있다면, 반대로 역사가 사람들이 만들어 낸 일종의 이야기라면, 역사 역시 결국 옛이야기와 같은 구조와 내용을 담고 있다고 말할 수 있을 것이다.

또한 현실과 허구를 같은 층위로 본다는 것은, 현실은 도저히 무너뜨릴 수 없는 강력한 벽이 아니며 지금의 현실 이외의 또 다른 상황이 가능함을 인정하는 것이다. 이는 현실을 여러 허구 중 하나로 보면서 기존의 사실만을 완전한 판본으로 고정하려는 것 역시 일종의 억압으로 생각하는 것이고,[8] 나아가 현실이나 사실의 견고함을 무너뜨릴 새로운 패

---

7 나병철『소설의 이해』, 문예출판사 1998, 498면 참조.
8 같은 책 360면 참조.

러다임을 제공하는 것이다. 그리고 이것은 전통적 서술기법과는 다른 방식으로 세상을 바꿀 수 있다는 이야기를 하고 있는지도 모른다.

허구와 사실의 견고한 구분에 대해 의심해 볼 수 있는『해를 삼킨 아이들』같은 역사물을 어쩌면 어린이는 어른보다 더 잘 받아들일 수도 있겠다는 생각이 든다. 왜냐하면 어린이에게는 이야기가 사실이냐 허구냐가 덜 중요한 문제일 수 있기 때문이다. 이러한 역사를 소재로 한 어린이문학을 통해 허구와 현실의 관계에 대해 좀 더 본격적인 고민이 진행되기를 기대해 본다.

어린이에게 길을 묻다

지금까지 역사적 사건을 소재로 한 어린이문학 작품을 예로 들어, 첫째, 역사의 특정한 사건을 고발하는 모양새의 어린이문학은 같은 이야기를 다룬 일반문학과 어떤 변별점을 지녀야 하는지 살펴보았고, 둘째, 역사적 사건을 배경으로 하여 그 안에서 성장하는 아이들의 모습을 다룬 최근의 작품들이 어떤 미덕과 한계를 지녔는지 살펴보았다. 그리고 마지막으로 역사와 허구는 다르다는 기존의 인식을 깨며 역사와 허구가 지닌 공통점에 무게를 두고 역사를 다룬 역사동화에 관해서도 이야기해 보았다.

역사동화는 어린이문학에서 주목받지 못하던 분야다. 그 가장 큰 까닭 중 하나가 역사를 문학적 서사로 형상화하기보다는 어린이 독자에게 역사적 사건을 가르치려는 의도를 노출하면서 스스로 문학성을 왜곡해 온 점일 것이다. 그러나 최근에 그러한 구습을 탈피하면서 어린이문학에서 역사를 주제로, 혹은 배경으로 삼거나 옛이야기화하면서 흥미있는 이야깃거리로 만들어 낸 작품들이 등장하여 참으로 즐겁다.

지금까지 언급한 내용들은 최근 역사동화들의 특징으로, 물론 어린이 독자가 이러한 생각들을 하면서 책을 읽지는 않을 것이다. 그러나 분명한 것은 어린이들은 의외로 '이야기'가 지닌 매력을 꿰뚫고 있다는 사실이다. 그것은 '이야기의 세계'가 바로 '어린이가 살아가는 세계'이기 때문이다. 작가가 계몽적 의도를 가지고 들려주는 역사동화에 대해 어린이들이 가차 없이 "재미없다."고 비판하는 것은 사건 자체가 재미없어서라기보다 그것을 들려주는 작가의 의도에 민감하게 반응하기 때문이라고 할 수 있다. 더욱이 작품에 계몽적 의도가 심하게 드러나면 문학적 형상화는 일그러질 수도 있다는 것을 어린이들은 본능적으로 알아챈다.

『노근리, 그해 여름』을 아이들과 함께 읽었을 때 아이들은 은실이의 언니인 금실이가 노근리 사건으로 충격을 받은 뒤 정신이상이 되어 늘 업고 다니던 동생 대신 베개를 안고 다니는 모습에 진부하다는 반응을 보였다. 작가가 사건 전개에 긴장감을 불어넣지 않으면 아이들은 그 이야기에 숨겨진 의도, 곧 계몽이 중심이 되고 그것을 위해 줄거리가 만들어지는 구성의 전형성을 금방 눈치채는 것이다.

한편 옛이야기의 패러디로 또 다른 현실을 만들어 낸 『해를 삼킨 아이들』과 같은 동화에 대해 어른들은 어린이에게 허구와 사실은 구분해 주어야 하는 것 아니냐고 염려할 수도 있다. 그러나 어린이에게 중요한 것은 그 이야기가 참말인가 거짓말인가 하는 점이 아니라 참말도 거짓말도 그럴듯한 이야기인가 아닌가 하는 점이다. 곧, 중요한 것은 참 이야기를 소재로 하든 거짓 이야기를 소재로 하든, 아니면 그 두 가지가 뒤섞여 있든 그것이 어린이문학이라는 장르 안에서 이야기만이 지닌 매력을 중심에 두고 서술되었는가 하는 점이다. 문학이라는 것 자체가 참말처럼 쓰였으나 거짓말인 것이기 때문이다.

그렇다면 사실 차원의 역사를 어린이에게 어떻게 전달해야 하는가? 그것은 결국 논픽션으로서의 역사를 가르치는 일이 맡을 영역이다. 역사의 몫과 문학의 몫은 다르다. 지식으로서의 역사와는 달리 역사를 담은 여러 모양새의 서사물을 읽을 때 어린이에게는 허구와 사실에 대해 계속 고민할 내면의 공간이 생겨날 것이라 믿는다. 앞으로 허구와 사실을 여러 각도에서 바라보며 역사적 사건을 다양한 방식으로 재현한 창의성 있는 역사동화가 더욱 쏟아져 나오기를 기대한다.

(2007)

풍자! 웃으며 세상에 딴죽 걸기

『어린이와 문학』 2007년 5월 월례 발표회에서 어린이문학의 계몽성에 관한 이야기가 왔다. 김진경은 발제문에서 "이제까지와 같은 교훈주의적 계몽성은 더 이상 효용성이 없어 보인다. 그러나 진정한 계몽성은 여전히 필요하고, 오히려 우리 아동문학 작품들이 거기까지 가닿는 경우가 매우 드물기 때문에 문제이다."[1]라는 논지를 폈다. 그리고 이 부분에 대해 길지는 않았지만 재미있는 토론이 있었다.

어른 작가가 어린이 독자에게 이야기를 들려주는 동화에서 '진정한 계몽성'은 깊게 고민해야 할 부분이다. 시대의 조류에 따라 계몽성을 배제한 논의는 자칫 어린이문학의 특수성을 간과한 불완전한 논의가 될수 있다. 본래 계몽은 문학이 가진 중요한 기능 중 하나이기도 하다. 흔히 문학은 심미적 판단의 문예 장르로 인식되지만, 사실 그보다 훨씬 깊고 다양한 시각에서 바라보아야 하는 사회적·시대적 생산물이다.

---

1 김진경 「우리나라 아동청소년 문학에 없는 것」, 『어린이와 문학』 2007년 6월호, 131면.

물론 문학은 계몽적 기능을 가지고 있다. 하지만 문학에서 계몽성은 직접적인 진술이 아니라 문학적 형상화를 통해 나타나야 한다. 특히 동화의 계몽적 기능은 문학이라는 허구를 통해 독자에게 문제 제기를 하고 해답을 열어 두며, 화두를 던지는 데에 가장 큰 의의를 가진다고 생각한다. 나는 '권위의 힘을 빌려 훈육하고 가르치려는' 편협한 계몽이 아닌 '작가가 들려주고 싶은 생각을 서사에 담으려는 의도'로서의 계몽적 메시지는 반드시 부정적인 것이라고 생각지 않는다.

최근 동화는 '작가의 목소리', 구체적으로 '계몽의 톤(tone)'이 낮아져서 전달되는 경향이 있다. 이러한 경향은 시점이나 플롯의 변화에서도 발견할 수 있다. 전지적 시점이었던 동화가 1인칭, 어린이 작중인물의 시점으로 많이 쓰이거나 플롯에서 결말 부분이 약해지면 결과적으로 '작가의 목소리'는 작아지게 된다. 그러나 계몽의 톤이 낮아졌지 사라진 것은 아니다. 방식이 다양하게 변화하고 있을 뿐이다. 풍자나 판타지를 통한 메타포로 '작가의 메시지'를 전달하기도 하고 SF동화 같은 장르를 끌어들여 문학적 상상력 안에 현대사회를 성찰할 주제를 담기도 한다.[2]

이 중에서 오늘 이야기해 보고 싶은 것은 풍자의 방식이다. 풍자는 사회를 비판하고 작가가 가진 이상을 드러내는 속성이 있다. 풍자는 세상에 대해 항의하려는 본능에서 생기는 것이며 예술화된 항의이다.[3] 그러나 그것은 직접적 비판이라기보다는 거리를 두고 사건을 바라보는 시선이고 웃음으로 다가가는 우의적 비판이다. 또한 풍자는 플롯에 무게 중심을 두기보다는 등장인물이나 상황을 과장하여 보여 주는 데에 중

---

2 안미란의 『씨앗을 지키는 사람들』(창비 2001)부터 최유성의 『다름이의 남다른 여행』(우리교육 2007)까지 SF동화의 주제를 살펴보면 알 수 있다.
3 아서 폴라드 『풍자』, 송낙헌 옮김, 서울대출판부 1978, 10면.

점을 둔다. 일반적 서사가 플롯의 진행을 통해 주제의식을 담는다면, 풍자는 부정적 인물이나 환경(현실, 현상)을 희화화하여 보여 주어 보이지 않는 이상과 현실을 대비하는 방법으로 주제를 드러낸다. 따라서 풍자는 풍자의 과정에서 발생하는 웃음이나 재미에 몰두하는 동안 자연스럽게 부정적 인물이나 환경을 비판하는 주제에 다가갈 수 있기 때문에 재미와 계몽성을 동시에 담보하게 된다.

풍자의 이러한 속성과 방식 때문에 동화에서 쓸 때 주의할 필요가 있다. 주제가 직접적으로 드러나기보다는 표면적 서사 밑에 숨겨져 있어서 어린이 독자는 자칫 풍자를 놓칠 수 있을뿐더러, 작가가 주제를 드러내기 위해 표면적 서사를 작위적으로 만들 경우 독자는 재미를 느끼기도 힘들다. 또한 풍자는 플롯에 무게중심을 둔 창작 방식이 아니기에 사건을 따라가며 읽는 재미는 덜하다.

풍자의 방식으로 쓰인 동화가 의미를 갖으려면 표면적 서사 안에 담긴 은근한 풍자가 어린이 독자에게 잘 전달될 수 있어야 하며 장편의 경우 플롯이 약해질 수 있는 단점을 보완하여 창작되어야 한다. 단편은 풍자가 가진 대조의 기법을 압축적으로 보여 주어야 할 것이다. 이제부터 풍자 기법을 부분적으로 혹은 전체적으로 사용한 동화 몇 편을 분석해 보며 풍자의 방식과 내용을 살펴보려 한다.

시선을 중심으로

동물이 보는 사람들

어린이와 동물은 가까운 사이이다. 어린아이일수록 많은 동물이 나오는 옛이야기와 옛이야기를 뿌리로 둔 동화 속 애니미즘을 아무런 의심

없이 받아들이는 걸 보면 말이다. 또한 근대 이후 중심과 주변으로 이분화된 세계에서 동물과 어린이 모두 중심에 의해 타자화된 약자라는 점도 비슷하다. 그래서인지 지금까지 마해송 이래 많은 동화 작가들이 동물의 시선으로 인간과 사회를 바라보았다.

동물의 시선으로 우리 사회를 들여다본 최근 동화로 강정연의 『건방진 도도군』(비룡소 2007)이 있다. 동물의 시선으로 세상을 바라보는 풍자 기법은 우리에게 비교적 익숙한 방법이다. 『건방진 도도군』에 담긴 풍자 또한 여기서 크게 벗어나지는 않지만 '도도'라는 캐릭터와 탄탄한 플롯이 어우러져서 한 편의 재미있는 이야기가 탄생했다.4

작품은 애완견 도도가 사모님 '야'의 행동을 바라보며 세태를 풍자하는 것에서 시작한다. '야'와 '그 인간'이라는 호칭의 유래나 '야'의 희화화된 모습은 독자에게 풍자를 읽는 즐거움을 준다. 부잣집 애완견이었던 도도는 뚱뚱하다는 이유로 주인인 사모님 댁 운전기사의 어머니가 사는 시골집에 버려진다. 도도는 그곳에 있던 개 '미미'로부터 주인 '야'가 자신이 키우던 개 '미미' '파파' '라라'를 모두 버렸다는 이야기를 듣는다. 개들이 버려진 이유는 사모님 '야'의 오락가락하는 기분과 애완견을 물건처럼 대하는 태도 때문이다. 그때서야 도도는 비로소 주인의 액세서리에 불과했던 자기의 처지를 깨닫는다.

"우리들이 버림받은 이유는, 우리들에게 사람의 보살핌이 절실하게 필요한 만큼 그 사람들에겐 우리들이 절실하게 필요하지 않기 때문이야. 사람들은 참 약아. 자기에게 필요 없다는 생각이 드는 순간, 그게 무엇이든지 간에 귀찮고 거치적거려서 버리고 싶어 하지. 특히 자기가 마음대로 할 수 있는

---

4 『건방진 도도군』에 대한 자세한 작품평은 원종찬의 「동물이야기의 진화」(『어린이와 문학』 2007년 8월호)를 참조할 것.

것이라면 더더욱. 그것이 예전에 자기에게 어떤 의미였는지 따위는 아무 소용이 없는 거야. 그래서 나는 탈출을 결심한 거야. 장난감이나 액세서리를 고르듯 개들을 고르는 그런 사람 말고, 정말로 내가 절실히 필요한 사람을 찾기 위해서 말이야."(104~05면)

도도는 액세서리에 불과했던 자신의 처지에 머물지 않고 진정한 동반자의 관계로 지낼 이들을 찾아 나서는데 이 지점에서 『건방진 도도군』은 거리 두기인 풍자의 시선을 벗어나 도도가 직접 참여하는 성장동화의 모양새를 지닌 플롯으로 전환한다.

도도는 드디어 '동반자'를 찾아 리어카에 빈 상자를 모아 파는 가난하고 외로운 할머니와 함께 지낸다. 그러나 도도는 빗길 교통사고로 할머니와 헤어져 버려진 개들을 모아서 안락사를 시키는 동물 보호소에 들어간다. 우여곡절을 거쳐 도도는 농아인을 위한 보청견으로 선택되어 모든 훈련을 마치고 농아인 가족과 함께 살게 된다. 진정한 동반자를 찾게 된 것이다. 이렇게 작품은 풍자의 약한 플롯이 보완되면서 도도의 체험담으로 역동성을 회복하게 된다. 단편이 아닌 장편의 특성을 잘 파악한 전환이라고 생각한다.

이 작품은 도도의 눈으로 현대사회와 사람들의 모습을 풍자한다. 동시에 애완견이었던 도도의 성장기를 통해 생명체인 개를 마음대로 소유했다 버리며 장난감처럼 여기는 사람들의 비정함과 소외된 할머니나 장애를 가진 이들과 나누는 삶의 진정성을 대비시킨다. 작품의 전체적인 주제에도 사회 비판의 풍자가 들어 있는 것이다. 요약하자면 『건방진 도도군』은 성장동화의 플롯에 풍자의 시선을 활용하여 재미와 교훈을 함께 담아내고 있다고 생각한다.

어린이가 보는 어른들

유은실의 『만국기 소년』(창비 2007)에는 모두 9편의 단편동화가 실려 있다. 이 중에서 「선아의 쟁반」과 「어떤 이모부」는 오늘을 사는 어른들의 모습을 풍자하면서 그 영향권 아래 있는 어린이들의 위치를 그리고 있다.

「선아의 쟁반」은 전지적 시점이지만 동화의 형식으로 어른들의 모습을 관찰한 것이다. 이 작품은 아이를 가운데 두고 벌이는 두 할머니의 태도를 풍자한 것인데 작가는 우선 선아의 외할머니와 친할머니의 서로 다른 성격과 생활방식을 재미있게 대비시킨다. 할머니들이 만나 겉으로는 친한 척, 서로를 배려하는 척하며 가시 섞인 인사를 나누는 장면은 우습기 그지없다

그런데 이는 할머니들 사이에서 '고래 싸움에 새우등 터지는 꼴'이 된 선아의 모습을 보여 주기 위해서다. 두 할머니의 생각에 따라 행동과 옷매무새와 말투까지 달라지는 선아의 모습, 어른의 양육 방식에 따라 달라지는 어린이의 모습은 우리 사회 어른과 아이의 관계 및 구도를 다시 보게 만든다. 어린이는 「선아의 쟁반」에서처럼 어른의 입김에 따라 휘둘리는 존재라는 것이다. 어른들에 의해 어린이가 휘둘리는 세태가 전형적인 풍자 기법 안에 담겨 있다.

월요일 화요일 수요일의 선아는 동치미 국물을 조용히 목구멍으로 넘겼습니다. 유치원에서 돌아오면 바로 양말을 벗고, 손과 발을 박박 문질러 씻었습니다. 그리고 과자는 우아하게 숟가락으로 퍼먹었습니다. (…)

목요일 금요일 토요일의 선아는 양말을 꼭 신었습니다. 손은 흐르는 물에 대강 씻고 동치미 국물을 마시고는 "카" 소리를 냈습니다. 그리고 친할머니가 만들어 준 떡이랑 부침개를 손으로 집어 먹었습니다. 배부르게 먹은 선아

가 "꺼억" 하고 트림을 하면 친할머니는 한없이 사랑스런 눈빛을 보냈습니다. (「선아의 쟁반」, 68~69면)

그런데 풍자의 묘미는 결국 작가가 그리는 부정적 환경이나 인물에 대한 전복이며 이때 독자는 재미와 함께 작품에 숨어 있던 이상적 주제와 만나게 된다. 그리고 전복이 힘을 가지려면 현실과 대비되는 이상이 작품에 표면화되지는 않더라도 자신 있게 존재해야 한다. 만일 풍자를 전복할 수 있는 내재된 힘이 발견되지 않을 때 풍자는 허무주의로 전락할 수 있다.

「선아의 쟁반」은 두 할머니와 선아에 얽힌 사건들이 재미있게 이어지고 있어 선아의 상황을 초래한 어른들에 대한 풍자가 잘 나타나기긴 하지만 풍자에 대항하는 내면의 힘이 느껴지지 않는다. 특히 결말 부분 두 할머니의 과도한 부침개 경쟁에 휘둘리던 선아가 빈 쟁반을 옆에 두고 옥상에서 낮잠이 드는 모습은 슬프기는 하지만 의미 있는 방점을 찍는 결말이라고는 생각되지 않는다.

안미란의 『너만의 냄새』(사계절 2005)에 실린 「담장 하나」와 비교해 보자. 「담장 하나」의 주제는 단편집 『너만의 냄새』를 관통하는 '관계'의 문제인데 이 주제를 드러내는 방식에서 풍자적인 시선을 찾을 수 있다. 「담장 하나」는 어린이의 눈높이에서 우리 할아버지와 이웃집 할아버지가 사사건건 벌이는 말씨름을 관찰하는 작품인데 마지막 부분에 공중목욕탕의 열탕에서 티격태격 말싸움을 하던 두 할아버지 모두 쓰러지는 사건이 발생한다. 겨우 정신을 수습하여 탈의실 평상에 쪼그리고 앉은 채 아이가 사 준 요구르트의 빨대를 빨고 있는 두 할아버지의 모습은 어른답지 못한 어른의 모습을 보여 주기 위한 반전이다. 어른이지만 아이 같은 할아버지들과 두 할아버지에게 요구르트를 사 주는 아이의 대비는 관계의 문제를 잘 풀지 못하는 어른들을 조용히 비판하는 것이며 나아가 기존의 어른다움과 아이다움이라는 관념을 다시 생각해 볼 기회를 준다. 어디선가 본 듯한 낯설지 않은 구성이라는 약점이 결말에서 만회되고 있다. 마지막 부분이 약하게 느껴지는 「선아의 쟁반」과 다른 점이다.

「선아의 쟁반」뿐 아니라 『만국기 소년』에 실린 동화는 전반적으로 작가가 세계에 대해 말하려 하기보다는 보여 주려 하는 데 특징이 있다. 대부분 1인칭의 눈높이에서 세상을 관찰하거나 어린이의 눈으로 어른의 세계를 풍자하는 방식으로 창작된 『만국기 소년』의 몇몇 동화들은 전망의 부재로 이어지게 된다.

한편 같은 단편집에 실린 「어떤 이모부」에서는 풍자에 아이러니가 결합되면서 「선아의 쟁반」과는 또 다른 모양새의 결말을 만들어 낸다. 「어떤 이모부」는 특이한 성격과 행동 때문에 집안에서 환영받지 못하는 이모부를 대하는 부모의 모습을 관찰한 것이다. 이 작품도 어린이의 눈을 빌려 '어떤 이모부'의 말을 들어 주는 척하면서 귀찮아하는 엄마와 아빠의 위선을 풍자한다. 명우의 부모가 '어떤 이모부'에게 보이는 '상대방의 말을 건성으로 들어 주는' 장면을 통해 작가는 어른들에 만연된 표면적 인간관계를 꼬집고 있다. 한편 '어떤 이모부' 역시 상대방의 사정은 아랑곳하지 않고 자신의 입장만 고수한다는 점에서 부족한 어른의 또 다른 모습을 반영한다. 재미있는 것은 이러한 부모의 태도가 '어떤 이모부'와 통화하는 '나'의 모습으로 고스란히 이어지고 부모의 손에 있던 전화기가 명우에게로, 또 다시 동생에게로 넘겨지면서 작품은 아이러니로 끝난다는 점이다.

나는 계속 머리를 긁고 동생은 계속 키득거리며 오락을 한다. 문득 내 동생 성우도 이제 인생을 알아야 할 것 같다는 생각이 든다. 인생을 알기에는 시월의 네 번째 금요일, 다음 주 금요일 저녁 여덟 시쯤이 좋을 거다. 분명 그럴 거다. (108면)

부모로부터 명우에게 건네지는 전화기를 통해 어른들에게 일어난 상황의 관찰자이던 명우가 플롯의 맥락 안에 참여하게 되면서 작품은 아이러니를 동반한다. 더불어 작품에서 반복하여 제시되는 "인생을 아니?"라는 문장 역시 기존에 기대하던 '인생의 의미'와는 무관한 우스운 상황과 엮이면서 언어적 아이러니를 일으킨다. 결과적으로 「어떤 이모부」는 전화 통화만으로 이어지면서 자칫 지루해질 수 있었던 이야기가 결말 부분의 아이러니로 힘을 얻고 있다. 풍자에 아이러니까지 결합된 결과는 어린이 작중인물이 부정적인 환경에 더욱 깊이 개입되었다는 면에서 한층 더 안타까운 상황이지만 말이다.

기법을 중심으로

알레고리로

김종렬은 재치 있는 이야기꾼이고, 게임과 같은 대중문화적인 소재를 차용하여 작품을 엮어 가는 재주를 가지고 있다. 특히 그의 작품에서 컴퓨터 게임은 단지 소재 차원에 머무는 것이 아니라 가상현실을 실제 현실과 연결하며 적극적으로 서사가 만들어지는 공간으로 사용되고 있다.5 또한 김종렬의 작품은 어떤 소재와 창작 기법을 활용했든 주제 면

---

5 김종렬의 작품에서 컴퓨터 게임은 가상현실이자 주인공에게 숨겨져 있던 무의식적 욕망이 실현되는 공간이다. 『노란 두더지』(아이세움 2004)에서 주인공은 자신이 혼

에서 현실의 매우 민감한 지점과 맞닿아 있다.

『길모퉁이 행운돼지』(다림 2006)는 인간의 욕심을 풍자한 판타지이다. 언뜻 애니메이션 「센과 치히로의 행방불명」(2001)을 연상시키기도 하는 이 작품은 인간의 욕심이 낳은 비극적 세계를 동화로 그려 낸다. 『길모퉁이 행운돼지』는 어떻게 보면 욕심이 과한 인간들이 '돼지'가 되는 판타지를 빌려 인간의 욕망을 풍자한 우화다. 말하자면 동물의 알레고리적인 이미지를 통해 우리 사회를 풍자한 작품인데 이는 이야기 세계에서는 익숙한 것이다.

우선 『길모퉁이 행운돼지』의 배경이 되는 진달래시 자체가 우리가 사는 동네와 그다지 다르지 않다. '아주싸 옷가게'에서 파는 옷은 입을 만한 것이 못되고 '이고쳐 치과'는 이를 잘 못 고친다. 이렇듯 현실과 다르지 않은 동네의 가게들이 제대로 된 기능을 발휘하지 못하는 데서부터 풍자의 냄새를 풍기기 시작한다.

이야기는 어느 날 갑자기 길모퉁이에 '행운돼지' 가게가 생기는 데서

내 줄 세 사람을 지정할 수 있는 게임을 한다. 세 사람을 떠올리는 장면을 통해 평소에 자신이 당했던 일을 해소하려는 주인공의 욕망이 드러난다. 이러한 욕망이 표면적으로 올라오면서 당황하게 되는 주인공의 반응이 작품을 이끌어 간다. 작품은 이 상황을 '게임중독'이라는 이상 증세를 전제로 이야기하지만 현대사회에서 이러한 도착은 욕망이 표면화되는 것을 방지하기 위한 일종의 기제이다. 게임이라는 가상현실의 공간에 투사되는 주인공의 무의식적 욕망은 라캉식으로 보자면 상징계에서 상상계로 미끄러지는 과정을 통해 드러난다. 더구나 게임과 같은 가상현실 공간의 경우 주인공이 현실에서의 주체의식을 고스란히 가진 채 가상세계에 진입한다는 점에서 현실에 발을 디딘 주인공은 자신의 무의식적 욕망과 마주하는 것이 더욱 당황스럽다.

단편 「엄마 몰래 탈출하기」(『창비어린이』 2006년 가을호)의 경우, 주인공이 공부에 대한 압력, 즉 공부를 강요하는 엄마로부터 벗어나려는 욕망이 컴퓨터 게임이라는 가상현실을 통해 표면화된다. 재미있는 것은 이러한 욕망이 현실과 마주치는 바로 그 지점에서 작품이 끝난다는 점인데 이는 자신이 발 디딘 현실 또한 가상현실과 같은 층위로 바라볼 수 있음을 말해 준다.

시작한다. 사람들은 행운돼지에게 각종 신기한 물건들을 얻는데 선물을 받은 사람들의 모습이 점점 돼지로 변한다. 무슨 물건이든지 넣기만 하면 두 개로 만들어 주는 항아리를 받은 주인공의 부모 역시 돼지로 변한다.

항아리에서 쌍둥이 시계를 꺼내는 아빠의 입가에도 행운돼지를 닮은 야릇한 미소가 번졌다. 아빠도 엄마처럼 변하고 있었다. 눈앞이 캄캄했다. 정말 놀랍고 엄청난 일이었다.
쌍둥이가 된 물건을 항아리에서 하나씩 꺼낼 때마다 엄마의 코는 돼지 코처럼 점점 커졌다. 코뿐만이 아니었다. 귀도 점점 커지더니 보기 흉하게 늘어지고 얼굴도 퉁퉁 부어 갔다. 쌍둥이 물건에 넋을 잃은 아빠의 얼굴도 마찬가지였다. (57면)

마을은 점점 돼지로 넘쳐나는데 아무도 그 사실을 알아차리지 못한다. 이 역시 비정상적인 일이 벌어져도 이를 인식하지 못하는 우리 사회의 무감각한 상태를 반영한다. '나'는 모든 원인이 행운돼지 때문인 것을 알게 되고 행운돼지 가게의 주인을 만난다. 행운돼지는 인간의 끝없는 욕망이 자신을 불렀고, 자신이 가져온 물건을 서로 차지하려는 욕심 때문에 사람들이 돼지로 변했다고 주장한다. 이러한 판타지는 '끝없는 인간의 욕심'을 풍자한다.

그런데 자세히 읽어 보면 정작 진달래 마을에 행운돼지 가게를 연 행운돼지가 욕심으로 가득한 세상에 대해 일종의 심판자 노릇을 하고 있다. 행운돼지는 "제가 오기를 간절히 바란 건 사람들입니다. 마음속에서 자라는 욕심이 저를 불렀지요. 저는 단지, 원하는 사람들에게 행운을 나눠 드렸을 뿐이랍니다."(111면)라고 말하는데 이는 세상에 대한 풍자이지만 어떻게 보면 굉장히 뻔뻔스러운(?) 발언이다. 행운돼지는 이러한 비극을 몰고 온 장본인일 뿐 아니라 사건을 지켜보다가 결국 원인을 '대중' 혹은 '개인'에게 돌아가도록 만들었기 때문이다. 가만히 보면 행운돼지는 끔찍한 거대 자본의 모습과 비슷하다. 김종렬의 동화는 종종 고도 자본주의 사회에서 나타나는 상황이 제시된다는 점에서 주목할 만하다.

그러나 작가가 의식적으로 자본의 성격을 행운돼지에게 부여했다고 보기는 어렵다. 풍자에서 화살의 방향이 일관되게 세상 사람들에게로만 향하고 있기 때문이다. 세태를 강하게 풍자하려는 작가의 의도 때문에 비극을 가져온 행운돼지에게는 별다른 화살이 돌아가지 않는다. 나는 인간의 욕심 이상으로 이러한 욕심을 만들어 내는 시스템도 공격받아야 한다고 생각하기에 행운돼지를 중립적 심판자로만 기술한 부분은 아쉽다.

요약하자면 『길모퉁이 행운돼지』는 판타지 기법을 빌려, 그리고 행운돼지라는 독특한 캐릭터를 등장시켜 작품의 재미를 높임과 동시에 현대인의 무제한적 욕심을 고발하고 있다. 더불어 이야기를 가득 펼쳐 놓고 다시 주워 들이지 않은 채 끝맺는 결말 역시 진달래시에서 생긴 소동이 우리 사회에서 여전히 벌어지고 있음을 암시한다.

대화체로

김종렬의 「독서 은행」(『어린이와 문학』 2007년 8월호)도 세상을 풍자하는 동화다. 바람직하고 즐거운 독서를 내세우지만 결국은 돈, 즉 자본에 종속된 독서가 될 수밖에 없는 오늘날의 독서 환경을 '은행' '신용카드' 등 자본주의에서 가장 핵심적인 코드와 연결해 풍자하고 있다.

그러나 이 작품은 풍자라고 하기에는 현재의 세태를 너무 직접적으로 보여 준다는 생각이 든다. 어쩌면 그것은 우리의 독서 환경 자체가 코미디적 상황이라는 안타까운 이야기일 수도 있지만, 풍자는 현실을 그대로 반영하는 것이 아니라 현실을 우스꽝스럽게 만들거나 과장하여 왜곡된 현상과 보이지 않는 본질을 대비하는 것이다. 특히「독서 은행」에서 은행이나 카드와 같은 코드를 빌려 독서 회원을 만드는 상황 설정은 재치 있는 풍자이다. 하지만 작품의 대부분을 차지하는 독서 상담자의 발언이나 서술자의 생각에는 현실의 '독서 세태'가 거의 직설적으로 드러나 있어 현상을 과장하고 본질을 숨겨 두는 풍자의 매력이 느껴지지 않는다.

「독서 은행」에 등장하는 독서 상담자 역시『길모퉁이 행운돼지』의 행운돼지처럼 즐거운 책읽기라는 순수하고 듣기 좋은 추상적인 말로 시작하지만 결국 자본의 속성을 반영하고 있다. 그러나 행운돼지처럼 개성이 부여되지 못한 점도 작품을 밋밋하게 만든다. 대화만으로도 재미있는 풍자를 보여 준 다음 작품을 살펴보자.

이현의 단편집『짜장면 불어요』(창비 2006)의 표제작「짜장면 불어요」는 짜장면이라는 서민적이고 친근한 음식이 세상에서 받는 부당한 대우를 빗대어 사회를 풍자하고 있다. 박기삼은 자장면이, 표준어에 대한 집착이 낳은 사전적 용어이고 박제된 단어라며 살아 있는 단어 '짜장면'으로 불러야 한다고 주장한다.[6] 또한 자장면 배달은 철학을 가지고 뛰어들어야 할 전문직이고 자장면이 만들어진 날이야말로 국가적 기념일로 지정해야 한다고 외치기도 한다. 너무 생뚱맞아서 우습기까지 한 박기삼의 자장면 철학은 대중적이고 친근한 것은 무시하고 그 반대의 것들만 지향하는 현 세태를 풍자하고 있다.

6 이 작품이 쓰일 당시에는 '자장면'만 표준어였지만 그 후 규정이 바뀌어 '자장면' '짜장면' 둘 다 표준어로 되었다.

특이한 것은 "어쨌든 솔직히 말해서 청와대를 가네 어쩌네 해도 사람들이 철가방이나 들고 다니면 다 무시하잖아요."(130면)라는 용태의 말에 "아냐, 짜장면 갖고 가면 사람들이 얼마나 반가워하는지 몰라. 애들은 막 소리 지르고 콩콩 뛰고 난리다, 너. 짜장면을 좋아하는데 우리를 어떻게 무시하냐? 넌 아파서 병원 가면서 의사를 무시하냐?"(130면)와 같은 말은 짐짓 순진함을 가장한 풍자라는 점이다. 또한 '공부 잘하는 애들이 택할 수밖에 없는 직업은 딱 세 개밖에 없지만 공부를 못하면 선택할 수 있는 직업도 무수히 많다.'는 발언 역시 일반문학에서 쓰였다면 냉소로 읽힐 수도 있는 맥락이지만 동화로 만들어져 냉소가 아닌 순수함으로 읽힌다. 즉 현 세태에 대한 통렬한 비판이 어린이의 눈높이인 동화로 만들어지면서 씩씩함과 건강함이 살아난다.

여기서 주목해야 할 것은 이러한 세상 풍자가 박기삼이라는 자장면 배달 청년의 수다만으로 이루어져 있다는 점이다. 주로 인물이나 환경의 부정적인 면을 부각시키는 풍자동화에는 독자가 감정이입할 만한 인물이 등장하기 힘들다. 따라서 풍자동화에서 독자는 인물에 감정이입을 하기보다는 부정적 인물, 환경을 공격하는 서술자나 화자와 제휴하게 된다. 그러므로 서술자나 화자와 독자가 유대관계를 튼튼히 하기 위한 방법으로 구어적 문체를 사용하게 된다.[7] 풍자의 대가인 채만식이 「치숙」에서는 대화체를, 『태평천하』에서는 판소리 기법을 사용한 데에는 이유가 있다. 박완서의 작품 역시 수다를 구사한 풍자소설이 많다. 박기삼의 수다 또한 작가가 말하고자 하는 바를 독자에게 전달하기 위한 수단으로 유용하게 구사되고 있다.

---

7 나병철 『소설의 이해』, 문예출판사 1998, 311면 참조.

"아직도 못 알아들었어? 이거야 원…… 좋아, 좋아. 신참이니까 내가 이해해 주지. 그러니까 짜장면은 말이야, 학력, 직업, 빈부, 나이, 성별을 초월한 거야. 그렇지? 지역감정이 문제라고들 하는데, 짜장면이 뭐 동네 가리는 거 봤니? 해외 동포까지 따지고 보면 국경도 초월한다고. 그걸 나르는 게 바로 철가방이야. 그 철가방을 나르는 게 바로 우리고. 그래, 안 그래?"(125~26면)

「짜장면 불어요」는 작품 전체가 약하나마 기존의 가치관을 대변하는 범생이 용태와 새로운 가치관을 역설하는 박기삼의 대화로 이루어져 있으며 주로 박기삼의 수다에 의지하여 전개된다. 때문에 이야기는 때로 말 잘하는 사람이 뺑도 잘 치듯이 오토바이로 음식을 배달하는 부분에 이르러 폭주족을 두둔하는 식으로 과장스럽게 흘러가기도 한다. 그럼에도 「짜장면 불어요」가 성과를 거둔 것은 약한 플롯을 박기삼의 수다로 충분히 만회하고 있기 때문이라고 볼 수 있다. 반면 앞으로 돌아가 「독서 은행」의 경우 독서 은행의 상담자의 말투는 독자와 유대를 맺기에는 너무 먼 거리에 있다고 볼 수 있고 결론적으로 이 역시 풍자의 매력을 감소시킨 원인이라고 하겠다.

패러디로

마지막으로 재미있는 풍자의 방식을 하나 더 소개하려고 한다. 김기정은 『바나나가 뭐예유?』(시공주니어 2002)에서 옛이야기가 지닌 해학을 제대로 보여 주었고 『해를 삼킨 아이들』(창비 2004)에서는 옛이야기를 빌려 와 동화를 새롭게 썼다. 『고얀 놈 혼내주기』(시공주니어 2006) 역시 풍자성 강한 옛이야기를 패러디하여 새로운 동화를 만들어 냈다.

『고얀 놈 혼내주기』의 앞부분에 등장하는 주먹뚱이 동네에서 온갖 장난을 저지르고 다니는 만행(?)은 약간 변형되어 있긴 하지만 옛이야기에 나오는 놀부를 연상시킨다. 본래 판소리계 소설『홍부전』에서 놀부의 등장은 부정적 인물의 과장된 행동을 통해 당대 양반·부자를 풍자하기 위한 것이었다. 주먹똥은 이러한『홍부전』의 놀부라는 인물을 패러디한 것이고 주먹똥 역시 과장스럽게 풍자의 대상이 되어 있지만, 주먹똥과 놀부를 동일한 부정적 인물로 묶기에는 무리가 있어 보인다.

『고얀 놈 혼내주기』는 놀부라는 인물을 패러디해 주먹똥을 묘사한 부분도 재미있지만『홍부전』을 패러디하는 과정에서 원작이 어떻게 변이되었는지 짚어 보는 것이 더 재미있다. 본래 패러디에서는 원작과 재창작된 작품과의 대비가 일어나기 때문이다.

원작에서 어른인 놀부의 심술과는 달리 어린아이인 주먹똥의 장난은 자연스럽게 어린이다운 행동으로 인식된다. 더구나 작품의 뒷부분에 이르면 주먹똥이 싸 놓은 똥은 주먹똥을 포함한 어린이에게는 이제 홍미진진한 놀이의 대상이 되어 버린다. 자신의 똥마저도 놀잇감으로 만들어 버리는 풍경을 보고 있으면, 주먹똥 나이인 우리 아이가 평소에 저지르는 온갖 행동에 스트레스를 받던 필자도 어린이라는 존재가 벌이는 행동에 웃을 여유가 생긴다.

이를 다시 살펴보면 첫째 주먹똥은 놀부와 같지만 놀부와 다르다. 놀부의 심술이 세상에 해를 끼치는 부정적인 것으로 부각되어 있는 데 비해 주먹똥의 악동 짓은 자연스러운 어린이 기질임이 강조된다. 따라서 놀부가 부리는 심술은『고얀 놈 혼내주기』의 주먹똥에 이르러서는 네 멋대로 혹은 내 멋대로 자라고 있는 아이들의 씩씩하고 건강한 모습으로 변화된다. 둘째『고얀 놈 혼내주기』는『홍부전』처럼 놀부가 무참히 깨지는 결말이 아니라 도리어 자신의 똥까지 가지고 노는 아이들의 신나는 모습이 생생히 펼쳐진다. 동물들에게 당하고 너굴 할미에게 혼나서 풀이 죽어 있던 주먹똥의 기가 살아난 모습을 보는 듯하다. 결국 '고얀 놈'은 고얀 놈이 아니었고 '혼내주기'를 당해도 여전히 씩씩했다. 제목부터 반어적인『고얀 놈 혼내주기』는 옛이야기『흥부전』의 풍자를 따라 하는 동시에『흥부전』의 인물이나 서사를 새롭게 바라보며 다시 쓰기를 시도하고 있다.

마치며

최근 출간되는 동화를 살펴보면 창작 방법의 다양성이 눈에 띈다. 이러한 변화는 날로 복잡해지고 다양화하는 사회로 접어든 현재, 동화 또한 기존 방식만을 고집할 수 없다는 고민이 창작에 반영되며 생겨난 결과인 듯하다. 앞으로도 어린이문학에서 창작 방법은 더욱 다양해질 것이고 또 그렇게 되어야 한다. 한편 동화는 어린이 독자를 대상으로 하기에 동화의 기법들이 어린이 독자에게 적절하게 다가가고 있는지도 살펴야 할 것이다. 그러기 위해서는 먼저 작품에 쓰인 창작 방법들이 어떠한 효과를 기대하고 구사되었는지 분석해 보아야 한다.

이 글에서는 문학에서 오래 사용되어 온 창작 기법인 풍자가 최근 발표된 동화에서 어떻게 쓰이고 있는지 알아보았다.『건방진 도도군』처럼 탄탄한 서사 안에 말하고자 하는 풍자를 담은 장편동화와「선아의 쟁반」이나「담장 하나」「어떤 이모부」처럼 풍자의 방식으로 단편의 묘미를 살리려는 여러 가지 시도를 한 작품들을 살펴보았다. 또한 단편이지만 풍자동화의 약한 플롯을 만회할 수 있는 방법을 적극적으로 모색하여 구어적 문체를 끌어들인「짜장면 불어요」나 익숙한 알레고리로 새로운 이야기를 만들어 낸『길모퉁이 행운돼지』, 그리고 풍자소설을 패러디하여 작중인물에 대한 풍자와 더불어 원작에 대한 풍자까지 하고 있는『고얀 놈 혼내주기』도 살펴보았다.

그런데 풍자에서 중요한 것은 무엇을 풍자하는가 하는 점이다. 즉 풍자의 내용을 통해 우리는 우리가 살고 있는 자리를 돌아볼 수 있고 풍자의 방식으로 전달하려는 계몽적 메시지도 확인할 수 있다.『건방진 도도군』처럼 생명이 나누는 진정한 관계나『길모퉁이 행운돼지』같이 인간의 욕심을 짚은 경우도 있고, 어린이를 대변하는 문학답게 어린이가 사회에서 어떠한 처지에 있는지를 고발한 경우도 있었다. 특히「선아의 쟁반」「독서 은행」, 그리고「짜장면 불어요」와 같은 동화가 그러하다.『고얀 놈 혼내주기』는 착한 아이만 기대하는 현실 속에서 아이들을 좀 더 자유로운 존재로 바라보고자 하는 새로운 시선을 보여 준 경우이기도 하다. 이와 같이 풍자는 웃음과 우의적 방식으로 현실을 비판하고 대안을 제시하려는 작가의 메시지를 전달한다.

마지막으로 동화 속에 드러난 현실의 아이들이 서 있는 지점을 보며 동화가 할 일을 생각해 보려 한다. 그것은 물론 답답한 현실에 있는 어린이와 그들이 처한 상황을 정확히 반영해 주고 나아가 그들이 닫힌 현실을 전복적으로 뛰어넘을 수 있게 도와주는 일이다. 현실이 그렇지 못할 때 앞서서 꿈꿀 수 있는 것이 바로 문학이다. 그런데 장대높이뛰기를 할 때 장대가 필요하듯 문학적 상상력으로 현실에서 도약하려면 도구가 필요하다. 오늘 살펴본 풍자는 독자에게 웃음을 주면서도 끊임없이 세상에 딴죽을 걸며 다른 세상을 꿈꾸고 있다는 점에서 문학의 힘으로 현실을 넘을 수 있게 도와줄 훌륭한 도구라고 생각한다. 웃음은 힘이 세고 풍자도 힘이 세다.

(2007)

가족을 바라보는 동화의 시선

아버지가 사라졌다!

어릴 때 읽었던 동화 중에는 엄마나 아빠 없이 사는 아이들이 나오는 동화가 많았다. 빨강머리 앤, 알프스의 소녀 하이디, 소공녀 세라, 톰 소여, 캔디가 그랬다. 그 아이들이 다 부모가 없었다. 나는 어른이 되어서야 어린이문학이 부모 없는 아이들의 처지를 통해 여러 가지 이야기를 하고 있음을 알았다.

요즘 나오는 창작동화 가운데는 아버지가 사라진 이야기가 눈에 많이 들어온다. 비읍(유은실 『나의 린드그렌 선생님』, 창비 2005)이 아버지는 돌아가셨고, 찐찐군(김양미 『찐찐군과 두빵두』, 문학과지성사 2006)이 얼굴도 모르는 아버지는 여행이 직업이라 오랫동안 집에 돌아오지 않고 있으며, 두빵두는 아버지의 얼굴도 모른 채 엄마와 외할아버지와 살고 있다. 상

---

* 이 글의 원제는 「아버지, 그리고 가족을 이야기하는 책들」(『동화 읽는 어른』 2006년 10월호)이다.

우(최나미 『걱정쟁이 열세 살』, 사계절 2006) 아버지는 3년 전 갑자기 집을 나간 후 소식이 없다. 기철(남찬숙 『니가 어때서 그카노』, 사계절 2006)이 아버지는 사업에 실패하고 도망가서 어디 있는지 모르다가 나중에야 노숙하고 있다는 사실을 알게 된다.

우리 사회에서는 부모 중 어느 한쪽이 없으면 정상적인 가족이 아닌 것처럼 느끼게 된다. 반듯한 가족 구성원을 요구하는 풍토 속에서 결핍을 느끼는 시선으로 사회를 바라보는 것은, 익숙하게 여기던 것을 낯설게 바라보는 문학의 방식일 터다.

어린이 눈으로 아버지를 찾다

가만히 들여다보면 문학은 사회를 반영하고 구성원들의 의식을 변화시키고 앞으로 나아갈 방향을 짚기도 한다. 어린이문학도 예외는 아니어서 우리 사회에서 이슈가 되는 주제들에 민감하게 반응해 왔다.

아빠와 엄마, 두 명의 아이들을 가족의 한 단위로 여겼던 생각이 이제는 무너진 듯하다. 이혼율이 높아짐에 따라 한 부모와 사는 아이들이 늘어 가고 있으니 말이다. 이러한 때에 어린이문학도 '가족'에 대해 진지하게 고민하고 있다.

소꿉친구이자 같은 반 친구인 로렌츠는 이혼한 부모를 둔 아이들을 '3분의 1 정상에 드는 아이'들이라고 부른다. 부부 세 쌍 가운데 한 쌍이 이혼하기 때문이다. 그런데 내가 아는 이혼 가정 아이들은 한결같이 자기네가 '3분의 2 정상에 드는 아이'이기를 바란다. (크리스티네 뇌스틀링거 『난 아빠도 있어요』, 김라합 옮김, 우리교육 2007, 5면)

『난 아빠도 있어요』의 주인공 펠리는 아버지와 둘이서 2인 가족을 이루어 산다. 우리 사회도 많은 아이들이 자신이 정상에 드는 아이인지 아닌지를 고민하는 상황에 들어선 듯하다. 그러나 아직은 아버지 없는 이야기들이 나오는 우리 어린이문학에는 사라진 아버지를 그리워하는 아이들이 많이 등장하고 또 그것이 자연스러워 보인다.

『나의 린드그렌 선생님』은 아버지의 부재로 외롭고 소외된 아이 비읍이가 책을 계기로 한층 성숙해 가는 성장소설이다. 아빠가 돌아가신 후 엄마와 둘이 사는 비읍이는 『내 이름은 삐삐 롱스타킹』에 나오는 삐삐도 아빠랑 살지 않았다는 이야기를 듣고 린드그렌의 책에 빠지게 된다. 문학에서 아버지의 부재는 아이를 혼란 속으로 밀어 넣어 새로운 삶으로 나아갈 수 있도록 이끄는 상징적 장치로 자주 사용된다.

『찐찐군과 두빵두』에서 아버지 이름만 아는 두빵두는 아버지와 이름이 같은 아저씨를 우연히 알게 되고 아버지일지도 모른다는 희망을 품는다. 하지만 그 아저씨는 두빵두 아버지가 아니다. 늘 명랑하고 쾌활했던 두빵두는 아저씨가 자신이 그리워하던 아버지가 아님을 알고 나서 눈이 빨개지도록 운다. 그런 두빵두에 견주어 찐찐군은 여행가로 사진도 찍고 책에 좋은 글도 쓰는, 남들이 보기에는 멋진 아빠가 엄마와 자신에게는 소홀히 대해서 원망스럽다. 찐찐군의 원망은 곧 아버지에 대한 그리움이다. 자신의 삶을 살고자 가족과 자발적인 별거를 택한 찐찐군의 아버지에 대해 작가는 자신의 삶을 귀하게 여기는 만큼 아이에게는 아버지의 자리가 중요하고, 아버지의 부재는 아이들에게 상처를 줄 수 있다는 것을 찐찐군을 통해 이야기하는 듯하다.

『찐찐군과 두빵두』는 요즈음 우리 사회에 등장한 '새로운 아버지'와 그런 아버지를 받아들이지 못하는 아이 사이에 만들어진 거리가 이야기를 끌어간다. 그 대각선 자리에 서 있는 작품이 최나미 『엄마의 마흔 번째 생일』(청년사 2005)이다. 아이들의 엄마 자리 못지않게 자신을 위한 일도 소중히 여기는 한 여성이 집안을 상대로 반란을 일으키는데, 결국 남편과 아이들(가영, 가희)을 두고 집을 떠난다. 그런데 찐찐군에 견주어 아이들이 엄마 쪽에 손을 들어 주는 것이 재미있다. 아이들은 달라지는 가족의 모양새에도 담담하다. 물론 어른들의 반응은 정반대다. 찐찐군의 엄마는 남편을 이해하는데 가영이의 아빠는 아내를 끝까지 이해하지 못한다.

『니가 어때서 그카노』는 가족을 가장 보수적으로 바라본다. 기철이 아빠와 엄마는 이혼하려고 하다 기철이 때문에 다시 생각한 끝에 같이 살기로 한다. 기철이 아빠와 엄마의 이런 모습은 치열한 고민 끝에 생각이 바뀌었다기보다 끝을 아름답게 맺으려다 두루뭉술해진 드라마를 보여 주는 것 같다. 이혼하는 것이 꼭 바람직하다거나 진보적이라 할 수는 없고, 다시 가족으로 살기로 하는 것 또한 구태의연하다고 할 수는 없다. 그러나 기철이네 가족을 보며 이 시대 기철이네와 비슷한 사건을 겪고 결국은 해체된 많은 가족들이 왜 그러했는지를 바로 보고 현실을 그대로 인정해 주었더라면 하는 아쉬움이 남는다.

『걱정쟁이 열세 살』은 우리 시대의 '정상적인 가족'이란 무엇인지에 대해 본격적으로 진지하게 보여 준다. 상우는 아빠가 없는 자기 집이 정상인지 아닌지 고민하고, 아빠를 기다리고 있는 자신이 아빠가 없어도 잘 사는 것처럼 보이는 누나와 엄마에 견주어 정상이라고 생각한다. 그런 상우를 통해 작가는 우리 사회에서 이야기하는 정상 가족은 무엇인지, 정상 가족이 아닌 것은 무엇인지, 왜 정상 가족의 범위에 들지 않으면 주눅 같은 것이 드는지, 정상 가족이어야만 행복한 것인지 질문을 던져 놓는다.

상우한테 아빠는 있어야 할 자리에 없어 상우 자신과 누나와 엄마를 정상이 아니게 하는, 당황스러운 처지에 놓이게 만든 반갑지 않은 존재다. 아직 우리 사회에서 아버지가 없다는 것은——그것이 이혼으로 인한 것이라면 더욱더——마음을 불편하게 한다. 집에 리모컨이나 난로, 오디오와 방문 손잡이가 고장 나도 방치해 둔 채로 사는 상우네 집처럼 말이다. 그러나 작가는 인터넷 친구 '오폭별'의 말을 빌려 아빠의 존재 자체가 상우를 다시 행복하게 만들어 주는 것은 아니라고 말한다.

——아빠? 아빠 좋지. 하지만 네 행복을 왜 아빠가 만들어 줘? 너희 아빠가 집을 안 나가셨으면 넌 행복했을까? 결코 아닐걸. (『걱정쟁이 열세 살』, 145면)

흔히 말하는 '결손 가족'이라는 말과 그 말만큼이나 무례한 시선들에 대해 상우는 혼자 걱정쟁이처럼 힘들어한다. 그러면서도 상우는 오폭별과의 대화를 통해 정상과 비정상, 결손이라는 말 너머의 것을 보려한다.

아버지, 그리고 가족을 다시 생각하다

이렇듯 작품 속에서 아버지의 사라짐은 어떤 때는 성숙에 가닿는 방식으로, 어떤 때는 변화해 가는 지금의 가족 제도에 대해 고민하는 방식으로, 또 어떤 때는 이미 헤어진 부모 사이에서 적응하는 방식으로 그려진다. 그리고 이 문제는 요즘 들어 우리들 가까이에 다가왔다.

생각해 보면 지난 세월 우리 사회에서 아버지는 부재한 경우가 더 많은 존재였다. 나 역시 어릴 때 아버지는 항상 바깥일로 바쁜 사람이었다. 어쩌면 지금 우리들 머릿속에 그려지는 아버지상, 즉 평일에 회사에 열심히 나가고, 주말에는 아이들과 잘 놀아 주고, 민주적이고 재미있고, 늘 가족과 함께하는 아버지상은 만들어진 것이 아닐까? 사실 우리 아버지들 대부분은, 그리고 남편들은 생계를 책임지기 위해 일하는 것 말고 다른 것을 할 틈이 별로 없다. 아침에 나갔다 그날 저녁에 집으로 퇴근하는 직업만 있는 것이 아니다.

'가족' 하면 딱 네 명이 행복하게 웃고 있는 모습이 떠오르는 것 역시 여러 매체의 광고를 통해 만들어진 가족상일 수도 있다. 아이가 셋 이상이면 특별하게 여겨지고 놀이공원이나 여행 갈 때 서비스도 4인 가족을 기준으로 삼는 경우가 많다. 그러나 가족이 늘 함께해야 하는 것은 아니다. 식탁도 4인용 식탁만 있는 것이 아니다. 가족 형태에 있어서도 얼마나 많은 조합이 가능한가.

가족이 어떠한 모양새를 갖춰야 하는지, 어떻게 뭉치고 어떻게 흩어져야 하는지에 대한 당위는 없다고 생각한다. 아버지도 마찬가지다. '좋은 아버지' '나쁜 아버지' '착한 아버지' '돈 못 버는 아버지' 하는 것처럼 아버지 앞에 수식을 붙일 수는 있겠지만 '아버지는 어떠해야 한다.'는 은근한 명제가 항상 참은 아니다. 하늘에 수많은 별이 있듯이 땅 위에는 수많은 가족이, 수많은 아버지가 있다. 생김생김이 다르듯 사는 모양도 다른 것은 당연하다.

누군가에 의해 강요된 정상 가족, 정상 아빠를 좇으려 애쓰기 전에 나 그리고 나와 함께 사는 이들이 더불어 자유롭고 행복할 수 있는 방법은 무엇인지에 대해 고민해야 하리라. 아버지도 어머니도 아이들도, 그리고 어린이문학도 다 같이!

(2006)

'웃음'으로 들여다본 권정생 동화

지난해(2007) 작고한 동화작가 권정생 선생 장례식 때의 일이다. 고인이 살던 조탑 마을에서 그의 죽음을 애도하던 조문객들이 잠시 웃음을 지었다. 다름 아닌 장례식에서 낭독된 고인의 유언 때문이었다. 나는 그유언을 들으며 한 번 웃었고 두 번 울었다. 여기에 '유언장' 전문을 옮겨 보면 다음과 같다.

유언장

내가 죽은 뒤에 다음 세 사람에게 부탁하노라.
1. 최완택 목사, 민들레 교회
이 사람은 술을 마시고 돼지 죽통에 오줌을 눈 적은 있지만 심성이 착한 사람이다.
2. 정호경 신부, 봉화군 명호면 비나리
이 사람은 잔소리가 심하지만 신부이고 정직하기 때문에 믿을 만하다.

3. 박연철 변호사

이 사람은 민주 변호사로 알려졌지만 어려운 사람과 함께 살려고 애쓰는 보통 사람이다. 우리 집에도 두세 번 다녀갔다. 나는 대접 한 번 못 했다.

위 세 사람은 내가 쓴 모든 저작물을 함께 잘 관리해 주기를 바란다. 내가 쓴 모든 책은 주로 어린이들이 사서 읽은 것이니 여기서 나오는 인세를 어린이에게 되돌려 주는 것이 마땅할 것이다.

만약에 관리하기 귀찮으면 한겨레신문사에서 하고 있는 남북어린이 어깨동무에 맡기면 된다. 맡겨 놓고 뒤에서 보살피면 될 것이다.

유언장이란 것은 아주 훌륭한 사람만 쓰는 줄 알았는데 나 같은 사람도 이렇게 유언을 한다는 것이 쑥스럽다.

앞으로 언제 죽을지는 모르지만 좀 낭만적으로 죽었으면 좋겠다. 하지만 나도 전에 우리 집 개가 죽었을 때처럼 헐떡헐떡거리다가 숨이 꼴깍 넘어가겠지. 눈은 감은 듯 뜬 듯 하고 입은 멍청하게 반쯤 벌리고 바보같이 죽을 것이다.

요즘 와서 화를 잘 내는 걸 보니 천사처럼 죽는 것은 글렀다고 본다.

그러니 숨이 지는 대로 화장을 해서 여기저기 뿌려 주기 바란다.

유언장 치고는 형식도 제대로 못 갖추고 횡설수설했지만 이건 나 권정생이 쓴 것이 분명하다.

죽으면 아픈 것도 슬픈 것도 외로운 것도 끝이다. 웃는 것도 화내는 것도. 그러니 용감하게 죽겠다.

만약에 죽은 뒤 다시 환생을 할 수 있다면 건강한 남자로 태어나고 싶다. 태어나서 25살 때 22살이나 23살쯤 되는 아가씨와 연애를 하고 싶다. 벌벌 떨지 않고 잘할 것이다.

하지만 다시 환생했을 때도 세상엔 얼간이 같은 폭군 지도자가 있을 테고 여전히 전쟁을 할지 모른다. 그렇다면 환생은 생각해 봐서 그만둘 수도 있다.

2005년 5월 1일

쓴 사람 권정생

나는 솔직하고 아름다운 이 유언 역시 작가 권정생이 남긴 소중한 작품이라 생각한다. 특히 유언 중 웃음을 짓게 하는 '인물에 대한 묘사'는 권정생 문학에 담긴 웃음의 의미를 함축하고 있는 좋은 예다. 또한 유언 말미에 적힌 '환생에 대한 발언' 역시 그의 문학 속에 담긴 '그가 지향하는 세상'을 압축적으로 표현하고 있다.

우리는 권정생 문학에서 주로 보잘것없는 작은 것들에 대한 사랑과 한국 현대사를 관통하며 살아온 민초들의 삶, 이 두 가지 주제를 떠올린다. 또한 그러한 주제에 담긴 깊은 감동과 눈물을 권정생 문학의 정체성으로 파악한다. 그러나 사실 권정생 문학에는 눈물만큼이나 웃음이 절로 나는 재미있는 이야기가 가득하다. 단지 순간적으로 웃고 끝나는 재미가 아니라 웃음 뒤에 여운과 감동이 남는 그런 재미 말이다. 권정생의 작품에서 무거운 주제의식에 엮인 슬픔의 미학만 찾는 것은 어쩌면 작품에 담긴 의미의 반쪽을 간과하는 것이 아닐까?

권정생은 무엇보다도 어린이에게 '재미있는' 이야기를 들려주는 것을 중요하게 생각했고 그것은 『또야 너구리가 기운 바지를 입었어요』(우리교육 2000)에 실린 머리말에서 찾아볼 수 있다.

무엇 때문에 동화를 읽어야 할까요?

엄마하고 선생님이 '읽어라, 읽어라' 하니까 할 수 없이 읽는다고요?

그래요. 무엇 때문에 재미없는 동화를 자꾸 읽으라고 하는지 어린이들도 짜증스러울 거예요.

(…)

그래서 감히 책을 읽으라고 용기 있게 말할 수 없습니다.

그런데 또 이런 동화책을 내게 되었습니다.

정말 미안합니다. (4~5면)

마음껏 뛰어놀아야 할 어린이들에게 책을 쥐여 주는 미안함 때문에 재미있게 이야기를 써야 한다고 생각했는지 아니면 작가 본래의 성품 때문인지는 알 수 없으나 권정생 작품에는 유머와 익살, 해학이 담긴 장면이 많다. 오늘은 권정생 동화에서 재미있는 부분을 찾아 함께 읽어 보면서 그것이 지닌 의미도 이야기해 보고 싶다.

웃음 하나, 인물을 중심으로

권정생 동화에 나오는 주요 등장인물들이 우리가 살던 전통 환경에 매우 친근한, 그리고 조금은 별것 아닌 존재들임은 익히 알고 있는 바다. 나아가 그들을 바라보는 서술자의 시선은 일말의 가식도 없다. 그의 작품은 인물에 대한 솔직한 표현으로 인해 웃음이 유발되는 동시에 권정생 특유의 따뜻한 분위기가 전달된다.

「강아지똥」(『먹구렁이 기차』, 우리교육 1999)에서 '강아지똥'과 '엄마 닭'이 만나는 장면을 읽어 보자. 먼저 순진한 강아지똥은 "왜 그렇게 보셔요? 걸어 다니는 새님." 하고 '공손하게' 엄마 닭을 부른다. 그러자 엄마 닭이 "나보고 걸어 다니는 새님이라고! 기막혀라. 이래 봬도 난 여덟 마리의 아들과 다섯 마리의 딸을 데린 어엿한 병아리 어머니야." 하고 무척 으스대며 자신을 소개한다. 순진한 강아지똥은 점잖은, 그러나 조금 화난 듯한 엄마 닭의 반응에 당황하여 '코가 빨갛게 되어' 허겁지겁 사과한다. 그 광경은 우습기 그지없지만 강아지똥의 순진한 무지나 엄마 닭의 으스댐을 바라보는 서술자의 시선에 양쪽 모두에 대한 애정이 담겨 있다. 모든 등장인물에 대한 정확하고 진솔한 묘사와 지극한 애정은 권정생 작품의 큰 특징이다.

『황소 아저씨』(길벗어린이 2001) 역시 마찬가지다. 황소 아저씨가 어미를 잃고 먹을 양식을 찾아다니는 어린 생쥐를 만나 챙겨 주는 장면을 살펴보자. 동생 생쥐가 "언니, 내 얼굴 예뻐?" 하고 묻자 언니 생쥐가 "에그, 왼쪽 볼에 코딱지 묻었다. 좀 더 씻어라." 하고 동생에게 대답한다. 이렇게 대화를 주고받으며 외출 준비를 하는 생쥐 형제의 모습에서는 황소 아저씨를 만나러 가는 어린이다운 몸짓과 기대를 읽을 수 있다. 한편 황소 아저씨가 "구유 안에 똥 누지 마라. 오줌도 누면 안 돼." 하고 점잖게 타이르는 부분에서는, 어른인 황소 아저씨가 어린이인 생쥐를 조심스레 가르치는 애정이 듬뿍 묻어난다.

『밥데기 죽데기』(바오로딸 1999)에서는 사냥꾼에게 원한을 품은 늑대 할머니가 복수를 꿈꾸며 세상에 나오지만 결국 용서하고 인간과 화해한다. 이 작품은 결말에 주제의식을 과도하게 드러낸 한계가 있지만 나는 권정생 동화 속 인물 중에 특히 『밥데기 죽데기』에 나오는 늑대 할머니를 좋아한다. 본래 늑대였지만 남편과 아들을 죽인 원수, 즉 늑대 사냥꾼을 찾아 복수하려고 할머니로 변신한다. 할머니는 차비도 아까워 운전사와 실랑이를 벌이고, 밥데기와 죽데기에게 아이스크림 한 개 사주는 것도 벌벌 떠는 노랑이다. 하지만 통닭을 보며 자신도 불가피하게 해친 동물이 많았다는 것을 깨닫고 복수를 용서와 화해로 바꾸는 멋진 인물이기도 하다. 이 작품에 재미있는 장면이 많지만 내가 꼽는 부분은 다음 장면이다.

할머니는 오래오래 갈무리해 두었던 치마저고리를 입었습니다.

하도 오래 안 입었기 때문에 이리저리 구겨진 걸 그냥 쓱쓱 털고 입는 것입니다.

"할머니, 꼭 걸레 같아요."

죽데기가 걱정이 되어 말했습니다.

"괜찮다. 입고 있으면 저절로 펴진다."

할머니는 한쪽 끈이 짝짝이인 손가방을 들고 셋은 집을 나섰습니다. (41면)

농사짓고 시골 살림 하느라 오래 입지 못한 치마저고리, 구깃구깃한 외출복을 보고 죽데기는 한마디로 "걸레 같다."고 하지만 할머니는 눈 하나 깜짝하지 않는다. 실감 나는 묘사다. 구김살 많은 치마저고리에 끈이 짝짝이인 손가방을 들고 흙먼지 날리는 시골길에 서 있는 할머니가 보이는 듯하다. 그 옆엔 키가 멀대 같은 죽데기와 땅딸막한 밥데기가 있겠지. 이렇듯 권정생 동화에 등장하는 인물들은 우리 주위에 있는 양 매우 친근하게 그려진다. 친근함을 유발하는 인간적이고 가식 없는 캐릭터의 창조야말로 권정생 문학의 또 다른 가치라고 생각한다.

웃음 둘, 어떻게 살 것인가

권정생 동화는 단지 우리에게 재미있는 이야기만 전하는 것은 아니다. 우리가 바라는 세상은 어떠한지, 좀 더 좋은 세상이 되려면 우리가 어떻게 해야 하는지를 말한다. 다시 『또야 너구리가 기운 바지를 입었어요』의 머리말을 읽으며 생각해 보자.

세상은 살기가 아주 힘든 곳이랍니다. 그래서 그 힘든 세상을 어떻게 살아야 할지 조금씩이라도 배워야 하거든요.

동화를 읽는 것도 그런 뜻에서 필요하답니다.

또야 너구리가 무엇을 깨달았는지 한번 보세요. (5면)

권정생은 어떤 세상을 바랄까? 그가 바라는 세상은 '세상의 모든 약한 것들이 외면받지 않는 세상', 그리고 '모든 것이 아름답게 제자리를 찾는 세상'이다. 그런데 지금 이 세상은 그렇지 못하다. 이 세상이 아름다운 땅이 되기를 바라며, 그것을 위해 '어떻게 살아야 할 것인가' 하는 고민 역시 권정생 특유의 유머로 어린이 독자에게 전달된다.

먼저 「짱구네 고추밭 소동」(『짱구네 고추밭 소동』, 웅진주니어 1991)에서 그것을 찾아볼 수 있다. 이 이야기는 시골에서 한때 자주 나타났던 '고추 도둑'에 관한 이야기다. 고추 도둑은 짱구 아버지가 고생하여 지은 고추를 몰래 훔쳐 가지만 짱구네 고추들은 그대로 앉아서 당하지 않는다. 그야말로 매운 고추 맛을 보여 준다. 고추들은 모두 힘을 합쳐 자루에서 탈출하여 하늘 높이 불꽃처럼 날아간다. 그리고 땅으로 내려와 '마치 본래 그 자리에 있었던 양 고추 가지에 사뿐히' 매달린다. 세상의 도둑질에 맞서 작은 존재들이 스스로 자기 자리를 찾는 것이다. 재미있는 것은 그러는 와중에 '더러는 장소가 바뀌어 남의 자리에 걸리기도 하고 빼뚜름히 방향이 뒤틀려 반대쪽으로 놓기도 한 고추'의 모양새다. 시치미를 뚝 떼고 있을 몇몇 고추의 모습이 눈에 그려진다.

「장군과 농부」(『짱구네 고추밭 소동』)는 호령만 하고 실제 일하지 않는 장군과 열심히 일하면서도 겸손한 농부를 비교하여 과연 세상에 누가 더 필요한 존재인가를 보여 준다. 권정생의 다른 동화에 견주어 도식적이다. 그러나 못된 장군을 믿지 않게 바라보는 농부의 착한 성품이 읽히면서 '부드러움이 강함'을 이야기하는 역설을 느끼게 된다. 이 동화에서 재미있는 장면은 평소 위엄과 체통을 지닌 장군이 전쟁이 나서 배가 고파지자 품위를 잃고 '한 바가지의 감자'를 눈 깜짝할 새에 먹어 치우는 장면이다. 잘난 체하지만 농부 덕에 먹고사는 장군과 장군을 먹여 살리면서도 겸손하게 그를 대하는 농부가 교차한다. '먹새'는 좋으나 백성을 위해 일하지 않는 장군과 '거친 손'으로 농사를 지어 장군까지 먹여 살리는 농부를 대비한 이 동화는 작가가 '어떤 세상이 바른 세상인가'를 고민하며 창작한 동화다.

내가 좋아하는 또 하나의 동화는 「오소리네 집 꽃밭」(『먹구렁이 기차』)이다. 회오리바람에 날려 읍내까지 날려 간 아주머니 오소리가 예쁘게 만들어진 화단을 보고 자기 집 주위에도 화단을 만들려는 욕심을 부린다. 아주머니 오소리의 '깝치고 들볶는' 성화에 못 이겨 괭이로 밭을 쪼는 아저씨 오소리 뒤에서 아주머니 오소리는 패랭이꽃과 잔대꽃, 초롱담꽃이 수놓아진 자연이야말로 최고의 꽃밭임을 깨닫는다. 여기서 작품을 한층 재미있게 만드는 것은 다름 아닌 아주머니 오소리가 반복해서 놀라는 장면이다.

> "에그머니! 여보, 그건 패랭이꽃이잖아요? 쪼지 마세요."
> 아저씨 오소리는 다른 쪽으로 돌아서서 괭이를 번쩍 들었다가 쪼았습니다.
> "영차!"
> "에그머니! 여보, 그건 잔대꽃이잖아요? 쪼지 마세요."
> 아저씨 오소리는 조금 비켜나서
> "영차!"
> 하고 쪼았습니다.
> "에그머니! 여보, 그건 초롱담꽃이에요. 쪼지 마세요." (26~28면)

'에그머니! 그건 패랭이꽃, 잔대꽃, 초롱담꽃이잖아요?'라고 한꺼번에 부르지 않고 하나씩 따로 부른다. 꽃을 발견할 때마다 소스라치게 놀라는 오소리 아주머니의 호들갑 덕분에 꽃들은 차례로 이름을 불리면서 저마다의 의미 있는 존재로 피어난다. 작품이 말하고자 하는 바와 이야기의 전개과정이 잘 어우러진 동화다.

웃음 뒤에 다가오는 것들

앞서 언급했듯 권정생 동화의 재미있는 장면은 단지 재미로만 그치는 게 아니라 웃음과 눈물 어린 감동과 여운까지 뒤따른다. 강아지똥은 우스울 만큼 순진하고 겸손한 성품으로 자신의 몸을 부수어 민들레꽃을 피우는 일을 귀하고 기쁘게 받아들인다. 그것은 결국 강아지똥의 '죽음'을 의미하지만 강아지똥은 자신의 죽음 뒤에 꽃으로 '부활'하거나 '윤회'하리라 순전히 믿고 있다.

자신의 양식을 생쥐 형제와 기꺼이 나누고 그에게 다정하게 말을 걸며 나중에는 동거를 청하는 황소 아저씨의 모습에서는 언뜻 외로움이 짙게 묻어난다. 황소 아저씨가 아니라도 권정생 작품에 등장하는 개구리, 쥐, 강아지와 혼자 사는 아저씨가 나누는 알콩달콩한 대화에서는 세상 모든 것과 '동무' 되고 싶어 하는 마음, 오랜 세월 혼자 견디었을 외로움이 동시에 읽힌다. 그것이 작가의 그림자임을 짐작하기 어렵지 않다.

권정생 동화가 단지 가벼운 웃음만 유발하지 않는 것은 등장인물들이 저마다 '어떻게 사는 것이 제대로 사는 것인가'를 고민하기 때문이다. 그들이 고민하며 선택하는 삶은 결코 쉽지 않다. 따라서 '모든 것이

제자리로 돌아가는 풍경'을 귀히 여기는 작가의 바람은 현실이 결코 그렇지 못하다는 점에 비추어 인물들의 험난한 미래를 예고한다.

동화 「달맞이산 너머로 날아간 고등어」(『달맞이산 너머로 날아간 고등어』, 햇빛출판사 1985)에는 사는 일이 고생스러워 장날 쌀판 돈으로 친구와 술을 마셔 버린 용칠이 아저씨가 나온다. 제수로 간신히 고등어 두 마리를 사서 털레털레 들고 오던 용칠이 아저씨가 고등어들과 이야기를 나누게 된다. 세상이 답답하다는 용칠이 아저씨의 넋두리에 고등어들은 "어디론지 날아가고 싶잖으셔요?" 하고 묻는다. 결국 용칠이 아저씨에게 속을 다 빼 버리라고 권유하던 "처녀 고등어와 총각 고등어는 양쪽 지느러미를 새의 날개처럼 좌악 펴더니" 자유로운 몸이 되어 날아가 버린다. 용칠이 아저씨는 손으로 고등어를 풀어 주어 놓쳐 버리지만 도리어 산 너머로 날아간 고등어를 부러워한다. 날아간 고등어들의 자유로움과 이 땅에 남은 동안 견디어야 할 무거움이 교차한다.

이 땅에서 사는 동안 차마 침묵할 수 없는 것들에 대한 작가의 '발언'이 우리에게 묵직하게 다가온다. 그의 동화는 우리 삶에서 침묵해서는 안 되는 문제를 결코 외면하지 않았으며 언제나 소수자들을 섬세한 손길로 다독였다. 그리하여 마치 민들레꽃을 피워 낸 강아지똥처럼 그의 문학은 올곧은 정신을 담은 창작동화를 피워 내는 데 밑거름이 되었다.

권정생 동화에서 작고 연약한 주인공들은 저마다 주어진 인생에서 소탈하고 재미있게 살아 보려 한다. 그럼에도 결국 선택의 갈림길에서 진지하게 옳은 길, 최선의 길을 선택한다. 때로 그것은 「오소리네 집 꽃밭」처럼 기쁨에 찬 깨달음이다. 하지만 때론 「강아지똥」처럼 선택한 삶의 무게가 결코 가볍지 않아 독자들은 작품 속 인물에게 연민을 느끼고 그가 선택한 삶의 자세에서 숙연함을 배운다. 권정생 동화 속 인물들에게서 느껴지는 정서는 바로 '페이소스'다. 결론적으로 순전하고 긍정적인 인물이 부정적 환경을 만나 최선을 다해 살아가는 모습이야말로 바로 권정생 동화의 원형일 것이다.

덧붙여서

이번에 권정생 동화를 읽으며 새롭게 느낀 것은 웃음이 터지는 장면도, 눈물을 짓게 만드는 장면도 단어 하나하나가 살아 있어 그 정서가 독자에게 더욱 깊이 다가온다는 점이다. 그의 작품을 인용하며 감탄한 것은 단어 하나하나가 참으로 조심스럽게 선택되었으며 문장은 함축과 간결의 미덕을 지니고 있다는 점이었다.

코가 빨갛게 된 강아지똥 / 지나치게 위엄을 부리는 엄마 닭 / 맛있는 콩 조각을 듬뿍 먹고 배가 빵그랗게 된 생쥐들 / 오래오래 갈무리해 두어서 걸레 같아진 늑대 할머니의 치마저고리 / 본래 있던 가지에 사뿐사뿐 걸린, 그러나 더러 빼뚜름히 방향이 뒤틀려 걸린 고추들 / 먹새 좋은 장군님과 거칠고 못이 박인 농부의 손 / 아주머니 오소리가 깝치고 들볶아 괭이를 들게 된 아저씨 오소리…….

이 모든 단어와 문장 덕분에 권정생 동화는 재미있을 뿐 아니라 실감나게 읽힌다. 그동안 주로 주제에 중심을 두고 읽혀 온 그의 동화에서 이러한 부분 역시 앞으로 더욱 조명되었으면 하는 바람이다. 분명 오래 고민하여 선택하고 표현했을 보석 같은 단어와 문장을 음미하며 권정생 동화를 읽어 보자. 때론 크게 웃으며 때론 눈물 훔치며 말이다.

(2008)

『걱정쟁이 열세 살』의 작가, 최나미를 만나다

최나미 작가를 처음 만난 건 2006년 열렸던 『어린이와 문학』 여름 대토론회에서다. 당시 평론가도 작가도 아니었던 나는 단지 '매우 적극적인 아동문학 독자'로 그곳에 용감하게 참석했다. 그리고 그런 모임에 혼자 간 사람이 그렇듯 나를 제외한 모든 사람이 서로를 아는 듯한 분위기가 어색하여 몸부림치며 후회를 하던 중이었다. 때마침 옆자리에 앉은 이가 그해 출간된 『걱정쟁이 열세 살』(사계절)의 작가임을 알게 되었고, 책 이야기를 길게 나누며 나는 1박 2일의 여정을 무사히 마칠 수 있었다. 그때 최나미 작가는 새벽까지 내 수다를 들어 주었는데 그것은 내 이야기가 재미있어서가 아니라 아는 이 별로 없는 나를 배려한 작가의 속 깊음 때문이었을 것이다. 그 후 최나미 작가를 종종 만나며 언제나 주위를 편하게 만드는 작가의 성품과 작품 속에 나타나는 날카로운 시선의 관계를 좀 더 캐고 싶었다. 이 인터뷰를 하겠다고 선뜻 자청한 것은 바로 이런 궁금증을 풀 수 있는 절호의 기회였기 때문이다.

열세 살, 사춘기 초등학생

오세란 선생님, 만나 뵙게 되어 반갑습니다. 가벼운 질문부터 드리며 시작해 볼게요. 선생님의 많은 작품 가운데『걱정쟁이 열세 살』로 인터뷰 요청을 받았을 때 어떤 생각이 드셨는지, 그리고 그 책이 선생님한테 어떤 작품인지 궁금해요.

최나미 특별하게 의미 붙이는 것을 좋아하지는 않는데요. 제 작품 속 등장인물 중에서 저와 가장 많이 닮은 캐릭터가『걱정쟁이 열세 살』에 나오는 정상우예요. 2004년에 원고를 쓰기 시작해서 2006년에 책이 나왔는데요. 2005년에 열세 살의 최나미가 되어서 이야기를 풀어 보자고 하며 썼던 작품이에요. 제 어린 시절의 모습도 작품에 많이 들어 있고요. 사람들이 저를 성격이 밝은 아이로 기억하지만, 저는 속으로 걱정이 되게 많은 아이였거든요. 어릴 때 제가 가진 문제를 풀어 줄 사람이 아무도 없어 혼자 끙끙 앓았던 때가 많았어요. 그것에 관해 1인칭 시점으로 이야기를 해 보면 어떨까 하고 시작했어요. 그전까지는 이야기를 써 가는 과정이 퍼즐을 맞추듯이 재미있었는데,『걱정쟁이 열세 살』을 쓰면서 창작이 힘들다는 것을 처음 알았던 것 같아요. '내가 과연 이 원고를 끝낼 수 있을까?' 하는 생각이 들 정도로요. 책이 출간되고 6개월이 지날 때까지 책을 편하게 펴 보지 못했어요. 그때까지는 몇 권의 책을 내고도 누군가 동화작가라고 부르면 제 속에서 자연스럽게 받아들이지 못했었는데, 그 과정을 겪고 나서야 비로소 제 스스로 동화작가라는 생각을 갖게 했던 작품이지요.

오세란 많은 독자들이 최나미 작가를 '열세 살'의 작가로 떠올리는 듯해요. 제일 많이 받으신 질문일 것 같은데요. 왜 '열세 살' 아이를 주인공으로 작품을 쓰시는지?

최나미 쓰다 보니까 자연스럽게 그렇게 된 건데요. 모르고 있다가 배봉기 선생님이 『창비어린이』(2006년 가을호)에 발표한 '최나미론'을 읽고 알게 되었어요. 그때 왜 내가 열세 살 아이에 대해 쓰고 있는지 다시 고민하게 됐어요. 열세 살이라는 나이가 유년기의 마지막이면서 청소년기가 시작하는 때잖아요. 아이들이 경계에 서서 선의 이쪽저쪽을 넘나들거나 혹은 그 선을 밟고 있는 모습이 제 눈에는 이상하게도 잘 보이더라고요. 가끔 강연을 가서 열세 살 아이들과 이야기를 해 보면 몸은 아직 초등학생인데 내면은 벌써 청소년인 거예요. 특히 6학년 아이들은 가장 높은 학년이니까 마음대로 할 수 있을 것 같은 기분이 드는지 우쭐대기도 하는데요. 중학생이 되면 내가 본 애가 맞나 싶을 정도로 달라져 있더라고요. 아이들마다 유년기를 완성하는 시기에 보여 주는 마지막 열정 또는 진실 같은 것을 나누는 대화가 재미있었고 제 눈에는 그 아이들이 되게 잘 보였던 것 같아요.

오세란 특히 작품의 배경으로 6학년 2학기가 많이 나오는데요. 졸업식 또는 겨울방학을 앞둔 시기를 그리시더라고요. 아이들이 한편으로는 지루해하지만 한편으로는 기대감을 가지며 지내는…….

최나미 그쯤 됐을 때 아이들이 6년 동안을 정리해 가는 과정이 있거든요. 저도 그랬던 거 같고요. 6년이라는 시간이 길기도 하고 아이들이 신체적으로 크게 변화하는 시기잖아요. 아직까지 내면은 그다지 강하거나 굳건하지 않음에도 아이들 스스로 다 자랐다고 생각하는 모습이 눈에 확 들어오더라고요.

오세란 6학년 아이들의 내면세계라고 할까요. 아이들의 복잡하고 다양한 마음의 결을 선생님이 많이 그려 주셔서 잘 보게 된 것 같은데요. 선생님의 작품이 당시 아이들의 변화를 빠르고 정확하게 짚었다는 생각이 들어요. 6학년 아이에게 존재하는 내면과 갈등의 관계를요. 이때를 전후로 아동문학 작품에서 초등 고학년을 사춘기에 포함시키는 경향이 나타났거든요. 2006년 전후로 출간된 다른 작가들의 작품들 역시 아이들의 내면을 그리려는 시도가 많았고 작품에 다양한 방식으로 나타났는데요. 그런데 '동화의 소설화 경향'이라고 하여 같이 언급됐던 김남중, 이현, 유은실 작가와 선생님의 색깔은 좀 달랐던 것 같아요. 선생님의 소설화 경향은 소재 선택이나 기법, 대상 등의 측면보다는 좀 더 본격적으로 화자의 이야기를 하기 위한 선택으로 보이는데요. 가령 『걱정쟁이 열세 살』에서 상우가 혼자 중얼거리며 잉어와 대화를 나누는 장면처럼, 주인공의 내면을 드러내기 위해서 소설적 기법 또는 문체를 쓴 게 아닌가 싶어요.

최나미 솔직히 소설적 문체라는 것도 별로 의식하지 못하고 썼던 것 같아요. 제가 소설도 많이 안 읽었고 평소 관심 있게 읽던 책들도 달랐거든요. 그런데 글을 쓰는 친구들과 합평을 할 때 『걱정쟁이 열세 살』보다 먼저 나온 『엄마의 마흔 번째 생일』(청년사 2005)을 두고 소설 아니냐는 지적을 받은 적이 있었어요. 저는 독자인 아이들을 생각하며 썼기 때문에 문제가 없다고 생각했는데, 내면을 묘사하는 방식이 읽는 사람들에게 그렇게 보였을 수도 있겠다 싶었어요. 예로 드신 잉어와 대화를 나누는 장면은 아무하고도 자기 얘기를 나누지 못하는 상우가 혼자 있을 장소와 아버지를 연상시키는 동물을 찾다 보니 자연스럽게 학교 연못의 잉어로 표현되었던 거죠. 특별하게 소설적으로 표현하기 위한 의도는 아니었어요. 동화라는 것이 결국 어른이 아이에게 써 주는 이야기이다 보니까 겉으로 보기에 균형 잡힌 시각을 요구하는 부분이 있거든요. 저는 그 부분을 불편하게 봤던 것 같아요. 1인칭 화자의 시각으로 자기 이야기를 하더라도 독자가 판단할 수 있는 여지를 남겨 두면 한쪽으로 치우친 생각이 드러나도 괜찮지 않을까 하는 생각이 있었어요. 제가 문학을 전공하지 않았기 때문에 동화를 좀 더 자유롭게 썼던 것 같아요. 요즘에는 동화와 다른 책도 많이 보는데 만약 지금 창작을 시작했다면 『걱정쟁이 열세 살』보다 정형화된 동화를 썼겠지요.

오세란 1인칭 화자 이야기가 나와서 말씀드리면, 2007년에 유은실 작가의 동화집 『만국기 소년』(창비)이 나왔는데요. 『만국기 소년』은 1인 칭 시점이나 기법을 많이 연구해서 쓴 작품으로 보이거든요. 그런데 선 생님 작품을 보면 1인칭 화자로 써야만 되는 이야기와 상황을 만든다는 점에서 다른 것 같아요. 정형화된 동화처럼 아름다운 결말을 내지 않고 작품을 끝내기도 하고요. 그런 부분에서 작품이 소설적이라는 말을 듣 는 건 아닐까요?

최나미 그렇게 생각할 수도 있겠네요. 저는 가끔 1인칭 시점에는 작 가가 개입할 틈이 없다는 생각이 들어요. 저희 큰아이가 열세 살 때 쪽 지를 하나 쓴 게 있는데요. 일기도 아니고 낙서처럼 죽고 싶다고 썼어 요. 그때 아이가 굉장히 힘들었던 모양인데 전 엄마 입장에서만 아이를 보았죠. 아이를 나와 별개인 하나의 사람으로 보지 못하고요. 아마 그와 비슷한 문제들을 안고 계속 풀어 가는 것이 제가 작품을 쓰는 과정이 아 닌가 싶어요. 늘 고민스러운 게 제가 작품 속에 등장하는 아이들을 어떻 게 볼 것인가 하는 문제인데요. 어른인 제가 좋은 방향으로 이끌어 가야 될 대상으로 봐야 하는 건지, 아니면 지구상을 구성하고 있는 N분의 1인 하나의 존재로 봐야 하는 건지 고민스러워요. 예를 들어 『걱정쟁이 열 세 살』에서 상우의 생각을 어른이 깔끔하게 정리 정돈을 해 주어야 하 는지, 아니면 스스로 판단하게 해야 하는지 말이죠. 이 문제에 대해서는 작품을 쓰면서 생각이 조금씩 확고해졌어요. 작품에 나온 아이를 존재 감 있는 하나의 인물로 놓고 동등한 입장에서 이야기해 보자고요. 제가 보여 주는 이야기의 결말은 사건의 끝이지, 인물의 인생을 끝내는 건 아니잖아요? 아이들은 어려움에 처했을 때 서툴러도 자기들만의 방식으로 표현하거든요. 저는 작품을 쓰면서 아이들이 이야기를 마지막까지 읽고 난 뒤 나름대로 해결 방법을 찾지 않을까 하는 생각을 해요. 더러 넘어지고 상처 때문에 다시 일어나기를 두려워할 때도 있지만, 제 역할은 아이들의 그런 방식을 믿어 주는 거라는 생각도 들고요. 근데 그러한 결말이 소설적인 방식인지는 잘 모르겠어요.

오세란 여러 장르를 넘나들면서 색깔을 모색하는 작가들도 있는 한편, 선생님 같은 경우는 일찌감치 스타일이 정착됐다고 할까요? '최나미' 하면 자기 색깔을 보여 주는 동화작가로 꼽히는데, 이런 이야기를 들으시면 어떠세요?

최나미 사전에 그 질문을 보고 되게 고민했었거든요. 그랬나? 내가 게으르다는 얘긴가 하는 생각도 좀 들고. 제 첫 번째 작품 『바람이 울다 잠든 숲』(청년사 2004)은 스스로 '동화는 이렇게 써야 하는 거야.'라는 생각을 하면서 줄거리를 만들어 썼던 것 같고요. 그때는 그게 맞는 방법이라고 생각했고. 두 번째 『진휘 바이러스』(우리교육 2005)를 쓸 때부터는 아이들을 바라보는 제 시선을 점검하게 된 것 같아요. 예를 들면, '착한 게 좋다.'는 명제는 아이들한테서 나온 개념일까, 그 아이들을 편하게 다루기 위해 어른들이 만든 이데올로기인 건 아닐까 하는 생각요.

그러다 보니 제 작품에 착하지 않은(?) 아이들의 내면이 계속 등장하고 그 부분에 대해 당황해하며 제 스타일로 이해하시는 분들이 계시더라고요.

오세란 착하다는 말이 '너는 착해야 한다.'는 거죠?

최나미 맞아요. 저 역시 어렸을 때 착해야 한다는 암묵적인 강요를 받으며 자랐거든요. 그런데 착한 아이가 되고 싶은데 아홉 가지 일을 잘

하다가 한 가지 일만 잘못해도 어른들이 '너 나쁜 아이구나.'라고 단호하게 가치판단을 내릴 때 상처도 많이 받고 억울했어요. 그런 경험이 있으니까 아이들이 저와 비슷한 일을 겪게 되면 어떻게 해야 될까 생각해 보게 됐고요. 결국 아이들이 자기가 처한 문제에 대해 스스로 이야기해야 된다고 생각했어요. 『진휘 바이러스』부터 그런 모습을 보여 주려고 했던 거죠. 저는 아직 풀고 싶은 이야기가 되게 많거든요. 지금 안고 있는 고민이나 문제들을 깊게 한 번 더 보고, 가늠해 볼 수 있는 글을 쓰고 싶다는 생각이 있어요. 그래서 아직까지는 제가 다른 색깔과 스타일을 모색하기보다는 지금 쓰는 방식을 고수하고 있는 것 같기도 해요.

타인과의 관계와 그 너머

오세란 첫 작품부터 최근작까지 살펴보면 선생님께 잘 맞는 방식과 스타일을 일찍 찾았다고 새삼 느끼게 돼요. 다음 이야기를 해 볼게요. 선생님은 아이들의 내면을 그리는 것 못지않게 '나'와 다른 사람이 만나는 지점, '관계'에 주목을 많이 하시는데요. 『걱정쟁이 열세 살』에서 주인공 상우는 자기 가족이 다른 사람들과 다르다는 것을 많이 의식하지요. 『셋 둘 하나』(사계절 2007)에서는 세 명의 친구 사이에 벌어지는 이야기를 통해 이상하고 불안한 숫자 '셋'에 대해 이야기하고요. 최근 단편 청소년소설 「덩어리」(『파란 아이』 창비 2013) 같은 경우는 집단으로 무리를 짓는 무서움에 대해 쓰시고 한편으로는 일대일 관계에서 권력이 만들어지는 과정을 굉장히 섬세하게 송곳으로 찌르듯이 쓰시잖아요. 이런 소재에 관해 특별히 많이 쓰시는 이유가 있나요?

최나미 제가 관계에 대해 좀 예민하게 살피는 경향이 있어요. 그건

제 경험과도 연관되다 보니 그런 이야기를 쓰기가 쉬웠던 것 같아요. 저희 집은 딸만 셋인데요. 어릴 때부터 저는 '관계'에 신경을 쏠 수밖에 없는 환경에 있었던 것 같아요. 원래 형제 중에서 첫째의 내면이 강하면 괜찮은데 저처럼 덜떨어진 첫째일 경우에는 외부의 시선을 굉장히 의식해요. 착한 아이가 되어야 하고 엄마 아빠 눈에 들어야 하고 누구 눈 밖에 나면 안 되고. 저는 진짜 눈치를 많이 봤던 것 같아요. 그러다 보니까 학교에서 친구와도 잘 지내고 싶어서 의도적인 행동들을 하고요. 가만히 있어도 친구들이 먼저 막 다가오는 아이가 있고, 친구 없이 혼자 있어도 괜찮은 아이가 있는데, 저는 혼자 있을까 봐 겁먹고 누군가 같이 있어야 될 것 같은 마음이었거든요. 작품에도 쓴 적 있는데 수학여행 갈 때 버스에서 같이 앉을 사람을 걱정하는 그런 부분들요. 어느 날 친했던 친구 하나가 나랑 사이가 틀어지면 '쟤가 나랑 같이 앉아 줄까? 나 혼자 앉으면 다른 사람들이 날 불쌍하게 볼 텐데…….' 같은 부분이 제가 다 경험한 감정들이에요. 외부 시선을 중요하게 생각하는 사람들은 스트레스가 굉장히 심하거든요. 근데 저도 그런 아이들에게 도움이 될 만한 답을 얻지 못했어요. 오히려 자기 내면이 강한 아이들을 등장하게 하거나, 불안한 상황일 때 적당하게 어른들이 나와서 해결해 주는 방식의 해법 말고는 잘 모르겠더라고요.

그래서 이제까지 안 보였던 모습들을 한번 이야기해 보는 게 어떨까, 하다 보면 끝이 보이지 않을까 하는 기대도 해 보고요. 제가 관계 문제로 마음을 다쳐 보기도 하고, 그 속에서 많이 괴로워하기도 해서 유난히 관계에 대한 문제가 잘 보이는 것 같아요. 주변 사람들이나 아이들을 보아도 관계에서 오는 권력, 서열 문제 등이 눈에 들어와요.

오세란　선생님의 작품을 보면 다른 친구들과 뭉쳐서 지내기보다 혼자 독립적으로 잘 큰 아이들이 서로를 존중해 주는 점들을 읽을 수가 있거든요. 혼자 독립적으로 잘 성장해야 타인을 잘 배려하고 존중할 수 있는 아이가 된다는 생각에는 동의합니다. 그런데 그 시절은 아이들이 또래 친구들을 만나면서 자신을 완성해 가는 때이기도 하잖아요. 아이들끼리 뭉쳐서 지내는 것도 중요하다는 생각이 드는데요.

최나미 저처럼 소속감에 동경을 갖고 있는 사람도 없을 거예요. 구성원들끼리 서로 부족한 걸 채워 가는 과정을 보면 저도 모르게 거기에 속하고 싶은 생각이 들거든요. 예를 들어 제가 들어갈 수 없는 군대도 동경해 본 적 있어요. 대체로 아이들이 혼자 독립적으로 잘 크는 것보다 또래 집단에서 서로 영향을 주고받으며 더불어 사는 게 훨씬 더 건강하다고 생각하는 편이지요. 제 경우에는 집단에 속해 있을 때 지나치다 싶을 정도로 안정감을 느껴요. 그렇기 때문에 뭉쳐 지내는 것이 얼마나 위험한지 알아요. 그 안에서 사람들이 어떻게 폭력적으로 변할 수 있는지도 경험했거든요. 따라서 혼자 독립적으로 잘 크는 것에 중요성을 두기보다는, 어울려 지내면서 자칫 간과하기 쉬운 것을 고민해 보자는 데 무게가 더 실렸다고 볼 수 있지요.

제 작품에 개인적인 아이들이 등장하는 점 때문에 이런 얘기가 나온 것 같은데요. 저는 어른이 된 지금까지도 친구가 있으면 좋고, 없어도 괜찮은 아이들은 얼마나 좋을까 하는 생각을 하거든요. 『진휘 바이러스』에 실린 단편동화 「청소함 옆 자리」에 나오는 인희처럼요. 저는 늘 혼자 있는 게 불안했기 때문에 아이들이 건강하게 뭉쳐 있는 것들을 중요하게 생각해요. 그래서 집단에서 떨어져 나가 있는 아이들이 별처럼 특별하게 보이는 것 같아요.

오세란 『걱정쟁이 열세 살』에서 상우가 자신의 고민을 해결하는 방식은 건강한 개인주의자가 되는 과정으로 보였어요. 진실은 사람들마다 다르고, 자기가 가진 고민은 우주적 시각으로 보면 아주 작을 수 있다는 메시지에서 한 아이가 개별적인 자아로 성장하는 이야기로 읽혔거든요.

최나미　그런 건 아닌데요. 그건 상우가 처해진 상황이 특별해서 그렇게 보였을 거예요. 제 눈에는 만약 상우가 가장 친한 친구인 석재나 가족들과 이런저런 이야기를 할 수 있는 성격이라면 훨씬 더 건강한 아이로 보였을 거예요. 그럼 『걱정쟁이 열세 살』은 나오지 않았겠지요. 누구도 도와줄 수 없는 그 상황에서 스스로 빠져나오는 건 상우의 과제이고, 제가 할 수 있는 일은 믿어 주는 일밖에 없다는 생각을 했어요. 『걱정쟁이 열세 살』은 혼자냐 여럿이냐 선택에 대한 것이 아니라 지금 이 세상에서 네가 가지고 있는 걱정이 그렇게 큰 게 아니라고, 괜찮다는 말을 건네고 싶은 거였어요. 어렵고 힘든 상황에 처하여 홀로 남은 아이에게 누군가는 그렇게 이야기해 줘야 하지 않을까 하는 생각이 들었거든요.

오세란　선생님께 하나 더 여쭙고 싶어요. 집단 속에서 아이들이 지내는 것에 대해 말씀해 주셨는데요. 선생님 작품에서는 공동체를 지향하기보다는 공동체에서 발생하는 문제에 대한 의식이 더 많이 나타나는 것 같아요. 결국 상우도 사회라는 집단 속에서 이야기되는 '정상 가족'에 견주어 자기 문제를 고민하는 거잖아요. 건강한 집단 또는 공동체를 만들기 위해서는 관계에 대한 문제의식을 계속 가져야 하는 걸까요?

최나미　저는 그 문제에 대해서는 좀 다르게 생각하는데요. 관계에 대한 문제의식을 모든 사람들이 다 갖고 있을 필요는 없을 것 같아요. 다양한 사람들이 어울려 사는 과정 속에서 세상이 살 만하기도 하고 혹은 힘들기도 한 거라고 저는 생각하거든요. 여기서는 상우와 같은 아이들, 즉 일반적으로 정상 가족이 정답이라고 생각하는 개념 때문에 상처받을 수 있는 아이들을 위해서 관계의 문제를 좀 더 깊이 고민해 보자는

거였어요. 모든 사람들이 관계에 대한 문제의식을 갖는다면…… 생각
만 해도 갑갑한 느낌이 드는데요.(웃음)

비극 속 희극, 조연들의 활약

오세란　저는 선생님 작품에 유머와 재미를 갖춘 요소들이 많다고 생
각해요. 그 이유가 두 가지인데 하나는 행동파 조연들의 활약 때문이고,
또 하나는 상황 자체는 비극인데 그 속에 희극적인 상황을 잘 녹였기 때
문이라고 보는데요. 어떻게 생각하세요?

최나미　저는 이 세상에 진지한 고민을 하는 주인공보다 건강한 조연
이 더 많아야 한다고 생각하거든요. 지나치게 자기 걱정을 안고 지내는
주인공 곁에서 툭툭 털어 내도록 도와주는 주변 친구들이 어른들의 직
접적인 개입보다 훨씬 건강한 영향을 준다고 믿어서요. 조연들의 활약
은 사실 의도한 부분이기도 해요. 흐름의 강약 조절이나 처진 분위기를
환기시키는 데 꼭 필요한 인물로, 개인적으로 애정이 많이 가는 인물들
이지요.

저는 인물이 확고해지면 인물 자체가 자기 서사를, 에피소드를 만들
어 낸다고 생각해요. 『걱정쟁이 열세 살』에서 상은이가 아침에 학교 가
다가 엄마랑 싸우는 장면은 처음 구상할 때 없던 거였어요. 상우와 다른
누나의 '쿨'한 성격이 점차 확고해지면서 저한테는 상은이가 진짜로 존
재하는 사람처럼 느껴지더라고요. 그러면서 상은이라면 이런 일을 벌
일 거라는 식으로 자연스럽게 그 장면이 나오게 되었지요.

오세란　요즘 청소년소설이 지나치게 명랑 소설화되는 부분이 있는
데요. 일부러 웃길 필요는 없는데 웃기게 만드는 경우가 있어요. 『걱정

쟁이 열세 살』을 보면 이야기의 주제 자체가 가벼운 것이 아닌데 시선의 차이에 따라 벌어질 수밖에 없는 웃음이 자연스럽게 전달되는 것 같아요. 캐릭터가 딱 잡힌 상태에서 서사가 진행되기 때문이겠지요.

최나미 처음 작품을 시작하면서 어떤 인물을 만들어 낼 때는 인물이 여러 각도에서 어떻게 보일지를 우선 고민해요. 상우란 인물은, 누나가 봤을 땐 답답한 아이이고, 엄마가 봤을 땐 아기 같은 아들이면서 걱정 많은 아이, 친구가 봤을 땐 되게 믿음직한 아이거든요. 인물이 가진 다양한 모습이 가족들의 어떤 성격과 부딪치면서 갈등을 유발하고 문제를 해결해 가는지가 주된 고민이었어요. 캐릭터를 먼저 잡아 놓고 서사를 썼다기보다는 하고 싶은 이야기가 정해지고 그것을 효과적으로 전달할 인물들을 잡는 데 다른 작품보다 시간이 많이 걸렸지요.

세상에 대한 냉정한 관찰

오세란 『걱정쟁이 열세 살』에서 어른들의 세상에 대한 냉정한 관찰 같은 게 느껴지기도 했는데요. 특히 상은이를 통해 선생님 즉 어른들이 가지고 있는 결손 가족에 대한 편견 등을 이야기하는 부분이 인상적이었어요.

최나미 저는 일단 어른들 세상보다는 문제적 아이가 처해진 상황이 우선이고요. 아이와 어른이 함께 살고 있는데 거기서 발생하는 문제를 누구의 눈으로 보고 누구의 입으로 진술하느냐에 따라 다르게 표현된다는 점에 신경을 썼어요. 상은이는 긴 머리 때문에 선생님한테 혼났고, 결손 가정에 대한 편견이 담긴 선생님의 시선을 이미 알고 있죠. 강연에 가서 이런 문제를 갖고 아이들 의견을 직접 들어 보면, 저도 당황스러운 얘기가 나올 때도 있지요. 상은이 때문에 학교에 불려 간 엄마가 담임과 대거리하는 에피소드는 특별하게 갈등 상황으로 본 건 아니었고요. 상은이 엄마라면 학교에 가서 뒤집어엎을 수 있지 않을까 하는 생각이 들었어요.

오세란 약자에 대한 배려에 대해 조금 더 깊이 들어간 단편동화 「양팔 저울」(『천사를 미워해도 되나요』 한겨레아이들 2012)에서는 아파트에 사는 아이들과 철거가 될 가난한 동네에 사는 아이들을 인물로 놓고 이야기를 쓰셨는데요. 정작 가난한 동네에 사는 소원이는 선생님의 배려가 마음에 들지 않지요. 그동안의 동화에서 이야기되어 온 계층 문제를 좀 더 미시적으로 보신 건데요.

최나미 제 속에서 고민 없이 타당하다고 느끼고 당연하게 상식이라고 여기던 것을 다시 생각해 봐야 하지 않나 싶었어요. 흔히들 가족이나 평등, 우정 등과 같은 개념이 좋다는 메시지만 전하는데요. 그것들을 올바른 방식으로 이해하고 있는지 더 치열하게 스스로 물어봤던 것 같아요. 덕분에 그동안 아무 의심 없이 '선의'라고 믿었던 것들을 다시 보게 되었다고 할까요? 그러다 보니 메시지가 좀 강하게 느껴진다는 얘기도 들었어요.

오세란 『학교 영웅 전설』(웅진주니어 2011)에서도 아이들이 믿었던 선생님의 꼰대 같은 모습이 작품의 반전이 되는데요. 결말에 쓴 "지금껏 진심으로 믿었던 것을 부정하는 건, 꽤나 고통스러운 일이었다. 그러나 덕분에 우리는 똑똑히 알게 되었다. 새로운 전설은 지금 이 자리에서 시작되는 거라고."라는 문장이 선생님 작품의 특징을 잘 드러내 준다고 생각해요. 믿었던 것을 부정하기 위해서는 세상에 대한 냉정한 관찰이 필요하고 진실과 직면하는 고통도 감수해야 한다는 건데요. 선생님의 작품에서 주목할 만한 가치라고 생각합니다. 아이들에게 아동문학이라는 양식으로 세상에 대한 차가운 진실을 들려주는 것에 대해 어떻게 생각하시나요?

최나미　엄청 냉정한 작가라는 말처럼 들리는데요. 앞에서도 말한 것처럼 더불어 사는 세상에서 N분의 1의 존재감을 갖고 있는 아이들에게는 투명한 직관이 있어요. 어른들은 여타의 이해관계 때문에 그들에게 돌아가라고 유도할 수 있지만, 아이들에게는 어른들이 갖지 못한 유연성과 그 나름의 해법이 있거든요. 그것을 헤쳐 나가는 시간을 지켜봐 주는 인내가 어른들에게 부족할 뿐이지요. 어른들은 살아 봤다는 경험치를 들이대며 그 상황에 개입하려 드는데, 그것보다는 혹 실패하더라도 그 아이들의 경험을 새로 만드는 것이 중요하다고 생각해요.

동화와 청소년소설의 차이

오세란　마무리하는 시점인데요. 한 가지 궁금한 게 있어요. 선생님은 청소년소설도 쓰시잖아요. 『걱정쟁이 열세 살』도 그렇고 『엄마의 마흔 번째 생일』도 주인공의 누나나 언니인 사춘기 청소년의 캐릭터 묘사에 상당한 비중을 두고 계신데요. 그럼에도 청소년소설과 6학년 아이들이 읽을 동화를 가르는 기준이 있으신가요?

최나미　청소년소설과 6학년 아이들이 읽을 동화를 가르는 기준보다는 그 글을 쓰게 된 동기가 더 중요하지 않은가 싶어요. 저는 한동안 청소년들을 두려워한 것 같아요. 지금 생각해 보면 대화하고자 하는 대상으로 청소년을 고려해 본 적이 없었다는 생각도 들고요.

저한테 동화와 청소년소설을 가르는 구체적인 기준은 따로 없고요. 저는 등장인물과 구체적인 독자를 어떻게 볼 것인지에 대해서만 집중

하는 편이에요. 처음 쓴 청소년소설은 제 작품 속 열세 살 아이가 열네 살이 되면 어떻게 살아갈까 하는 생각으로 쓰기 시작했어요. 친근한 열세 살 아이가 처음 중학생이 되는 과정을 그려 보니까 하고 싶은 이야기가 생기더라고요.

주관적인 호기심 말고 다른 기준을 말하자면, 유년기의 마지막과 청소년기의 처음을 가르는 선이겠지요. 저는 그 선을 기준으로 열세 살 아이들이 열네 살 됐을 때 바로 변하는 지점이 흥미로웠거든요. 몸집은 조그마한데 마음은 벌써 청소년인 것처럼 굴던 아이들이 청소년이 된 모습요. 청소년이 되어 겉모습은 진짜 '쿨'하고 냉소적으로 변했는데 내면은 더 쪼그라지고 작아져 있는 거예요. 초등학교 6학년 때는 가장 높은 학년으로 왕좌를 누리던 아이들이 말이죠.

요즘에는 중학교 2학년들한테도 관심이 가요. 중학교 1학년이었던 때와 달리 이 아이들은 우리가 모르는 엄청난 변화를 겪은 새로운 존재들인 거예요. 그 엄청난 변화가 뭔지 궁금하더라고요. 준비가 되면 그 얘기도 언젠가는 쓸 수 있지 않을까 싶어요.

오세란 저는 청소년소설이야말로 아이들의 심리나 관계를 정말로 더 세밀하게 들여다봐야 한다고 생각해요. 청소년소설을 정형화하여 서술한 작품이 아직까지 너무 많아요. 선생님이 동화에서 해 주셨던 작업을 청소년소설에서도 누군가가 더 치열하게 해 줘야 된다고 보는데요. 그래서 선생님 말씀처럼 열세 살에 머무르지 않고 열네 살, 열다섯 살 아이들의 이야기를 써 주시면 좋을 거 같습니다. 마지막 질문으로 앞으로의 계획을 여쭤 봐도 될까요?

최나미 언제나 쓰고 싶은 이야기가 있으면 바로 쓸 수 있을 줄 알았는데 예전보다 글 쓰는 일이 점점 힘들어져요. 십 년 넘게 해도 숙련되지 않고 더 어려워지는 게 글 쓰는 일인 것 같다는 얘기, 작가들이 늘 하는 말이지요. 생각나는 이야기들은 많은데 준비 과정이 길어지고, 벌써 완성됐어야 하는 게 늘어지니까 예전보다 버리는 원고도 배는 많아진 것 같아요. 글 쓰는 간격이 자꾸 길어지니까 초조하고 불안하기도 하고요. 옛날에는 몰랐는데 요즘에는 나이 들어서도 계속 작품 활동 하시는 선생님들 보면 "와, 정말 대단하다."는 생각도 들어요. 이 또한 제 방식을 찾아가는 과정이겠지요.

그리고 제가 쓰고 있는 작품 이야기를 누군가에게 먼저 떠들고 나면 그 작품 다 못 쓰고 엎어 버리는 징크스가 있거든요. 그래서 자세히 얘기할 수는 없지만, 지금은 아동소설이랑 청소년소설을 준비하고 있어요. 아마 제가 좋아하는 열세 살 아이들 얘기가 떨어지지 않는 한, 제 글의 무게중심은 늘 그 언저리에 있지 않을까 싶어요.

최나미 작가와 이야기를 나누며 그간 가졌던 궁금함을 풀 수 있었다. 작품 속에 나타난 관계에 대한 예민함은 궁극적으로 작가가 가진 공동체를 지향하는 꿈과 닿아 있었다. 따뜻한 관계를 위해 작품 속 아이들을 넓고 빠른 지름길이 아닌 상처가 날 수 있는 가시밭길로 이끈 것은 아이들에 대한 믿음이 있기에 가능했다. 어쩌면 이것이야말로 최나미 작가의 정체성 아닐까? 소설은 인간들이 가진 갈등을 드러내는 장르지만 아동문학은 또 그 안에 내일을 살 아이들에 대한 믿음과 소망이 전제되어 있어야 한다. 어른인 작가가 서둘러 아이에게 정답을 알려 주는 것 또한 아동문학에서 경계해야 할 점이다. 아이들을 같은 땅에 사는 N분의 1의 존재로 동등하게 인정하며 그들의 이야기를 본격문학의 장에서 탐구하는 작가가 우리 곁에 있어 정말 다행스럽다.

(2014)

제 **3** 부

문제적 개인이 문제적 개인을 관찰한 심층 보고서

박영란 『못된 정신의 확산』

경계인의 시선으로

헝가리의 문학가 루카치는 성장소설 속 주인공을 "영혼의 심연에서 주체를 찾는 문제적 개인"이라 정의했다. 즉, 소설에 숨겨진 삶의 이면을 이들이 찾아 나선다는 것이다.

박영란 청소년소설 『못된 정신의 확산』(북멘토 2015)의 주인공 '나'도 모종의 사건을 겪으며 해결의 출구를 향해 나아가는 문제적 인물이다. 평범하지만 아웃사이더 기질이 있는 '나'가 '조'라는 같은 학교 폭력배 여학생을 만나 겪는 사건이 소설의 뼈대를 이룬다. 언뜻 학교 폭력이나 청소년 일탈을 그렸던 기존 청소년소설의 연장선에 있는 작품으로 보이지만, 이 소설의 색다른 면은 주인공이 사건의 당사자가 아니라는 점이다. 사건은 '조'가 벌이고, 주인공 '나'는 사건 외부와 내부에 머물며 갈등을 겪는다. 주인공은 때로 사건 안에 깊숙이 개입하는 행위자인 동시에 사건 개입에 깊은 회의를 가지고 사건 외부에서 모든 것을 냉정히 지켜보는 관찰자이기도 하다. 사건에서 벗어나려는 원심력과 사건 안으로 들어가려는 구심력이 주인공을 경계인으로 위치시키고, 모든 사건의 심층 보고자가 되도록 한다. 이 절묘한 위치의 경계인 소녀가 성장하는 과정을 지켜보는 것, 그것이 우리 독자의 몫이다.

치명적이지만 위험한 악의 매력

프랑스의 철학자 뤼시앵 골드만(Lucien Goldmann)은 소설을 "허위의 세계에서 진정한 가치를 추구하는 타락한 이야기"라 정의했다. 부연하자면 "타락한 사회에서 타락한 방법으로 진실을 추구"하는 것이 소설이나 영화 같은 장르의 본질이라는 것이다. 가령 깡패나 조폭이 등장하는 영화가 우리 사회에 많은 이유는, 타락했다고 여겨지는 아웃사이더의 삶을 통해 우리 사회를 낯설게 보고 그 사회에 숨겨진 진실과 가치를 반추할 수 있기 때문이다.

앞서 말한 루카치의 문제적 개인과는 구별하여 골드만은 타락한 사회에서 타락한 방법으로 살아가는 인물을 문제적 개인이라 칭한다. 그러니까 『못된 정신의 확산』에서 루카치의 문제적 개인이 주인공 '나'라면, 골드만이 말하는 문제적 개인은 '조'라는 인물인 셈이다. 그리고 '조'를 통해 우리는 청소년의 일탈의 이면을 발견할 수 있다. 그간 청소년소설에서 폭력을 휘두르는 아이들은 대부분 극단적으로 악한 아이들이라 규정되어 왔다. 가해자와 피해자라는 이분법으로 폭력의 양상을 구분하고, 폭력적이거나 위협적인 아이는 가해자의 자리에 앉힌다. 때로는 아이들이 일탈을 일삼는 원인으로 가정사, 친구나 학업 문제, 사회의 무관심 등을 주목하며 이들에게 면죄부를 주는 양상으로 이야기가 전개되기도 했다. 이렇듯 지금까지 청소년소설에서는 그들의 일탈을 몇 가지 패턴으로 규정해 왔다.

『못된 정신의 확산』은 그 패턴을 분명하게 벗어난다. 대신 일탈한 청소년이 저지르는 '악'의 이면을 탐색한다. 특히 '악'의 중요한 특징 중 하나인 '치명적인 매력'에 주목한다. 주인공은 '악'에는 '선'이 가지지 못한 묘한 매력과 진실이 숨어 있음을 발견한 것이다.

> 나는 조를 좋아했다. 조가 마음에 들었다. (…) 기분 좋아진 고양이처럼 갸르릉거리면서 웃는 모습, 내 곁으로 다가올 때 '잘각잘각'거리는 방울 소리, 어딘지 씁쓸한 기분이 들게 만드는 향수 냄새, 가늘고 흰 팔목, 긴 종아리, 관심 없는 사람에게 보이는 싸늘한 표정, 수학 점수 20점을 받고도 아무렇지도 않게 점수를 입 밖으로 꺼내는 천진난만함.
> 조.
> 그 놀랍도록 불량한 걸음걸이, 의심스러운 일이 생기면 싸늘하게 고개를 갸웃하는 습관, 그럴 때 드러나는 표정. (24면)

이 소설에서 작가가 가장 정성스럽게 묘사하는 대목은 '조'가 얼마나 아름다운지 말하는 부분이다. 감정이 실려 있지 않은 하드보일드한 문체로 서술한 이 장면은 도리어 그 담담함 때문에 더욱 '조'에 대한 호기심을 불러일으킨다. '나'가 서서히 사건에 연루되는 것은 '조'가 무서워서가 아니라 '조'를 좋아하기 때문이고, '조'의 부탁을 거절할 수 없어서이다. '조'의 매력은 이를테면 독버섯과 같다. '조'가 아름다운 것은 단지 외모 때문이 아니라 세상에 대한 그의 태도 때문이다. 그 진실을 주인공 '나'는 예리하게 포착한다. '조'의 싸늘한 표정, 불량한 걸음걸이, 씁쓸한 분위기는 여느 아이들과 다른 그의 매력이다.

'조'의 매력은 바로 보통 아이들이 감히 넘을 수 없는 선을 가볍게 넘은 데에서 비롯된다. 그 아이는 사람들이 소중히 여기는 가치에 무관심하다. '조'의 주변 아이들이 불량하지만 시시해 보이는 것은 그들이 멋지고 쿨하게 선을 넘지 못했기 때문이다. 대부분의 인간은 우리의 미래가 소중할 것이라 믿고 인생을 지키기 위해 오늘을 견디고 내일을 준비한다. 낙관적이며 긍정적인 희망을 버리지 않으려 노력한다. 그러기에 오늘을 막 살고 싶은 것을 참으며 살얼음판 걷듯 살고 있다. '조'는 바로 그런 삶을 비웃는다. 내일은 오늘과 다를 것이라는 믿음을 버린다. 내일을 버려 오늘을 산다. 아니 자신의 전 인생을 버리고 오늘까지도 낭비한다. 자기 자신을 태우는 초처럼 '조'는 자신의 미래를 태워 스스로를 빛나는 존재로 만든다. 중학생 때 모종의 사건에 휘말린 뒤 조용하고 평범하게 살기를 원하던 '나'가 '조'의 부탁에 갈팡질팡하는 것은 '조'의 매력이 그만큼 치명적이기 때문이다.

그 애들은 학교라는 사회에 기생하는 일종의 유명 인사들이다. 보통 아이들은 그 애들처럼 살지 못한다. 그러려면 굉장한 용기가 필요하다. 어떤 선을 넘어야 한다. 다시는 평범한 삶으로 돌아올 수 없는 그들만의 세계로 완전히 들어가야만 한다. 그래서 보통 아이들은 그 애들처럼 살지 못하지만, 그 애들에 관한 소문에는 열광한다. (23면)

이렇듯 '조'는 타락한 사회의 숨겨진 진실을 타락한 방식으로 보여 주는 문제적 개인이다. 그렇다면 '조'가 보여 주는 숨겨진 진실은 무엇일까? 그것은 바로 일정한 울타리 안에 있는 존재를 보호하고 동시에 그것에서 탈락시키는 서열 사회의 법칙이다. 자본주의적 서열 사회에서는 어떤 이유든 선택된 자와 탈락한 자가 존재한다. 선택과 탈락의 조건과 이유는 다양하다. 이 소설은 굳이 그것을 말하려고 하지 않는다. 다만 소설이라는 거울을 통해 모종의 이유로 탈락하여 타락할 수밖에 없는 처지에 있는 우리 아이들의 모습을 냉정히 비춰 줄 뿐이다.

무의미한 권력 싸움의 승리자 혹은 패배자

'조'의 패거리는 단지 아웃사이더로 머무는 것에 만족하지 않는다. 아웃사이더로 머무는 것은 오늘을 버렸다는 의미 이상도 이하도 아니다. 그 수준에 머물 때 그들은 주목받지 못한다. 그들은 사회에서 버려졌기에 가만히 있으면 그대로 잊히는 존재들이다. 그들은 주목받지 못하고 잊히기 싫다. 생생하게 살아 있다는 것을 보여 주고 싶다. 그들이 주목받는 방법은 단 하나, 사고를 치는 것이다. 그들은 남아도는 시간을 보내기 위해, 혼자서는 칠 수 없는 사고를 모의하기 위해 뭉쳐서 시간을 보낸다. 그들은 혼자 있으면 힘을 잃지만 뭉치면 힘이 생기는 이상한 존재들이다.

우리가 왜 그렇게 뭉쳐 다니는 줄 알아? 그래야 너 같은 보통 애들한테 겁을 줄 수 있거든. 니들 같은 보통 애들이 겁먹지 않으면 우리가 재미없지. 우리는 보통 애들이 갖기 힘든 걸 가져야 하고, 보통 애들이 생각지 못한 짓을 할 수 있어야 해. 그래서 죽이게 멋있어 보여야 돼. 니들도 우리처럼 되고 싶어서 환장하도록. 우리도 알아. 우리한텐 아무것도 없다는 거. 고등학교 졸업하면 아무것도 아니란 거. 너도 마찬가지잖아. 다만 우리처럼 살 용기가 없는 거지. 너 같은 애들은 미래에 뭐라도 될까 싶어서 꼼짝도 못하지. 우린 안 그래. 우린 미래 따위 생각 안 해. 지금 여기만 생각해. 그러니까 지금 이 순간

갖고 싶은 거 가져야 되고, 하고 싶은 거 해야 돼! (157면)

  그들은 뭉쳐서 주로 시시하게, 때로는 위험하게 시간을 흘려보낸다. 시시하게 시간을 보낼 때 그들은 한패거리지만 가끔 서로 편을 나누어 권력 싸움을 벌이기도 한다. 하나의 그룹이 두 개의 유닛(unit)으로 분리된다. 그리고 그것은 위험한 양상으로 진행된다. 마음에 두는 아이를 자신의 편으로 끌어들이거나, 스쿠터 같은 색다른 물건을 손에 넣거나, 때로는 짱이 되기 위한 폭력 투쟁을 벌이기도 한다. 어쨌든 사실은 하나의 덩어리지만 구지구 아이들과 신지구 아이들로 편을 가르고 서로에게 으르렁거리며 권력 싸움을 벌여 그들의 존재를 외부에 확인시키고자 한다.

  결론부터 이야기하자면 '조'의 패거리들이 벌이는 권력 싸움은 철저히 무의미하다. 그러나 이들은 이 무의미한 싸움의 피라미드의 정점에 서기를 욕망한다. 이들의 행동에는 "나 아직 살아 있어."라고 내부와 외부에 알리고 싶고, "내가 제일 잘나가는" 모습을 타인에게 보여 주고 싶은 욕망이 작용한다. 프랑스의 인문학자 르네 지라르는 자본주의 사회에서 인간이 추구하는 욕망은 자신의 욕망이라기보다는 타자에 비추어진 욕망이라 분석했다. 인간의 욕망은 사실 '타인이 나를 바라보는 눈'을 의식하면서 주체가 만들어 내는 허상이라는 것이다. 타자라고 여겨지는 허상이 우리의 욕망을 지배하는 순간, 우리 욕망의 현실 감각은 사라지고 판단력은 마비된다. 그리하여 균형 감각을 상실한 욕망은 허영을 증폭하게 되고, 결국은 걷잡을 수 없는 욕망의 희생자가 된다. '조' 패거리의 욕망, 즉 권력 싸움에서 '짱'이 되려는 욕망은 타자가 그들을 더욱 강력한 존재로 여기리라는 심리를 반영하며, 타자의 눈을 의식하기에 그것은 언제나 강력하게 극단적으로 전개된다. 그러나 다시 말하지만 그것은 철저히 무의미한 일이다. 그 욕망은 현실에 기초하지 않은 허상이기 때문이다.

그 뒤 많은 시간이 흘렀다. 학년도 바뀌었다.

조가 다시 사거리에 보이기 시작했다. 조는 여전히 두어 명의 패거리를 데리고 다녔다. 하지만 조는 이제 예전의 조가 아니다.

조는 여전히 우리 주위에 있지만 우리를 두렵게 만들지 못했다. 조의 이미지는 평범해졌다. 그뿐 아니라, 조롱거리마저 되었다. (…) 조가 속한 세계역시 조롱거리가 되었다. 그애들은 여전히 존재하지만 더 이상 선망의 대상이 아니다. 여전히 자기들끼리 몰려다니고 때때로 분란을 일으키지만, 이제 그 애들은 시시할 따름이다. (233~24면)

이러한 무의미함에 대한 인식은 이 소설의 인물이 고등학생이기에 가능하다. 사춘기 초반 아이들의 일탈 원인은 환경과 어느 정도 연관되어 있다. 그리고 환경과 일탈의 연결 고리가 강해지고 그로 인해 일탈이 점점 커지는 단계로 접어든다. 그러나 아이들이 고등학생이 되면 이른바 반항과 일탈의 무의미함을 자각하기 시작한다. 청소년의 일탈은 유통기한이 있고, 성인이 되기 전에 벌이는 마지막 유예의 몸짓이다. 그러기에 하나둘씩 그것의 무의미함을 깨닫게 된다. 이제 습관화된 일탈의 구덩이에 내팽개쳐진 채 빠져나올 수 없는 소수의 아이들만 남는다. 그들의 허세 가득한 몸짓은 더 이상 멋지지 않고 시시하고 우스울 뿐이다. 대단히 무서웠던 아이들이 길거리에 버려진 담배꽁초처럼 시시한 아이들이 된다. 기존 사회의 시각에서 보자면 그들은 타락한 아이들이 아니라 사회에서 탈락한 예비 성인일 뿐이다.

일탈의 유통기한을 예감한 아이들이 벌이는 마지막 잔치, 그 일탈의

정점에서 노출되는 무의미한 욕망과 시시한 결말을 이 작품은 차분히
보여 준다.

생각하라, 그리고 대화하라

앞서 주인공 '나'가 성장소설 속 문제적 개인이었다는 점을 상기해
보자. '나'는 경계인으로 '조'의 매력과 그들 싸움의 무의미함 사이에서
깊은 갈등을 겪는다. 그리고 이 갈등에 휘말리는 동안 등장하는 중요한
공간이 있다. 바로 주인공의 원룸이다. '나'가 혼자 살고 있기에 '조'는
주인공의 원룸에 자주 찾아오고, 이것이 바로 '나'와 '조'를 가깝게 해
주는 원인으로 작용한다. 주인공의 원룸은 '조'가 머무는 아지트가 되
면서 주인공을 '조'의 사건에 연루시키는 역할을 한다. 동시에 주인공
은 '조'가 돌아간 빈 공간에서 항상 이 사건에 대해 생각한다. 혼자 남은
채 골똘히 이 문제를 고민하는 것이다. 즉 이 공간은 사건의 외부와 내
부에 있는 주인공의 상태와 내면을 상징한다. 주인공이 원룸에 혼자 남
아 사건에 대해 생각하고 또 생각하여 사건의 반전을 만들어 내는 것,
그것이 바로 이성, 즉 생각하는 힘이 해낸 일이다.

사건의 해결이 결국 '나'의 생각에서 비롯되는 장면은 인간이 성숙하
는 데에 깨달음이 얼마나 중요한 조건인지 보여 준다. 사건의 해결을 돕
는 또 하나의 중요한 순간은 '나'와 새아버지의 대화이다. 새아버지와
'나'는 전쟁 영화 「트로이」를 보며 인간들이 벌이는 갈등과 싸움에 대
해 이야기한다. 즉 인간의 싸움, 승리와 패배에 대해 돌이켜 본다. 두 나
라 간의 전쟁을 보며 새아버지는 지금까지 선과 악이 싸우면 선이 이기
고 착한 정신이 이긴다고 생각했던 '나'의 생각에 대해 이렇게 말한다.

싸움을 겁낸다는 건 죽도록 원하는 건 아니라는 말이지. 다시 말해 이래도 좋고, 저래도 큰 불만 없고. 그런 정신이면…… 죽도록 원하는 쪽이 이기게 되어 있어. (193면)

착한 것과 나쁜 것이 싸우면 최후에는 착한 것이 이길 것이라 믿었던 '나'의 기존 생각은 해피엔딩을 꿈꾸는 어린이다운 사고와 권선징악이라는 막연한 도덕률에 기초한다. 우리는 어릴 때 그 세계를 믿는다. 그러나 이상적 관념이 깨어지고 차가운 현실과 만나는 것, 어쩌면 그것이 성장인지도 모른다. 착한 것이 승리하는 것이 아니라 이기는 것을 간절히 원하는 사람이 승리하기에 세상은 끝없는 전쟁의 연속이라는 것을 깨닫는 순간, 주인공은 단번에 어른이 된다.

중요한 것은 패배자는 조용히 사라지지 않는다는 점이다. 패배자들은 새로운 복수를 모색한다. 전쟁은 승리와 패배를 가져오고 패배는 복수를 불러온다. 이 소설에서 '조'는 처음에 승리자였으나 패배자가 되고, 패배를 만회할 기회를 노리며 싸움은 반복된다. 최후에 '조'의 패거리는 패배자가 된다. 그들은 싸움에서도 패배자이지만 이 사회에서도 패배자이다. 패배자는 복수를 통해 타인을 해친다. 그러나 그들이 가장 크게 해치는 것은 타인이 아닌 자기 자신이다. 그리고 스스로는 이러한 악의 순환 고리를 끊을 수 없다. 패배자는 패배의 기억이 있는 한 그 안에서 빠져나올 수 없기 때문이다. 따라서 이 사슬을 끊는 것은 '조'가 아니라 '나'가 될 수밖에 없다. '나'는 사건에 연루된 승리자나 패배자가 아니라 경계인이고 관찰자였기 때문이다. 주인공은 이러한 사실을 대화와 생각을 통해 깨닫게 된다.

이 소설은 인간이 왜 인문학적 사고를 훈련해야 하는지와 그 중요성을 이야기한다. 인간이 한 단계 성장하기 위해서는 이성을 통한 각성이 중요하다는 것을 주목한 것이다. 그런 점에서 이 소설은 성장소설인 동시에 인문 소설이다.

이 소설은 주인공 '나'를 독특한 자리에 배치해 선과 악을 관찰하게 하였다. 사건 외부에서 내부로, 다시 외부로 시선을 이동하며 날카롭게 들여다본 사건 일지는 '조' 패거리의 사건과 행동을 추적하는 기록인 동시에 주인공의 성장을 담은 내밀한 일기이기도 하다. 사건 내부에서는 고민하지만 사건 외부에서는 생각한다. 그리고 그것은 궁극적으로 대화를 통해 해결의 실마리 찾기에 성공한다. 청소년 독자 역시 주인공 '나'와 동일한 위치에 놓여 있다. 그들 역시 '나'가 기록한 이야기를 읽으며 그 삶을 간접 체험하고 선과 악, 그리고 세상의 갈등을 함께 고민하는 경계인이다. 결국 청소년에게 성장이란 행동부터 하던 존재가 생각하는 존재가 되는 것임을 깨닫게 한다.

(2015)

인생의 첫 경기에 등판하는 투수의 자세

이동원 『수다쟁이 조가 말했다』

청소년소설 『수다쟁이 조가 말했다』(문학동네 2013)를 쓴 이동원이라는 이름이 낯설다. 청소년소설계의 신인 투수인 셈이다. 그런데 이 신인 작가의 첫 작품에서 주인공 '수다쟁이 조'는 제목과 달리 수다를 떨 수가 없다. 교통사고로 인해 사고 전의 기억을 잃은 데다 실어증까지 생겼기 때문이다. 작가는 말이 없는 소년에게 왜 수다쟁이라는 별명을 지어 준 걸까?

이 작품은 타인과 대화를 나눌 수 없는 한 소년이 들려주는 1인칭 수다로 가득하다. 더구나 독자들은 곧 한 소녀의 원인 모를 죽음과 이에 휘말린 주인공의 상황과 만나게 된다. 주인공도 독자도 알 수 없는 사건의 전모를 알려면 실어증에 걸린 소년이 들려주는 이야기에 귀 기울일 수밖에 없다. 이제부터 그 속내를 하나씩 풀어 보기로 하자.

작은 이야기 두 개로 큰 주제 하나를

작품은 할머니의 갑작스러운 죽음과 장례식장에 나타난 할아버지의 출현으로 시작된다. 한 사람이 퇴장하자 다른 사람이 등판한 것. 하지만 본격적인 이야기는 고등학교 1학년 조가 여름방학 직전 교통사고로 입학 이후의 기억과 말을 잃어버리고 2학기가 되어 학교에 가면서부터다. 학급 아이들은 모두 조를 피하는데 그 이유는 조의 사고 며칠 전 학교 음악실에서 일어난 지적장애 여학생 정여울의 심장마비사에 조가 깊이 관련되어 있다는 소문이 퍼졌기 때문이다. 조는 지난 기억을 떠올려 봤자 별로 행복할 것 같지 않아 '리셋'된 상태로 살기를 원하지만 자신에 대한 의혹이 커지자 기억을 복원하기 위해 최면요법을 받기로 한다.

여기서부터 이야기는 두 갈래로 나뉜다. 하나는 부모와 자식 간의 관계 문제다. 할아버지는 아버지와 사이가 좋지 않고, 목사인 아버지는 주인공 조와 사이가 좋지 않다. 그러니 이 작품으로만 볼 때 아버지와 아들이 사이가 좋지 않을 확률은 100퍼센트! 아버지와 아들의 갈등과 그 해결, 이것이 이 작품에서 말하고자 하는 하나의 작은 이야기다. 다른 하나는 여자 친구를 좋아하는 사춘기 소년의 서툰 사랑이야기다. 조는 같은 학교 지적장애 여학생인 여울이를 좋아했다. 주인공뿐 아니라 다른 친구들도 이 소녀를 좋아했다. 그러나 아직 성숙하지 못한 사춘기 소년들이 느끼는 사랑의 감정은 성애(性愛)와 분리되지 않으며 그것이 부끄러움을 불러와 도리어 여자아이에게 괜한 화풀이를 하기도 한다. 이 작은 두 개의 이야기는 하나의 주제로 모인다. 그것은 바로 미숙한 자아가 성숙해지기 위해 반드시 거쳐 가야 할 통과의례, 인간이 가진 본성과 그것을 견제하는 윤리의식과의 만남이다.

거룩하고 정결하게 살라고 몰아붙이기 전에 그래도 넌 우리의 가족이라고, 어떤 일이 있어도 넌 나의 아들이라고 말해 줬어야 했다. 왜 아무도 우리에게 이것을 가르쳐 주지 않았을까. (…) 우린 똑같은 죄인이었다. 내가 낫다 네가 낫다 할 것이 없었다. (…) 지금 우리가 할 일은 누가 더 나쁜 놈인가를 가리는 것이 아니었다. 진심으로 용서를 구하고 싶다면 우리는 수치를 끌어안고 빛 가운데 나아가 우리의 미숙한 사랑을 고백해야 했다.

그것이야말로 우리가 할 수 있고 또 해야만 하는 유일한 일이었다. (…) 살자. 스스로 목을 매지 말자. 뻔뻔하게 살아남아 용서를 구하자. 그리고 다시 시작하자. (209~10면)

이 작품은 인간이 가지고 있는 본성과 윤리의 문제를 자아와 본능이 가장 강해지는 사춘기 소년과 목사라는 직업을 가진 아버지로 상징화하여 말한다. 목사 혹은 아버지는 이 세계를 대변하는 사회적 윤리의식의 울타리이다. 이 울타리는 눈에 보이지 않지만 울타리의 존재를 깨닫는 것이 바로 소년들이 인식해야 할 성장 과업이다. 더구나 타인에 의해 강제로 만들어진 울타리를 무조건 수용하는 것이 아니라 나만의 울타리를 스스로 세우는 작업이 필요하다. 작품에서 조는 목사인 아버지에 대한 반항으로 종교 캠프에 가서 담배를 피우기도 하고, '착한 아이'로 인식되어야 한다는 주위의 생각에 심한 압박감을 느끼기도 하며 타락을 꿈꾸기도 한다. 여자 친구를 대하는 사춘기 소년의 태도 역시 미숙하기만 하다. 그러나 이 과정에서 주인공 조는 인간은 약한 존재이나 위기를 돌파하며 정면으로 응시할 때 정신적 회복이 찾아온다는 것을 깨닫는다.

공을 믿는 투수처럼

이 소설에는 우연히 알게 된 윈스턴이라는 학교 친구, 인터넷 게임을 하며 만나게 되는 할머니 엘, 노래와 춤에 능했던 미용사 출신 할머니, 자폐아지만 그림 천재인 특수반 아이 등 매력 있는 조연이 여러 명 등장한다. 작가는 모든 인물에 별명을 지어 주고 그들의 캐릭터를 살려 작품 곳곳에 웃음과 매력을 부여한다. 아쉬운 점은 이 매력적인 조연들이 감초 이상의 역할을 못 하고 있다는 것이다. 반면 조의 할아버지는 작품에 상당히 많이 나오지만 캐릭터가 복잡하여 머리에 그려지지 않는다. 인물에 대한 뚜렷한 그림이 아쉬운 부분이다. 그럼에도 부산 출신답게 모든 상황을 야구로 설명하는 할아버지의 독특한 화법만은 이 작품을 끌고 가는 또 하나의 개성이다.

"자기 공을 믿는 기라. 똑같은 공이라도 자기가 던지는 공을 믿지 못하는 투수의 공은 가볍다. 공이 다 똑같지 뭐가 가볍냐고? 아이다. 믿음을 갖고 던지는 공은 그 믿음만큼의 무게가 더해진다. 그런 공은 타자가 쳐도 멀리 날아가지 않는다. 묵―직하거든." (…)

"니는 니를 못 믿겠나? 스스로 돌이켜 봐라. 니는 어떤 아였나. 이를 음악실로 유인해 가 몹쓸 짓이나 하는 그런 아였나. 물론 실수도 하고 잘못도 했을 기다. 또 앞으로도 할 기야. 하지만 니는 니가 그런 짓을 하지 않았다는 걸 믿지 못할 정도로 그렇게 살았나. 그렇다면 더 할 말은 없다. 아니라면 뭐가 그리 두렵나."

할아버지가 그렇게 말하며 내 어깨를 굳게 잡았다. (94면)

작품은 야구의 룰이나 기술과 주인공이 처한 상황을 엮어 의미를 만들어 간다. 앞의 인용문은 투수가 자신을 믿을 때 공에 무게감이 실린다는 할아버지의 말과, 기억을 잃어버린 조가 자신에 대한 믿음을 바탕으로 기억을 찾기 위해 용기를 내는 장면을 연결한 것이다. 인생에서 어려운 과제와 정면 승부 할 수 있는 용기는 나에 대한 믿음에서 싹튼다는 것. '자신에 대한 믿음'은 이제 막 어려운 경기에 등판한 우리 소년들이 꼭 기억해야 할 자세라고 작품은 말하는 듯하다.

여러 개의 볼과 스트라이크 하나

이 소설은 아쉬운 점이 더 많다. 무엇보다 이 작품의 악역인 '키다리'나 '덩치'의 이야기, 이 아이들 때문에 할아버지가 다치는 결말, 주인공 조가 기억을 되찾는 부분 등에 허술한 점이 많다. 양념처럼 등장하던 신선한 조연들은 어느새 사라지고 제대로 묘사해야 할 악역 '키다리'나 '덩치'는 너무 존재감이 없다. 야구로 상황을 비유하는 부분도 매번 성공적이지는 않으며 때론 서걱거린다. 또 이런 방식은 벌써 일반문학이나 외국소설에서 더 절묘하게 쓰이기도 했다.

그러나 이런 아쉬움에도 불구하고 이 작품이 가슴에 남는 이유는 소년의 성장에서 핵심적인 문제를 짚고 있다는 점, 그리고 우리 청소년소설에도 반드시 등장해야 할 주제라는 점 때문이다. 이 작품은 죄에 약한 인간이 사회의 윤리의식과 만나는 과정에서 자신을 신뢰하는 법을 배워 나가는 이야기다. 이 문제를 기독교 철학으로 풀어 간다. 작가가 기독교를 굳이 문학 속으로 끌고 온 이유는 종교야말로 인간에게 사회적 윤리의식을 부여하는 매체이기 때문일 것이다. 종교가 개인에게 부여하는 윤리의식은 양가적이지만 개인이 사회 안에 살기 위해서는 어쨌든 자신의 본성과 사회적 윤리의식 사이에 조율이 이루어야 한다. 내가 이 소설에서 발견한 것은 작가의 용기다. 앞으로 정공법으로 공을 던지는 투수처럼 과감하게 주제를 던지고, 투수가 던진 공을 세밀하게 걸러내는 타자처럼 작품의 결을 살리는 선수가 되길 기대한다.

(2013)

『나b책』을 읽으며 청소년소설을 생각하다

김사과 『나b책』

김사과와 청소년소설

발칙하고 불량한 소설을 쓴다고 소문난 출판계의 '독사과', 김사과가 청소년소설 『나b책』(창비 2011)을 냈다. 사실 이전부터 김사과는 작품에 미성년 화자를 종종 활용해 왔다. '청소년'은 그의 작품뿐 아니라 최근 소설들에서도 자주 등장한다.[1] 청소년은 2000년대 후반 한국사회에서 '젊은 독신 여성' '청년 백수'에 이어 중심인물로 부각되어 왔는데, 근래 회자되는 청소년 문제만 떠올려도 이들이 왜 소설 속 주인공으로 주목받는지 짐작할 수 있다.

한국사회라는 전쟁터에서 청소년들은 변변한 무기도 갖추지 못한 채

---

1 『컴백홈』(황시운, 2010년 창비장편소설상), 『죽을 만큼 아프진 않아』(황현진, 2011년 문학동네작가상), 『당신 옆을 스쳐간 그 소녀의 이름은』(최진영, 2010년 한겨레문학상) 등 2000년대 후반 굵직한 문학상을 받은 여러 작품이 청소년을 주인공으로 삼고 있다.

최전방에 내몰린 소년병이다. 불량한 포즈를 취하고 있지만, 아직 기성의 각질이 덮이지 않아 연약한 속살을 드러내고 있기에 그만큼 상처받기 쉽고 위태롭다. 약한 자의 삶과 내면, 타락한 사회를 그려 소설적 진실을 추구하는 소설의 장르적 성격을 감안할 때, 청소년은 현재 우리 사회를 직시하는 예리한 문학적 좌표로 기능할 수 있다.

그렇다면 청소년을 주인공으로 삼은 일반소설과 청소년소설 사이에는 어떤 차이가 있을까? 불량하기 이를 데 없는 김사과의 전작들과 새 청소년소설 『나b책』을 중심으로 그 차이를 살펴보고, 『나b책』이 청소년소설에 던진 몇 가지 화두도 짚어 보려 한다.

『나b책』과 「나와 b」

『나b책』 이전 김사과는 단편소설 「나와 b」(『창작과비평』 2008년 겨울호)와 「동생」(『실천문학』 2009년 여름호)을 발표한 바 있다.[2] 『나b책』은 이 두 작품의 제목과 내용에서 일정 부분을 취했다. 충격적인 이야기로 가득한 단편소설들에 견주어 『나b책』은 묘사나 사건으로 보자면 상당히 완화된 모양새를 갖추고 있다.

김사과의 단편 「나와 b」에서 스무 살 또래의 등장인물들이 벌이는 일탈 행위는 훨씬 과감하다. 이들은 본드에 중독되어 있고 결말에서는 같이 지내던 친구를 불태우기도 한다. 이러한 장면은 인물의 일탈을 통해 '약한 자를 악한 자로 만들어 버리는 타락한 세상'을 그리려는 시도이

---

2 김사과는 2005년 창비신인소설상에 단편소설 「02(영이)」가 당선되어 등단했다. 장편소설 『미나』(창비 2008), 『풀이 눕는다』(문학동네 2009)와 단편 「나와 b」 「02(영이)」 등이 수록된 작품집 『02(영이)』(창비 2010) 등을 냈다.

다. 장편 『미나』는 고등학생 주인공 수정을 통해 한국사회가 얼마나 문제적인지 끊임없이 언급한다. 단편 「02(영이)」는 초등학생 영이의 입과 눈을 빌려 부부 사이에 벌어진 폭력의 문제를 충격적으로 드러낸다. 이렇듯 김사과의 소설들은 어린 화자의 눈을 빌려 세상의 어두운 곳을 가리키려는 의도가 강하다.

그에 비해 청소년소설은 인물을 그리든 사건을 그리든, 어디까지나 '청소년'이라는 세대를 중심에 둔 문학이다. 이 세상에 살고 있는 청소년의 삶과 구원에 초점을 맞춘다. 청소년소설로서 『나b책』은 최근 회자되는 학교 폭력을 제재로 삼고 있지만 김사과의 이전 작품에서 보이던 과감한 일탈적 장면은 거의 찾아보기 힘들다. 그 이유는 서사의 전개상 굳이 그러한 장면이 등장할 필요가 없기 때문이다. 『나b책』에서 그리고자 하는 것은 학교 폭력이라는 사건 자체보다는 그것을 겪는 주인공들의 시선과 목소리다.

일반적으로 소설 속에 묘사되는 강도 높은 장면은 독자들에게 '낯선 경험'을 전해 주는데, 이것은 작가가 작품의 의도를 효과적으로 전달하는 데 필요한 일종의 도구다. 또 장르문학의 자극적인 장면은 작품에 재미와 쾌감을 더하려는 수단이기도 하다. 그러므로 일반소설에서 수위 높은 장면을 넣는 것은 창작 방법, 즉 전략의 문제다. 반면 청소년소설은 청소년의 삶의 자리를 궁구하는 데 중심을 두기 때문에 강도 높은 묘사나 제재는 개별 작품의 필요에 따라 달라질 수 있다. 청소년소설의 제재나 묘사 문제에 대해서는 뒤에서 다시 살피기로 한다.

『나b책』의 스타일

『나b책』의 스타일은 독특하다. 수전 손태그(Susan Sontag)는 스타일을 문학의 형식 그 이상이라 말한다. "우리의 겉모양새가 사실상 우리의 존재 방식이다. 가면이 곧 얼굴이다."[3]라는 말은 스타일이 문학의 내적 논리와 밀접하게 연결되어 있다는 의미이다. 『나b책』의 스타일, 즉 '나'와 'b'의 시점과 서술 방식, 문체는 이 작품의 주제나 세계관과 매우 긴밀한 관계를 이룬다.

『나b책』의 줄거리는 비교적 단순하다. 학교에서 폭력과 따돌림을 당하는 '나'는 'b'와 친구 사이지만 오해로 인해 거리가 멀어진다. 아픈 동생을 둔 가난한 'b'는 동생을 미워하고 자신의 처지를 괴로워한다. 'b'는 '나'와 멀어진 후 '나'를 때리던 야구부 아이들과 친해진다. 그러나 야구부 아이들은 자신들이 괴롭히던 '나'가 학교에 나오지 않자 'b'를 괴롭히기 시작한다. '나'와 'b'는 다시 가까워지고 이들은 책에 파묻혀 사는 '책'이라는 남자와 어울리게 된다. '책'은 보통 어른들과는 달리 말없이 이들을 지켜보다가 결국 야구부 아이들에게 폭력까지 당하게 되고 이를 목격한 '나'는 처음으로 야구부 아이(워싱턴 모자)를 공격하게 된다.

인물이 사건을 만나 무엇을 행하는가 혹은 행하지 못하는가의 재구성이 플롯이라면, 청소년소설은 인물과 사건이 호응하는 플롯의 함수에 따라 다양한 서사적 흐름을 만들어 왔다.[4] 그런데 『나b책』의 경우 인

---

3 수전 손택 「스타일에 대해」, 『해석에 반대한다』, 이민아 옮김, 이후 2002, 40면.
4 청소년소설은 단순히 청소년 화자가 등장하는 서사에서 청소년이라는 서술자의 처지가 강조되는 양상으로 발전해 왔다. 이는 단지 시점의 문제가 아니라 서사 전반을 관통하는 세계관의 문제를 제기한다. 일반적으로 성장소설의 경우 서술자의 눈높이는 성

물의 행동을 따라가기보다는 인물이 어떻게 느끼고 생각하는지에 초점을 맞춘다. 플롯은 흐려지고 인물의 자의식이 도드라지는 것이다. 이것은 김사과의 일관된 창작 방식인데, 청소년소설에서는 자주 볼 수 없었던 소중한 시도다.

『나b책』에서 서사는 파편화되고 시점은 '나'와 'b'로 나뉘어 있으며 이들의 서술은 주관적인 내면 서사로 가득하다. 작품은 단락마다 숫자를 매겨 독자로 하여금 스토리를 따라가기보다 '나'가 겪고 있는 사건을 철저히 '나'의 처지에서 느끼도록 유도한다. 폭력의 피해자인 중학생 '나'는 내가 따돌림당하는 사건을 일관적인 맥락에서 통찰하거나 해석할 수 없으며, 워싱턴 모자의 폭력을 어떻게 하면 멈출 수 있는지 알지 못한다. 하지만 워싱턴 모자 집단이 폭력을 행사하는 이유는 본능적으로 알아챈다. 그것은 학업과 경쟁의 틈바구니에서 낙오되고 방치된 아이들이 잉여의 시간을 어쩌지 못하고, '심심해서' 만들어 내는 장난이다.

장의 목표 지점, 즉 세상을 거의 이해하게 된 상태라고 볼 수 있다. 그러나 청소년소설은 '청소년 서술자'가 '세상을 해석하는 과정'이라 요약할 수 있다. 청소년 서술자의 눈높이로는 세상을 완전히 이해하거나 해석할 수 없으므로 '과정 중의 주체'라는 청소년의 처지가 강조되는 것이다. 그 때문에 2000년대 이후 청소년소설은 성장의 당연한 획득이라는 낭만적 도식을 넘어 당대성에 천착하고 현실과 정면 승부 하는 모습으로 발전해 왔다. 때로 주인공이 속한 '문제적 사회'에 초점이 맞추어질 때 작품은 사회 비판적인 경향을 띠기도 한다. 청소년소설은 평범한 소년·소녀의 처지에서 자신에게 닥친 사건과 승부하는 플롯을 통해 비로소 작중인물이 몸담고 있는 리얼한 세계를 구현하면서 활성화된다. 또한 청소년의 눈높이에서 거대한 세계와의 충돌을 그리는 과정에서 아이러니나 풍자의 양태와 접목되기도 한다. '주인공의 눈높이'와 '세계'의 간극을 드러내는 것이 아이러니라면, 그러한 아이러니의 화살이 '사회'로 향하는 것은 풍자다.

랑이 학교에 안 나오자 야구부 애들은 심심해졌다. 아니 다른 애들도 좀 심심해졌다. 그런 얼굴들을 하고 있다. 그러니 새로운 랑을 필요로 하는 건 우리 모두였다. 아이들에게 가장 나쁜 일은 지루한 것이기 때문이다. 친구를 발로 차 죽이는 것보다도 무서운 일이기 때문이다. 그래서 우리는 새로운 랑을 기다렸고 그건 너무 쉽게 구해졌다. 그건 바로 나였다. (93~94면)

학교 폭력을 다룬 대부분의 청소년소설은 피해 학생과 가해 학생, 이에 대한 (작가의 대리자에 가까운) 서술자의 설명으로 통합적으로 그려진다. 학교 폭력이라는 사건의 원인과 진행, 결과를 제공하여 그 과정을 핍진하게 그려 내고 나아가 문제의 해결을 모색하는 리얼리즘 소설도 있다. 그러나 폭력에 대한 이 작품의 태도는 포기에 가깝다. 폭력은 '학교'라는 공간과 '청소년'이라는 집단에만 한정되지 않고, 가정에, 군대에, 일터에, 남자와 여자 사이에, 어른과 아이 사이에, 교사와 학생 사이에, 어디에나 어떤 관계에나 존재한다. 이 작품에서 학교 폭력은 절대 일어나선 안 될 일, 뿌리를 뽑아야 할 커다란 사건이라기보다는 교정에 우두커니 서 있는 철봉처럼 당연해 보이는 일이다.

폭력이 일어나서는 안 된다는 말은 세상에서 명백한 당위로 인식되지만 그럼에도 폭력은 곳곳에 만연해 있다는 것이 『나b책』의 관점이다. 이러한 관점은 폭력의 현상보다는 폭력이 일어나는 원인을 고민하는 데 초점을 둔 것이다. 하지만 작품은 '나'와 'b'의 처지에 대한 서술에 치중하느라 독자가 폭력의 원인을 성찰할 여유를 주지 않는다. 내적 독백으로 일관하는 주관적 서술의 시도와 함께 독자가 왜 이러한 사건이 벌어지는지 거리를 두고 해석할 수 있도록 서사의 균형을 잡았으면 하는 아쉬움이 있다.

『나b책』이 던져 준 질문 두 가지

『나b책』에서 주목해야 할 것은 주제나 서술의 문제가 아니라 세계관이다. 이 청소년소설의 가장 위험한 점은 세상은 결코 아름답지 않다고 말한다는 것이다. 문학이 손쉬운 희망을 말하기보다는 절망의 몸짓을 통해 구원을 찾아 나가는 여행인 것처럼, 김사과의 작품들은 세상이 무너져도 잃을 것 하나 없는 아이들의 일탈을 통해 기존 세계를 낯설게 하고 일상을 전복하려는 파괴적 시도다. 『나b책』 역시 더 이상 기대할 것도 나빠질 것도 없는 세상에서 '나'는 여전히 살아가야 함을 암시하며 끝을 맺는다.

우리가 이 지점에서 생각해야 할 것은 괴로워도 슬퍼도 웃으며 살라고 말하는 최근 청소년소설의 경향이다. 청소년소설은 그동안 '자라나는 아이들에게 성장'을 이야기하는 흐름을 이어 오다가, 최근에는 '어차피 앞으로 살아가야 할 세상이라면 가능하면 즐겁게' 버티자는 권유를 반복하고 있다. 지난해 출간된 청소년소설에는 철없거나 무능한 부모를 둔 조숙한 아이들 이야기가 집중적으로 등장했다. 『내 이름은 망고』(추정경, 창비 2011), 『우리들의 짭조름한 여름날』(오채, 비룡소 2011), 『불량 가족 레시피』(손현주, 문학동네 2011), 『달려라 배달 민족』(양호문, 별숲 2011) 등은 개별 작품의 완성도를 떠나, 모두 부모 잘못(?) 만난 아이들의 고군분투를 다루고 있다는 공통점을 보인다.

혹시 '어른이 만들어 놓은 세상'에 대한 의견 없이 '아이들의 처지'에만 초점을 맞추는 것이 청소년소설이라고 생각하는 건 아닐까? 어른이 되어도 여전히 '1등만 기억하는 더러운 세상'에 살아야 하는 아이들에게 작품들은 험한 세상을 씩씩하게 헤쳐 나가라고 요구하고, '너는 청소년이므로 할 수 있다.'고 기대한다. 어두운 세상을 애써 밝게 이야기하려다 보니 때론 작품이 가벼워지고, 때론 개그처럼 보이기도 한다. 물론 희망을 노래하는 작품도 필요하다. 그러나 현실을 무섭도록 냉정하게 보여 주는 작품도 공존해야 장르가 균형을 유지할 수 있다. 일반소설과 마찬가지로 청소년소설 또한 이 세상의 빛과 어둠을 함께 그려야 한다.

또 한 가지, 청소년소설의 경우 제재나 주제, 혹은 그것의 형상화 방법에 일정한 한계가 작용한다고 여기는 경우가 종종 있다. 우리 사회에서는 청소년을 교육 대상자로 보는 시선이 지배적이므로 독서 행위를 포함하여 그들의 거의 모든 생활을 감시, 관리하고 통제하는데, 이 때문에 청소년을 다루고 청소년이 읽는 청소년소설을 미심쩍은 장르로 보는 견해도 존재한다.[5] 문제는 청소년소설에 대한 고정관념이 우리 안의 자기 검열로 이어지는 경우다. 보이지 않는 눈을 의식하는 순간 창작은 위축된다. 어떠한 제재나 주제라도 그것이 현재 청소년소설에서 다루어져야 한다면, 그것을 서사적으로 적절하게, 가장 치밀한 묘사로 다루면 되는 것이다.

다만 여기서 오해하지 말아야 할 것은 청소년소설의 제재나 사건에 대한 시각 자체만으로 쉽게 진보적이라고 판단하거나 작품의 문제를 이

---

5 성인에게는 허용되는 것을 미성년에게 허락하지 않는, 이른바 '검열'은 청소년이 '미숙하기에 보호받아야 하는 자'라는 근대적 인식에 의해 이루어진 것으로, 특히 폭력과 성에 대한 검열이 대표적이다. 영화 산업에서 시작된 연령에 따른 영상 등급 등을 통해 동일한 사안이라도 성인에게는 허용되지만 미성년에게는 허용되지 않는 검열이 사회에서 작동하고 있음을 알 수 있다. 이러한 검열은 근대의 세대 교육을 대변하지만 한편으로는 표면적인 통제의 이면에서 도리어 잘못된 지식을 전달하는 경로를 발생시키는 문제를 안고 있다. 가령 일방적인 통제로 인해 청소년들은 잘못된 경로로 성(性)을 접하고 왜곡된 지식과 경험을 쌓게 된다. 따라서 권위와 배제를 통한 수직적인 검열이 아니라 청소년과 민주적인 방식으로 사회의 여러 윤리적 문제에 대해 대화하려는 수평적인 공유와 소통이 필요하다.

데올로기적 문제로 치환해서는 안 된다는 사실이다.[6] 가령 청소년의 임신이나 두발 규제, 동성애를 다루었다는 자체가 작품의 진보성을 말하는 것은 아니다. 청소년의 임신을 다룬 청소년소설은 여러 편 등장했지만 대부분 임신 이전의 육체적 관계에 대한 사건은 생략되거나 '사고'로 처리되는 것은 왜일까? 『나는 즐겁다』(김이연, 사계절 2011)가 고등학생의 동성애를 다루면서도, 자신의 성 정체성을 놓고 벌이는 인물 내면의 갈등보다는 타인에게 인정받기 위한 투쟁의 과정에 무게를 둔 까닭은 무엇일까? 혹시 동성애는 소수자 인권 운동 이전에 한 사람의 아름다운 사랑 이야기임을 간과한 것은 아닐까? 문학은 선언이 아니다. 유치하거나 사소한 혹은 불온하거나 허락되지 않은 인간의 욕망을 들추는 행위다. 본질이 아닌 주변을 맴도는 서사는 부러진 화살처럼 과녁을 맞히지 못한다.

아이들이 진짜 나비가 되지 못하는 이유

'나'와 'b' 그리고 '책'이라는 인물을 모아 만든 김사과의 『나b책』은 우리가 기대하는 '나비'에 관한 책이 아니지만 성장의 고전적 은유인 '나비가 되는 이야기'라는 오해를 유도한다. 오늘날 나비가 되기 위해서는 무엇이 필요할까? 김사과의 단편 「나와b」에 마침 이런 말이 나온다. "그렇다. 우리는 진짜 나비였다. (⋯) 만약 단 한 명이라도 꽃이 지지

---

6 현재 학생인권조례나 학교 폭력 등의 사안이 정치 이데올로기로 쉽게 변질되는 점이 아쉽다. 보수 진영은 문제를 왜곡하려는 모종의 의도를 가지고 본질을 일부러 흐리고, 진보 진영은 이를 정치적인 쟁점으로 부각하려는 목적 때문에 문제의 본질에 접근하려는 노력을 소홀히 하는 듯싶다. 청소년소설은 이들 사안에 담긴 '인간의 본성'과 '가치' 문제의 근원에 다가가려고 끊임없이 노력해야 한다.

않기를 진심으로 기도했다면 꽃은 영원하고 우리도 진짜 나비가 되었을 것이다."(『02(영이)』143~44면) 여기서 '진심'이란 사건의 본질에 다가가려는 노력이 아닐까? 청소년소설은 나비가 되고 싶어 하는 아이들의 과격하고 과잉된 포즈 뒤에 감추어진 왜소하고 연약한 모습을 꿰뚫어 보아야 한다. 그와 동시에 이들을 나비가 아닌 경쟁자 혹은 피해자와 가해자 혹은 찌질이, 왕따, 낙오자, 일진으로 만드는 현대사회의 작동 방식을 직시해야 한다.

소설 속에서 일탈하는 아이들, 그리고 세간에 회자되는 무서운 아이들은 기존 사회에서 아웃사이더로 내몰린 후 불나방으로 진화한 돌연변이들이다. 어른들은 세간에서 확대 재생산되는 불나방 소문이 두려워, 아이들에게 빨리 '제도'에 묻어가기를 재촉한다. 무엇보다 스무 살에 기필코 대학생이 되려면 우선 가짜 나비라도 되어야 하고, 어른이 되어 학교를 졸업하고 군대도 제대한 뒤에는 더 이상 청소년 시절을 돌아볼 겨를 없이 진짜 나비가 될 기회를 영영 잃어버린다. 우리도 견뎠으니 너희도 참아라. 네가 원하는 삶이 무엇이든 딱(!) 6년만 참아라. 아니, 네가 진짜 무엇을 원하는지, 마음속 밑바닥까지는 들여다보지 마라. (그러나 정작 보물은 밑바닥에 가라앉아 있다!) 공부하다 힘들면 자투리 시간에 동아리나 밴드를 살짝 기웃거리며 즐겁게 시간을 소비해라……. 청소년소설은 이 도식을 의심할 필요가 있다. 청소년소설이 문학적으로 '금기'를 뛰어넘는 방식이 아니라 오히려 더 안전하게 제도 안으로 편입되는 방식이 될 수 있다는 지적7을 아프게 들어야 할 시점이다.

(2012)

---

7 이선우 「백설공주가 먹은 것은 정말로 '독사과'였나?」, 『프레시안』 2011년 10월 7일자 참조.

사랑의 원형을 노래하다

권하은 『바람이 노래한다』

사랑을 믿습니까?

"아무도 내 맘을 모르죠. I can't stop love love love. 아파도 계속 반복하죠."

에픽 하이의 노래 「Love Love Love」의 가사는 사랑에 빠진 이들의 심리를 섬세하게 묘파한다. "있나요 사랑해 본 적 영화처럼 첫눈에 반해본 적 전화기를 붙들고 밤새워 본 적 세상에 자랑해 본 적 쏟아지는 빗속에서 기다려 본 적 그를 향해 미친 듯이 달려 본 적 몰래 지켜본 적 미쳐 본 적 다 보면서도 못 본 척." 사랑의 세레나데로 불리는 사연은 옆에서 들을 땐 참으로 진부하지만 사랑에 빠진 이들에게만은 숨김없는 진실이다.

청소년이 관심을 가지는 주제는 무엇일까? 구체적으로 조사해 보지는 않았지만 이성에 대한 관심 혹은 사랑도 꽤 중요한 순위권에 들지 않을까? 그런데 최근 청소년소설에서 묘사하는 그들의 이성 관계는 세태를 반영하듯 참으로 쿨하다. 타인을 생각하고 그리워하고 사랑하는 감정이 그리 새콤달콤하지만은 않을 터인데 밸런타인데이 이벤트 같은 연애만 부각되는 세상을 대변이라도 하듯 진지하고 깊은 감정을 다룬 이야기보다는 즐겁게 사귀고 쉽게 헤어지는 연애의 단면만을 다룬다. 사랑을 가벼운 감정 게임으로 착각하는 세태는 사랑을 즐기려는 자세에 기인한다. 사랑은 동전처럼 양면이라서 한없이 주기도 하고 때론 받기도 하는 것이다. 그러나 주지는 않고 누리기만 하려는 야박한 세상은 사랑을 아낌없이 주는 사람도, 그런 사랑도 있다는 것을 믿기 힘들게 만들어 버렸다. 어쩌면 사랑을 믿는 것 자체가 매우 낭만적인 생각일지도 모른다.

사랑을 믿기 힘든 시대에 권하은의 『바람이 노래한다』(창비 2009)는 도리어 정통적인 방식으로 사랑을 노래한다. 인간의 가장 깊은 마음속 소용돌이를 이야기하면서도 감정의 동요를 최대한 절제하고 차분한 문체로 서술하여 더욱 공감을 이끌어 내는 이 작품은 청소년 독자에게 본격적인 사랑이야기를 하고자 했다는 점에서 주목을 끈다. 사랑은 문학에서 가장 많이 쓰이는 소재 중 하나지만 잘 쓰기는 쉽지 않은 재료이기도 하다. 어떤 사랑이야기를 떠올려 보아도 이미 익숙해진 사랑의 공식으로 새로운 감동을 주기는 쉽지 않기 때문이다.

『바람이 노래한다』를 읽으며 사랑을 그린 고전 한 편이 떠올랐다. 에밀리 브론테의 『폭풍의 언덕』(1847)은 오갈 데 없고 헐벗은 아이 히스클리프를 캐서린의 아버지가 데리고 오는 장면에서 시작한다. 워더링 하이츠 저택에 사는 캐서린과 주워 온 아이 히스클리프의 운명적인 사랑이야기지만 히스클리프의 사랑이 거부되면서 작품은 비극으로 치닫는다. 차분히 서술된 『바람이 노래한다』를 읽으며 격정적이고 낭만적인 『폭풍의 언덕』이 떠오른 이유는 무엇일까? 이 작품이 익숙한 사랑의 구도 안에 낭만성을 내재하고 사랑의 원형을 보여 주고 있기 때문은 아닐까?

낯설지 않은 사랑의 공식들

하늘 아래 새로운 사랑이야기는 없다. 대부분의 사랑 서사는 수용자가 흔히 상상할 수 있는 범주 내에서 그 구도를 형성한다. 대중 장르에서 사랑이야기는 흔히 '멜로'라는 이름으로 불린다. 멜로드라마 하면 우리는 사랑이야기가 중심 플롯으로 이어지면서 사랑의 다양한 감정이 표출되는 감상적인 이야기를 떠올린다. 그렇다고 본격문학의 사랑이야기와 멜로드라마의 사랑이야기가 전혀 다르냐 하면 그렇지는 않다. 통속에 빠지느냐 그러지 않느냐는 결국 작가가 인물의 감정과 상황을 잘 통제하여 서사를 제대로 완결하는지의 문제이기 때문이다. 『바람이 노래한다』에서 펼쳐지는 익숙한 사랑의 구도를 하나씩 살펴보자.

우선 가장 익숙하게 다가오는 것이 '신분의 차이'이다. 한국 소설에서 제법 많이 쓰이는 에피소드 중 하나가 전학생 모티프이다. 멀리 갈 것도 없이 국가대표격 소년 소녀의 사랑이야기인 황순원의 「소나기」(1953)는 서울에서 전학 온 여자아이와 시골 남학생의 애틋한 첫사랑을 그린 작품이다. 시골 혹은 섬마을에 나타난 낯선 존재들, 여기서 시골과 도시는 단지 공간의 구분이 아니다. 멀리서 온 낯설고 신선한 바람과 가난하고 지루하고 구차한 삶의 충돌이다. 『바람이 노래한다』에서 주인공 명지는 서울에서 내려와 목사관에서 사는 동네 유지인 목사의 딸이다. 명지는 말하자면 귀한 신분이다. 반면 천하의 부랑자, 세상에서 가장 나쁜 아비 일석 밑에서 자라는 석준은 세상에서 버림받은 아이다. 목사관이 뜻하는 성(聖)의 공간과 세상에서조차 버림받은 석준의 누추하고 냄새나는 집의 대비처럼 이들이 가까워지기는 사실상 불가능하다.

　귀한 신분의 명지와 초라한 석준이 만나는 통로로 작가가 선택한 것은 사랑이다. 그리고 '사랑'이라는 감정으로 엮이면서 이들의 위치가 점차 달라짐을 독자는 느낄 수 있다. 사랑의 관계에서는 더 많이 생각하고 더 많이 사랑하는 자가 약자가 된다. "내가 더 많이 사랑한 죄, 널 너무나 많이 그리워한 죄"라며 눈물짓는 FT아일랜드의 노래 가사처럼 더 많이 사랑한 사람이 죄인이 된다. 설령 석준이 속으로 명지를 더욱 깊이 사랑했다 하더라도 석준은 명지와의 관계를 일찌감치 단념했다는 점에서 강자가 된다. 명지가 석준에 대한 마음을 스스로 인정하며 석준에게 다가가고 싶어 할 때 명지는 한없이 약해진다. 사랑은 자신이 본래 속해 있던 견고한 자리에서 내려와 타인과의 관계 속에서 자신의 위치를 새롭게 규정하는 것이다.

　석준과 명지의 사랑으로 인해 그들의 위치가 변화함을 보여 주는 극적인 사건은 명지가 빈혈로 쓰러지는 에피소드다. '질병 코드'는 멜로드라마에서 빈번하게 등장하는 사건으로 사랑에 빠진 주인공이 가장 약한 위치에 놓였음을 뜻한다. 빈혈로 쓰러져 병원에 누워 있는 명지와 그녀를 찾아온 석준, 병실에서 첫 키스를 나누는 장면, 누워 있는 명지와 그녀를 위에서 바라보는 석준의 구도 등을 보며 우리는 사랑으로 인해 역전된 그들의 위치를 파악할 수 있다. 재미있는 것은 석준이 표면적으로는 천한 존재이지만 사실은 귀한 남자 주역임을 알려 주는 키워드를 작품 속에서 찾을 수 있다는 점이다. 석준은 자신을 돌봐 주는 소주의 할아버지를 '영감'이라고 부른다. '영감님' 혹은 '할아버지'가 아닌 '영감'으로 부르는 것은 석준의 지위가 사실상 명지와 대등한 위치에 놓인 남자 주인공임을 은연중에 노출한 것이기도 하다.

　두 번째 공식은 주연과 조연이 함께 엮여 형성되는 삼각 혹은 사각 관계의 공식이다. 이 소설의 메인 플롯은 명지와 석준의 이야기이지만 그에 못지않게 중요한 이야기가 명지와 소주의 우정과 소주와 석준의 형제애이다. 시골 동네 유지인 목사 부부의 고명딸 명지와는 달리 소주는 할아버지와 단둘이 가난하게 살아가는 팔 한쪽이 없는 장애아다. 소주와 가까운 거리에서 살던 석준은 부랑자였던 아버지 일석이 죽은 후 소주 할아버지의 도움으로 소주네 집에서 함께 살게 된다. 석준과 소주는 어떤 관계일까? 어쩌면 석준과 소주는, 석준과 명지에 비해 훨씬 더 가까운 관계이다. 그들의 처지는 비슷한 아버지를 둔 것만큼이나 너무도 닮아 있다. 이들은 함께 살면서 오누이나 피붙이와 다름없는 관계가 된다. 그러나 이들이 친오누이는 아니므로 소주와 석준의 관계는 작품에서 묘한 긴장감을 형성하게 되고 명지 역시 이들을 보며 질투를 느낀다. 결국 이야기는 명지와 석준의 사랑이야기이면서 동시에 소주와 석준의 사랑이야기인 삼각 구도다. 그런데 여기에 의대생인 서윤이라는 남학생이 뒷배경처럼 서 있다. 명지와 가장 잘 어울리는 파트너로 여겨지는 윤이 명지를 묵묵히 도와주면서 작품은 자칫 통속이 될 위험이 높아졌다. 하지만 다행스럽게도 윤과 명지의 관계는 적절한 지점에서 멈추어 있다. 작품에서 윤의 위치는 명지와 소주, 석준의 고리를 한발 떨어져서 바라보는 관찰자에 가깝다.

마지막으로 이 작품이 가진 낭만적 사랑의 공식은 운명적 비극성에 있다. 이 작품이 차분하고 절제되어 보이지만 실제로 매우 낭만적인 까닭은 사건 하나하나가 보여 주는 극적인 설정이 독자의 감정을 증폭시키고 그것을 '불'이나 '바람' 같은 자연적 상징물로 채색하기 때문이다. 작품 초반 아버지 일석이 석준에게 가하는 폭행과 갑자기 일어나는 일석의 죽음부터가 충격적이다. 이어서 갑자기 찾아온 소주 아버지가 폭력을 휘두르고, 소주 할아버지가 그를 실수로 죽이는 장면에 이르러서는 명지와 소주, 석준을 운명으로 묶어 버리게 된다. 명지와 소주 그리고 석준은 소주 아버지를 바람산에 묻으며 엄청난 비밀을 공유하게 된다. '비밀의 공유'야말로 이들이 이제 죽음으로 묶인 운명적 관계임을 암시한다.

이 소설에서 가장 중요한 비극적 사건은 바람산의 화재다. 이 사건은 두 가지 의미를 남긴다. 하나는 명지와 석준의 관계를 완성하는 대단원의 의미다. 명지가 석준과 나눈 첫사랑이 영원하기 위해서는 죽음만이 이들을 갈라놓을 수 있는 비극으로 이야기가 끝나야 한다. 명지와 석준의 이야기가 그렇게 한 축으로 정리되었다면 남은 것은 석준과 소주의 관계이다. 석준은 바람산의 화재에서 명지가 아닌 소주를 구하다 죽는다. 석준에게 소주는 어떤 의미에서 자기 자신이나 다름없으며 자신의 생명과 바꿀 만큼 귀한 존재다. 따라서 소주를 구하는 것은 자기의 분신을 구하는 것이기도 하다. 석준이 죽은 후 소주가 밤마다 흘리는 눈물은 슬픔의 눈물이기도 하지만 어쩌면 고아였던 자신에게 마지막 사랑을 남겨 준 석준에 대한 고마움의 눈물이라고도 할 수 있다.

영원한 사랑의 원형들

이처럼 『바람이 노래한다』는 친숙한 사랑의 공식 속에 낭만적이고 비극적인 이야기를 담아낸다. 그럼에도 이 작품이 통속극으로 치닫지 않을 수 있었던 것은 작가가 절제된 문체로 인물과 사건이 감상적으로 흐르지 않도록 잘 통제하면서 다양한 사랑의 빛깔을 보여 주는 데 성공했기 때문이다. 특히 이 작품이 추구하는 미학은 서사적 재미가 약화되고, 캐릭터의 재미와 유머를 담은 서술기법에 치중하는 최근 청소년소설의 경향과 견주어 볼 때 예외적이다. 최근 청소년소설 중에는 빈약한 서사를 서스펜스나 미스터리 등의 서술기법으로 만회하고자 한 작품도 눈에 띄는데 이들 작품의 문제점은 서술기법 속에 감추어진 서사의 앙상함이다. 문학이 기본적으로 담보해야 할 서사의 힘과 섬세한 묘사, 그것들을 탄탄한 문체로 묶어 내고 있다는 점이 이 작품이 가진 미덕이다.

이 작품에서 사랑은 표면적으로는 '이성애'로 나타나지만 그 속에는 다양한 사랑의 원형이 숨어 있다. 명지가 석준에게 보여 주는 사랑은 영어 단어로는 'compassion'에 해당하는 감정으로 우리말로는 정확하게 표현되지 않는, 일종의 약자에 대한 연민·동정과 비슷한 감정이다. 기독교에서 예수가 인간에게 느끼는 감정을 'compassion'이라 부르기도 한다니, 명지의 석준에 대한 감정의 출발점을 짐작할 수 있다. 온실 속에서 자랐지만 착한 품성의 명지가 석준의 아픔을 보면서 울어 주고 슬퍼해 주며 석준을 돕고 싶어 하는 작품의 시작은 타인을 사랑하는 감정이 본래 이타적인 행위의 근원임을 이야기한다. 여기서 명지가 목사의 딸이라는 것 역시 상징적인 의미를 갖는다. 직업적인 개신교 목회자의 아내이면서도 이기적이고 위선적인 명지 어머니와 견주어지면서 진정한 종교적 사랑의 의미 또한 보여 주기 때문이다. 명지가 석준을 사랑하게 되는 과정도 자연스럽게 그려져 있는데 가령 석준과 육체적인 사랑을 나누는 장면도 설득력 있게 읽힌다. 남녀 간의 성과 사랑을 완곡한 시선 안에 가두던 기존의 몇몇 청소년소설에 비하면 진일보한 듯 느껴진다. '동정'에서 출발한 명지의 사랑이 남녀 간의 사랑으로 변화되었다면 소주와 석준의 사랑은 부모를 잃은 어린아이들이 애틋하게 서로를 품어 주는 사랑이다. 석준이 명지에게 받은 사랑이 에로스적이라면 거침없이 석준을 씻기고 먹이고 살리던 씩씩한 소녀 소주에게 받은 사랑은 모성애와 같은 빛깔이다.

한편 석준은 어린 시절의 폭행으로 인해 이미 인생의 의미를 상실해 버린 아이이다. 그는 인생에 대해 아무런 기대가 없다. 희망이나 행복이라는 단어는 그의 삶에서 철저히 파괴되었다. 그에게 인생이란 다만 기나긴 시간의 연속일 뿐이다. 석준은 잘생기고 듬직한 청년으로 성장하지만 삶에 아무런 의미를 갖지 못한다. 그런 점에서 명지와 소주가 준 사랑이야말로 석준에게는 가장 소중한 선물이다. 아버지에게조차 잔인하게 버림받았던 석준에게 다가온 유일하고도 따뜻한 사랑이기 때문이다. 따라서 자존심 강한 석준이 이들에게 "사랑한다."는 것을 알리기 위해 선택한 방식은 생명을 주는 것이다. 이 소설이 낭만적 작품인 이상 석준은 명지와 소주의 사랑을 받기 시작할 때 이미 죽음이 예고된 인물이다.

한편 여기에 소주와 명지가 나누는 우정 역시 또 다른 빛깔의 사랑을 보여 준다. 이들의 관계는 주로 명지가 소주를 도와주는 것으로 보이지만 일방적인 관계는 아니다. 명지와 소주는 서로의 환경과는 무관하게 가장 아름다운 우정을 나눈다. 둘은 강력한 '시스터후드'(sisterhood)로 결합된 떼려야 뗄 수 없는 사이이기도 하다. 석준을 사이에 두면서 잠시 긴장이 감돌기도 하지만 이들의 우정은 그러한 긴장이 무너뜨릴 수 없는 훨씬 단단하고 아름다운 감정이다. 세 사람이 어울려 그려 내는 사랑은 각각 그 빛깔은 다르지만 타인을 이해하고 공감하며 서로를 돌본다는 점에서 영원한 사랑의 원형이 된다. 소주와 명지, 그리고 소주와 석준은 두 사람이지만 때로는 마치 한 사람의 두 모습인 것처럼 여겨지기도 한다. 이들이 나누는 사랑은 타인이었던 두 사람을 하나로 만드는 화학적 작용을 하는 것이다. 사랑은 섬처럼 고립된 삶을 살던 개인이 거기에서 벗어나 서로에게 다가가는 유일한 방법이다. 명지와 석준, 명지와 소주, 소주와 석준이 서로에게 아름다운 사람이 될 수 있었던 것은 자신만의 경계를 벗고 서로를 받아들였기 때문이다.

사랑은 경계를 넘어서는 것

그러므로 이 작품의 주제는 결국 '경계'에 관한 것다. 작품에 바람산의 전설이 등장한다. 인생에서 모든 빛을 잃고 살아갈 힘을 잃은 자가 바람산 꼭대기에서 허공을 향한다. 혹자는 그가 바람산에서 떨어져 죽었다고 하며 혹자는 그가 바람산을 날았다고 한다. 바람산에서 떨어졌든 하늘을 날아갔든 그는 단단한 땅이 아닌 무중력의 허공에 발을 디뎠다. 그것은 자신이 서 있는 경계에서 한 발 내딛는 행위이다. 그것이 바로 사랑이다. 사랑은 인간 사이의 경계를 넘을 수 있는 유일한 것이다. 작품의 결말에서 명지는 바람산을 올라가며 석준과 나눈 육체적 사랑을 떠올린다. "나는 산을 오르며 석준이와 나눈 단 한 번의 사랑을 생각했다. (…) 석준이의 일부가 내 몸 안에 있어서, 그래서 좋았다. 마치 내가 석준이가 되고 석준이가 내가 된 것 같은 희한한 느낌이었다."(240면) 석준과 명지가 나눈 사랑 역시 서로의 경계를 넘어 하나가 된 놀라운 경험으로 승화된다.

이제 작품의 결말에 대해 이야기할 때다. 명지는 왜 바람산에서 몸을 날렸는가? 그녀는 과연 죽은 것인가? 그것은 결국 바람산의 전설을 이야기하던 장면으로 돌아가 확인해야 할 것이다.

　　"……오빠 그 남자가 어떻게 됐을 것 같아?"
　　"중요한 건 그 남자가 어떻게 됐느냐가 아니야. 그 남자가 어떻게 되기를
　　원했느냐지. 청년들이 결국 자기들이 원하는 대로 본 것처럼"(160면)

독자들이 명지가 어떻게 됐는지 궁금해한다면 윤이 명지에게 했던 답을 돌려주고 싶다. '중요한 건 명지가 어떻게 됐느냐가 아니다. 명지가 어떻게 되기를 원했느냐는 것이다.' 그리고 읽는 이들은 '그들이 원하는 대로 결말을 볼 것'이다. 결국 명지가 결말에서 취한 행동은 자신의 경계를 벗어나 끝까지 사랑하려는 일종의 포즈이다.

매우 차분한 서술 방식을 견지하고 있지만 실제로는 대단히 낭만적인 이 작품은 '(사랑은) 어떻게 됐느냐가 중요한 것이 아니라 어떻게 되기를 원하느냐가 중요하며 (사람은) 자기들이 원하는 대로 (사랑을) 본다.'고 강조하는 데에 이르러 주관적이고 낭만적인 세계관을 전면에 드러낸다. 작품은 시종일관 담담하게 사건을 서술해 나가다가 결말에서야 이러한 세계관을 갑작스레 표출한다. 바람산의 허공으로 몸을 내던지는 명지의 행위는 경계를 벗어난 영원한 사랑이라는 주제를 알리려는 의도적 결말이지만 독자에게는 공감하기 어려운 과도한 퍼포먼스이기도 하다.

다시 노래 가사로 글을 끝맺으려 한다. 팝송 「You Raise Me Up」에는 이런 가사가 있다. "당신이 나를 일으켜 주시기에, 나는 산에 우뚝 서 있을 수 있고 당신이 나를 일으켜 주시기에, 나는 폭풍의 바다도 건널 수 있습니다."(You raise me up, so I can stand on mountains. You raise me up, to walk on stormy seas) 이 가사의 의미 때문에 이 노래가 단순한 팝송인지 CCM인지 구분이 모호하지만 어쨌든 신의 사랑이든 인간의 사랑이든, 사랑은 사람을 살릴 수 있는 유일한 것이다. 우리는 청소년들에게 사랑의 다양한 빛깔에 대해 진지하게 들려줄 필요가 있다. 이 작품은 각종 이벤트와 연애 놀이를 사랑이라고 착각할 수 있는 소비적 연애의 세태에서 사랑이 가진 또 다른 맑은 얼굴을 보여 준다. 청소년들이 진지하고 뜨거운 사랑에 빠져 보기를 소망한다. 혼탁한 세상에 진실한 사랑이 여전히 존재한다고 믿는 유일한 방법은 스스로 사랑하는 것뿐이기 때문이다.

(2010)

낭만의 결별과 불편한 진실

구병모 『위저드 베이커리』

상처 입고 숨어들다

아이들은 어린 시절 자신이 완벽한 세계에 사는 왕자와 공주라고 믿는다. 그러다 문득 자신의 세계가 깨지기 쉬운 유리 상자 같은 것이었으며 어느 때부터인가 위험한 세상에 맨몸으로 내던져진 자신을 발견한다. 자신을 사랑한다고 믿었던 부모로부터 이미 무수한 상처를 받아 온 것도 깨닫게 되고 앞으로 많은 상처를 받으며 살아가리라는 것도 예감하게 된다. 낭만적 세계는 깨졌으되 전쟁터 같은 세상으로는 미처 들어갈 수 없다. 그때를 우리는 청소년기라 부른다. 만약 예민하고 소극적인 성격의 소유자라면 상처는 이미 몸속을 제법 크게 할퀴고 지나갔을 것이다. 여기 그런 소년이 있다. 바로 제2회 창비 청소년문학상 수상작인 『위저드 베이커리』(2009)의 주인공 '나'다.

'나'의 상처는 어른, 그것도 엄마, 아버지, 그리고 새엄마 등의 보호자에게서 받은 것이다. 그들이 '나'에게 준 상처는 지극히 전형적인 것들이다. 과거 친엄마에게는 버림받은 기억이 있고 지금 함께 사는 새엄마의 구박에는 눈도 제대로 마주하지 못한다. 세상과 담을 쌓은 '나'는 어느 날 배다른 여동생을 성폭행했다는 누명을 쓰고 엉겁결에 빈손으로 집에서 뛰쳐나온다. 그렇게 새엄마를 피해 들어간 곳이 다름 아닌 동네 빵가게 '위저드 베이커리', 그곳에서 까칠하기 이를 데 없는 빵집 주인은 다짜고짜 빵 굽는 오븐으로 들어가라며 오븐의 문을 열고, '나'는 세상을 등지고 몸을 한껏 움츠려 그곳으로 숨어든다.

판타지에서 세상을 엿보다

그러나 오븐 속, 즉 작품의 판타지 공간은 흔히 생각하듯 상처받은 자를 위로하거나 쉬게 하는 곳이 전혀 아니다. 그곳은 도리어 오목거울·볼록거울처럼 현실을 변형하여 비추는 반사경이다. 『위저드 베이커리』에 따르면 세상은 겉으로 볼 때 불공평하고 혼란스럽게 굴러가는 것처럼 보이지만 마법과 같은 물질계와 비물질계의 균형을 잡으려는 시도로 결국 '인과의 법칙' '인과응보의 법칙'으로 질서를 유지한다. 빵집의 주인장인 마법사는 꽤 까칠하다. 좋게 말하면 쿨하고 나쁘게 말하면 무례하다. 그럼에도 '나'가 그에게 점점 마음을 열고 어깨를 기대게 되는 것은 마법사는 '사람의 감정'이 얼마나 예민하고 섬세하게 다루어야 하는 것인지, 즉 감정의 속성을 이해하는 사람이기 때문이다. 여기에 무뚝뚝한 마법사와 내성적인 '나' 사이를 밤이면 파랑새로 변하는 빵집 소녀가 날아다니며 이어 준다.

『위저드 베이커리』에서 마법사는 온라인으로만 은밀히 유통되는 마법의 빵과 과자를 만들고 있다. 미운 사람에게 먹이면 먹은 사람이 괴로움을 당하는 복수용 과자 '악마의 시나몬 쿠키', 짝사랑하는 상대에게 먹이면 100퍼센트 효과를 보는 '체인 월넛 프레첼', 미운 사람에게 주술을 거는 '부두인형 과자' 등 그곳의 모든 과자들은 인간이 타인에게 가질 수 있는 모든 감정과 욕망을 달콤한 맛과 냄새로 부추긴다. 과자를 사서 전달한 사람은 그로 인해 벌어질 모든 효과와 결과에 책임을 져야 하지만 늘 그렇듯 욕망에 눈먼 어리석은 인간들은 마법의 빵과 과자를 무책임하게 선택하고 곤경에 처해서야 빵집으로 찾아와 마법사에게 하소연하거나 화를 낸다. 주인공 '나'는 오븐에 숨어 그러한 사건을 엿보며 인간이 가진 욕망의 달콤함과 그것을 타인에게 건네는 순간 부메랑처럼 돌아오는 대가를 확인하게 된다. 특히 마법의 빵이 상품의 형태로 판매되는 것에서 알 수 있듯 인간의 감정은 일방적인 것이 아니라 인간 사이에서 거래되는 쌍방향의 것이다. 마법사는 인간의 욕망이 타인과 관계를 맺을 때는 후불제로 '책임'이 뒤따른다는 것을 독자들에게 불편할 정도로 여러 번 강조한다.

뜨거운 시간을 견디다

위저드 베이커리에서 만들어지는 과자 중 가장 만들기 어려우면도 유혹적인 과자는 '타임 리와인더'라는 시간을 되감을 수 있는 과자다. 과자를 먹는 순간 자신이 괴로움을 겪은 시간을 지우고 원하는 과거로 돌아가는 것이 가능하지만 동시에 기억도 잊혀 같은 행위를 되풀이할 수도 있는 위험한 과자다. 불행한 일을 겪은 사람이 그 시간 이전으로 되돌아간다 하더라도 최악의 경우 그 모든 괴로움을 똑같이 반복할 수도 있는 것이다.

작품은 재미있게도 '나'가 마법사에게 마지막 선물로 받은 '타임 리와인더'를 먹었을 경우와 먹지 않았을 경우 두 가지 결말을 모두 독자에게 제시한다. 먼저 타임 리와인더를 먹은 '나'는 아버지가 새엄마와 만나기 이전으로 돌아간다. 나는 아버지의 맞선 상대인 여자(새엄마)의 사진을 보며 결혼을 막아야 한다는 것을 온몸으로 느끼고 결국 아버지는 재혼하지 않는다. '나'와 아버지 둘이 사는 일상은 불행하지 않으나 행복하지도 않다. 아버지의 운명은 여전히 달라질 수 없기에 다른 종류의 유아 성추행으로 구속되고 '나'는 아버지 없이 혼자 하루하루를 살아간다.

작품의 무게중심은 타임 리와인더 과자를 먹지 않은 '나'에게 맞춰져 있다. '나'는 위저드 베이커리에서 집으로 돌아가 짧은 인생에서 가장 놀랍고도 비참하고 괴로운 순간과 마주한다. 놀랍게도 이복동생을 성추행한 것은 아버지였고 그 사실을 목격한 새엄마는 아버지를 고소하고 집을 떠난다. '나'는 그러한 상황을 홀로 견뎌 낸다. 작품에 따르면 "모든 의지와 노력, 욕망과 의미를 수포로 만들어 버리는 낱말이 바로 시간"이다. 따라서 '나'가 겪은 사건이 설령 기억하기도 싫은 불행한 일일지라도 그것의 의미를 찾기 위해서는 다만 '시간을 견디는 일'만이 남은 것이다. 이것은 내가 마법사 대신 몽마(夢魔)에게 시달리는 꿈에서도 알 수 있다. 내가 꾸는 꿈은 바로 현실을 보여 준다. '나'가 그렇게 묻어 두고 싶어 했던 엄마의 자살 사건을 그것도 잔인할 만큼 생생하게, 역겨울 만큼 가까이서 재생한다. 그것은 '나'가 밟고 지나가야 할 과거다. 또 새엄마가 나오는 악몽을 꾸며 '나'는 자신이 처해 있는 상황의 전후를 인지한다. 그것은 새엄마와 내가 맺은 관계의 결과들이다. 결국 '나'는 오븐에서 구워지는 빵처럼 뜨거운 시간을 견뎌 내야 하는 것이다.

미래를 향해 뛰다

이야기는 보름달 빵에서 시작해 부두인형 쿠키에서 끝난다. 친엄마가 청량리역에서 여섯 살의 '나'를 떼어 놓으며 주었던 보름달 빵이야말로 '나'에게 건네진 최초의 마법의 빵이다. 빵은 입안에서 씹기도 전에 녹아 버릴 만큼 달콤했지만 그때부터 '나'는 외로움과 싸워야 하는 마법의 그물에 걸린 것이다. 그리고 위저드 베이커리에서 집으로 돌아와 새엄마가 위저드 베이커리에 주문했던 '주인공의 형상을 한 부두인형'을 깨뜨리면서 '나'는 나에게 묶였던 마법을 풀어 버린다. 그동안 '나'에게 걸렸던 마법을 스스로 부수고 세상으로 나가는 것이다. 결국 '나'에게 있어 성장이란 시간을 거스르지 않고 견뎌 내는 것이다. 이 소설은 독자들에게 '성장'에 관한 따뜻하고 밝은 낭만적 환상을 전혀 제공하지 않는다. 이 세상에 엄연히 존재하는 어두움, 악, 불행을 견디라고 차갑고 냉정하게 말한다. 성장은 '내가 왜 이 자리에 있으며 이런 괴로움을 견뎌야 하는지' 도무지 알 수 없어도 그 자리를, 그 시간을 견디는 것이다. 그것이야말로 낭만과 결별한 자에게 새롭게 찾아오는 과제다. 개인은 그렇게 탄생한다.

작품의 결말에서 이제 성인이 된 '나'는 우연히 위저드 베이커리가 다시 문을 열었다는 것을 알고 그곳을 향해 뛰기 시작한다. '나'가 그렇게 뛰는 것은 언뜻 작품 초반에서 다급하게 도망쳐 위저드 베이커리로 들어간 장면을 연상시킨다. 그러나 '나'는 "지금은 나의 과거와, 현재와, 어쩌면 올 수도 있는 미래를 향해 달린다."고 외친다. 이제 '나'가 달려가는 '위저드 베이커리'는 현실에서 도피하고자 했던 과거의 공간이 아니다. 그것은 진짜 마법으로 가득한 현실 세계다. 세상이야말로 온갖 욕망과 그로 인해 발생하는 서로의 상처를 시간이라는 빵틀에 담아 구워 내는 거대한 오븐이기 때문이다.

『위저드 베이커리』는 요즘 아이들에게 익숙한 대중문학적 코드를 적극적으로 차용하고 몇몇 전형적 클리셰를 모아 빚어낸 청소년소설이다. 그러나 이 소설의 새로운 점은 정작 그 기법이 아니라 분위기와 메시지다. 한국 청소년소설에서 이토록 세상을 냉소적으로 바라보며 차갑고 불친절하게, 다만 세상을 견디라고 말한 소설이 있었던가. 이토록 어른들을 완벽하게 불신하고 세상과의 관계를 자폐적으로 그려 내어 청소년에게 철저하게 '개인으로 탄생'하기를 요구한 소설이 있는가. 그러기에 책을 읽는 내내 마음이 불편하다. 그것이 사실일지라도 기실 성장이란 어두운 세상 한구석에서 묵묵히 삶을 견디는 것이라는 진실은 슬픈 진실이고 불편한 진실이다.

(2009)

낯선 것이 네 안에 있음을!

구병모 『빨간구두당』

여덟 편의 단편을 모은 작품집 『빨간구두당』(창비 2015)은 읽기 힘들다. 이전에, 여기에 실린 단편 중 하나인 「화갑소녀전」(『파란 아이』, 창비 2013)을 읽었을 때만 해도 구병모 작가가 서양 옛이야기나 동화를 이렇게 치열하게 밀어붙이리라고 짐작하지 못했다. '성냥팔이 소녀'가 춥고 더러운 런던 거리에서 성추행을 당하는 공장 노동자가 되었을 때의 놀라움 정도가 딱 적당했다. 『빨간구두당』이 읽기 힘든 이유는 문장과 구성이 매우 낯설기 때문이다. 그럼에도 이 책은 묘하게 매력적이다. 이 매력을 인정하는지 여부에 따라 이번 작품에 대한 호불호의 경계가 생길 듯하다.

구병모 작가는 마법사다. 이번 소설집에는 독자가 그의 작품을 손에 들고 놓지 못하게 하는 주술이 걸려 있다. 사실 술술 읽기에는 문장에 가로막혀 진도가 나가지 않는다. 낯설게 하기로 분위기를 조성하려는 시도라기엔 다소 과하다. 그럼에도 뭔가 비밀이 숨겨져 있을 것 같아 책장을 계속 뒤적인다면 그는 이미 작가의 주문에 걸린 사람이다. 반면 책을 탓하며 과감하게 다른 책으로 손을 옮긴다면 그 역시 현실 감각을 지닌 균형 있는 독자일 터, 그는 단지 마법에 걸리지 않은 것이다.

이 책의 걸림돌은 무엇보다도 문체다. 한 문장이 세 줄 이상 이어지고 그 사이에 끼어 있는 어려운 단어들, 한 번 읽어서는 결코 눈에 들어오지 않는 문장들, 문장의 배열을 바꾸어 내 것으로 변환해야만 읽혀지는 글을 읽다가 이해 가능한 짧은 문장이 나오면 속이 다 시원하다. 단문을 읽으며 호흡을 가다듬다 보면 어김없이 찾아오는 낯설고 긴 문장의 행렬. 마음을 단단히 먹고 작품을 읽어 보지만 몇 분 지나지 않아 같은 문장을 도돌이표처럼 다시 읽고 있는 자신을 발견한다. 그렇다면 이것은 작가의 의도라고밖에 볼 수 없다. 이른바 작가는 작품이 쉽게 읽히길 결코 바라지 않는 것이다. 작가는 문장과 문장 사이에서 독자가 읽기를 멈추도록 강제한다. 이때 멈춰 서서 해야 하는 일은 '생각하기'다. 작가는 독자에게 그 어렵다는 능동적 독자 되기를 청하고 있다.

그래. 작가가 원하는 대로 능동적 독자가 되어 보겠다고 뛰어들면 이 작품들은 모두 서양 옛이야기나 안데르센이 쓴 오래전 작품을 모티프로 삼은 이야기라는 것이 또 걸림돌이다. 그러니 원작을 자세히 알아야 하지 않을까 하는 염려가 생긴다. 출판사에서도 그 점을 배려하여 『빨간구두당』에 실린 소설들의 원작 출처와 내용을 담은 전자책을 인터넷 서점에서 무료로 다운로드 받게 해 두었다. 물론 원작을 모르는 것보다 아는 것이 나으니 원작을 참고로 삼을 필요도 있겠다. 그렇지만 원작을 안다고 이 작품이 갑자기 쉽게 읽히는 건 아니다. 또 내 생각에 원작과 비교하는 것을 주요 목적으로 삼은 책도 아니다.

본래의 이야기와 이 작품집의 공통점과 차이점을 이 자리에서 일일이 거론할 수는 없지만 중요한 것은 이 작품 역시 주제는 '인간의 속성'이다. 「빨간구두당」은 안데르센의 원작 「빨간 구두」에서 보여 준 빨간

구두의 유혹이라는 위험을 흑백과 컬러의 세계로 이미지화한다. 상상만으로도 흑백의 세계에서 붉은색을 만나는 순간은 심장 박동 수의 급격한 증가를 가져오는 놀라운 경험이 될 것이다. 「빨간구두당」은 흑백의 세계에 멈춰 있던 마을에 불어 온 빨간 구두를 신은 소녀의 경쾌한 춤바람에, 마을 사람들이 자신의 내면에 있던 흔들리는 욕망을 발견하는 이야기다. 원작은 발이 잘린 소녀가 교회에 나가는 결말로 전락했지만(즉 욕망이 거세되는 비극이지만) 이 작품은 그럼에도 우리 주위에는 항상 빨간 구두를 알아보는 빨간구두당이 존재한다는 것을 이야기한다. 빨간구두당은 누구인가? 자기 내면의 흔들림을 인정하고 빨간 구두에 유혹당하는 용기 있는 개인이다.

그러니 이제 이 작품에 담긴 빨강의 유혹은 작품 전체의 상징으로 확장된다. 동화를 모티프로 한 새로운 이야기의 세계는 일곱 빛깔 아니 오욕(五慾)과 칠정(七情)의 도가니다. 아름다운 동화 마을에 살던 조연들이 이제 비극을 연기한다. 「개구리 왕자」의 신하였던 맹목의 하인리히는 배신에 겨워 최후의 복수를 벌이고, 「거위지기가 본 것」에서 거위지기 소년은 죽음을 감수하고 왕비가 될 소녀에게 뜨거운 고백의 몸짓을 전한다. 「기슭과 노수부」에서 강을 건너던 남자는 강을 건너는 짧고도 긴 시간 동안 불현듯 인생의 허무를 깨닫는다. 「엘제는 녹아 없어지다」는 원작과 내용이 가장 유사한데 그 점이 가장 놀랍다. 왜냐하면 엘제의 외로움의 원인이 예나 지금이나 동일하기 때문이다. 아침이면 성실하게 노동을 하고 저녁이면 코를 고는 평범하고 착한 사람들 사이에서 책만 읽고 의식주에 하등 도움이 되지 않을 것에 관해 고민하는 한 여성의 이야기는 땅에 발을 딛지 않고 사는 사람에 대한 풍자처럼 보이나, 사실은 세상 곳곳에 숨어 사는 '엘제'들에게 보내는 비밀 교신이다. '우리는 곧 그물에 걸려 녹아 없어질 거야. 그러나 우리가 녹아 없어져도, 또 다

른 엘제가 나타나 세상의 눈엣가시가 될 거야.'

그러기에 본문 사이에 기독교 성서와 로마 신화의 문장을 배치한 것은 너무나 당연한 서술이다. 서양 옛이야기와 신화, 그리고 종교 텍스트의 공통점은 풍부한 상징인데, 상징이란 여러 갈래의 해석을 허락하지만, 적극적인 독자만이 그 상징을 내 것으로 만든다. 이 작품집은 독자의 강렬한 상상과 해석을 요구한다. 그러기에, 멈춰서 생각하고 반복해서 읽어야 한다. 반복해서 읽으라는 작가의 주문에 걸려야 비로소 낯선 것이 내 안에 존재함을, 작품 속 인물의 정서가 기실 내 이야기가 될 수도 있음을 깨닫는다.

출판사에서는 이 책을 청소년소설 시리즈와 성인 독자를 위한 양장본 두 가지 버전으로 출간했다. 물론 그 내용은 동일하다. 이것이 뜻하는 바는 무엇일까? 청소년소설로도 일반문학으로도 출간할 수 있다면 청소년소설이라는 장르가 가진 정체성은 무엇일까? 이것은 '청소년소설'이라는 범주를 매우 좁게 해석해 스스로 갇혀 버린 한국의 현재 상황을 고스란히 보여 준다. 청소년소설이, 지금 청소년의 이야기, 지금 청소년의 눈높이라고 짐작되는 언저리에만 있어야 한다는 강박은 새로운 영역으로 열려야 하는 장르의 발목을 잡고 있다. 스콜라스틱 출판사에서 나온 청소년소설 『헝거 게임』, 로이스 로리의 작품이 주로 출간되는 엠버 출판사에서 나온 『메이즈 러너』, 하퍼 출판사에서 펴낸 청소년소설 『다이버전트』를 예로 들지 않더라도 가장 감수성이 예민한 청소년 독자에게는 가장 유혹적인 이야기를 들려줘야 하며, 열린 자세만이 문학을 발전시킨다. SF나 판타지 같은 장르소설로 눈을 돌리라는 이야기가 아니다. 어떤 장르이든, 어떤 주제이든, 어떤 문체이든 그것이 문학 정신에 기초해 있다면 다양한 빛깔의 면면을 보여 주는 것이 청소년소설이 나아갈 방향이다.

구병모 작가는 그의 데뷔작 『위저드 베이커리』(창비 2009)에서부터 서양 옛이야기에 대한 깊은 애정을 보여 준 바 있다. 새엄마의 학대로 숲속에 버려진 두 남매가 과자 집을 미끼로 유혹한 마녀를 이겨 내고 성장하는 「헨젤과 그레텔」처럼, 어린 소년이 위저드 베이커리로 도망친 후 세상에서 벌어지는 각종 관계 속 인간의 속성을 관찰한 것이 『위저드 베이커리』다. 『빨간구두당』 역시 세상을 낭만적으로 여기고, 사람을 잠재우는 안개 속 도시에 도사리고 있는 불온한 빨강의 정체, 그러나 인간을 인간이도록 만드는 것들의 정체에 관한 이야기다. 그리고 나 역시 두려움 속에 그 흔들림을 인정한다면, 이제 어엿한 '빨간구두당'의 당원이 된 것일까?

함께 살고 함께 먹고 함께 일하는

김중미 『모두 깜언』

작가 김중미 하면 가장 먼저 떠오르는 단어는 '믿음'이다. 작가로서는 부담스럽겠지만 그는 우리 문학에서 신뢰도를 가진 소중한 작가임에 분명하다. 그런데 이 '신뢰'라는 말이 항상 좋은 것만은 아니다. 그이유는 말미에 이야기하기로 하고, 이 신뢰를 인간으로의 신뢰와 문학에서의 신뢰로 나누어 살펴볼 수 있다.

오래전 『괭이부리말 아이들』(창비 2000)이 나왔을 때 먼저 느꼈던 것은 인간적 신뢰였다. 『괭이부리말 아이들』은 인천 만석동에서 13년간 공동체를 꾸려서 살았던 저력이 있기에 나올 수 있는 작품이었다. 그런데 체험을 재현하는 작품은 문학적으로 한계가 될 수도 있다. 문학은 논픽션이 아니므로 체험에 충실하다는 것은 어쩌면 상상의 영역인 문학 공간에서는 그만큼 위험 요소가 있기 때문이다. 그러나 그 후에 나온 『거대한 뿌리』(검둥소 2006)에서 작가는 단지 발생했던 일을 재현하는 데 그친 것이 아니라 그것을 통합해 하나의 세계를 만들어 내는 리얼리즘의 저력을 보여 주었다. 이 작품으로 김중미는 문학적 신뢰를 얻었고 그의 본령이 소설에 있음도 확인시켜 주었다. 김중미의 문체가 동화보다는 청소년소설일 때 빛을 발하는 것도 그가 소설의 문법에 충실한 작가이기 때문일 것이다. 사실 『괭이부리말 아이들』은 동화라기보다는 소년소설 혹은 청소년소설이다.

이번 작품 『모두 깜언』(창비 2015) 역시 작가의 13년간의 강화도 체험이 녹아 있다. 겪어야만 쓸 수 있는 현재 한국 농촌의 풍경이 작품 안에 그대로 담겨 있다. 작가의 신뢰 중에 인간적 신뢰에 해당하는 부분이다. 강화도 농촌에 사는 중학생 유정이는 엄마 아빠 없이 할머니와 작은아빠, 베트남인 작은엄마, 어린 조카들과 살고 있다. 유정이는 구순구개열, 일명 '언청이'로 어릴 때 수술을 받았지만 아직까지 흔적이 남아 있고 당황하면 발음이 정확하지 않은 상황에 처하기도 한다. 이런 결핍된 환경에도 불구하고 유정이는 따뜻하고 씩씩하게 성장한다. 그 이유는 유정이네 가족이 베트남인 작은엄마가 가르쳐 준 대로 '꿍어, 꿍안, 꿍떰', 즉 함께 살고, 함께 먹고, 함께 일하기에 외롭지 않기 때문이다.

이 작품에서 가장 돋보이는 리얼리티는 농촌 청소년들의 현재와 다문화 가정의 삶을 가감 없이 풀어 놓았다는 점이다. 많은 청소년소설이 도시에서 학업에 시달리며 사는 콘크리트 공간 속 아이들을 그리는 데 비하여 이 작품은 뭘 하며 먹고살아야 하는지 내일을 구체적으로 고민하는 시골 아이들의 모습을 그린다. 공부를 잘하지만 경제적 상황 때문에 대학 진학을 고민하는 유정이, 동네에서 나름 가장 잘나가는 범생이 우주, 공고를 갈까 농고를 갈까 고민하는 광수는 우리 시대 청소년이 서 있는 자리를 대표적으로 보여 준다. 이들의 모습은 측은하지도 그렇다고 희망적이지도 않다.

"우리 아빠가 농사짓지 말래요."
"맞아요. 저희 부모님도 이제 농사는 끝이래요."

"공장 가면 돈도 많이 못 벌고 매여 있어야 하잖아요."

"왜 우리가 공장에 가요? 왜 우리 무시해요?"

"우리가 시골 산다고 인생에서 실패할 거라고 생각하지 마세요." (89면)

작품 속 아이들이 외치는 이런 말들이 바로 현재 농촌의 삶과 그곳에서 크고 있는 아이들의 고민을 보여 준다.

한편 이 작품에 나오는 다문화 가정은 어떤 면에서는 우리나라에서 가장 성공적으로 정착한 가정의 모습 아닐까 싶다. 결혼 방식의 문제와 결혼 후에 벌어지는 여러 사건들로 인해 다문화 가정은 대한민국의 또 하나의 골칫덩어리처럼 여겨진다. 그러나 이 작품 속에서는 건전한 삶을 살아온 작은아빠가 착한 베트남인 작은엄마를 만나 아름다운 다문화 가정을 만들어 낸다. 다문화 가정을 꾸렸다 불행을 겪게 된 작은엄마의 동생 로앤을 등장시켜 간혹 문제점을 지적하기도 하지만 대체적으로는 다문화 가정 안에서 피어나는 따뜻한 풍경을 보여 준다.

한편 서두에서 이야기한 대로 인간적 신뢰를 가진 리얼리즘 작가들의 작품에서는 때로 염려스러운 점이 발생한다. 이 작품에서 작은아빠를 중심으로 전개되는 구제역 발생이나 임박한 자유무역협정(FTA)을 걱정하며 시위를 준비하는 장면 등은 우리 농촌을 그리는 데에 중요한 문제이기도 하고 실제 현실이기도 하다. 하지만 사건은 작품에서 어떻게 이야기하느냐에 따라 스토리 안에 자연스럽게 녹아들기도 하고 그러지 못하기도 하다. 이 작품에서 구제역이나 FTA에 대한 발언은 작가적 책임 의식에서 나온 서술로 느껴진다. 이 문제를 이야기하고 싶었다면 좀 더 세밀하게 중심 사건으로 다루었으면 좋았을 것이다. 리얼리즘 문학에서 '보여 주는 것과 말하는 것'(showing and telling)은 언제나 고민해야 할 사항이다.

어쨌든 씩씩한 활동가로서의 경험과 문학적 저력이 녹아 있는 작품을 만나는 것은 독자로서는 고맙고 소중한 경험이다.

(2015)

서울역에 남겨진 두 소년의 웃픈 개다리 춤

박영란 『서울역』

　서울역에 가면 우리는 소설 『서울역』(자음과모음 2014)의 주인공 희망이와 그의 형을 만날 수 있다. 가벼운 스낵과 음료를 파는 프랜차이즈 가게 사이로 어딘가로 떠나거나 어딘가에서 돌아오는 부산한 사람들, 모든 중생이 구원받기를 기원하며 틀어 놓은 찬송가와 사회의 부당함을 알리려 목청을 높이는 풍경 속으로 열 살 아이 희망이와 그의 열여덟 살 형이 걸어 들어왔다. 그들은 서울역 계단에서 누군가를 애타게 기다리지만 겉으로는 놀러 나온 양 건들거리며 무심한 표정으로 앉아 있다.

　이 소설의 제목 '서울역'은 고유명사이면서 상징적 의미를 띠기도 한다. '역'은 출발과 도착의 사이에 놓인 기다림의 공간이다. 따라서 희망이가 서울역에서 주로 지낸다 함은 그가 누군가를 기다리고 있음을 의미한다. 어린아이인 희망이가 서울역에서 기다리는 사람은 다름 아닌 자신을 보호해 줄 어른이다. 그러나 그것은 기약이 없으므로 불안한 기다림이다. 또한 역은 제아무리 멋지게 지어졌더라도 결코 편안한 안식처가 될 수 없다. 그러니 이제 막 열 살이 된 희망이의 인생 역시 서울역에서 보낸 시간만큼 고단하다. 결국 '서울역'이라는 제목은 이 소설이 말하고자 하는 메시지를 압축하여 보여 주는 중요한 단서이다.

이제 막 소년티를 벗은 희망이의 형은 한때 동생과 부모님과 함께 신도시의 아파트에서 단란하게 살았다. 그러나 아버지의 갑작스러운 퇴직, 창업한 치킨 가게의 몰락, 어머니의 가출, 서울역 근처 다세대 주택으로의 이사 등으로 이어지면서 결국 아버지마저 집을 나간 후 형은 혼자 동생을 돌보고 있다. 열다섯 나이에 소년 가장이 된 형은 엄마가 가끔 이모를 통해 보내오는 돈과 고등학교를 그만둔 후 야식 배달 아르바이트를 해서 버는 돈으로 동생을 부양한다. 그는 아버지가 노숙자가 되어 기차역을 떠돈다는 소문을 듣고 때때로 전국의 역을 찾아다닌다. 그럴 때면 희망이는 하루, 이틀, 혹은 사흘 이상 혼자 지내야 한다.

서울역에서 아버지를 기다리기 시작한 것은 사실 희망이가 먼저였다. 아버지가 떠날 때 같이 있었던 희망이에게 형은 아버지가 떠난 이유를 묻는다. 그때 희망이는 얼떨결에 "아버지는 서울역에서 아이언맨을 찾아 떠났다."고 대답하고 이후 희망이는 서울역에서 아이언맨을 기다리기 시작한다. 이제 곧 아버지가 힘이 센 아이언맨과 함께 멋지게 나타날 거라 믿어 버린다. 그런데 아이언맨처럼 모든 능력을 회복하고 돌아올 아버지를 찾아 며칠씩 집을 비우던 형마저 돌아오지 않는 사건이 발생한다. 그러니 희망이는 기다려야 할 사람이 한 사람 더 늘었다. 아버지를 기다리던 희망이는 이제 형을 기다리기 시작한다. 그 시간은 희망이의 여름방학이 모두 지나 버릴 정도로 긴 시간이다. 소설의 종반부가 되어도 형이 돌아오지 않으면서 희망이의 하루하루는 절망에 가까워진다. 소설을 읽는 동안 독자인 나조차 '혹시 끝내 형이 돌아오지 않으면 어쩌나' 조바심을 내며 희망이와 함께 형을 기다리는 심정이 되었다. 형에게 어떤 사연이 있는지는 직접적으로 서술되지 않지만 가끔 형의 친구를 통해 전해 오는 소식들로 미루어 짐작건대 형한테 돌아오기 힘든 모종의 사건이 벌어진 듯한 상황만 유추될 뿐이다.

사실 이 작품에서 희망이가 1인칭으로 서술하는 사건과 그에 대한 해석은 열 살 아이의 것이라기엔 조숙하기 그지없다. 어떨 땐 불쌍해 보이는 표정을 무기 삼아 하루를 헤쳐 나가고, 어떨 땐 강해 보여야만 살아남을 수 있는 눈치 백단으로 무장한다. 이처럼 마지막 남은 자존심으로 버텨 보려는 아이의 허세는 그가 아직 어린아이임을 더욱 부각시킨다. 사춘기가 되기 전이라 아직 반항아가 되지는 않았지만 일찌감치 커 버린 모습으로 버티는 열 살 소년의 심정을 작가는 섬세하게 포착한다. 특히 자신을 돌보아 주던 사람들이 한 사람씩 사라지고 혼자 살아 내야 하는 희망이 처지와는 다르게 그에 대한 서술은 자못 담담하고 혼자서 사는 그의 하루는 씩씩하기 그지없어 독자들을 더 슬프게 만든다. 어려서부터 겪은 사건들로 이미 아이도 어른도 아닌 존재가 되어 버린 두 형제의 내면은 곱게 자란 아이들의 그것과 같을 수 없다. 따라서 이 작품은 열 살 아이 희망이의 시선으로 그려졌지만 동화가 아닌 청소년소설이 될 수밖에 없다.

이 작품의 색다른 묘미는 조연들의 모습이다. 형을 기다리며 희망이가 만나는 주위 사람들 역시 모두 사연 있는 이웃들이다. 아이를 유모차에 태우고 서울역을 어슬렁거리는 귀차니 아줌마는 남편이 모든 재산을 가지고 도망간 후 삶을 포기한 사람이다. 그러나 귀차니 아줌마는 희망이와 슬픔을 공유하면서 서로를 돌보아 주는 관계가 된다. 귀차니 아줌마는 조연이지만 독자에게 깊은 인상을 주는 비중 있는 인물이다. 서울역 햄버거 가게에서 아르바이트를 하는 누나도 마찬가지다. 희망이에게 입바른 조언을 하지 않으면서도 그를 지켜보는 이런 사람들이 있기에 희망이는 엄마·아빠·형이 없어도 죽지 않고 생존할 수 있었다. 희망이가 우연히 기르게 된 고양이 버드 역시 빼놓을 수 없는 조역이다. 희망이는 고양이 버드를 돌보며 자신을 돌보던 형의 마음과 행동을 배워 간다. 누군가를 키운다는 것은 누군가와 함께 커 간다는 것을 의미한다. 버드를 키우며 희망이는 성장한다.

이 작품의 가장 강렬한 이미지는 개다리 춤을 추는 희망이의 모습이다. 희망이는 형을 기다리며 서울역 광장에서 때때로 형에게 배운 개다리 춤을 춘다. 소년이 슬프거나 힘들 때 울지 않고 참을 수 있는 건 개다리 춤을 추며 눈물을 참기 때문이다. 우스우면서도 슬픈 상황을 나타내는 '웃프다'라는 신조어가 있는데, 희망이가 개다리 춤을 추는 모습이야말로 '웃픈' 광경이다. 우스꽝스러운 개다리 춤을 출 때 주위 사람들은 소리 내어 웃고 희망이는 잠시 모든 것을 잊는다. 그러나 독자에게 그 춤은 외로움을 이겨 내려는 몸짓으로 각인된다. '춤'은 세상이라는 외로운 길을 혼자 걸어가야 하는 현대인의 허허로운 동작을 의미하기도 한다. 따라서 희망이가 혼자 때로는 형과 둘이 추는 개다리 춤은 21세기 서울이라는 거대 도시에 홀로 남겨진 아이들의 힘겨운 몸짓이다. 그들은 춤을 추며 인생이라는 고개를 굽이굽이 돌아야 할 운명을 타고 났다.

혹시라도 누군가 이들을 돌보아 줄지 모른다는 신파나 착각은 일찌감치 버리는 것이 좋겠다. 최근 현실에서 벌어지는 여러 가지 사건들은 우리 사회가 어린이나 약자를 보호하는 착한 사회일 거라는 막연한 짐작을 무색하게 만든다. 그러한 기대는 환상이거나 '희망고문'이라는 것을 이 작품과 최근 우리 사회에서 일어나는 많은 사건들이 이야기한다. 차라리 아무도 이들을 구원해 주지 않을 것이므로 이들은 스스로를 구원해야 한다고 말하는 것이 진실에 가깝다. 어쩌면 이제 문학은 인간에게 너 자신을 스스로 구원해야 한다는 냉정한 사실을 전달하여 새 길을 모색해야 하는 임무를 떠맡게 되었는지도 모른다. 그렇다면 『서울역』은 그 사실을 제대로 말하는 청소년소설이다.

(2014)

돌고 돌아 '지금 여기'를 말하는 법

최상희 『델 문도』

    얼마 전 '우주 순례 피정'이라는 제목의 가톨릭 행사에 참가했다. 일반인도 참가할 수 있는 이 캠프는 '인간은 영원한 우주 속을 걷는 유한한 순례자'임을 천문학의 도움을 받아 확인하는 자리였다. 야광별과 촛불로 수놓아진 어두운 공간을 걸으며 지난 한 해와 앞으로 걸을 나의 길을 묵상했다. 인간은 자신이 태어나는 공간과 시간을 선택할 수 없지만 아이러니하게도 자신이 서 있는 시공간의 좌표는 존재의 정체성을 형성하는 거의 절대적인 조건이다. '나'는 지금 이곳에 머물기에 '나'인 것이다. 이러한 시공간의 선택 불가와 절대조건 간의 간극을 깨닫는 순간 인간은 자기가 자리한 위치가 갑자기 낯설게 느껴지곤 한다. 이럴 때는 종종 잠시 걸음을 멈추고 내가 선 자리를 확인하는 시간이 필요하다. 최상희의 『델 문도』(사계절 2014)를 읽는 행위 역시 잠시 걸음을 멈추고 내가 선 자리를 묵상하는 시간과 같다.

    나는 『델 문도』가 최상희의 작품 중 가장 아름다운 결과물이라고 생각한다. 그의 『그냥, 컬링』(비룡소 2011), 『옥탑방 슈퍼스타』(한겨레틴틴

2011), 『명탐정의 아들』(비룡소 2012) 등은 당시 휩쓸던 대중 취향의 청소년소설 스타일을 따른 것이었다. 그가 작가가 된 뒤 청소년소설에 대한 고민 없이 그냥 머물러 있었다면 새로운 작품은 나오지 않았을 것이다. 최상희는 지난해 출간된 『칸트의 집』(비룡소 2013)에서부터 진지한 성찰을 담은 이야기로 방향을 선회했고 이제 자신의 길을 찾은 듯하다. 여기서 '교양과 문화의 덧입힘'이라는 표현을 사용하지 않을 수 없다. 작가는 자신에게 감명을 준 건축, 영화, 소설의 색깔을 서사에 덧입힌다. 거칠게 이어 붙이는 것이 아니라 자신이 체험한 다른 장르의 문화를 청소년소설에 제대로 녹여 낸다. 이것은 앞으로 그의 개성이 될 가능성이 높은데 나는 이 방식을 반긴다. 우리 청소년소설에 필요한 또 하나의 영역이기 때문이다.

'세상 어딘가에'라는 부제가 붙은 청소년소설 『델 문도』는 공간적 배경이 개성적인 단편집이다. 한국이라는 작은 지역을 벗어나 인도에서, 베네치아에서, 혹은 어렴풋이 짐작만 되는 공간에서 일어나는 이야기들을 그렸다. 재미있는 것은 언뜻 이국적으로 보이는 공간을 한 편씩 탐색하다 보면 작가가 의도했든 아니든 이 공간의 설정이 단순한 이국 취향이 아님을 깨닫게 된다는 것. 작가가 묘사하는 공간은 안개에 싸인 풍경처럼 잡힐 듯 잡히지 않으나 그것으로 인해 도리어 세상 속 자잘한 서사는 흐려진다. 그 대신 이 방법은 어느 공간에서도, 어느 서사 뒤에도 남아 있는 슬픔, 그리움, 사랑, 추억과 같은 인간 내면의 정서를 돋보이게 하는 효과를 가져온다. 마치 흑백 화면에 작은 부분만 색깔을 입힌, 요즘 많이 보이는 사진과 같다. 이 작품 속 공간들은 그러니까 내면으로 떠나는 여행인 셈이다.

『델 문도』에 나오는 아홉 편의 단편은 우아한 방식으로 어떤 공간에서 사는 사람들의 이야기를 들려주는데, 그 공간을 이어 보면 인생이라는 하나의 아름다운 조각보가 된다. 또한 때로는 아이를, 때로는 소년을, 또 때로는 아이의 눈에 비친 인생의 기쁨이나 의미를 잃은 어른을 통해 '인생이 가진 어떤 속성'을 말한다. 그리하여 공간을 이어 붙이는 작업은 인생이라는 '시간'과 연결된다. 이 단편집에 실린 「필름」은 사진관에 사진 현상을 맡기는 한 여학생의 이야기지만 정작 여학생은 등장하지 않는다. 사진관 집 아이의 목소리로 서술되는 이야기는 거의 대부분 여학생이 맡기고 찾아가지 않은 사진들의 세부 묘사에 할애된다. 여기서 '사진'은 당연히 시간을 붙들어 두려는 행위와 연결된다. 우리에게 일어나고 흘러가는 사건 속에 남는 것은 무엇일까? 어쩌면 그것은 유형의 사진 안에 깃든 하나의 정서나 느낌이 아닐까? 그리고 그것이야말로 인생의 가장 소중한 부분이 아닐까?

그러니 『델 문도』는 더 이상 다른 나라에서 일어나는 이야기가 아니다. 그것은 돌고 돌아 '지금 여기'라는 공간을 낯설게 보게 한다. 내 삶에서 지금 일어나는 사건에 담긴 '눈에 보이지 않는 그 무엇'에 관해 말한다. 그것은 어떠한 색깔과 소리와 모양과 울림을 가지고 있든 어쩌면 영원한 우주의 시간 속을 잠시 거쳐 가는 우리 순례자에게 가장 소중한 것일지도 모른다.

(2014)

웃음은 힘이 세다

최영희 『첫 키스는 엘프와』

　'문장 사이에서 웃음이 쏟아져 내린다.' 최영희의 첫 단편집 『첫 키스는 엘프와』(푸른책들 2014)에 실린 여섯 편의 작품을 읽고 난 소감을 한 문장으로 말한다면 이렇다. 이 책이 더욱 반가운 것은 이야기가 재미있는 데다 그간 청소년소설을 읽으며 느꼈던 답답함까지 가볍게 넘어서고 있다는 점이다.

　일단 이 책은 아이들에게 생기는 고민을 이 세계에 엄연히 존재하는 것으로 깨끗이 인정한다. 학급 내 '왕따' 문제도, 교실에 매일 천 원씩 뜯어 가는 '원만이'가 있다는 것도, '똥통 학교'에 입학해야 하는 현실도 으레 보던 일인 양 자연스레 서술된다. 기존 작품 중 일부가 이런 주제에 대해 지나치게 진지하게 접근하던 것과는 다르다. 과도하게 사건의 원인에 집착하다 답답하게 끝나던 지점도 훌쩍 넘어선다. 학급 내 외톨이나 돈을 뜯기는 피해자들이 사건을 바라보는 시선은 사건 안팎에 자리한다. 당사자들은 사건을 겪으며 그 사건에 대해 스스로 논평한다. 자신이 겪은 사건을 소화하여 들려주는 쿨한(?) 서술이 웃음을 만들어

낸다. 또한 흥분할 만한 사건의 내막은 일찌감치 정리되므로 이야기의 중심은 사건의 원인이 아닌 해결 쪽으로 이동한다.

사건이 학급 안에서 언제나 벌어질 수 있는 풍속도로 인정되면서 이야기는 새로운 국면을 향한다. 아이들도 자신에게 일어난 사건이 고민스럽긴 마찬가지다. 따라서 그들은 자신에게 일어난 사건을 결코 간과하지 않으며 그 나름대로 열심히 해결을 시도한다. 다만 고장 난 나침반처럼 해결 방향이 엉뚱한 곳을 향한다. 「첫 키스는 엘프와」에서 채아는 친구인 다나의 첫 키스 경험을 공감해 주지 못해 사이가 멀어졌다고 생각한다. 이 때문에 자신도 서둘러 첫 키스를 경험하려 하고, 여기에 공자·맹자보다 더한 지혜를 갖춘 같은 반 친구인 구자의 조언이 더해져 사건은 점점 이상한 방향으로 흘러간다. 예상치 못한 방향으로 튀는 사건을 쫓으며 우리는 두 번째로 웃게 된다. 그러나 계속 갈팡질팡할 것만 같던 사건에는 뜻밖의 답이 숨어 있다. 이전에 다나와 같은 '베프'는 아니지만 채아에게는 어느새 새 친구 구자가 곁에 와 있다.

「우리들의 라커룸」에서 해달은 같은 반 '원만이' 도하에게 매일 천 원씩 뜯기는데, 자칭 무술 유단자인 여학생 고다린이 이 문제를 해결해 주겠다고 제안한다. 그러나 아뿔싸! 고다린은 인터넷 강의로 무술을 배웠음이 밝혀지고 그의 필살기는 한 대씩 맞아도 끝까지 버티는 단순 무식한 방법이다. 그러나 그 단순함이 어느새 천 원을 주거니 받거니 하던 관계를 역전시키고 '원만이' 도하까지 평범한 아이로 돌려놓는다. 예상했던 정답은 아니지만 그래도 꽤 괜찮은 결말이다. 어쩌면 정답은 한 가지가 아니었는지도 모른다. 답이 하나가 아니니 최소한 정답을 걱정할 필요는 없어졌다. 이런 후련함을 느끼는 순간 우리는 세 번째로 웃게 된다. 아이들을 믿어 주면 그들은 스스로 길을 만들어 나간다. 어른들이 개입하여 너희는 '가만히 있으라.'며 한 가지 정답만 강요할 때 문제는 더 꼬일 수 있다.

이 책이 텔레비전 프로그램 '개그 콘서트'처럼 웃기지만, 진지한 주제를 다룬 작품 이상으로 믿음직스러운 까닭은 작은 들꽃 같은 아이들을 조명하는 작가의 시선 때문이다. 촌구석에 자리한 절대적 똥통 학교 평안고에서 즐겁게 살겠노라는 현진의 당찬 포부가 반갑고, 마을 이장 아들이라 얼떨결에 마을 어른들을 돌보게 된 영길이의 마음 씀씀이도 든든하다. 축구팀 레알 마드리드와 농구팀 시카고 불스가 같은 라커룸을 쓰는 것 같다는 학교 교실에 대한 산뜻한 비유는 현재 아이들이 처한 자리를 예리하게 보여 준다.

물론 이 작품집에 약점이 없는 것은 아니다. 언뜻 참신해 보이는 단편들은 인물과 대화에 의존하는 비슷한 유형이다. 인물과 대화의 맛깔 나는 재미에 비하여 몇 편의 작품들은 사건이나 구성이 단조롭거나 느슨하여 읽는 동안 지루해지기도 한다. 그럼에도 똑똑하지는 않지만 어느새 마음을 주게 되는 캐릭터들, 감칠맛 나는 대화, 곳곳에서 조용히 빛나는 세태 비판 등을 장편으로도 만날 수 있기를 기대한다. 책장을 덮으며 마지막으로 슬며시 웃게 된다.

(2014)

매를 길들이다, 세상을 길들이다

이송현 『내 청춘, 시속 370km』

인간과 동물의 교감을 다룬 문학은 많다. 주로 인간과 가까운 동물인 개나 말 등을 등장시켜 인간과 소통하며 색다른 우정을 나누는 이야기는 언제나 우리에게 깊은 감동을 준다. 『내 청춘, 시속 370km』(사계절 2011)도 우연히 매잡이를 하게 된 소년 '동준'과 보라매 '보로' 사이에 일어난 사연을 담은 청소년소설이다. 그러나 이 작품은 단순히 인간과 동물의 색다른 우정만을 이야기하고 있지 않다. 소년과 매는 결국 동일한 존재를 은유하기 때문이다. 즉 인응일체(人鷹一體)다. 바이크를 타고 세상 끝까지 달리고 싶던 외로운 소년과 하늘 높이, 멀리 나는 재주 하나만 가진 보라매 보로는 야성적 본성이 살아 숨 쉬는, 아직 길들여지지 않은 어리고 약한 존재들이라는 점에서 서로를 몹시 닮았다. 세상에서 가장 날카로운 눈매와 속도감을 지닌 날짐승이 소년에게 서서히 길들여지는데 그것은 소년이 보라매를 훈련시키며 세상을 배우는 과정이기도 하다. 이들은 서로에게 길들여지며 비로소 각자 세상 속에서 날개를 제대로 펴 마음껏 날고 다시 착륙하는 방법을 배워 나간다.

여기에 가족을 돌보지 않고 오래도록 매잡이에 몰두한 소년의 아버지가 개입된다. 매를 길들이고 다시 떠나보내는 일을 하는 아버지는 세상의 눈으로 보자면 무책임한 가장에 무능력한 어른일 뿐이다. 그러나 바이크를 사고 싶은 욕심에 용돈벌이로 아버지의 매잡이 조수 노릇을 하게 된 아들은 그제야 아버지의 삶을 이해하게 된다. 그것은 아버지의 모든 행동을 수용하는 것과는 다르다. 여전히 아버지의 고집은 불편하며 자신만을 아는 이기주의도 비난받아 마땅하다. 다만 어른이나 가장이라는 계급장을 뗀 부족한 인간이 한번의 삶에서 자신이 사랑하는 일을 찾아 뜨겁게 살아가는 모습을 아들은 발견한 것이다. 이처럼 매와 소년이 함께하는 자리에 아버지는 배경처럼 서서 매와 소년을 길들이고 있다.

작품은 소년, 매, 아버지의 세 축을 돌며 세상에서 강하게 살아가는 모습을 보여 준다. 이 소설이 강렬하게 느껴지는 것은 남자들 사이에서 일어나는 터프함이나 매잡이라는 강한 소재를 치열하게 묘사하기 때문이기도 하지만 그보다는 세상을 에둘러 살기보다는 정면으로 승부하라 말하고 있기 때문이다. 이러한 메시지는 세상의 아늑한 곳, 따듯한 곳을 찾아 조심조심 머물러 있으라는 세속적 처방이 아니라 내가 가고 싶은 곳이 험한 곳이라면 그곳을 내 땅으로 삼아 높이 비행하라는 외침이다. 세상에 길들여지고 싶지 않으면 세상을 길들이는 것이 어쩌면 가장 멋지게 사는 방법일지도 모른다.

세상을 길들이는 법에서 정작 중요한 것은 성급한 몸짓이 아니라 차분한 기다림이다. 소년과 매가 서로에게 길들여지는 과정을 보면 언뜻 『어린 왕자』에서 왕자와 여우의 대화 장면을 떠올리게 된다. 어린 왕자가 여우에게 너를 길들이기 위해서는 무엇이 필요하냐고 묻자 여우는 '인내심'이라고 답한다. 인내심이란 모든 일에는 시간이 필요하다는 것을 인정하는 것, 즉 시간을 길들이는 것에 다름 아니다. 그러나 아직 어린 존재들은 자신이 꿈꾸는 일이 현실화되려면 시간이 필요하다는 사실을 견디기 힘들어한다. 매를 키우며 소년은 비로소 기다림이야말로 멋지게 하늘을 날기 위한 전제 조건임을 깨닫는다. 매를 불러 왼팔에 앉히기까지 얼마나 조바심 나는 순간순간을 보내야 하는지, 매사냥에서 매를 하늘로 날려 보내고 매가 먹이를 무사히 잡을 때까지 추운 겨울의 한복판에 얼마나 오래 서 있어야 하는지를 깨닫는 순간 소년은 성큼 어른이 된다. 소년이 그동안 모은 용돈으로 바이크를 사러 갔다가 결국 사지 않고 돌아서는 장면은 단순히 이제 자신에게 바이크가 필요 없어졌음을 의미하지만은 않는다. 그 사건은 표면적으로는 소년이 어려운 집안 사정을 이해하게 된 것이지만 내면적으로는 소년의 날개가 이미 돋아났음을 뜻하는 것이기도 하다. 소년의 날개는 매를 길들이는 동안 기다림이라는 시간을 통과하며 서서히 자라났다. 따라서 이 작품은 어떤 면에선 가장 정통적이고 근본적인 성숙을 말하고 있다.

한편 이 소설이 진지하게 무게 잡는 이야기인가 하면 결코 그렇지는 않다. 아버지와의 반목, 어머니의 힘겨운 삶을 피해 뛰쳐나가고 싶은 소년을 묶어 주는 든든한 친구 똠양꿍의 속사연과 그와 치고받는 다양한 우정의 퍼레이드, 까칠한 여자 친구 나예리와의 러브라인은 큰 재밋거리다. 요즘 청소년소설에 나타나는 억지웃음이 아닌, 인물과 사건의 결합으로 응당 자연스럽게 생성되는 유머 또한 작품을 읽는 또 다른 즐거움이다.

작품의 결말에서 소년과 아버지는 매를 길들였다 떠나보낸다. 마찬가지로 작품은 소년들에게 넓은 세상 속으로 나아가라 외친다. 그러나 그것은 세상에 나가더라도 좋은 일만 만나리라는 막연한 믿음 때문이 아니다. 그것은 혹시 위험을 만나 쓰러지더라도 다시 일어날 힘을 가지고 있으리라는, 존재에 대한 넉넉한 신뢰 때문에 가능한 것이다. 그러기에 『내 청춘, 시속 370km』는 내가 읽은 청소년소설 중에 청소년을 가장 깊이 믿어 주는 작품이라고 생각한다.

(2011)

성 정체성에 대한 고민을 그리는 방식

김이연 『나는 즐겁다』

 내가 누구인지 말할 수 있는 자는 누구인가? 흔히 '나'라고 인식되는 단일하고 고정된 '어떤 것'이 그리 강건하고 단단한 것이 아닐 수도 있다는 의심은 과연 정체성이란 무엇인가에 대한 고민을 낳게 한다. 우리 시대에 정체성이란 인생의 한 시기에 완성되어 그대로 지속되는 것이 아니라 평생을 두고 계속 고민해 나가야 할 유동적이고 유연한 것이라는 생각이 점차 설득력을 얻고 있다. 그럼에도 청소년 시기가 '나는 누구인가'와 같은 자아 정체성을 고민하는 특별한 시기라는 점에 대해서는 어느 누구도 이견이 없다. 이것은 논리적으로 따지기 전에 청소년기를 보낸 사람이라면 대부분 이러한 고민을 해 본 적이 있기 때문이다. 그런데 자아 정체성 중 성 정체성에 대해서 청소년들은 얼마나 많은 고민을 하고 있을까?

 청소년기는 모두 알다시피 제2차 성징이 뚜렷이 나타나는 시기로 많은 청소년들은 자신의 육체적 변화와 그에 따른 호르몬 변화로 자신도 당황하게 될 여러 증상과 현상을 겪게 된다. 에로스적인 사랑이 충만할 때라 간혹 이성과 동성 상관없이 누군가를 그리워하게 되는데, 그럼에도 대부분의 청소년들은 결국 사회에서 내려오는 관습적인 성 정체성을 받아들이고 여성으로서 혹은 남성으로서의 자의식을 가지게 된다. 김이연의 『나는 즐겁다』(사계절 2011)는 바로 그러한 성 정체성에 의심을 가지고 새로운 길에 나선 한 외로운 소년의 이야기다.

『나는 즐겁다』에는 중학생 이란과 오빠인 고등학생 이락이 등장한다. 이란은 아마추어 직장인 밴드 '영양실조'의 메인 보컬이다. 영양실조 멤버들은 무대에 서고 싶어 오디션을 보러 다니다 밴드 리더이자 드러머인 계서 아줌마의 활약으로 동성애자들의 축제인 '레인보우 페스티벌'에 참가하게 된다. 이란의 밴드 활동 이야기는 이 소설에서 한 축이 되어 서사를 형성한다. 그러나 이 소설에는 더 중요한 메인 테마가 있으니 그것은 바로 이란의 오빠인 이락의 성 정체성에 관한 이야기다. 엄마가 없이 사는 이란과 이락, 그리고 아빠로 이루어진 가정에서 오빠 이락은 자신이 게이라는 사실을 가족에게 알린다. 처음에 이 소식을 들은 아빠는 아들의 커밍아웃을 외면한다. 사춘기에 잠시 생길 수 있는 일시적인 현상일 뿐이라고 아들을 다독이며 문제를 회피한다. 이란 역시 오빠를 이해할 수 없고 창피하기까지 하다. 결국 이락과 아빠는 갈등으로 치닫는다.

"락이 너! 니가 어떻게……."

아빠가 털썩 주저앉았다.

"아빠, 저 힘들었어요. 정말 힘들게 아빠한테 말씀드린 거였는데. 삼 년 동안 매일 밤마다 고민했다고요. 내일은 아빠한테 이야기해야지……. 그런데 어떻게 그렇게 무시할 수 있어요? 저 정말 서운했어요."

오빠 목소리에서 설운 감정이 뚝뚝 묻어났다.

"지난 삼 년을 제가 어떻게 견뎠는지 아빠는 모르실 거예요. 그래도 저 나름대로 잘 해냈어요. 손목 한 번 그은 적 없고요, 나를 미워하거나 부모님을 원망하지도 않았어요. 아니, 그러지 않으려고 정말 많이 애썼어요. 한 번밖에 없는 내 인생, 포기하지 않으려고 저 정말 죽을힘을 다해 악착같이 노력했어요. 정말 살고 싶었어요. 그리고 이제는 행복해지고 싶어요, 아빠."

"락아, 너한테 도대체 무슨 일이 일어난 거니?"

아빠는 거의 울부짖었다. (87~88면)

아들의 모습에 당황한 아빠는 딸 이란에게도 밴드 활동을 그만두라고 한다. 아빠의 반대로 자신에게 가장 소중한 것이 무엇인지 깨닫게 된 이란은 그로 인해 오빠의 마음도 이해하게 된다. 그 사이 이락이 게이라는 소식이 학교 친구 사이에 퍼지면서 갈등은 커져 간다. 친구들은 이락에게 모욕감을 안겨 주고 선생님은 이락의 전학을 강요한다. 이락의 아빠는 그런 아들의 모습을 보며 비로소 아들을 위해 무엇을 해야 하는지를 깨닫는다. 그것은 바로 이락을 있는 그대로의 모습으로 받아들이는 것이다. 결국 아빠는 아들의 가장 강력한 지지자가 된다.

한국 소설에서 그리고 청소년소설에서 동성애를 다룬 작품들은 대부분 동성애를 소수자의 인권 문제 차원에서 접근한다. 문제는 이러한 차원에서 동성애에 접근하면 서사에서 이미 동성애자인 주인공 청소년들의 내적 고민은 해결되어 있고, 타자에게 자신의 입장을 이해시키려고 설득하는 형태로 이야기가 진행된다는 점이다. 물론 여기서 타자란 어른으로 상징되는 사회의 관습을 말한다.

『나는 즐겁다』를 읽으며 가장 아쉬웠던 것 역시 이 부분이다. 소수자의 인권 문제와는 별도로 문학에서 주인공의 성 정체성을 다룰 때 가장 우선시해야 하는 것은 무엇인가. 그것은 스스로가 스스로를 인정하기까지 벌이는 내면 갈등이다. 동성애를 타인이 인정해 주기를 바라는 게 우선이 아닌 것이다. 우리나라의 동성애 이야기는 정작 자기 자신과 어떠한 싸움을 벌였는지, 어떠한 고민이 있었는지는 별로 이야기하지 않는다. 왜 그럴까? 무릇 세상에서 가장 힘든 것은 타자가 아닌 자기 자신과의 싸움이다. 이들은 동성애자로서의 자기 자신이 낯설고 당황스러웠을 것이고 차마 인정하고 싶지 않았을 것이다. 그것을 인정하고 받아들이게 된 과정과 평생 지속될 정체성에 대한 고민이 작품에 담겨 있어야 한다. 그게 먼저다.

결국 텍스트가 동성애자를 사회에서 인정하고 보장해야 한다는 선언에만 충실하면 이야기의 흐름은 소수자의 인권 문제를 강조하는 계몽으로 이어지게 된다. 이렇게 소수자의 인권과 기존 관습과의 대결 양상으로 나아가는 것은 손쉬운 플롯이고 결말이다. 또한 이는 동성애자가 아닌 이들을 설득하는 데에도 별로 효과적이지 못하다. 동성애 문제는 사실 사랑의 관점에서 바라보아야 한다. 남성은 여성만을, 여성은 남성만을 사랑해야 한다는 사회의 관습에 대한 당연한 의심이 출발점이다. 그렇다면 동성애는 인권 이전에 사랑이야기로 다루어져야 한다. 동성애자든 이성애자든 사랑의 감정은 동일하며 사랑이라는 정서가 가진 보편성을 이야기할 때 동성애자의 개별적인 정체성은 설득력을 얻을 수 있을 것이다.

게이로 알려진 영화감독 김조광수는 한 신문 칼럼에서 그의 청소년기 시절에 대해 이야기했다. 동성애자라는 커밍아웃이 몰고 온 가장 큰 문제는 타인의 시선이 아니라 자신에 대한 자책이었다는 것이다. 스스로를 병든 사람이라 여겼고 결국 그 병을 이기지 못하는 나약한 사람이라는 생각에 더 우울해졌다고 한다. 좋아하는 사람이 생겼을 때는 행복하기보다 비참했고 좋아하는 사람에게 나쁜 병을 옮기지 않을까 하는 잘못된 통념 때문에 고민했다고 한다. 물론 그의 청소년기 고민을 들여다보면 고민의 대부분이 주류 사회의 시선으로 자기 자신을 바라보는 데에 기인함을 알 수 있다. 그럼에도 그의 고백에서 읽을 수 있는 중요한 것은 청소년 시절 자신이 동성애자임을 인식한 소년·소녀들의 가장 큰 갈등은 외부가 아닌 내부에 있다는 점이다. 문학이란 결국 한 사람이 자신의 내면을 찾아 떠나는 여행이다. 그런 점에서 동성애를 다루는 이야기는 이제 조금 달라질 필요가 있다.

(2011)

가족은 불량하지 않았다

손현주 『불량 가족 레시피』

최근 주부들이 명절 때 받는 스트레스 지수가 친한 친구가 죽었을 때 받는 스트레스 지수보다 높다는 연구 결과가 나왔다. 전문가는 이러한 이유에 대해 개인화된 현대사회에서 명절은 대가족 중심의 문화로 회귀하는 시간이기 때문이라고 말한다. 대가족 사회가 급격하게 핵가족 중심으로 재편된 지 오래이니 멀지 않은 미래에 현재와 같은 형태의 가족 구성조차도 사라지는 것이 아닐까 하는 생각을 종종 하게 된다. 이미 영화를 통해서도 바람난 가족, 해체된 가족이 화두가 된 지 오래고 가족의 해체를 다룬 문학도 적지 않게 발견할 수 있다.

제1회 문학동네 청소년문학상 수상작 『불량 가족 레시피』(2011) 역시 제목부터 가족에 대한 의미를 재고해 보는 청소년소설이다. 이 시대 청소년들에게 가족은 마치 개인의 욕망을 누르고 억압하는 집단처럼 되어 버린 느낌이 강하다. 그러나 찬찬히 생각해 보면 가족은 사회에서 개인을 보호하고 양육하는 순기능도 있다. 청소년의 경우 부모로부터 탈출하고자 하는 욕망이 크지만 기실 돌이켜 보면 부모는 힘들고 어려울 때 가장 먼저 떠오르거나 의지하고 싶은 대상이기도 하다. 뒤돌아보지 않고 주저없이 떠나기에는 아직 부모의 사랑이 필요하지만 과도한 관심으로부터는 벗어나고 싶은 청소년들에게 가족은 어떤 의미일까?

『불량 가족 레시피』에서 주인공인 여울이를 포함한 가족 구성원이 서로를 미워하고 으르렁거리는 불량 가족 구성원이 될 수밖에 없었던 이유는 물질적으로 무능력하고 가족에 대한 애정이 전무한 아버지 때문이다. 가족이 구성되는 첫 단계인 남편과 아내의 관계, 즉 여울이의 아버지와 어머니부터 문제가 있었다. 여울이의 아버지는 세 명의 아내를 맞아 세 명의 아이를 두게 된다. 문제는 세 명의 아내가 지금 현재 어느 누구도 남아 있지 않고 결혼한 순서대로 떠나 버렸다는 데에 있다. 엄마가 없는 세 명의 배다른 삼남매를 거두는 이는 걸죽한 경상도 사투리로 잔소리를 질러 대는 할머니다. 아내 없이 혼자 사는 아버지는 채권 관련 일을 하는데 자식들을 무급 사원으로 부려 먹는다. 다발경화증에 걸린 여울이의 오빠는 소심하여 아버지의 폭력에 시달리고 또 다른 배다른 언니는 아버지에게 불만을 품고 가출하고 만다. 뇌경색에 걸린 주식 중독 삼촌 역시 결국 집을 떠나 주유소에서 일하게 된다. 이들은 모두 각자의 사연이 있고, 사건의 중심에는 언제나 문제적 인물인 아버지가 존재하고 있다.

이 작품은 이들의 이야기를 그야말로 레시피처럼 나열하여 보여 준다. 작가는 아버지로 인해 고통받는 가족 한 사람 한 사람의 사연을 소개하는 데에 공을 들인다. 할머니나 언니, 삼촌과 오빠의 캐릭터는 생생하고 그들의 사연 역시 독자들의 마음을 열게 만든다. 여울이는 가족이라는 이름의 타인에게 상처받은 마음을 가족 이외의 친구들에게 위로받지만 집으로 돌아오면 그뿐이다. 여울이를 포함한 가족의 문제는 가족 모두가 해결해야 한다.

작품의 인물군은 주목할 만한 반면 그것이 나열되는 형태로 서술되어 구성에 아쉬움이 있다. 특히 여울이의 성장과 독립은 갑작스럽다. 이야기의 후반부는 아버지가 사업 실패로 교도소에 들어가고 집안이 기울면서 다른 모든 가족이 가출을 하는 것으로 치닫는다. 아버지의 교도소행과 다른 가족들의 가출이 앞서거니 뒤서거니 이어지면서 가족은 결국 해체의 수순을 밟는다. 이제 남은 사람은 가출했다 돌아온 할머니와 그 할머니를 책임져야 하는 여울이뿐이다. 살던 집마저 잃고 임대 아파트로 이사 가게 되고 학교도 제대로 졸업할 수 없게 된다. 아이러니하게도 이때부터 여울이는 힘이 난다. 극단적인 상황은 도리어 여울이에게 힘을 불어넣어 준다. 닥치면 하게 된다는 말이 괜한 소리가 아니다. 그러니까 이제껏 여울이를 괴롭혀 온 아버지가 사라진다는 것이야말로 다른 모든 상황을 만회할 수 있는 긍정적인 반전인지도 모를 일이다. 문제는 이러한 구성이 자연스럽게 배치되지 못한 채 나열에 머물고 있으며 결말 또한 급작스럽게 마무리되면서 여울이의 변화와 성장을 독자가 찬찬히 음미할 수 있도록 숙성해 내지 못했다는 점에 있다. 작품은 여울이가 답답할 때 취미 생활로 코스프레 동아리 활동을 하는 모습을 보여 주는데 이는 지겨운 현실이 아니라 잠시나마 '피오나 공주'가 되어 '겁나 먼 세상'으로 떠나고 싶어 하는 여울이의 속마음이다. 여울이는 코스프레 활동을 하며 딸을 잃은 천사로 분장한 아주머니와 만나 깊은 이야기를 나누기도 한다. 그러나 이러한 각각의 에피소드들은 여울이의 현실 속 아픔과 떠나고 싶은 희망을 대비하여 엮어 내기보다는 개별적인 사건에 머무는 듯해서 아쉽다.

여울이네 가족들은 결코 불량하지 않았다. 다만 무책임한 가장으로 인해 불량스러운 상황에 내몰렸을 뿐이고, 폭력적인 아버지에게 제대로 한 번 대들어 보지도 못했던 소심한 사람들에 불과하다. 그러니까 여울이를 포함한 가족들은 정작 불량한 것이 아니라 도리어 너무나 착하고 여린 사람들이었다. 작품 후반부에서 여울이가 가장이 되고 할머니와 둘만의 가정을 이루는 것 역시 여울이가 현실을 외면할 수 없는 착한 아이였기 때문이다. 피오나 공주가 되어 애니메이션 속 즐거운 세상으로 떠나는 대신 할머니를 책임지는 소녀 가장이 된 여울이가 새로운 가족을 탄생시키는 결말은 주인공의 자발적인 선택일까, 상황에 의해 만들어진 불가피한 선택일까? 불량하지 못했던 여울이가 끝까지 불량할 수 없었던 이유는 가족 해체를 끝까지 밀어붙이기보다는 성장소설로서의 순탄한 마무리를 의식했기 때문이 아닐까 싶기도 하다.

어쨌든 서두에서 제기한 이 시대 가족이란 서로에게 과연 무엇인가 하는 의문은 여전히 남는다. 아니, 지극히 개인화된 사회에서는 가족과의 관계뿐 아니라 개인이 맺는 모든 '타인'과의 관계가 고민거리가 된다. 사회의 속성상 혼자서는 살 수 없다면 개인과 개인이 맺어야 할 가장 인간적이고 바람직한 관계는 무엇일까? 중요한 것은 관계를 맺기 시작할 때 서로의 관계를 규정하고 명명하는 순간부터 책임이 따른다는 것을 의식하는 것이다. 부부라는 이름으로, 형제라는 이름으로, 가족이라는 이름으로, 그리고 친구라는 이름으로 서로를 부르는 순간부터 말이다. 그런데 관계를 맺기 시작할 때는 가족이라는, 친구라는 아름다운 단어 안에 그토록 무거운 책임이 숨어 있음을 알지 못하니 그것이 바로 관계의 아이러니일지도 모르겠다.

(2011)

낭만과 진실 사이

양호문 『달려라 배달 민족』『웰컴, 마이 퓨처』

양호문은 작가로 활동한 지 오래되진 않았지만 지금까지 출간된 세 권의 청소년소설로 자신만의 색깔을 확실히 드러내고 있다. 첫 작품인 『꼴찌들이 떴다!』(비룡소 2008)는 좋게 말하자면 인턴이요, 정확하게 말하자면 노동 착취를 당하는 지방의 공고생들의 이야기다. 두 번째 청소년소설 『달려라 배달 민족』(별숲 2011)은 도심의 변두리에서 살아가는 저소득층 아이들의 채소가게 창업(?) 이야기고, 곧이어 출간된 『웰컴, 마이 퓨처』(비룡소 2011)는 어려운 집안 사정으로 학교를 자퇴하고 각종 '알바'를 해야 하는 미래 청소업체 CEO(?) 세풍이의 이야기다. 이쯤 되면 작가가 말하고자 하는 것은 무엇이고 바라보는 방향이 어디인지 어렴풋이나마 짐작하게 된다. 작가는 이 땅의 변방에 머무는 청소년을 주목하고 그들이 당당하고 힘차게 살도록 격려하고 싶은 것이다.

『달려라 배달 민족』의 공간적 배경은 어느 도시에서나 볼 수 있지만 누구도 눈여겨 살피지 않는 곳, 즉 대형 마트로 인해 삶의 터전이 점점 무너져 가는 재래시장 지역이다. 허물어져 가는 거리에 살며 공부에 재미를 못 붙여 학교에서 점점 도태되는 아이들. 그런데 이들이 생계를 위해 재래시장 한 귀퉁이에 부모들마저 포기한 채소가게를 차려 돈벌이에 나섰다. 『웰컴, 마이 퓨처』 역시 홀어머니와 누나, 장애인인 형과 함께 살아가는 고등학생 세풍이가 결국 학교를 자퇴하고 생활 전선에 나서는 이야기이다.

두 작품은 모두 집안 형편이 어려운 아이들이 공부를 과감히 포기하고 생활 전선에 전면적으로 나서는 모습을 긍정적이고 따뜻한 시선으로 그려 냈다는 공통점이 있다. 『달려라 배달 민족』은 리얼리즘적인 서사 속에 최근 청소년소설의 경향인 유머 코드를 삽입했고, 『웰컴, 마이 퓨처』의 경우 유머 코드가 줄어든 대신 세풍이를 긍정적인 캐릭터로 그려 내어 어느 상황에서도 다시 일어서는 오뚝이 같은 모습을 보여 주려 했다. 작가는 어려운 상황을 너무 심각히 여길 때 벌어질 좌절을 경계하면서 주인공들이 당당하게 웃으며 어려움을 극복하길 바라는 듯하다. 그것은 물론 우리가 어려운 상황에 놓였을 때 꼭 필요한 삶의 태도이기도 하다.

두 작품에서 작가는 어려운 처지의 청소년들에게 힘을 주고 주변부 아이들을 따뜻하게 보듬어야 할 필요성을 이야기하고자 한다. 그런데 두 작품은 모두 어딘지 미흡하게 느껴진다. 작가의 의도가 앞서 있어 청소년 주인공들이 스스로 야무지게 겪어 내야 할 '절망'과 '고통'의 통과의례가 희석된다는 점이다. 가령 유머 코드를 도입한 『달려라 배달 민족』은 리얼리즘과 유머가 충돌한다. 리얼리즘적 경향이 강한 소설에 유머 코드를 집어넣는 바람에 작품에서 풍겨 나오던 생생한 삶의 냄새가 상당 부분 가벼워졌다. 어려운 상황에서도 꿋꿋하게 채소를 팔던 아이들이 자신들의 가게에 불을 낸 집단과 오토바이 시합으로 결판을 짓는 마지막 설정은 중심에 당당히 서 있어야 할 이야기의 뼈대를 일종의 코미디로 바꾸어 버린다. 아이들이 진지하게 대결해야 할 사회의 악과 어려움을 과연 낙관과 웃음만으로 극복해 낼 수 있을까?

청소년소설은 청소년의 처지에서 자신에게 닥친 사건을 해결하는 플롯을 가지고 있다. 청소년의 눈높이에서 거대한 세계와 충돌하는 과정에서 아이러니가 발생한다. 이는 청소년이 가진 경험이 거대한 세계를 해석하기에는 역부족이기 때문이다. 이러한 플롯의 양상이 청소년의 시선 쪽에 머물면 '아이러니'가 되고 '사회'에 중심을 두면 '풍자'에 가까워진다. 철학자 베르그송은 '웃음은 경직적이고 기성적인 것, 기계적이고 무반성적으로 이루어지는 행동들에 대한 본능적 저항'이라고 했다. 따라서 기성적이고 무반성적인 기존 사회와 청소년의 시선이 제대로 정면 대결 한다면, 웃음은 일부러 의도하지 않아도 작품 속에 자연스럽게 흐르게 된다.

『웰컴, 마이 퓨처』의 경우 세풍이의 낙관적이고 긍정적인 캐릭터가 이 작품을 따뜻하게 만들고 있지만 과연 세상을 긍정적으로 바라본다는 것은 무엇인지 의심해 볼 여지가 있다. 인간에게 있어 '구원'은 세상을 긍정적으로 바라본다고 해서 쉽사리 얻어지는 것이 아니다. '구원'은 바닥을 치는 절망과 굴속에 갇힌 막막함이 극에 달해 벽을 허무는 순간 나타나는 새로운 문이다. 인간이 긍정적으로만 살 때 세상은 진짜 나아갈 길을 보여 주지 않는다. 작품에 세풍이의 깊은 절망이 엮였다면 '다시 일어나라.'는 작가의 메시지가 좀 더 효과적으로 전달되지 않았을까?

최근 대학생들과 인도 영화 「세 얼간이」(2009)에 대해 이야기를 나눌 기회가 있었다. 기존의 교육제도를 첨예하게 비판하며 대안을 제시한 이 코미디 영화를 대부분의 학생들은 공감하고 환영했다. 하지만 한편으로 이 영화가 제시하는 결말이 현실적이기보다는 낭만적이라는 비판도 나왔다. 이 영화의 세 주인공 중 가장 스마트하고 능력이 있는 '란초'의 처지에서 보자면 세상은 충분히 희망적으로 "All is well"이라 외쳐도 좋을 만큼 만만한 것이다. 란초는 어느 세상에서도 승리할 능력과 자신감과 단단함을 가졌기 때문이다. 그러나 아쉽게도 우리 대부분은 란초가 아니다. 우리는 시험을 볼 때마다 꼴찌를 면하지 못하고 능력 없는 부모와 지참금이 없어 결혼도 할 수 없는 누나를 둔 '라주'와 비슷하다. 결국 라주가 구원을 얻는 것은 대학 졸업까지 막막해진 상황에서 절망에 지쳐 자살을 시도하고 온몸이 묶인 병상에서 자신에 대해 곰곰이 생각하는 시간을 가졌기 때문이다. 긍정과 웃음은 그냥 얻어지지 않는다. 힘껏 울어 본 사람만이 제대로 웃을 수 있다. 때로 세상에 대한 낭만적 생각은 서사적 진실과 멀어지는 걸림돌이 되기도 한다.

내가 아는 청소년들은 죄다 바보 같다. 그들은 쉽게 얻을 수 있는 세상과의 타협을 거부하고 스스로에게 불리한 줄 알면서도(혹은 진정으로 몰라서) 꼭 불구덩이에 뛰어들거나 어른들과 불화한 후에야 세상을 배운다. 옆에서 보기엔 참으로 어리석다. 그러나 절망이라는 반환점을 돌아야 결승점에 웃으며 들어올 수 있는 것이 청소년이라면, 그들이 겪어 내야 할 통과의례의 전 과정을 참고 바라봐 주는 것은 어른의 몫이다.

양호문 작가가 바라보는 세상, 그리려고 하는 청소년, 그들에게 힘을 주려는 시도들은 모두 소중하다. 하지만 그가 정말 넉넉히 웃을 수 있는 힘을 청소년들에게 주기 위해서는 낭만과 진실의 관계에 대한 고민이 필요하다. 그런 의미에서 이 작가는 출간된 세 권의 책을 내려놓고 다시 나아가야 하는 출발선에 서 있다.

(2011)

사랑을 빌려 와 금기와 마주하다

최인석 『약탈이 시작됐다』

청소년소설은 그동안 머뭇거려 왔다. 소설은 인간과 세상의 관계를 다루는 장르다. 따라서 이 사회에서 일어날 수 있는 모든 상황에 열려 있어야 한다. 그리고 그것은 소재나 주제의 문제가 아니라 누구의 눈으로 무엇을 어떻게 서술하는지의 서술 방식까지를 포함한다. 그동안 청소년소설은 소재를 넓히려고 애썼지만 그럼에도 청소년소설이 허용하는 범위를 스스로 한정하고 시선을 가두려는 경향이 없지 않았다.

최인석의 『약탈이 시작됐다』(창비 2010)는 친구의 새엄마를 좋아하게 된 성준, 그리고 담임선생님을 사랑하게 된 윤지의 '사랑이야기'를 가져와 금기를 이야기하고자 하는 작품이다. 무엇보다도 이 작품이 과감하게 보이는 까닭은 작품 초반 성준의 눈에 비친 친구 용태의 새엄마 금선의 모습이 파격적으로 그려지면서부터이다. 성준의 눈으로 초점화되어 서술되는 방식을 택한 까닭에, 세찬 비가 내리는 낯선 거리의 친구 집에서 만난 금선의 모습이 더욱 에로틱하게 비춰진다. 따라서 이 작품은 과감한 소재를 차용한 듯 보이지만 사실은 전형적인 성장의 테마를 다루고 있다. 성장소설에서 금기와의 마주침이야말로 가장 전형적인 사건이기 때문이다. 재미있게도 이 작품과 비슷한 시기에 국내에 번역된 독일 소설 『침묵의 시간』(지크프리트 렌츠, 사계절 2010) 역시 김나지움 13학년 학생인 크리스티안과 영어 선생님 슈텔라와의 사이에서 일어나는 사제 간의 사랑이야기를 다룬다. 그런데 『침묵의 시간』의 경우 '사랑'을 그리기 위해 이루어지기 어려운 상황을 선택했다면, 『약탈이 시작됐다』는 '금기'를 이야기하기 위해 '사랑'을 예로 든다. 어쨌든 청소년이 '금기', 즉 사회가 일방적으로 그어 놓은 선과 마주하게 되는 것은 성장의 도정에서 만나게 되는 필연적인 수순이다. 청소년 시기 우리는 세상의 벽이나 금기와 마주하게 되고 스스로 그것을 넘어 나만의 가치관, 세계관 같은 것을 만들어 나가게 된다.

이 작품이 지금까지의 성장소설과 다른 점은 작품 속에 등장하는 어른의 모습에서 찾을 수 있다. 금선과 서봉석 선생은 여전히 금기에 관해 고민하는 어른이다. 이들은 자신에게 일어난 마음의 파장을 회피하지 않고 진지하게 마주하면서 사회적 통념과 자신의 행위에 대한 책임을 고민한다는 점에서 여전히 성장하고 있는 어른들이다. 그렇다! 세상은 어른이 되어서도 여전히 인생이라는 달리기에서 사회가 만들어 놓은 장애물에 대해 다시 한 번 생각해 보아야 한다. 한편 금기나 관습이라는 것이 존재하기에 세상을 살아가기가 종종 괴로울 수도 있지만, 모든 사회 속에 존재하는 금기나 관습은 만들어진 연유가 있기에 그것들을 과감하게 넘어서는 것 역시 쉬운 일은 아니다. 금기라는 것은 결코 쉽게 넘어설 수 있는 문제가 아니다. 서봉석 선생과 금선의 행위가 그것을 대변한다. 소설이 타락한 사회에서 타락한 자를 등장시켜 진정한 가치를 보여 주고자 한다면, 이 작품에서 타락한 자는 과연 누구인가? 표면적으로는 미성년인 제자에게 사랑의 감정을 느끼고, 그로 인해 손가락질을 받는 서봉석 선생이다. 그러나 심층적으로는 자신의 감정을 솔직히 인정하고 고민하는 금선이나 서봉석 선생이 아니라 사회에서 요구하는 법을 지키며 살지만 정작 자신의 도덕적 타락을 인식하지 못하고 위선적으로 살고 있는 사람들이다.

이 작품의 가장 큰 매력은 풍부한 문학적 장치의 활용이다. 서봉석 선생과 징계위원회 위원들과의 면담에서 보여 주는 풍자, 욕망의 분출구로 종로의 약탈 지역을 상징화하여 보여 주는 것 등이 대표적인 예이다. 특히 작품에서 종로는 금기로 인해 수면 위로 떠오르지 못하는 욕망이 잠재되어 있다가 대리된 욕망으로 나타나는 약탈의 공간이다. '밤'의 시간에 나타나는 일탈 행위인 약탈은 인간의 내면에 억압되었던 욕망의 분출을 드러낸다. 이들이 물건을 훔치는 것은 단순히 소유에 대한 욕심이 아니다. 인간의 욕망은 대부분 대리된 욕망인바, 이들의 행위는 누군가에게 반납했던 자신들의 욕망을 찾아오려는, 순간적으로나마 금기를 벗어나려는 몸부림이다. 사회를 점잖게 살아간다고 자부하던 인간들 역시 약탈 행위에 동참한다.

그렇다면 이들에게 억압된 욕망은 무엇인가? 그것은 인간에게 부여된 모든 금기와 통제로부터 자유로워지고 싶은 마음이다. 인간이란 무릇 그러한 금기로부터 자신을 재정립해야 한다. 어릴 때 일방적으로 부여되었던 규칙을 의심하고, 그 규칙을 의심하는 자기 자신에 흠씬 놀라면서도 자신과 금기와의 관계를 인정하고 섬세하게 들여다보는 자세가 중요한다. 그럼에도 우리 사회는 청소년을 포함한 모든 사람들에게 그들의 욕망과 본능을 무조건 덮어 버리기를 강요하고 그것을 무조건 부정하려고 해 왔다. 미성숙한 사회의 지표는 미성숙한 청소년이 아니라 미성숙한 어른이 얼마나 양산되는가이다. 여기서 미성숙이란 자신의 내부에서 벌어지는 일들에 대해 '생각'하는 것을 배우지 못한 태도를 말한다.

이 작품의 또 하나의 매력은 마지막 장면이다. 고등학생 성준은 금선을 생각하고 그리워하다 점차 금선이 마음을 정리하는 것을 느끼며 자신의 사랑도 끝나 감을 예감한다. 전날 일어난 금선과의 이별을 다시 한 번 영화를 보듯 성준의 눈으로 제 3자가 되어 바라보는 마지막 장면은 이제 금선과의 관계가 과거의 일이 되었음을, 성준이 한 차례 열병처럼 앓았던 금선에 대한 감정이 정리되어 감을 나타낸다. 자신을 객관적으로 응시하는 시선으로 보여 줌으로써 마지막 장면이 효과적으로 처리되었다. 작품 곳곳에서 출현해 성준의 마음 상태를 대신 보여 주던 고양이 역시 마지막 장면에 다시 나타나 밤과 야성의 상징적 이미지를 만들어 준다.

『약탈이 시작됐다』는 소재와 주제가 문학적 장치와 결합하면서 어떻게 효과가 극대화되는지 보여 준다. 그리고 이러한 문학적 장치가 과감하게 활용될 수 있었던 이유를 우리는 좀 더 생각해 보아야 한다. 청소년소설은 조금 더 과감해져야 한다. 여기서 청소년소설이 가져야 할 과감성은 단지 소재나 주제의 문제가 아니다. 그것은 문학의 이름으로 용기 있게 표현되어야 할 미학적 결단이다. 이것은 문학을 대하는 일종의 자세, 즉 문학적 도덕성의 문제다. 청소년소설이라는 경계 안에서 미성년 독자를 지나치게 의식하거나 학부모의 눈에서 벗어나지 않게 하려고 가장 문학적으로 형상화해야 할 장면을 포기하는 것이야말로 청소년소설의 발전을 지체시키는 덫일 수 있다. 독자의 마음을 불편하게 하는 책이야말로 읽을 만한 책이라고 하지 않던가.

(2010)

자아를 찾아 떠나는 여행

표명희 『오프로드 다이어리』

우리가 매일 걷는 길의 궤적을 그려 보면 우리는 하루하루를 어떻게 살았는지 돌아볼 수 있을 것이다. 영화를 좋아하는 이는 영화관으로 향한 길을 자주 걸었을 것이다. 책을 좋아하는 이는 서점이나 도서관으로, 술을 좋아하는 이는 술집으로 종종 발걸음을 옮겼으리라. 어쩌면 우리가 매일 걷는 길을 이어 보면 우리의 인생이 되고 나만의 작은 역사가 되는 게 아닐까? 그러기에 '길'은 소설이나 영화에서 인생을 뜻하는 고전적 상징이다. 표명희의 청소년소설 『오프로드 다이어리』(창비 2010)는 제목에서 연상할 수 있듯 청소년의 한 시절과 모터사이클을 타고 자신의 길을 찾아 나서는 여행을 연결한 여로(旅路)형 이야기다.

이 작품에 등장하는 두 주인공, 빔과 앨리스는 물론 본명이 아닌 인터넷 카페에서 부르는 닉네임이다. 인터넷 카페 '세상 속으로'에는 다른 이들과 접촉하지 않고 혼자 은둔하는 학생들이 모여 있는데, 그중에서도 가장 외로운 아이들만 모인 '이상한 나라'라는 채팅 모임에서 빔과 앨리스는 밤마다 타인에게 털어놓지 못했던 속내를 나눈다. 이들은 세상 밖에 오래 살다 보니 이제 세상 속으로 들어가고 싶어도 세상을 향한 문을 열지 못한다. 장차 영화 만들기를 꿈꾸는 빔은 방에 틀어 박혀 매일 서너 편의 영화를 탐식하며 살아간다. 그가 매일 어둠 속 화면을 응시하는 이유는 세상과 마주할 힘과 용기를 잃었기 때문이다. 앨리스 역시 한때는 특목고에 진학할 정도로 성적이 우수한 학생이었지만 이제는 더 이상 학교에 다니지 않고 집에만 머물려고 한다. 간절히 세상 속으로 들어가고 싶지만 그 방법을 몰라 답답하던 빔이 선택한 것은 결국 엄마가 남긴 할리 데이비슨을 타고 앨리스가 사는 곳을 향해 달리는 것. 세상 속으로 들어가기 위해 빔은 세상 끝까지 달리는 방법을 택한 것이다.

기존 청소년소설에 일반학교를 다니는 비교적 평범한 아이들이 주로 등장하는 것과 달리 이 작품은 현재 급속하게 변하는 우리 사회 청소년들의 다양한 모습을 반영하고 있다. 아이들은 모두 저마다의 얼굴만큼이나 서로 다른 개성을 타고나지만 청소년이 되면 똑같은 교복을 입고 한곳으로 향한 길을 걸을 것을 강요당한다. 이들에게 필요한 것은 나만의 길을 찾아내는 것이다. 『오프로드 다이어리』에는 학교를 자퇴한 아이, 영화에 빠진 아이, 등굣길을 벗어나 여행길에 오른 아이가 등장한다. 이들의 모습은 최근에 부쩍 늘어난 탈학교 아이들의 모습을 대변한다. 언뜻 보기엔 대열에서 낙오한 듯한 이 아이들에게 작가는 숨 쉴 공간을 만들어 주고 있다.

모터사이클을 타고 이미 만들어져 있는 온로드의 길이 아닌 오프로드를 달린다는 작품의 상징 또한 의미심장하다. 실제 우리 사회에서 오프로드를 새롭게 만들 수 있는 세대는 편한 길에 익숙한 기성세대가 아니다. 새로운 길을 만들어 내며 그 길을 달려야 하는 모험은 젊은이의 과제이자 특권이다. 또한 오프로드를 달리는 것은 앞으로의 세상에서 요구되는 중요한 자질이기도 하다. 자신을 위한 길을 스스로 만들지 않으면 결국은 수많은 이들이 몰리는 막다른 길 혹은 너무나 많은 사람들로 가득 찬 길에 들어설 수밖에 없는 세상이 되기 때문이다.

'오프로드 다이어리'라는 제목은 이 작품에 등장하는 영화 「모터사이클 다이어리」(2004)와 주제를 공유한다. 영화 「모터사이클 다이어리」에는 쿠바의 혁명가 체 게바라가 의학도였던 젊은 시절, 모터사이클을 타고 친구와 여행을 하면서 세상에 대해 깊이 고민하는 과정이 담겨 있다. 위대한 혁명가이자 사상가가 된 체 게바라의 철학적 사유는 쉽게 만들어진 것이 아니고 젊은 시절 세상 구석구석을 달리며 보고 느꼈던 체험들이 모여 형성된 것이다. 따라서 빔의 여행은 이 영화와 어딘지 닮은 데가 있다.

이 작품에는 새로운 길을 찾고자 하는 두 아이의 갈망과 내면적인 아픔이 엮여 있다. 빔에게 찾아온 가장 큰 불행은 여행의 막바지에서야 밝혀지는 어머니의 죽음이다. 작품 내내 빔과 어머니가 대화한 내용은, 사실은 빔이 어머니와 과거에 나눈 대화를 회상한 것이다. 작가는 왜 굳이 어머니의 죽음을 빔의 성장과 연결한 것일까? 최근 청소년소설에 지나치게 자주 등장하는 죽음을 떠올릴 때 이 작품 역시 죽음이라는 충격적인 상황을 너무 쉽게 그린 것이 아닌가 하는 아쉬움이 남는다.

문학적으로 볼 때 그것은 탯줄 끊기라는 큰 과제를 앞두고 있는 아이들의 상황을 상징한다. 부모와 자식의 관계에서 어머니의 역할 중에 가장 중요한 것은 자식이 청소년이 되었을 때 탯줄을 성공적으로 끊어 내는 것이라고 한다. 부모와 자식이 제대로 탯줄을 끊지 못할 때 자식은 성인이 되어서도 많은 문제를 안고 살게 된다. 그러나 '제대로 된 탯줄 끊기'라는 이상적 상황이 과연 가능할까? 그러므로 작품에서 어머니의 죽음은 의도적인 것으로 주인공에게 강제적으로 탯줄을 끊게 하려는 것이다. 빔은 예기치 않았던 어머니와의 영원한 이별을 겪고 그것을 인정치 않으려 오랜 기간 방 안에 갇혀 있었다. 이후 여행을 통해 그것을 인정하면서 비로소 세상에 다가서게 된다. 이 세상은 더 이상 아름답지 않으며 어린 시절의 세계는 유리 집과 같이 깨지기 쉬운 것이고 이제 폭력과 아픔이 엄연히 한쪽에 자리하고 있는 세상에서 살아야 함을 깨닫게 되는 것이다. 앨리스 역시 마찬가지다. 그가 학교에 적응하지 못한 표면적인 이유는 성적 문제다. 앨리스가 진짜 상처를 입은 것은 친구의 죽음을 목격하면서부터다. 그때부터 앨리스는 떠나간 친구에 대한 죄의식을 느끼고 있었다. 그러므로 앨리스가 친구의 죽음을 받아들이는 것은 이전의 자아가 한 번 죽고 새롭게 태어나야 하는 제2의 탄생을 의미한다.

『오프로드 다이어리』는 기존의 사실적인 기법의 청소년소설과 견줄 때 빔 벤더스의 영화처럼 낯설고 상징적이다. 상황에 대한 세밀한 묘사는 주인공이 좋아했던 영화를 보는 듯 영상으로 먼저 다가온다. 아이가 어른이 되어 가는 과정은 피할 수 없는 아픔이 축적되는 시간의 연속이다. 청소년이 아니더라도 인간은 누구나 스스로에게 부여된 아픔을 감내하며 살아야 하는 외로운 존재들이다. 이미 만들어진 길이 아닌 자신이 만든 길을 걸을 때 비로소 진정한 자아와 마주하여 아픔마저도 기쁘게 극복할 수 있다. 우리도 빔과 앨리스처럼 저마다의 길에서 우연히 만나는 친구를 보듬어, 힘들지만 넉넉히 함께 이겨 낼 수 있는 오프로드를 달렸으면 좋겠다.

(2010)

드러난 것과 숨겨진 것을 찾는 재미

샤론 크리치『두 개의 달 위를 걷다』

올해(2009)도 책장에 청소년소설이 한 권 한 권 쌓이고 있다. 한국 청소년소설이 많이 출간되는 한편 이미 호평을 받은 외국 청소년소설도 잇따라 번역되고 있다. 최근 몇 년 동안에 로이스 로리, 마르야레나 렘브케, 로버트 코마이어, 제리 스피넬리 등 유명 작가들의 작품이 번역되어 쏟아져 나오다 보니 좋은 작품이 묻히는 경우도 있다.

우리나라보다 훨씬 두터운 청소년문학 작품과 작가군을 가진 미국과 유럽은 작가마다 개성이 뚜렷하다. 서정성 짙은 성장소설부터 특별한 기법을 사용하여 독자의 머리와 가슴을 두드리는 작품까지 그 폭과 스펙트럼이 매우 넓다. 샤론 크리치 역시 마찬가지다.『바다 바다 바다』(황윤영 옮김, 보물창고 2007)를 쓴 샤론 크리치의 또 다른 작품『두 개의 달 위를 걷다』(김영진 옮김, 비룡소 2009)가 최근 번역되어 나왔다.『바다 바다 바다』가 소피의 항해일지이자 그녀의 슬픈 과거의 비밀이 드러나는 과정이었다면『두 개의 달 위를 걷다』는 갑자기 엄마를 잃은 샐(살라망카)이 들려주는 여행이야기다.

샐은 헤어진 엄마를 만나기 위해 할아버지와 할머니와 함께 오하이오 주 유클리드에서 아이다호 주 루이스턴까지 자동차로 대륙 횡단 여행을 떠나게 된다. 그것은 혼자 여행을 떠난 엄마의 뒤를 쫓는 추적 과정이기도 하다. 여행 중에 샐은 엄마가 가출하여 자신과 비슷한 처지가 된 친구 피비에게 일어난 사건을 할아버지와 할머니에게 들려준다. 이야기 속에 또 하나의 이야기가 들어 있는 구조다. 피비의 이야기를 하면서 샐은 피비의 이야기 속에 자신의 이야기가 숨겨져 있음을 깨닫게 된다. 그것은 바로 '엄마와 내가 분리되는 경험'이다. 미스터리 형식으로 전개되는 샐과 피비의 가족사는 엄마를 뒤쫓는 여행 내내 이어져 독자에게 계속 궁금증을 불러일으킨다. 그 여정은 결국 샐이 엄마를 떠나보내는 홀로서기의 과정이다. 그런데 여기에 또 한 편의 이야기가 자연스럽게 끼어드니 샐과 동행하는 할아버지와 할머니의 이야기다. 여행 후반부에 할머니가 갑자기 쓰러져 세상을 떠나게 되므로 이 이야기는 만남과 헤어짐에 관한 것이다. 쓰러진 할머니를 뒤로하고 샐이 할아버지에게 자동차 열쇠를 넘겨받아 혼자 차를 몰고 엄마를 만나러 가는 마지막 부분에서 이야기는 줄곧 이어지던 불안이 현실화되는 동시에 최후의 반전이 독자를 기다리고 있다.

작품에는 "그의 모카신을 신고 두 개의 달 위를 걸어 볼 때까지 그 사람에 대해 판단하지 마세요."라는 인디언 속담이 나온다. 이 문장이 쓰인 쪽지가 피비의 집으로 배달되면서 이야기는 점점 흥미로워진다. 작품은 풍부한 시적 상징을 곳곳에 배치해 독자의 문학적 감수성을 일깨우는데 이 문장 역시 그러하다. 사실상 이 문장은 작품의 주제를 압축하여 보여 준다. 열세 살 소녀가 엄마로부터 탯줄을 끊고 독립하는 과정과 부모와 자식으로 이어지는 순환의 고리를 뜻하는 달의 상징이 이 문장 안에 담겨 있기 때문이다. '두 개의 달을 걷는다.'는 말은 인간은 각각 자신의 세상을 살아가기에 다른 사람의 입장이 되기 전에는 그 사람에 대해 쉽게 판단하지 말라는 뜻을 담고 있다. '달'은 여성의 인생을 상징하는 자연물이다. 시간 혹은 인생은 직선적이지 않으며 달과 같은 순환의 연속일 수도 있다. 한 여성의 인생이 끝나도 할머니에서 엄마, 그리고 딸로 이어지는 세대의 순환은 영원히 계속된다.

또한 이 작품은 순간을 뜻하는 입맞춤과 영원을 뜻하는 달과 나무 같은 자연물을 대비하면서 순간과 영원의 문제, 삶과 죽음의 철학을 이야기한다. 영화에서 주제를 압축하여 보여 주는 장면을 뜻하는 미장센을 이 작품에 적용한다면 샐의 엄마가 블랙베리를 먹은 입술로 나무에 키스를 하여 흔적을 남기는 장면이 아닐까 싶다. 블랙베리 향을 실은 달콤한 입맞춤은 우리의 순간적인 삶을 말한다. 한편 나무는 인간보다 상대적으로 긴 수명을 가진 생명체이다. 문학에서 나무는 우리에게 앞선 이들의 이야기를 들려주며 대를 이어 남아 있는 경우로 자주 나온다. 때문에 나무나 바위, 돌 등은 자연에 속해 영원을 지칭한다. 그러므로 블랙베리가 묻은 입술로 나무에 키스를 하는 장면은 바로 순간과 영원이 합일되는 장면, 인간이 자연과 만나 영원으로 회귀하는 순간을 뜻한다. 이렇게 작가는 서사와 상징에서 드러나는 것과 숨겨진 것을 교묘히 교차하여 작품에 깊이를 더하고 있다.

인디언의 피를 이어받은 샐이 들려주는 미국의 자연이야기와 인디언의 옛이야기 역시 이 책을 읽으며 느낄 수 있는 즐거움 중 하나이다. 흔히 '신대륙'으로 불리지만 오래된 산과 바위와 나무 들이 꿋꿋하게 서서 인간과 말없는 대화를 시도하는 곳이 바로 미국이다. 샐의 대륙 횡단 여행을 통해 거대한 자연에 묻혀 있는 역사가 드러나는데 그것은 바로 그곳에 오래 살던 인디언들의 이야기다. 인디언들의 옛이야기 속 삶의 지혜가 담긴 에스프리는 작품의 서사와 맞아떨어지면서 곳곳에서 사건을 전환하는 역할을 한다.

샐과 피비, 남자 친구 벤이 들려주는 성장의 서사 안에 등장하는 '웃음'은 작품을 읽으며 느낄 수 있는 또 다른 매력이다. 최근 한국 청소년소설 역시 진지한 이야기도 가능한 쉽고 가볍게 쓰려는 경향 때문인지 읽는 내내 웃게 된다. 그러나 한국 청소년소설에서 웃음은 시트콤의 인물 같은 캐릭터나 갈등이 쉽게 해결되는 만화 같은 서사에서 유발된다. 간혹 문장 뒤에 한 마디씩 덧붙여 주는 재치에서 유발되기도 한다. 만화 캐릭터처럼 인물의 성격이 평면적이고 과장되어 있으면 웃음이 유발될 수는 있지만 그것에서 느껴지는 유머의 파장은 매우 좁다. 문학에서의 '웃음'은 단순한 재미가 아니라 마음에 파문을 일으키는 또 하나의 감동적 요소다. 문학에서 웃음은 인물마다 가지고 있는 개성과 이를 엮어 내는 서사를 통해 이루어진다. 『두 개의 달 위를 걷다』에는 바로 그런 웃음이 등장한다.

또한 외국 청소년소설은 주제의 폭이 매우 넓다. 성장의 문제, 인간관계의 문제, 자연의 문제 등 다양한 주제가 다루어진다. 한국 청소년문학의 경우 현재 그 소재나 주제가 매우 한정되어 있다. 유독 즉자적인 청소년 주변의 삶에 밀착되어 있다. 물론 청소년문학의 역사가 상대적으로 길어 양적·질적 성장을 일군 외국 작품과 단순 비교 할 수 있는 문제는 아니다. 그러나 앞으로도 좋은 청소년소설을 차곡차곡 쌓아 가야 하는 우리의 입장에서는 주제의 폭을 넓힐 필요가 있다.

(2009)

청소년소설이 되찾아야 할 한 가지

박선희 『파랑 치타가 달려간다』

지난해(2009)에 나온 어린이, 청소년 책을 검토하다 보니 청소년소설의 출간이 다른 장르에 비해 눈에 뜨일 정도로 늘어났다. 그러나 솔직히 청소년소설 중 문학적 완성도를 담보했다고 꼽고 싶은 작품은 그리 많지 않다. 청소년소설도 본격문학이므로 서사나 미학적 완성도, 철학적 깊이 등을 갖추어야 한다. 그런데 작품마다 무언가 한두 가지씩은 만족스럽지 못해 전체적으로 문학적 완결성이 떨어진다.

박선희의 『파랑 치타가 달려간다』(비룡소 2009)를 서평 대상으로 선택한 이유는 작품의 주제나 아이들의 캐릭터가 특이하기 때문은 아니다. 작품에는 가정 환경이 열악하여 가출한 강호와, 엄마의 지나친 간섭으로 숨 쉬는 것조차 답답한 도윤이 번갈아 등장한다. 작품의 주제나 등장인물, 두 인물의 시점을 교차하는 서술 등을 보건대 이제껏 나온 청소년소설과 특별히 다를 바는 없다. 다양한 주제나 기법으로 창작된 최근 청소년소설과 견주자면 오히려 익숙한 이야기와 낯익은 서술 방식이 식상하게 다가올 수도 있다. 그럼에도 이 작품이 가진 힘은 두 아이가 각자의 세계에서 살아가며 때로는 싸우고 때로는 좌절하는 과정이 꾸밈없이 그려진다는 점에 있다. 자연스러운 서사, 이것은 문학이 갖추어야 할 당연하고도 기본적인 조건이다.

이 당위적 조건이 현재 우리 청소년소설에서 충족되지 못하는 이유는 무엇일까? 최근 많은 작품이 출간되면서 작품마다 무언가 다른 것을 보여 주어야 한다는 생각이 도리어 문학적 서사를 해치고 작위적인 서술 기법으로 이어지는 것은 아닐까? 작품 초반 알 듯 말 듯 한 이야기로 호기심을 부추기지만 정작 서사가 빈약하여 읽고 나면 허무해진다.

소설을 흔히 '스토리'와 '플롯'으로 나눈다. 같은 스토리라도 플롯과 장치에 따라 이야기가 달라지기에 보통은 플롯이나 장치가 정교한 소설을 훨씬 높게 평가한다. 그러나 아무리 공들인 플롯이라도, 원재료인 스토리가 풍부하지 못하면 큰 의미가 없다. 그렇다면 단단한 스토리는 어디서 나올까? 그것은 인물과 사건의 결합, 즉 인물이 사건 속에서 살아가는 과정 그 자체에 있다.

『파랑 치타가 달려간다』에서 강호는 불안정해진 가정과 아버지의 폭력을 피해 집을 뛰쳐나온 아이다. 강호의 마음 한쪽은 집에 남아 있는 여동생 강이에 대한 걱정으로 무겁다. 강호는 주유소에서 아르바이트를 하며 고등학교를 다닌다. 한편 도윤은 외고에 진학을 했다가 적응을 못 하여 한 학기 만에 강호가 다니는 일반계 고등학교로 전학을 왔다. 두 아이에게는 각자의 고민이 있고 그것을 해결하려는 과정이 있다. 그리고 이 두 사람이 엮어 내는 또 하나의 이야기가 있다.

도윤이 강호네 반으로 전학 온 첫날 강호는 도윤을 보고 놀란다. 둘은 초등학교 때 친한 친구 사이였지만, 강호는 도윤의 엄마로부터 자존심에 심한 상처를 입고 도윤을 왕따 시켰던 것이다. 그런 사실을 모르는 도윤은 지금도 강호가 왜 그때 자신을 왕따 시켰을까 궁금하다. 그때 자신에게 왜 그랬느냐고 묻는 도윤에게 강호는 '도윤 자신과 다른 부류의 인간이었기 때문이고, 사람은 같은 부류끼리 어울리게 돼 있다.'는 도윤 엄마가 강호에게 했던 말을 되돌려 준다. 이 말은 생각해 보면 재미있는데, 강호와 도윤은 각각 처한 상황은 다르지만 깊은 고민과 해결할 수 없는 답답함에 직면해 있다는 점에서 같은 부류에 속하기 때문이다. 그것은 한마디로 '청소년'이라는 부류다.

같은 부류에 속한 이들은 그들만이 할 수 있는 방식으로 소통을 시작한다. 도윤은 우연히 홍대 앞 클럽에서 음악을 접하고 엄마의 눈을 피해 손을 놓았던 피아노를 다시 치기 시작한다. 강호는 학교에서 자신을 이해해 주는 유일한 선생님인 김세욱으로부터 기타를 칠 수 있도록 도움을 받는다. 아이들은 밴드를 결성한다. 학교에서 정식으로 인정받지는 못하지만 아이들은 실망하지 않고 모여서 연습을 하고 클럽 오프닝 무대에서 멋진 첫 연주를 하게 된다. 작품은 강호와 도윤이 음악을 중심으로 다시 살아갈 힘을 얻는 과정을 보여 준다. 그리고 이들 주위에는 자신의 의지대로 당차게 학교를 떠나는 이경, 주유소에서 일하는 효진, 학교 안에서 성적에 묶여 살아가는 수연 등 각각 다른 처지에 있지만 역시 청소년이라는 부류로 묶인 아이들이 함께한다.

이 작품의 자연스러운 서사는 청소년과 그들이 사는 법을 바라보는 작가의 시선에서도 느낄 수 있다. 일반적으로 강호가 머무는 주유소에서 일하는 아이들 그리고 오토바이를 타는 폭주족에 대해서는 일종의 고정관념이 존재한다. 자칫 그러한 아이들의 이야기를 특이한 소재 차원에서 접근할 수 있다. 그러나 이 작가는 주유소 아이들을 특별한 시선으로 보지 않는다. 주유소에서 일하며 먹고 자는 청소년을 집에서 가출한 불량한 아이로 규정짓거나, 반대로 불우한 환경으로 인한 일방적인 피해자로 몰고 가지 않는다. 그들 각자의 삶 속에 분명히 새겨진 상처와 그들이 기대하는 내일을 균형 잡힌 시선으로 지켜볼 따름이다. 도윤 역시 '엄마의 강요로 불행해진 범생이'라는 도식적인 시선으로 보지 않는다. 갑갑한 환경에서도 자신만의 숨 쉴 공간과 미래를 찾아 나가는 주체성을 가진 인간으로 담담히 그려 낸다. 청소년을 바라보는 이러한 작가의 시선은 이 작품이 다른 작품과 변별되는 점이다.

이것은 다시 청소년소설이란 무엇인가 하는 원론적인 물음과도 연결된다. 청소년소설은 어른들이 '우리 때랑 많이 달라졌네.' 하고 느끼기 위해, 혹은 요즘 아이들을 설명하거나 이해하기 위해 만들어진 장르가 아니다. 청소년이 어떤 존재인지 설명하고 묘사하려 드는 작품에 그들은 정작 관심이 없다. 요즘 아이들은 다만 이 땅에서 살아갈 뿐이다. 작품에 등장하는 '파랑 치타'는 강호가 타던 오토바이의 이름이기도 하고 이들이 결성한 밴드의 이름이기도 하다. 오토바이가 되었건, 밴드가 되었건 십 대들이 달리는 모습은 제각각이지만 중요한 것은 자신의 삶을 향해 발을 내딛는다는 점이다. 작품은 '도시 부족'이라 불리는 요즘 아이들의 모습을 밴드를 통해, 폭주 행위를 통해, 주유소 알바를 통해 살아 숨 쉬는 듯 보여 준다.

청소년들의 삶을 그냥 인정해 주는 것, 이것은 청소년소설이 가져야 할 중요한 조건이다. 홍대 앞에서, 신천역에서, 부산 서면에서, 대전 은행동에서 몰려다니는 아이들을 보면 그 옆에 조용히 다가가 보라. 그들의 외양이나 몸짓을 보며 그들을 관찰하려 들지 말고 그저 이들도 살아가는구나 하고 느껴보라. 도시 곳곳을 누비는 아이들의 발자국 소리를 들어 보라. 이들의 발자국을 따라가다 보면 이들의 삶이 느껴지듯, 서사를 따라가다 보면 어느새 다가오는 진심의 힘! 요즘 청소년소설이 다시 찾아야 할 초심이 아닐까 싶다.

(2010)

이 땅의 아웃사이더, '화란이'를 위하여

신여랑 『자전거 말고 바이크』

세상이 달라졌다. 청소년이 달라졌다. 요즘 청소년을 보고 있으면 나와는 다른 별에서 온 존재들 같다. 물론 그들의 눈에는 나 같은 나이 든 사람이 외계인으로 보이겠지만……. 시대가 이러하니 청소년소설을 쓰는 작가들의 고민이야 이만저만이 아닐 것이다. 작품이 독자와 소통될 때 작품의 진정한 의미가 생성될 터인데, 과연 최근 청소년소설은 요즘 아이들을 어떻게 따라잡고 있을까?

다행스럽게도 요즘 아이들의 생각과 행동을 대변하는 이야기가 지속적으로 나오고 있다. 신여랑은 『몽구스 크루』(사계절 2006)에서 최근 아이들의 관심 대상인 비보이들의 생활을 그리면서 청소년소설의 흐름이 '지금, 여기'로 흐를 수 있게 확실한 물꼬를 터 주었다. 요즘 아이들의 말투, 몸짓, 그리고 내면을 고스란히 담아내며 재미와 감동이라는 두 마리 토끼를 잡는 데 성공했다. 그가 최근에 출간한 『자전거 말고 바이크』(낮은산 2008)는 그동안 발표했던 다섯 편의 단편을 묶은 작품집이다. 『몽구스 크루』에서 탄탄하면서도 사실감과 생동감을 보여 준 문장들이 이번에도 빛을 발한다.

　신여랑 작품의 특징 중 하나는 사회적 약자로서의 청소년에 대한 주
목이다.『몽구스 크루』에는 주류 사회의 시각에서 보자면 저만치 밀려
난 아이들이 나온다.『자전거 말고 바이크』에 등장하는 청소년 역시 대
부분 사회에서 소외된 아이들이다.「구령대 아이들」은 학교에서도 일찌
감치 포기한 남자 중학생들을 그리고 있고,「까망의 왼쪽 가슴」은 십 대
를 이용한 대중문화 산업이 만들어 낸 그릇된 팬덤 현상에 휘말린 아이
들과, 현실과 화면 속에서 보여지는 삶의 괴리를 생생하게 드러낸다. 사
권 지 22일째인 중학생 커플의 이야기를 그리고 있는「자전거 말고 바
이크」는 다른 작품에 비해 비교적 무난한(?) 아이들의 사랑이야기지만
평소 언급하기 난처한 물건인 '콘돔'을 매개로 최근 아이들이 생각하
는 성(性) 의식이 어떻게 변화하고 있는지 보여 준다.

　『자전거 말고 바이크』에 수록된 또 하나의 단편「화란이」는 처음 발
표(『어린이와 문학』2007년 10월호)될 때부터 논란이 되었던 문제작이다. 사
회에서 일탈한 문제아 화란이의 모습을 다큐멘터리와 같은 거리 두기
의 시선으로 담아낸 이 작품이 처음 발표되었을 때 독자들의 반응은 그
리 호의적이지 않았다. 작가의 말을 빌리면 "잡지의 독자 카페에는 '애
들 이 정도는 아니에요. 성인용 삼류소설을 읽는 듯한 무안함, 19세 이
하 금지된 다큐멘터리를 본 것과 무슨 차이가 있을까'라는 반응이 올라
왔고 많은 사람들이 노골적으로 불쾌해했다."(『자전거 말고 바이크』머리말)
고 한다. 그러나 이 작품은 그렇게 일방적으로 폄하하기에는 생각해 볼
여지가 많은 작품이다. 작가는 잡지에 발표된「화란이」를 수정하여 이
번 작품집에 수록했는데 필자는「화란이」가 최근 청소년소설이 나아갈
방향과 문제의식을 추출해 볼 수 있는 좋은 작품이라 생각한다.

　논쟁의 불씨는 '화란이'라는 인물이 가지고 있는 반(反)성장적인 성

격과 논픽션을 떠올리게 하는 다큐멘터리식 서술 방식, 그리고 독자를 2인칭의 '너'로 호명하는 소통 방식이 맞물리면서 싹텄다. 그중에서도 논쟁에서 가장 의견이 분분했던 것은 주인공인 '화란이'라는 캐릭터에 대한 평가다. 가출하여 남자아이와 동거를 하며 '원조 교제'로 살아가는 화란이는 루카치의 말을 빌리면 '훼손된 사회에서 훼손된 방식'으로 살아가는 인물이다. '화란이'는 기존 성장소설에서도 간간이 나타나는 일종의 '반성장 인물'로 타락한 사회를 반영하는 미성년이다. 사회를 너무 빨리 알아 버린 조숙하고 위악적인 이런 인물은 작품 속에서 기존 사회를 비판하기 위한 장치로 사용된다.

화란이를 통해 우리는 '화란이' 너머에 있는, 그를 만들어 낸 사회를 바라보게 된다. 르네 지라르는 『폭력과 성스러움』(김진식·박무호 옮김, 민음사 2000)에서 '희생양 메커니즘'에 대해 말한다. 인간을 제도와 관습으로 억압하는 사회는 그 억압이 축적되면서 사회의 성립 기반이 위험해지게 된다. 이때 사회의 외부에 있는 이탈자를 공격함으로써 사회 구성원의 불만을 잠재우고 사회는 존속하게 된다. '화란이' 또한 사회에 의해 만들어지고 동시에 사회에 의해 거부된 희생양이다. '화란이를 배척하는 행위'는 제도와 관습에 묶여 있는 대다수 사회 구성원들 속에 잠재된 불만과 무의식을 억압하는 기능과도 밀접하게 연결된다. '화란이'의 존재는 우리 사회의 폭력적 메커니즘을 여실히 반영한다.

나는 '화란이'라는 존재를 낳은 책임이 사회 전체에 있음을 인식하게 해 준다는 점에서 「화란이」는 충분한 가치가 있으며 그러한 구도를 드러내기 위한 작가의 도발적 시도와 서술 방식 또한 작품에 잘 나타났다고 생각한다.

이 작품의 아쉬운 점은 소통이다. 사회에서 아웃사이더인 '화란이'와 인사이더의 경계를 강조하기 위해 독자를 '너'로 불러낸다. 여기서 2인칭의 '너'는 곧 작품을 읽는 일반 청소년 독자가 된다. 그러나 '화란이'를 만들어 낸 가장 큰 책임은 청소년에게 있는 것이 아니라 기존 사회에 있다. 때문에 작품에서 주장하는 것과 이를 귀담아들어야 하는 청소년 독자 간에 소통의 주파수가 어긋난 듯 보인다. 작중인물로 '청소년이 등장하는가'와 작품이 '청소년 독자를 향한 이야기인가'는 별개의 문제다.

결론적으로 「화란이」는 청소년 독자보다는 성인 독자가 귀 기울여 들어야 할 이야기라 여겨진다. 청소년문학을 여러 세대가 함께 읽는 것은 궁극적으로는 바람직한 일이지만 이제 막 도약한 우리 청소년문학의 자리매김을 위해 지금은 좀 더 청소년 독자와의 소통에 초점을 맞출 필요가 있다. 청소년소설은 기본적으로 청소년 독자의 것인데 지금까지 그들은 자신만의 문학을 가져 본 경험이 없다. 현재 청소년문학에서 중요한 것은 청소년 독자와 쌍방향의 소통을 나눌 수 있는 대화의 장을 마련하여 그들만의 문제를 담론화하는 것이다. 그것이 사회적으로 소외된 아이 이야기이든, 억압되었던 성(性) 담론이든, 암담한 교육 현실을 고발하는 이야기이든, 아니면 평범한 십 대의 고민이든 더 다양하게 분출되어야 한다. 그럴 때 청소년들이 문학이라는 놀이터에서 자신의 고민과 생각을 키워 나갈 수 있을 터이니 말이다.

(2008)

청소년소설에서 '성장'의 테마

이상권 『난 할 거다』

모든 문학은 본질적으로 성장을 내포한다. 내면으로의 탐색을 통해 인생에 숨어 있는 가치를 찾으려는 근대소설 속 주인공들의 발자취는 성장소설 속 인물의 여정과 동일하다. '길은 시작되었는데 여행은 이미 완결된 형식'이라는 소설에 대한 루카치의 정의는 성장소설에도 해당된다. 하지만 좁은 의미에서 성장소설이라는 장르는 일반적으로 소년이 성인이 되어 가며 겪게 되는 내면적 갈등과 정신적 성장, 그리고 세계의 주체로서 정립되는 각성의 과정을 담고 있는 작품으로 정의된다. 모든 청소년소설이 곧 성장소설이라 할 수는 없으나 청소년소설에서 성장의 테마는 특별하게 취급된다. 모든 문학이 최종적으로 주인공의 성숙 과정을 다루고 있다 해도 십 대에게 성장이란 인생의 다른 시기에 견주어 매우 특별한 사건이기 때문이다.

청소년소설은 일반문학이나 아동문학과 비교할 때 최근까지 주목받지 못한 장르였다. 다행스럽게도 최근 청소년 독자를 주목하여 그들을 위한 문학의 장을 만들려는 노력들이 시도되어 왔다. 청소년소설 초창기에 작가들은 십 대를 위한 소설을 '성장소설'로만 인식하여 작가의 미성년 시절을 시대적 배경으로 삼아 전형적인 성장 과정을 그린 작품만을 주로 생산했다. 이러한 작품은 오늘날의 청소년 독자를 사로잡기 힘들다는 한계가 있다. 십수 년 전으로 돌아가 그 시절의 풍습과 풍경을 담아내며 작가 자신의 대리자를 주인공으로 내세운 성장소설이 오늘날의 청소년 독자를 사로잡기에는 무리가 있을 것이다. 한편 그 점을 의식하여 오늘의 세태를 대변하며 현재를 살아가는 청소년을 묘사하고자 한 작품도 부쩍 늘었지만 시대적 배경이 오늘날이라고 하여 그것이 곧 청소년 독자를 진실로 대변하고 있는지는 의문이다. 그 점에서 이상권의 『난 할 거다』(사계절 2008)는 청소년문학에 꽤 중요한 시사점을 제시해 준다.

『난 할 거다』는 그의 전작 『14살의 자전거』(웅진주니어 2006)에 이어지는 후속작이라 할 수 있다. 『14살의 자전거』는 주인공 시우가 어린이에서 소년이 되어 가는 과정, 특히 사춘기에 들어선 소년의 성(性)과 사랑에 무게중심을 두었고, 『난 할 거다』는 고등학생이 된 시우가 본격적으로 기존 사회와의 충돌 속에서 자신만의 정체성을 찾아가는 탐색담이다. 또한 이 작품은 작가의 분신인 주인공의 자전적인 이야기를 그리고 있다는 점에서 전통적인 성장소설, 그리고 성장소설의 다른 갈래인 예술가소설이라 볼 수 있다. 그런데 시대적 배경이 꽤 오래전인 1970년대이고 전통적 성장소설의 형태를 띠고 있음에도 불구하고 이 소설은 여타의 성장소설과 달리 오늘의 청소년 독자에게 공감을 받을 만한 대목이 도처에 존재한다.

주인공 시우가 다니던 고등학교의 모습은 어떠한가. 우리나라 남도에 위치한 어느 중소 도시의 그 고등학교 풍경은 놀랍게도 지금과 본질적으로 크게 다르지 않다. 선생님들은 권위적이고 학생들에게 진실한 관심을 보이지 않는다. 높은 점수를 받아 유명 대학에 진학해야 하는 고등학생들의 절박한 과제도 지금과 다르지 않다. 수십 년이라는 시간의 흐름에도 불구하고 지금과 전혀 다르지 않은 낯익은 풍경을 바라보며 독자들은 교육을 빙자한 또 하나의 억압을 경험하게 된다.

아침마다 교문에서 머리 검사와 지각 검사를 하며 학생을 다스리는 '도라무통'이라는 별명의 체육 선생님, 성적만을 우선으로 하여 소극적인 시우를 주눅 들게 만드는 권위적인 영어와 국어 선생님, 그리고 자신의 반에 시우가 있는지도 몰랐던, 시우가 결석을 해도 관심이 없던, 학생의 행동이 자신의 처지에 피해를 줄까만 전전긍긍하는, 학생에게는 무책임하고 교육에는 무능력한 담임선생님. 권위적이고 위선적인 기존 사회를 상징하는 이들의 존재는 오늘날 이 소설을 읽는 우리들까지 절망스럽게 만든다. 선생과 학생의 부정적 관계가 이토록 오래되었다면 그 질곡의 사슬은 도대체 어떻게 끊을 수 있는 것일까? 그러나 어느 학교에서고 극소수의 좋은 선생님이 존재하듯이 다행스럽게도 시우를 이해해 주고 격려해 주는 선생님이 등장한다. 2학년 국어 과목 양덕수 선생님은 책을 좋아하고 글쓰기를 좋아하는 시우의 모습을 발견하고 격려해 주고 지지해 준다.

양덕수 선생님의 지지를 받아 독서와 글쓰기에 몰입하는 시우를 통해 우리는 이 소설이 오늘날의 독자들에게 공감을 얻을 수 있는 또 다른 이유를 찾을 수 있다. 작품은 몇십 년 전 시간을 배경으로 당대의 시대적 풍속을 담아내고자 했던 여타의 성장소설과는 달리 주인공 시우의 내면세계로 급속하게 돌진해 들어간다. 얼마 전 소설 『개밥바라기별』(문학동네 2008)을 출간한 황석영은 작품 후기에서 젊음의 특성에 대해 "외면과 풍속은 변했지만 내면의 본질은 지금도 별로 변하지 않았다."고 말했다. 청소년소설에서 '성장'의 테마가 특별하게 다루어지는 이유는 인생에서 변하지 않는 삶의 본질을 찾으려는 첫 시도가 바로 청소년기에 이루어지기 때문일 것이다. 시우에게 삶의 본질을 찾으려는 첫 시도는 문학 수업으로 표출된다.

소설 속에서 주인공 시우의 상황은 절박하다. 권위를 내세우는 선생님들의 태도 때문에 난독증에 시달리게 된 소극적인 성격의 시우는 책 속으로 맹렬하게 도피한다. 도서관에 파묻혀 수많은 책을 읽으며 시우는 비로소 위안을 받는다. 그리고 소설을 원고지에 옮겨 적으며 밤을 새우고, 자신이 겪은 이야기를 고백하듯 써 내려간다. 시우에게 글쓰기는 스스로를 향한 위로이고 치료이며, 십 대 때 무언가에 빠져 평생을 사랑하게 되는 삶의 의미가 된다. 결국 시우는 자신에게 따뜻한 위안과 뜨거운 사랑을 주었던 문학, 그것을 만들어 내는 사람이 되기를 갈망한다.

이 작품이 가지고 있는 가장 큰 미덕은 솔직함이다. 최근에 출간되는 오늘날의 세태를 그린 작품처럼 감각적이지도 않고 독자들의 공감을 얻기 위해 애쓰지도 않지만 그 시대를 치열하게 살아 낸 십 대만의 절절한 외침이 있다. 시우는 자신이 약한 것을 드러냄으로써 강해졌다. 문학적 진실은 어떠한 기교나 세련됨으로 포장하지 않아도 강한 힘을 가진다. 여전히 이 땅 곳곳에서 교육이라는 미명 아래 '길들임'을 당하며 십대를 견디어 내고 있을 청소년들의 모습이 겹쳐 오늘의 교육 현실을 대변하는 어느 작품 못지않은 공감을 이끌어 낸다. 1970년대를 지낸 시우가 2008년을 사는 수많은 시우와 만나는 순간이다.

(2008)

성과와 한계를 동시에 보여 주다

『관계의 온도』『콤플렉스의 밀도』『내일의 무게』

　최근 여러 작가의 단편을 묶어 한 권의 책으로 출판하는 경우가 늘었다. 그중에서도 하나의 주제 아래 기획된 단편집도 종종 눈에 띈다. 가령 '성(性)'이라든가 '역사' 등을 주제로 여러 작가의 단편을 모은 작품집 같은 것들이다. 이번에 출간된 문학동네 청소년 테마 소설 시리즈도 기획 단편집에 속한다. 관계의 문제를 다룬 『관계의 온도』(김리리 외, 2014), 콤플렉스라는 소재를 교집합으로 엮은 『콤플렉스의 밀도』(이경혜 외, 2014), 미래에 대한 고민을 이야기한 『내일의 무게』(김해원 외, 2014) 등 세 권의 책으로 구성되어 있으며 스물한 명의 작가가 총 스물한 편의 단편을 썼다.

　소설 장르에서 단편과 장편은 표면적으로는 글의 분량으로 구분되지만 분량의 차이는 서사와 인물과 소재의 범위까지 영향을 주게 된다. 짧은 분량의 단편으로 감동을 주려면 '밀도'로 승부해야 한다. 그렇다면 스물한 편의 단편이 모인 이 세 권의 밀도는 어떨까? 이러한 프로젝트는 작가의 스펙트럼과 개성이 다양하게 드러나는 동시에 그것이 청소년소설이라는 장르 안에 하나로 수렴되어야 하는데, 이 세 권의 책은 기획 작품집이 가지고 있는 성과와 한계를 고스란히 보여 준다. 내가 주목했던 몇 편의 작품을 보면서 이 점을 짚어 보려 한다.

세 권 중 가장 마음에 남는 작품집은 『관계의 온도』다. '관계'의 문제는 비단 청소년만의 고민은 아니지만 청소년층을 중심에 두고 펼쳐지는 그 양상이 다채롭게 등장한다. 이 중 이금이의 「1705호」는 인간의 죽음과 그에 무관심한 이웃을 보여 준다는 점에서 언뜻 박완서의 「옥상의 민들레꽃」을 떠올리게 하지만 두 청소년의 죽음을 다루었다는 데에 의미가 있다. 즉 청소년이 자살에 이르기까지의 고민과 그것을 들여다보지 못하는 상황을 1705호 가족의 일상을 통해 차분하게 그렸다. 김민령의 「너를 기다리는 동안」은 학교 폭력이나 친구 관계의 문제를 섬세한 시선으로 포착하고 있다. 학교에서 친구 관계가 어긋나 버린 후 그것을 되돌리는 것이 얼마나 힘든 일인지를 구체적이면서도 담담한 시선으로 이야기한다. 이 작품은 "인생에 유턴은 없고 한번 시작하면 되돌리기 힘든" 것이 바로 인간관계임을 알려 준다.

비교적 다양한 관계의 문제를 포착한 『관계의 온도』에 비해 『콤플렉스의 밀도』는 콤플렉스라는 미묘한 심리를 다양하게 그려 내는 데 한계를 보인다. '콤플렉스' 역시 청소년의 전유물은 아니지만 자의식이 강한 시기의 청소년에게는 여러 상황이 콤플렉스로 작용할 수 있다. 그런데 그중 유독 외모 콤플렉스가 두드러지게 작품의 소재로 활용된다는 점에서 현재 청소년소설 작가들이 청소년에 대해 가진 특정한 시선을 짐작할 수 있다. 작가들은 저마다 쓰고 싶은 소재를 취해 창작했겠지만 그것이 하나의 주제 아래 모이면서 다양성이 아닌 획일성으로 나타난 것이다. 그중에서 송미경의 「젤잘자르 헤어」는 표면적으로는 외모 문제를 다루고 있지만 판타지적 상황을 개입시켜 은유적으로 표현했다는 점에서 주목할 만하다. 작품에는 혀에 계속 털이 나는 여자 주인공과 그와 마찬가지로 신체 특정 부위에 털이 길게 자라는 주변 인물이 등장한다. 이런 일은 세상에 없다고 속단할 수는 없으나 상당히 드문 일에 속하므로 이것은 판타지적인 상황이라 할 수 있다. 눈물을 참으면 속눈썹이 자라는 여자나 귓속에 털이 자라는 아저씨 등 비정상적인 경험을 가진 사람을 등장시켜 작가는 인간은 어쩌면 누구나 비밀 한 가지를 몸에 품고 있지 않을까 하는 속내를 들려준다. 우리는 숨기고 싶은 콤플렉스를 어떻게든 처리하거나 극복해야 한다고 생각한다. 그런데 송미경은 그것을 굳이 처리하거나 극복하라고 말하지 않는다. 다만 인간은 모두 그 나름의 콤플렉스가 있을 수 있다는 가능성을 열어 두어 그 상황을 정상으로 전도시켜 버린다. 송미경의 귀한 상상력은 콤플렉스를 보는 새로운 관점을 제시한다.

마지막으로 『내일의 무게』는 청소년들의 장래에 대한 고민을 담고 있지만 대부분의 작품이 학교와 성적에 묶여 있어 아쉬움이 크다. 아직까지 많은 학생들이 경쟁적인 입시 위주의 환경에서 살고 있긴 하지만 돌아보면 많은 아이들이 저마다의 끼와 재능을 찾기 위해 동분서주하기도 한다. 이러한 경우를 좀 더 많이 취재하고 발굴했더라면 좋지 않았을까 싶다. 대안학교 출신으로 꿈을 찾아 나가는 이야기로는 장주식의 「나의 욕망 나의 상처 나의 자랑」이 있으나 기타리스트를 꿈꾸는 아이와 그것을 보는 사회적 편견이라는 주제를 좀 더 파고들었어야 하지 않았을까 싶다.

앞서 소개한 세 권의 책은 스물한 명의 작가가 세 가지의 주제 중 한 가지를 택하여 자신만의 색깔이 담긴 작품을 만들어야 했던 프로젝트의 결과물이다. 이 많은 작품을 읽으며 다채로움이나 다양함이 느껴지지 않았다. 청소년을 바라보는 작가들의 생각이 한결 넓어져야 하리라

본다. 이 세 권의 책은 이러한 모양새의 단편집을 기획하는 과정에서 기획자와 작가가 무엇을 고민해야 할 것인지를 생각해 보게 한다.

(2014)

제 **4** 부

그림책이 역사를 다루는 방식

권윤덕 『꽃할머니』

어린이에게 역사를 전달하는 어려움

때로는 지나간 역사도 새롭게 변한다. 이미 일어난 과거사가 어떻게 새로워질 수 있을까? 시간이 흘렀지만 어둠에 묻힌 채 우리를 기다리는 많은 사건들이 여전히 존재하기 때문이다. 그러므로 잊어버린 기억을 발굴하여 먼지를 털고 진실을 밝혀내는 작업의 당위성은 두말할 필요도 없을 것이다. 정신대 할머니들의 이야기 또한 그러하다. 실제로 일본군 위안부 문제가 사회에서 어느 정도 주목받게 된 것은 그리 오래된 일이 아니다. 전쟁이라는 비극 때문에 무고한 이들이 겪은 불행한 사연은 당연히 세상에 알려져 제대로 조명되어야 한다. 그러므로 위안부 피해자의 증언을 토대로 만들어진 그림책 『꽃할머니』(권윤덕, 사계절 2010)는 소중하고 또 귀하다.

그럼에도 어린이에게 역사를 전달하는 문제는 또 다른 고민을 낳는다. 역사적 사건은 대체로 어린이 눈높이에서 이해하기 어려운 경우가 많기 때문이다. 정신대 할머니들의 이야기 역시 어린이책에서 다루기 쉽지 않은, 아니 매우 어려운 소재다. 제대로 된 성교육 관련 어린이책조차 많지 않은 우리 실정에서 집단 성폭력이 얽힌 역사를 그림책으로 펴내기까지는 참으로 큰 용기가 필요했겠지만 한편으로 꽤 힘든 과정을 겪었으리라 짐작된다.

『꽃할머니』를 읽는 동안 여러 생각이 교차했다. 언급하기 어려운 문제를 포함하여 모든 역사적 사건을 어린이에게 들려줄 수 있어야 한다는 기존의 나의 생각이 이 책의 내용을 접하면서 충돌을 일으켰다. 그러면서 깨달은 것은 모든 역사적 사건을 어린이에게 들려주어야 한다면 해당 주제를 어느 연령대의 아이들에게 어떻게 전달할 것인지 구체적인 서사 전략을 세워 좀 더 세밀하게 풀어 나가야 한다는 점이었다. 『꽃할머니』를 따라가며 고민의 실타래를 풀어 보자.

문학적 서술 방식

일반적으로 문학이 개인에게 일어난 사건을 말한다면 역사는 집단이 공통적으로 겪은 사건을 말한다. 그렇다면 『꽃할머니』는 역사인가 문학인가. 어리석은 질문이지만 굳이 따지자면 일본군 위안부 문제는 역사지만 『꽃할머니』는 개인에게 일어난 사건을 다룬 '문학'의 형식을 띠고 있다. 이 작품은 언뜻 역사소년소설과 비슷해 보인다. 하지만 이 작품은 '정신대'라는 역사적 사건을 들려주고자 문학적 서술을 택했다는 점에서 픽션이라는 틀 안에서 역사적 사건을 다루는 역사소년소설과 다르다.

'꽃할머니'라는 개인을 역사의 대변자로 지목하여 서술하면서 나타나는 몇 가지 특징을 살펴보자. 먼저 『꽃할머니』는 전지적 시점이지만 많은 문장에서 주어가 의도적으로 생략되어 1인칭으로 바꾸어 읽을 수 있다. "꽃할머니는 ~"으로 시작하는 문장을 "나는 ~"으로 주어를 바꾸어도 별 차이가 없다. 또한 『꽃할머니』에는 외부에서 꽃할머니를 관찰하는 듯하다가 어느새 꽃할머니 내면의 목소리를 그대로 전하는 듯한 문장이 나온다. 이는 마치 꽃할머니의 처지에서 사건을 보고 지각하는 느낌을 독자에게 준다. 예를 들어 "며칠 뒤, 방문 앞에 군인들이 줄을 섰다./하나가 들어왔다가 나가고, 또 하나가 들어왔다 나가고,/하루에도 몇 명인지 셀 수가 없었다."(17면) 같은 문장이 그러하다. 이러한 서술은 꽃할머니와 독자 사이 거리를 매우 가깝게 하는 효과를 낸다.

『꽃할머니』에 선택된 단어나 문체 역시 사실을 인지하게 하기보다 할머니의 경험을 함께 나누게 하는 데 초점이 맞추어져 있다. 가령 "어떤 일이 일어난 걸까?"(같은 면) 하고 질문을 던짐으로써 독자가 상상력을 발휘하게 한다. 여기에 은유와 상징으로 이루어진 문장이 더해진다. "아랫도리가 피로 물들었다."(같은 면)에서 '아랫도리' '물들었다'와 같은 단어들이 독자로 하여금 한 번 더 장면을 생각하고 상상하게 만든다. 독자에게 질문을 던지며 상상하게 만드는 이러한 문장들은 할머니 개인에게 일어난 사건을 강조하고, 독자는 꽃할머니의 처지에 크게 공감하게 된다. 그러나 사건에 대한 사전 정보가 적은 어린이에게는 이처럼 단어와 문장이 구체적이지 않고 막연하면 사건을 피상적으로 느낄 수도 있다.

작품의 그림은 크게 평화로운 풍경 그림, 할머니가 정신적 충격 속에서 살아간 때를 상징하는 그림, 일본군 위안부들이 머물던 위안소를 사실적으로 강조한 그림으로 나눌 수 있다. 각각의 그림은 꽃할머니가 처한 상황을 시기별로 적절하게 드러내고 있으며 특히 꽃할머니가 겪은 혼란을 나타내는 장면들은 탁월하다. 작가는 서로 다른 분위기의 그림을 교차하여 역사적 사실과 꽃할머니의 삶을 맞물려 이야기하려고 시도한다. 그러나 할머니가 '겪은' 사건이 이 작품의 내용을 압도하므로, 사실적인 그림이나 평화로움을 상징하는 그림까지도 꽃할머니 개인의 비극을 강조하는 데로 수렴된다. 즉 독자가 할머니의 삶에 가까이 다가서게 하지만 역사적 사실을 전달하려는 의도는 약화되는 것이다.

이 작품에서 역사적 서술이 사건의 발생 원인을 알리는 데에 초점을 맞춘다면, 문학적 서술은 문학적 모호함, 즉 상징을 활용하는 등의 방식으로 행간을 두어 독자가 여백을 채워 가며 인물의 심리 상태를 짐작해 나가고 인물의 처지에서 사건을 바라보게 한다. 『꽃할머니』는 할머니의 처지와 정서를 독자에게 전달하고 공감을 넓히는 쪽에 무게를 두는데, 어린 독자들의 경우 이러한 서술로는 무슨 일이 일어났는지 구체적으로 이해하기 힘들 것이라 생각된다.

역사적 배경의 문제

이 작품은 한국·중국·일본 세 나라의 작가들이 "전쟁이 없는 평화로운 세상을 꿈꾸며" 어린이에게 평화의 중요성을 알리기 위해 시작한 활동에서 비롯되었다고 한다. 즉 동아시아의 지난 역사에서 반성할 부분을 찾아 그것을 공유하고, 평화로운 공존의 시대로 나아가기 위해 만들어졌다는 것이다. 이는 상생을 지향하는 새로운 역사 패러다임을 제시하는 것이기도 하겠다.

앞서 말한 것처럼 『꽃할머니』는 개인의 경험을 통해 역사를 알아 가게 하는 방식을 선택한다. 그런데 역사를 이야기하는 서사에서 시대적 상황은 일반적인 창작물에 등장하는 시간적 배경 이상으로 중요하다. 당시의 역사적 상황은 꽃할머니의 삶을 바꾸어 버린 직접적 원인에 해당한다. 그렇다면 이 작품 속에서 일어난 사건은 침략국이 저지른 집단 성폭력에 머무르지 않고 전쟁으로 인해 발생한 일임이 뚜렷이 나타나야 하며 가해자인 일본 군인 역시 전쟁의 소용돌이에서 비정상적인 경험에 극단적으로 휩쓸렸던 자들로 인식되어야 한다. 그런데 이러한 정황이 『꽃할머니』에 잘 나타나 있다고 보기는 힘들다. 전쟁을 배경으로 군인에 의해 일어난 일임을 작품에서 전제하고 있긴 하지만 '전쟁' '성폭력' '일본군 위안부'라는 삼중의 고리가 어떻게 연결되어 있는지는 잘 드러나지 않는다. 따라서 전쟁 중에는 성폭력이 어디서든 일어날 수 있는 인권유린임을 언급한 마지막 장면이 다소 갑작스럽게 느껴지기도 한다.

그렇다면 이 작품에서는 왜 본래 담아내려던 전쟁에 대한 문제의식이 희석되었는가? 『꽃할머니』의 구성을 보면 꽃할머니의 80여 년간의 생애 중 열세 살 때부터 겪은 일본군 위안부로서의 경험을 집중적으로 다루고 있다. 그 밖의 시간은 작품의 후반부에 20년 혹은 50년 단위로 매우 빠르게 요약, 정리하고 있다. 즉 작가가 꽃할머니 이야기에서 일본군 위안부로서 살았던 경험이 가장 중요하다고 판단했음을 알 수 있다. 물론 정신대 할머니 문제에서 일본군 위안부로 살았던 시간은 핵심적인 부분이다. 그러나 정신대 할머니들의 삶을 온전히 이해하기 위해서는 심달연 할머니의 개인적인 경험과 더불어 그것을 둘러싼 역사적 맥락을 살펴볼 필요가 있다. 예를 들어 일본군 위안부 문제는 단순히 전쟁 중에 주둔했던 나라의 여성 인권을 유린한 것에 머무르기보다는 당시 일본의 식민지였던 조선 여성을 전쟁터까지 강제 이주시켜 벌인 복잡한 층위의 사건이다. 또 이 일은 전쟁을 치르기 위해 군인들을 관리할 목적으로 위안소 설치를 계획한 비이성적이고 비윤리적인 집단에 의해 일어났다. 이러한 정황이 뚜렷이 정리되어야 일본군 위안부 문제와 전쟁에서 유린되는 여성 인권의 상관관계를 독자들이 좀 더 깊이 이해할 수 있을 것이다.

작품에 반복하여 등장하는 '꽃'이라는 제재는 '꽃누르미(압화)'를 하며 심리치료를 받는 꽃할머니의 일상에서 모티프를 얻은 것이다. 꽃의 상징은 이 작품의 가장 뛰어난 점 중 하나지만 결론적으로는 여성성이라는 원형적 상징으로 수렴된다. 작품의 주제로 볼 때는 꽃이라는 상징을 사용한 모티프가 반복하여 등장하면서 정신대 할머니가 겪은 사건이 '여성만이 겪는 특별한 폭력'이라는 쪽에 무게가 실린다. 이 사건이 여성에게 일어난 수난사로 강조될 때 작품의 의미는 '여성으로서의 수치심'으로 제한될 수 있다. 따라서 전쟁이 인간을 얼마나 비인간적으로 만들 수 있는가에 대한 문제의식보다는 군인으로 대표되는 남성성, 즉 남성의 생물학적 특수성에 기인한 성폭력의 문제나 일제강점기에 일본인들이 저지른 수많은 악행에 초점이 모아질 수 있다. 결국 '남자는 모두 짐승이다.' 혹은 '일본인은 나쁜 놈이다.' 같은 감정의 발산에 그칠 수 있다는 것이다.

물론 비극적 역사에는 가해자와 피해자가 존재하고 가해자가 저지른 잘못에 대해 분명 반성하고 사과하여 올바르게 해결하는 과정이 필요하다. 그러나 그 잘못이 인간을 극단적인 상황으로 몰아넣은, 전쟁이라는 광기의 시간이 만들어 내는 결과임을 적극적으로 인지할 때 독자들은 개인에게 벌어진 사건을 읽으며 지난 역사가 우리에게 들려주는 메시지를 새롭게 전달받을 수 있다.

이해는 감동의 전제 조건

이 작품을 읽으며 나는 역사적 사실로서 일본군 위안부 문제가 어린이들에게 충분히 전달되지 못하고 있다고 느꼈다. 그것은 이 책의 소재가 다루기 까다로운 데에도 원인이 있지만 그보다는 꽃할머니 개인의 경험에 지나치게 초점을 맞춘 서술과 구성 방식, 그리고 역사적 맥락에 대한 부족한 설명 때문이라고 생각한다. 결국 전쟁 중에는 왜 이렇게 복잡한 인권유린이 일어나는지에 대한 설명이 부족하므로 이 작품의 이야기는 일본군이 조선 여성을 사냥하듯 납치하여 가두고 폭행한 사건에 머물게 된다. 실제로 정신대 할머니에 관한 역사적 배경 없이 이 작품을 읽은 초등학교 저학년 아이들은 내용을 충분히 이해하지 못하여 일본이 우리나라 젊은 여성을 납치하여 하녀로 부렸다고 막연히 추측하는 경우가 상당했다. 이러한 독자 반응에 대해 어린이 독자가 이 작품을 읽고 일본군이 한국 여성에게 무언가 몹쓸 짓을 했다는 정도만 알아도 충분하지 않으냐고 말할 수도 있다. 그러나 독자는 작품을 통해 무슨일이 일어났는지 온전히 전달받고 그것을 자신의 눈높이에서 제대로 이해할 때 감동받는다. 나와 이 작품을 함께 읽은 청소년들 역시 정신대 할머니 문제에 대한 좀 더 깊은 차원의 역사적 관점을 얻지는 못한 듯싶다. 그 이유는 앞서 언급했듯이 역사적 사건을 감정적 차원에서 호소하고 있어, 다양한 정보를 통해 거리를 두고 전쟁이라는 문제를 해석할수 있는 여지를 남기지 않기 때문이다. 물론 많은 독자들이 정신대 할머니의 비극적인 삶을 아프게 되새기고 감동적으로 작품을 읽었다는 사실을 부정하는 것은 아니다. 다만 그들은 대체로 정신대 할머니에 대한 기본 정보를 이미 알고 있는, 준비된 독자일 가능성이 높다.[1]

작가는 정신대 할머니들의 사연과 아픔을 자신의 창작물 안에 담아 독자에게 들려주려고 했다. 어려운 소재, 우리가 함께 알아야 할 사건을 붙들고 지난하고 힘든 작업을 했을 작가의 노고에 박수를 보낸다. 다만 역사를 다루는 어린이 그림책 장르가 앞으로 더욱 발전하기를 바라는 마음에서 『꽃할머니』의 서술 방식이 가지고 있는 아쉬운 점을 살펴보았다.

(2010)

---

1 물론 그림책 장르는 유아만을 대상으로 삼는 것이 아니라 모든 연령의 독자를 위한 책이기도 하다. 그러나 도서관에서 그림책 서가에 꽂히면 어린이들이 어른의 도움 없이 혼자 책을 읽는 경우가 많다는 현실도 그림책 출간할 때 고려해야 한다고 생각한다.

1인칭 '나'가 보는 세상

유은실 『만국기 소년』

새로운 것을 보는 낯섦

유은실의 『만국기 소년』(창비 2007)은 올해 봄에 출간된 단편동화집이다. 이 동화집을 읽은 독자들의 감상을 들어 보면, 새롭다는 긍정적인 의견과 함께 부정적인 의견도 있다. 부정적 의견은 동화 양식을 넘어서는 것에 대한 염려와 낯선 서사 기법을 어린이 독자가 어떻게 받아들일지에 대한 고민으로 나누어진다.

동화 양식을 벗어난다는 의견에 대해서 나는 본래 문학 장르는 반드시 고정된 것은 아니라고 말하고 싶다. 장르가 고정되어 있다면 우리는 늘 비슷한 모양새의 작품만 읽어야 하는데, 그런 작품을 일정 기간 계속 읽으면 새로운 형식의 동화가 나오기를 기대하게 된다. 또한 그러한 기대 속에 새롭게 창작된 동화의 양식은 기존의 동화 문법에서 크게 벗어

* 이 글은 2007년 7월 10일 (사)어린이도서연구회 전국 대표자 연수회 발표문과 토론 내용을 정리한 것이다. 함께 토론해 주신 어린이도서연구회 회원들께 감사드린다.

나지 않아 낯설지 않을 수도 있고, 기존의 규범에서 크게 벗어나 낯설게 보일 수도 있다. 이러한 과정을 거치면서 문학 장르는 조금씩 변화한다.[1] 이렇게 보면 어린이문학 혹은 동화는 계속 변화하는 유기체로 볼 수 있다.

다음으로 최근 작품의 새로운 서사 기법에 대해서 이야기해 보자. 『만국기 소년』뿐 아니라 최근에 출간된 고학년 단편동화집을 살펴보면 단편소설화 경향과 플롯의 변화가 보인다. 또한 『만국기 소년』은 1인칭 시점을 활용한 독백체, 1인칭 관찰자 시점으로 어른들의 세계를 풍자하는 방식 등이 눈에 띈다. 나는 이러한 새로운 방식에도 손을 들어 주는 편이다. 이러한 기법들은 날로 복잡해지고 다양화되는 사회로 접어든 현재, 동화 또한 더 이상 기존 방식만을 고집할 수 없다는 고민의 반영이다. 따라서 이러한 작품들을 기존의 규범과 양식으로 재단하기보다는 일단 새로운 분석틀로 공부하는 자세가 필요하다고 생각한다. 앞으로 어린이문학의 주제는 좀 더 넓어져야 하고 창작 방법도 더욱 다양해져야 한다.

문제는 동화가 어린이 독자를 대상으로 한다는 점이다. 동화의 새로운 기법들이 어린이 독자에게 충분히 다가가고 있는지 그 검증이 이루어져야 할 것이다. 그러기 위해서는 먼저 새로운 기법들이 어떠한 방식으로 어떠한 효과를 기대하고 쓰였는지 살펴보는 것이 순서라고 생각한다. 이 부분을 염두에 두면서 『만국기 소년』을 읽어 보려고 한다.

---

1 공임순 『우리 역사소설은 이론과 논쟁이 필요하다』, 책세상 2000, 113~15면 참조.

1인칭 시점의 활용

유은실은 1인칭 시점을 매우 잘 활용하는 작가다. 이전 작품『우리 집에 온 마고할미』(바람의아이들 2005)는 주인공 윤이의 눈으로 보면 도우미 할머니가 마고할미로 보이는 판타지 동화지만, 객관적 시선으로 보면 그냥 조금 이상한 도우미 할머니로도 보이는 재미있는 동화다.

『만국기 소년』에 실린 많은 작품들 역시 '나'가 관찰하거나 서술하는 이야기들이다. 먼저 서술자와 대상 간의 '거리 두기'의 기법을 살펴보자. 「내 이름은 백석」은 '나'가 아버지의 모습을 관찰하는 이야기이고, 「만국기 소년」은 '나'가 새로 전학 온 '진수'를 관찰하는 이야기다. 이러한 관찰의 시선은 「손님」이라는 작품에서 극대화되어 표현된다. 제3의 눈을 가정한 '나'가 '나의 행동'을 관찰하는 것이다. 1인칭 어린이 관찰자가 대상을 서술하는 방식은 작품에서 어른 작가의 목소리를 낮출 수 있고 주관적(감상적) 개입을 줄일 수 있다. 시점이 1인칭 어린이 관찰자의 눈높이에 고정되기 때문이다. 물론 서술 과정에서 작가의 목소리를 개입시킬 수는 있다.

건어물집 아저씨는 아빠를 툭툭 치며 계속 "어이, 닭대가리." 했다. 하지만 아빠는 "꼬끼오." 하고 대답하지 않았다. 아빠 얼굴은 발갛게 달아올랐다.

아빠는 냉장실에서 닭을 꺼내다가 도마 가득 쌓아 놓고 툭툭 잘라 내기 시작했다. 엄마는 달걀 손님을 받으러 슬그머니 문 밖으로 나가고, 건어물집 아저씨도 슬그머니 나갔다.

나는 가만히 아빠의 뒷모습을 보았다. 아빠가 칼을 높이 들었다 내리면 닭은 단번에 두 도막으로 갈라졌다. 아빠는 말없이 닭만 잘랐다. (「내 이름은 백석」, 17면)

이 인용문은 「내 이름은 백석」에서 '나'가 아버지의 모습을 관찰한 것이다. 평소에는 매우 씩씩하고 당당하던 아빠가 시인 백석을, 나타샤가 어느 나라 사람인지를, 소련이 러시아의 옛 지명인지를 모르는 몇 가지 에피소드 뒤에 서술된다. 이 인용문에서 작가는 '나'의 눈에 비친 상황만을 통해 아빠의 심정을 독자에게 전달하고자 한다. 아버지의 현재 심정이 '어떻다'는 문장은 전혀 없으나 상황만 기술한 문장을 통해 독자는 현재 아버지의 상태가 '어떻다'는 것을 짐작할 수 있다. 작가는 아버지의 심정을 어린이 독자가 능동적으로 참여하여 읽어 내도록 유도한다. 이 방법이 어린이 독자에게 어떻게 다가서고 있는지 궁금하다.

> 엄마는 아이들이 어느 학교를 다니냐고 물었다. 아저씨는 곧 가까운 학교로 전학시킬 거라고 했다. 엄마가 아이들이 몇이냐고 물었다. 아저씨는 넷이라고 했다. 엄마가 너무 많이 낳았다고 했다. 아저씨가 고개를 숙였다. 나는 엄마가 그 말을 하지 않았으면 좋았을 거라는 생각이 들었다. (「만국기 소년」, 30~31면)

두 번째 인용문 「만국기 소년」에서는 엄마와 아저씨의 대화만으로 진수의 상황을 기록하고 마지막에 서술자의 목소리를 덧붙이고 있다. 이러한 서술은 '가난'을 이야기하는 새로운 방식이다. 어린이도서연구회 연수에서 회원들은 기존의 방식으로 '가난'을 이야기하던 동화들에 비해 새롭다고 했다. 그러나 한편으로는 이러한 기법은 가난을 진솔하게 이야기하던, 그래서 절실하게 와 닿던 작품들에 비해 지나치게 '기교적'이라는 의견도 있었다.

"네가 외운 나라 중에서, 너는 어느 나라에 제일 가 보고 싶니?"

진수는 대답이 없다. 그 대신 진수 얼굴에 표정이라는 게 생겼다. 슬프고 겁에 질린 표정. 나는 선생님이 그걸 묻지 않았으면 좋았을 거라는 생각이 든다. 진수 표정을 본 순간, 나는 선생님과 마주 보기 싫어졌다. 진수 얼굴도 더는 보고 싶지 않다.

나는 창으로 고개를 돌린다. 창밖을 본다. 하늘이 파랗다. 구름 한 점 없이 맑고 밝은 날이다. (「만국기 소년」, 32면)

이 인용문은 작품의 마지막 부분이다. '나'의 시선에 포착된 진수의 표정을 초점화했다가 다시 창밖으로 초점을 이동시키는 장면인데 초점 이동의 기술 역시 동화로는 기교가 과하다는 의견이 있었다. 이 부분은 좀 더 세밀히 분석해 볼 필요가 있다.

「만국기 소년」에서는 진수와 함께 '관찰하는 나'도 주목해서 봐야 한다. '나'는 엄마, 아빠와의 관계에서 소외되어 있다. '나'는 엄마와 아빠가 자신에게 관심이 없다고 느끼고 있다. 「만국기 소년」에서 진수가 '나라의 수도'를 반복해서 외우는 문장들은 독자가 작품에 몰입하는 것을 방해하는데 이러한 기법적 단절은 '나'가 느끼는 '어른'에 대한 심리적 단절과 밀접히 연결되어 있다.

또한 이 작품은 몰입의 방해로 인해 진수라는 인물을 결말 부분에 비로소 주목하게 된다. 처음으로 주목한 진수의 표정은 슬픈 얼굴이다. '나'는 진수의 상황을 헤아리지 못한 선생님에게 단절감을 느낀다. 부모가 먼저 '나'의 얼굴을 마주하지 않아 생겼던 단절감이 여기서는 '나'가 선생님을 '단절시키는 것'으로 되돌려진다. 여기서 '슬픈 진수의 표정'은 어쩌면 '차마 보고 싶지 않았던 나의 표정'이기에 고개를 돌리는지도 모른다.

한편 1인칭 시점이라도 「상장」은 '독백체'를 통해 아이의 내면을 고백하는 데 초점을 맞춘 작품이다. 아이가 지하철을 타고 집에 돌아가는 동안 거리의 풍경을 보며 속생각을 토로하는 것은, 어린이의 '내면'을 그리고 있다는 점에서, 그리고 주인공의 독백 속에 과거 사건에 대한 회상이 중간중간 삽입된다는 점에서 어린이문학에 새롭게 도입된 모더니즘적 창작 방식이다.

나는 씩씩하게 앞을 보고 걷는다. 상장을 품에 안고 싶지만 더러워서 안을 수도 없다. 나는 마치 상장을 주는 사람처럼 두 팔을 뻗는다. 앞으로 간다. 나는 사람들이랑 눈이 마주치는 게 싫어서 고개를 숙인다.

그래, 아무것도 아니다. 껍데기도 없고, 테두리도 칙칙하고, 마크도 촌스럽고, 종이도 얇은 상장이다. 나는 울지 않을 거다. 까짓 후진 상장 따위가 더러워졌다고 울지 않을 거다. 나는 뛰지도 않을 거다. 엄마한테 빨리 보여 주려고 뛰어가는 건 어린애들이나 하는 유치한 짓이다. 내가 고개를 숙인 건 창피해서가 아니다. 사람들한테 관심이 없기 때문이다. (「상장」, 157~58면)

주인공 '나'의 상장에 대한 생각은 복잡하다. 상장을 받고도 마냥 기뻐할 수 없는 '나'의 독백을 통해 작품은 현대 아이들의 복잡한 심리를 진술한다. 이러한 진술 방식에 대해서도 어린이도서연구회 연수에서 토론이 벌어졌다. 몇몇 회원들은 주인공 '나'의 의식이 지나치게 토로되고 있다고 지적했다. '내면 독백'의 기법이 사건들 사이에서 적절한 효과를 발하는 식이 아니라 작품 전면에 자리 잡고 작품 전체를 이끌고 가는 것에 대한 지적이다. 또한 서사, 즉 이야기성이 아닌 사변과 생각 토로가 주를 이루는 방식에 우려를 나타낸 회원도 있었다.

반면 「맘대로 천 원」은 『만국기 소년』에 실린 작품 중에서 가장 기존의 동화 문법에 가깝다. 이 작품에서 '나'는 동생과는 달리 천 원이 생겨도 맘대로 쓸 수 없는 아이다. 이러한 '나'는 생각 없는 동생과는 달리 '애어른'의 모습으로 비춰지면서 동생의 행동과 대비를 이루고 있다. '나'가 '애어른'이 될 수밖에 없는 상황에 대한 연민을 만들어 내는 작품이다.

어린이의 시선으로 바라보는 어른의 세계

「내 이름은 백석」은 아이의 눈으로 본 어른의 세계다. 「선아의 쟁반」도 그렇다. 「어떤 이모부」 역시 마찬가지다. 이렇게 어린이의 눈으로 본 어른의 세계는 물론 행복하지 않은 연민의 세계다. 「내 이름은 백석」의 아버지는 평소에는 장사도 잘하고 마음도 넉넉한 어른이었다. 그러나 시인 '백석'의 시집을 읽으며 자신이 많이 배우지 못했다는 점을 의식한 순간 당당할 수 없는 힘없는 모습으로 그려진다. 「선아의 쟁반」은 아이를 가운데 두고 벌이는 두 할머니의 태도를 풍자한 것이고 「어떤 이모부」는 특이한 성격 때문에 집안에서 환영받지 못하는 이모부에 대처하는 어른들의 모습을 관찰한 것이다.

월요일 화요일 수요일의 선아는 동치미 국물을 조용히 목구멍으로 넘겼습니다. 유치원에서 돌아오면 바로 양말을 벗고, 손과 발을 박박 문질러 씻었습니다. 그리고 과자는 우아하게 숟가락으로 퍼먹었습니다. (…)
목요일 금요일 토요일의 선아는 양말을 꼭 신었습니다. 손은 흐르는 물에 대강 씻고 동치미 국물을 마시고는 "카" 소리를 냈습니다. 그리고 친할머니가 만들어 준 떡이랑 부침개를 손으로 집어 먹었습니다. 배부르게 먹은 선아가 "꺼억" 하고 트림을 하면 친할머니는 한없이 사랑스런 눈빛을 보냈습니다. (「선아의 쟁반」, 68~69면)

작가가 이렇게 어린이의 눈으로 어른들의 세계를 그린 이유는 무엇일까? 어린이의 세계가 바로 이러한 어른들의 세계 안에 들어 있음을 말하고자 한 것이 아닐까? 좀 더 구체적으로 말하면 어린이들은 어른들의 세계를 관찰하고 해석하며 살아간다. 어른이 어린이를 관찰하듯 어린이 또한 어른들을 의식하며 살아간다.

어린이는 「선아의 쟁반」에서처럼 어른의 생각에 따라 휘둘리는 존재다. 두 할머니의 생각에 따라 행동과 옷매무새와 말투까지 달라지는 선아를 보며 어른과 아이의 관계를 다시 생각하게 된다. 때로 아이들은 「내 이름의 백석」과 같이 아버지를 보며 연민을 느낀다. 또 어린이의 눈을 빌려 '어떤 이모부'의 말을 들어 주는 척하면서 귀찮아하는 엄마와 아빠의 위선을 풍자하기도 한다. 성격이 꼼꼼하고 친구가 없는 '어떤 이모부'는 전화 통화를 하며 상대방으로부터 뛰어난 해결책을 원했던 것이 아니라 단지 자신의 하소연을 '들어 주기'를 바랐을 뿐이다. 그러나 '들어 주기'는 상대방에 대한 애정이 있을 때 지속될 수 있는 행동이다. 우리 사회에 만연한 '표면적 인간관계'에 대한 풍자를 어린이들이 어떻게 읽어 내고 있는지 궁금하다.

플롯의 변화

단편소설적 경향을 가진 최근 동화들의 특징 중에 하나는 기승전결의 플롯보다는 사건이 완결되지 않은 부분에서 결말을 맺는 경우가 많아졌다는 점이다.「손님」은 집에 손님을 맞으려는 아이와 가족의 행동을 관찰함으로써 이 가족이 처한 상황을 서술한 작품이다. 여기에서 손님이 누구인지는 중요하지 않다. 사건의 일면만을 보여 주는 것이다.

「상장」은 사건은 거의 없이 '나'의 독백만으로 작품이 서술된다.「상장」에서 복잡한 마음을 가진 '나'가 바뀌려면, 부모의 생각이 바뀌고, 성적 위주의 사회 풍토가 바뀌어야 한다. 현재 우리 사회는 성적 위주의 가치관이 정점에 달해 있다. 이러한 가치관에서 벗어나 새로운 가치관으로 마무리하는 씩씩한 동화도 물론 나와야 한다. 그러나「상장」의 경우는 현실을 적나라하게 제시한 상황에서 끝을 맺은 것이다.「상장」의 서술 방식으로는 이렇게 마무리할 수밖에 없다.

기존 동화보다는 일반문학의 단편에 가깝고 사건의 전 과정이 아닌 단면만을 보여 주는 방식은 어린이가 살고 있는 우리 사회가 일정한 결말로 완결 지을 수 없는 단계에 이르렀음을 반영한다. 작가가 어린이 독자에게 안전하고도 확정된 결말을 제시해 줄 수 없을 정도로 현실의 상황은 복잡하고 심각한 것이다. 어쨌든 동화에서 '결(結)'에 해당하는 부분은 통상적으로 작가의 목소리를 대변하는 부분이다. 작가의 목소리가 들어간 결말을 제시하지 않은 것이 작품의 주제와 창작 방식에 비추어 볼 때 적절했는지는 살펴보아야 할 것이다.

'작가의 목소리'를 소거하려는 의도는 근년에 들어 주제가 직접적인 계몽보다는 풍자나 판타지를 통해 은유적으로 제시되는 작품이 늘어나는 것을 통해서도 확인할 수 있다.

마치며

이러한 새로운 기법이 어린이 독자에게 어떻게 다가갈지는 또 다른 문제다. 어린이 독자를 중심에 둔 작품의 평가는 매우 중요하고 꼭 이루어져야 한다. 그리고 이것이 바로 우리가 해야 할 일이다.

「만국기 소년」은 독자가 작중인물에 감정이입하거나 동일시하여 읽는 기존의 동화와는 다르다. 작가는 독자가 거리를 두고 작품을 읽는 과정을 통해 작중인물의 소외 상황을 따라가는 방식을 쓰고 있다. 또한 이러한 방식은 '전망'이 부재한 결말로 이어진다. 이는 「상장」 역시 마찬가지다.

만약 「만국기 소년」이 어른을 위한 소설이면 상관없지만 어린이 독자를 염두에 두면 몇 가지 의문이 든다. 하나는 어린이 독자가 이야기를 읽거나 듣는 방식은 주로 동일시의 방식인데 동일시가 아닌 거리 두기의 방식을 어떻게 받아들일까 하는 점이다. 또 전망의 부재로 끝나는 부분에서 책을 덮은 어린이 독자가 그 허공을 딛고 씩씩하게 현실의 길을 찾는다면 그것은 어떤 과정을 거쳐서일지 궁금해진다. 어린이 독자에게는 이러한 창작 방식이 어울리지 않는다는 뜻이 아니다. 이 부분에 대해서 작가나 동화 읽는 어른 모두 깊이 고민해야 하지 않을까 싶다.

「엄마 없는 날」에서 엄마가 돌아오는 것과 돌아오지 않는 것의 차이는 주인공 '나'에게는 엄청난 것이다. 기존의 동화가 '엄마가 돌아오는 동화'라면 유은실의 몇몇 단편은 '엄마가 돌아오지 않는 동화'다. '전망의 부재'를 소설에서 이야기하는 것과 같은 선상에서 동화에서도 이야기할 수 있을까?

어른 독자들도 일반문학을 읽을 때 분위기나 기법으로 독자에게 여운을 남기는 단편소설보다 서사의 힘으로 끌고 가는 장편소설을 좋아하는 경향이 있다. 그러므로 단편소설화 경향의 동화가, 특히 「만국기 소년」과 같은 기법의 동화가 일반 어린이 독자에게 어떻게 받아들여지는지도 살펴보아야 할 것이다.

한편 내가 경험한 바로는 어린이들은 어른보다 훨씬 유연한 독자다. 어릴 때부터 리얼리즘적 독법에만 익숙한 학부모 독자에 비해 아이들은 훨씬 다양한 방식의 독법을 쉽게 받아들인다. 어쩌면 그만큼 세상이 변해서인지도 모른다. 따라서 익숙한 방식뿐 아니라 새로운 창작 방식으로 쓰인 동화를 접하게 해 줌으로써 문학이 그려 낼 수 있는 다양한 빛깔을 보여 줄 필요가 있다고 생각한다. 어린이도서연구회 회원 연수에서 있었던 토론에서도 기존의 동화 문법을 답습하지 않고 창작 정신을 발휘한 태도에 대해 의의를 두는 의견이 많았다. 따라서 『만국기 소년』을 통해 작가가 보여 준 노력과 성과는 의미가 있다고 생각한다.

(2007)

가을에, 동시 한 편 들려 드릴까요?

안학수 『낙지네 개흙 잔치』

오래전 라디오 프로그램 '배철수의 음악 캠프'를 듣는데 배철수 씨가 디즈니의 애니메이션 「인어공주」 중에서 「Under The Sea」란 노래를 틀어 주며 "온갖 해물 잡탕들이 나와서 노래를 부른다."는 멘트를 한 적이 있다. 나도 만만치 않다. 안학수 동시집 『낙지네 개흙 잔치』(창비 2004)를 읽으며 연탄불 위에 지글거리는 조개구이에 소주 한 잔을 떠올렸으니 말이다.

안학수 시인의 두 번째 동시집 『낙지네 개흙 잔치』에서 우리가 개펄에서 볼 수 있는 다양한 갯것들이 하나씩 호명된다. 그러한 갯것들이 모여 한판 잔치를 열었으니 그야말로 '낙지네 개흙 잔치'다. 이 시집 안의 시들은 얼핏 '겨레아동문학선집'(보리 1999)에서 읽었던 근대 시인들의 동시가 생각날 정도로 음악적인 운율을 가지고 있다. 또한 시인이 새롭게 만들어 낸 흉내 내는 말을 찾아보는 재미도 쏠쏠하다.

밀릉슬릉 주름진 건

파도가 쓸고 간 발자국,
고물꼬물 줄을 푼 건
고둥이 놀다 간 발자국.

스랑그랑 일궈 논 건
농게가 일한 발자국,
오공조공 꾸준한 건
물새가 살핀 발자국.

—「개펄 마당」 부분

　시인은 개펄에 사는 생물들과 자연에서 사는 생물들을 그리고 있고 그 사이에 주름살 진 아버지, 생선 장수 어머니, 혼자 노는 아이 등을 보여 주며 사람과 생물이 함께 사는 존재들임을 일깨운다. 「어머니는 생선 장수」에서는 "겨운 어머니의 삶을 소금에 절여/좌판에 가지런히 눕혔다."며 함께 바다를 터전으로 살아가는 생선과 어머니의 인생을 연결한다. 하다 못해 쓰레기 더미나 인라인스케이트 한 짝, 종이컵과 같은 무생물까지도 시인에게는 환경 안에서 자리 잡은 존재로 눈에 들어오나 보다. 그러한 시들은 자연을 그린 시들과 함께 큰 소리 내지 않고 우리가 처한 모습과 지향해야 할 세계를 자연스럽게 보여 준다.
　이 시집에는 그러한 자연 안에서 생활하는 어린이의 모습을 그린 시가 있다. 그중에서 「공기놀이」를 살펴보자.

공기알이 춤춘다
손 따라 콩당콩
한 알 따기 조막손은

모이 쪼는 꼬꼬닭.

두 알 따기 어렵다
두 뼘이나 멀구나
하늘 높이 올리고
날렵하게 집어라.

세 알 따기 조심조심
틀리면 언니 차례
모아진 것 먼저 집고
남은 한 알 살짝꿍.

막알 따기 재밌다
차돌 공기 다섯 알
쓸어 집고 고추장
손가락이 찍었다.

키질하기 까불까불
손등 위에 얹어라
쭉정이는 나가고
알맹이만 남아라.

청소는 이따 하고
숙제는 밤에 하자
언니랑 둘이 앉아

공기놀이 재미난다.

—「공기놀이」전문

　시의 운율에 공기놀이하는 손의 움직임이 고스란히 녹아 있다. 이 시를 읽으면 딸아이와 공기놀이하고 싶은 생각이 든다.
　마지막으로 이 시집에서 내가 가장 좋아하는 시 「가을 저녁」을 소개하고 싶다.

　감나무에게 반한
　저녁 하늘

　산마루에
　커다란 연시를 열었다.
　구름에다
　울긋불긋 단풍 들였다.

　저녁놀에게 홀린
　감나무도

　가지마다 빨간
　아기 해를 달았다.
　잎새마다 알록달록
　놀빛에 적셨다.

　구경하다 넋을 빼앗긴

텃논의 허수아비

누더기 옷에

금빛 배어드는 줄 모른다.

―「가을 저녁」 전문

'가을 저녁'이라는 아주 짧은 특별한 시간에 하늘과 땅이 서로를 마주 본다. 하늘이 땅에 반해 붉게 물들고 땅도 하늘을 닮고 싶어 감나무에 해 닮은 연시를 내건다. 하늘은 연시를 매달고 땅에는 올망졸망한 해가 열린다. 그런데 이러한 하늘과 땅을 바라보는 한 자락의 시선이 있으니, 아름다운 풍경에 넋을 빼고 있는 허수아비다. 이로써 하늘과 땅 사이에 살고 있는 사람이 연결된다. 그 사람은 비록 장엄한 자연 속에서 작은 허수아비 같은 존재지만, 누더기 옷을 입은 초라한 존재지만 이 하늘과 땅이 만난 모습을 맞닥뜨린 순간 그의 옷은 금빛으로 물든다. 하늘과 땅, 그리고 사람이 하나가 된 순간이다. 이 시야말로 『낙지네 개흙 잔치』에서 시인이 추구하고 있는 것을 온전히 담아낸 작품이 아닐까?

(2007)

책에서 만난 프랑스의 문제아들

기욤 게로 『꼬마 이방인』

1

우리나라 사람들은 프랑스를 '문화와 예술의 나라' '개인의 인권이 존중되는 나라'로 대체로 좋게 보는 듯하다. 나 역시 그런 막연한 호감을 가지고 있었다. 프랑스의 창작동화에 흔히 등장하는 자유롭고 발랄한 어린이들, 그것을 수용하고 키워 주는 교사와 부모들, 무겁고 힘든 주제보다는 일상의 소소함을 다루는 밝고 재치 있는 이야기를 읽으며 프랑스 사회에 대해 조금은 부러움을 느끼기도 했다. 그런데 내가 생각했던 이런 이미지들이 사실은 프랑스 전체를 대표하는 것이 아니라, 일부 백인과 특정 계층 사람들만의 문화일 수도 있다는 것을, 프랑스에도 빈민과 인종차별이 있고 나라 밖에서 치른 잔인한 전쟁의 피해자들이 존재한다는 사실을 깨닫게 해 준 작가가 있다.

기욤 게로는 인도차이나 전쟁의 상처를 그린 『어느 전쟁 영웅의 당연한 죽음』(임미경 옮김, 자인 2000)과 프랑스 소도시의 작은 신문사에서 기자

실습을 하는 소년의 눈으로 어른들의 부정한 세계를 고발한『차에 치인 개』(김지혜 옮김, 자인 2000)를 쓴 프랑스의 젊은 작가다. 그리고 그는 내가 이야기하고자 하는『꼬마 이방인』(김용채·한정석 옮김, 자인 2000)을 쓰기도 했다.

2

「꼬마 이방인」에는 십 년 전 알제리에서 온 불법 체류 가족의 일원인 소년 모모와 두 살 때 한국에서 입양된 모모의 여자 친구 미르띠유,[1] 두 명의 꼬마 이방인이 나온다. 미르띠유는 '이훈희'라는 한국 이름을 가지고 있기도 하다.

'모든 아이는 태어날 때부터의 사진들을 다 가지고 있는데 나는 그렇지 않다. 나는 두 살 때 비행기 속에서 나왔다.'고 생각하는 과거가 없는 소녀 미르띠유, 그리고 잠시 뒤, 아니면 내일 아침, 혹은 아무 때나 경찰이 불법 체류자인 자신을 체포하러 올 거라며 기다리고 있는 미래가 없는 소년 모모. 사회의 이방인으로 소외감을 느끼는 미르띠유와 모모는 서로 아픔을 이해하는 친구다.

> 모모를 실은 버스가 저 멀리 변두리를 향해 사라져 갈 때 버스 뒤쪽 유리 창 너머로 비친 모모의 그림자는 지구에 내려와 길을 잃은 꼬마 화성인의 것처럼 움직이고 있었다. (61면)

---

1 '미르띠유'는 국립국어원 외래어 표기법에 따르면 '미르티유'로 써야 맞지만, 이 글에 서는 번역서의 표기를 따랐다.

미르띠유가 모모와 함께 버스를 타고 가다 집 앞에서 내린 뒤 모모가 탄 버스를 돌아보고 있다. 미르띠유의 눈에 비친 모모의 외로운 모습은 어쩌면 미르띠유 자신의 모습과도 많이 닮았을 것이다.

알제리에서는 지리 교사였던, 그러나 프랑스에 와서 십 년째 공장에서 일하는 모모의 아버지는 항상 모모에게 당부했다. '나서지 말 것. 말없이 자신을 억누를 것. 모욕해도 반박하지 말 것. 뺨을 얻어맞아도 맞대응하지 말고 다른 쪽 뺨을 내밀 것.' 이런 굴종적인 태도로 프랑스에서 숨어 살고자 하는 모모의 아버지. 그 아버지의 뜻을 이해하는 누나가 "갈대는 허리를 굽히지만 꺾이지 않듯이 다른 것도 마찬가지야." 하고 라퐁텐의 우화를 예로 들지만, 모모는 "참나무가 되어 끔찍한 소리를 내며 이 땅에서 뿌리째 뽑혀 버렸음 좋겠어!" 하고 소리를 질러 댄다.

결국 어느 날 이른 아침 경찰이 와서 모모 가족을 체포해 가는데, 모모는 경찰차에 실려 마을을 떠나며 뒤쫓아 오는 미르띠유를 본다. 모모는 절규하고 미르띠유는 차를 따르며 눈물을 흘린다. 이야기는 모모의 독백으로 끝맺는다.

미르띠유에게 주소를 알려 주는 걸 잊었다. 그러나 새로운 주소도 알지 못했다. (69면)

감정을 배제한 건조하고 객관적인 시선 뒤에 남는 주인공의 짧은 독백들이 여운을 남긴다.

3

이렇게 프랑스 사회에서 이방인으로 성장해 가는 이들의 이야기는 『꼬마 이방인』에 실린 또 다른 작품 「고물 오토바이와 비행기」에 한층 치열하게 형상화되어 있다.

한국의 달동네를 연상시키는 프랑스의 빈민가 '무지개 마을'에 사는 열세 살 알제리 소년 라시드, 이야기는 그의 스무 살 된 형 이마드가 마약 과용으로 숨지면서 시작된다. 라시드의 미래는 형 이마드의 죽음처럼 우울하고 어둡다.

프랑스에 도착해 먼저 듣고 배운 프랑스 말이 "더러운 아랍인!"이었고, 그 말이 무엇을 의미하는지도 곧 깨닫게 되었다는 라시드는 학교에 들어가서는 산수를 빼놓고는 아무것도 이해하지 못했다. 라시드는 "숫자는 나처럼 아랍에서 왔기 때문일까?" 하고 농담처럼 말한다. 라시드의 친구, 흑인 라민느와 빈민 제랄드는 이미 학교를 그만두고 고물 오토바이를 고쳐 타고 다니며 하루하루를 보낸다.

이들은 동네의 불량한 소년들이지만, 경찰은 이들이 건전하게 성장할 수 있도록 보듬지 않는다. 라시드가 제대로 공부해 보려고 다니는 사회교육센터에까지 들어와 "너, 아랍인, 입 닥쳐!" 하며 폭언과 폭행을 휘두르는 경찰은 오히려 이들이 사회의 부랑아가 되도록 부추길 뿐이다.

라시드는 여자 친구인 베트남 소녀 투이마저 먼 곳으로 이사를 가 버리자, 세상에 대한 분노로 죽은 형의 총을 들고 거리로 나오지만 누군가에게 총을 쏘는 대신 병 더미 속으로 총을 던져 버린다. 그리고 지금은 고물 오토바이로 동네 곳곳을 누비지만 언젠가는 비행기 조종사가 되어 하늘을 자유롭게 날 수 있기를 꿈꾼다.

나? 나는 5학년이다. 장래의 꿈은 비행기 조종사가 되는 것이다. 수학은 반에서 제일 잘한다. 철자법은 영 엉망이다. 그러나 개의치 않는다. 비행기 조종사가 되는 데는 철자법이 필요없기 때문이다. 비행기의 계기판에 있는 숫자 외에, 하늘에서 읽을 것은 하나도 없다. (89면)

이 독백은 라시드에게 프랑스어를 배우는 일이 얼마나 큰 강박이었는지 고스란히 보여 준다.

4

어떤 사회든 어두운 그림자가 있을 텐데, 나는 왜 유럽이나 프랑스의 어린이들은 우리 아이들보다 조금은 더 나을 거라고 생각했을까. 그것은 처음에 이야기했듯, 내가 유럽이나 프랑스 사람 중에 잘사는 대표 집단에만 시선을 고정하고 있었던 탓은 아닐까? 어쩌면 우리는 그들 백인 중심의 주류 문화만을 보고 그것이 그 사회 전체라고 너무나 쉽게 생각해 버린 것은 아닐까?

정신과 의사이자 작가이며 알제리 독립 전선의 지도적 이론가인 프란츠 파농(Frantz O. Fanon)이 떠오른다. 프랑스의 식민지였던 마르티니크 태생으로 어른이 될 때까지 자신을 프랑스인이라고 생각하고 프랑스의 중산층 문화를 자신의 것이라고 여겼던 그는, 그러나 그것이 절대로 자기 것이 될 수 없다는 것을 깨닫고 알제리로 국적을 바꾸었다. 파농은 그렇게 자아 정체성을 찾아가는 이야기를 『검은 피부, 하얀 가면』(이석호 옮김, 인간사랑 1998)으로 보여 주었다. 나도 프란츠 파농이 말한 허위의식, 즉 어느 사회에서나 쉽게 드러나고 우아하고 세련되어 보이는 중상위 계층의 문화를 중심으로 생각하고 나아가 자신을 그것에 맞추고자 하는 심리를 가지고 있었던 것은 아닐까?

프란츠 파농과 같은 알제리 국적의 모모나 라시드의 이야기를 읽으며, 또 우리 아이들처럼 까만 머리에 동그란 얼굴을 한 미르띠유를 그려보면서, 나는 세계에서 또 우리 사회에서 내가 서 있어야 할 좌표를 돌아보게 되었다.

「꼬마 이방인」에서 미르띠유의 양어머니는 바로 모모 같은 불법 체류자들을 도와주는 단체에서 일하고 있고, 모모가 다니는 학교의 교사들과 아이들은 학교에서 배운 '인간과 시민의 권리 선언'의 교훈을 적용할 적절한 상황이라며 '모모와 그의 부모님께 내려진 추방령에 반대하는 시위'를 연다. 프랑스 사회가 우리 사회와 조금 다른 점이 있다면 사회의 약자들을 도우려는 사람들의 손길 또한 적지 않다는 점일 것이다. 작품 안에서 이런 반대되는 일을 함께 그릴 수 있는 것은, 작품 밖의 실제 프랑스 사회가 그만큼 성숙했기 때문이리라. 우리가 정작 부러워해야 할 것은 그것이 아닐까?

얼마 전 오랜만에 서울에 올라갔다가 거리에 참 많은 외국인 노동자들이 다니는 것을 보고 놀랐다. 부쩍 늘어난 외국인 노동자의 숫자만큼 그들을 대하는 한국인의 자세도 달라졌을까?

(2003)

요즘 동시 마을이 북적이는 까닭은?

김이구 『해묵은 동시를 던져 버리자』

　김이구의 동시 평론집 『해묵은 동시를 던져 버리자』(창비 2014)는 제목이 청유형이지만 거기에는 이미 책의 방향과 내용이 함축되어 있다. 저자는 2007년에 발표한 같은 제목의 평론에서 '동시 마을'에 부족한 네 가지 현상을 지적했다. 시인들이 자신의 작품을 보는 감식안이 없고, 비평다운 비평이 없으며, 외부와의 소통이 부재하고, 시적 모험을 모색하는 시가 적다는 것이다. 이후 그는 스스로 비평다운 비평, 담론다운 담론을 생산하기 위해 꾸준히 평론을 발표했고, 그 덕분에 조용하던 동시단은 복작거리는 재미난 동네가 되었다.

　『해묵은 동시를 던져 버리자』에는 몇 가지 큰 흐름이 교차한다. 먼저, 외부와 소통이 막힌 채 갇혀 있는 동시 흐름의 물꼬를 트기 위해 동시단의 지형을 넓혀야 한다는 유연한 인식이다. 저자는 동시로 창작 영역을 넓힌 안도현, 함민복, 최승호, 김기택, 이기철 등 일반 시인들의 시를 동시의 눈으로 조명한다. 그리고 윤석중, 윤동주, 권정생의 오랜 동시와 최근 동시 세계에 발을 들인 젊은 시인의 작품에 고른 관심을 보인다.

또한 어린이나 청소년이 쓴 시까지 '시'의 형태로 창작된 모든 작품을 텍스트로 삼으려는 시도도 돋보인다. '말놀이 동시'와 '한자 동시'에 대해 2007년 당시 '기획 동시'라며 그 창작 방식을 의심스럽게 바라보던 동시단의 시각을 벗어나 "기획 상품이 되어도 좋다."(249면)라며 긍정적으로 평가한 것이나, '서사 동시'나 '다큐 동시'에 대해 주목한 것 역시 유연한 발상이다.

발상이 유연하다면 논점은 과감하다. 2011년 아동문학의 '상투성' 문제를 제기했던 『창비어린이』 세미나에 대한 관전평 「동시의 상투성, 바로보기와 넘어서기」가 대표적 예다. 세미나에서 발표자 김찬곤은 시가 상투적이 되는 원인이 창작의 기법보다는 본질에서 벗어난 궤도이탈 때문이라 판단한다. 그리고 " '아이의 마음'이 아닌 '어른의 마음'으로 쓰더라도 그 안에 동심이 있다."라는 이원수·이오덕의 동시 본질론, " '아동의 감정과 생각'을 쓴다고 하면서 동심을 막연하게 '아이들의 마음'으로만 여기고 쓰고 있지는 않나 한번 돌아봐야 한다."는 동시단의 원론적 논의를 상기시킨다. 이에 맞서 토론자인 김륭은 "동시의 주인은 어린이가 아니라 어른이다."라는 지극히 당연하나 다분히 오해를 부를 수 있는 파격적인 카드를 내민다. 또한 "어린이의 인식으로서 다가갈 수 없는 삶의 세계를 포착해서 아이들에게 세계에 대한 인식을 확대해 줘야" 한다는 창작 방법도 제시한다.(184~85면) 이에 대해 저자는 동심에 대한 고민이 도리어 상투적 동시로 이어질 수 있는 위험을 지적하며 '동시 창작자'를 앞세운 김륭의 과감한 전략이 애매한 '동심론'을 극복할 열쇠가 될 수 있다고 긍정적으로 평가한다. 또한 그의 창작 방법론이 아직 발상 단계임도 날카롭게 지적하여 논점을 구체화하고자 한다. 저자는 '동심'의 문제 역시 전자 매체 시대의 어린이, 21세기 탈근대를 사는 아이들을 20세기식의 근대적 기준으로만 보기 힘든 지점에 있음을 환기시킨다. 즉 동시의 독자이자 화자인 어린이가 변하고 있기에 이 시대 동심은 이전과 차별화할 필요가 있다는 뜻이다. 그는 이렇듯 열린 시대 감각으로 해묵은 것들을 걷어 낸 자리에 신선한 산소를 공급한다.

그러나 과감함과 유연함만 있다면 동시단은 이런저런 말과 글로 넘쳐 나되 내실 있는 소득을 얻기 힘들었으리라. 저자는 동시의 경계에 대한 유연한 태도와 함께 텍스트를 최우선에 놓고 꼼꼼히 살피는 자세를 견지한다. "최고의 동시가 되기 위해서는 기본적으로 최고의 시가 돼야 한다. 이는 곧 최고의 동시란 최고의 시라는 뜻이다."(208면)라는 언급에서 알 수 있듯 제대로 된 시를 고르려는 고집으로 동시단의 외연을 넓히는 동시에 함량을 높이는 작업이 접목된다. 2010년 창간된 격월간지 『동시마중』에 연재했던 글들을 모은 1부에는 시 한 편씩을 골라 동시의 소재, 가락, 발상, 시와 동시의 경계, 고정관념 등 동시 읽기의 핵심 키워드를 짚는다. 특히 시어의 반복에 대해 윤석중과 토론하는 가상 대담은 비슷한 고민에 빠진 독자에게 '깨알 같은' 재미와 공감을 안겨 준다.

그리하여 유연한 발상과 날카로운 감식안을 바탕으로 시적 모험에 나선 시들을 찾아내는 데 성공한다. '해묵은 동시를 던져 버리자.'라는 저자의 도발적 발언에 이끌려 동시를 쓰기 시작했다는 정유경의 고백처럼 가야 할 방향을 정확히 제시하는 비평은 창작에 신선한 바람을 불러일으킨다. 저자는 한번에 술술 읽히진 않지만 기존 동시가 가지고 있던 익숙한 패턴에서 벗어나 낯선 매력으로 독자를 사로잡는 김륭의 시를 발견하고, 노숙자, 초경, 생리통 등 불편한 소재를 감싸 안은 곽해룡, 김웅, 그리고 박성우의 동시를 가려낸다. 또 동시를 즐기는 경지에 오른 노장 권오삼의 시나, 어린이의 내면을 발랄하게, 그러나 섬세하게 그린 젊은 작가 정유경의 시에서 성큼 나아간 개성을 포착한다.

한편 저자는 어린이가 다양한 시, 특히 읽어 내기 어려운 시와 가까워지기 위해서는 지금보다 훨씬 진전된 시 교육이 필요하다는 견해를 편다. 많은 학생들이 시를 공부하기는 하지만 즐기지는 못한다. 쉽지 않은 시를 자신만의 눈으로 풀어 내려면 시와 대화를 나누며 서로를 길들이는 시간이 묵묵히 쌓여야 한다. 이를 위해서라도 저자가 지적한 '해묵은 시' '진부하거나 관습에 묶여 있는 시'가 아니라 반복해 읽어도 여전히 궁금한 구석이 남아 있는 동시가 많이 필요하다.

저자가 언급했듯 동시가 머무는 공간 역시 일종의 '생태계'다. 건강한 생태계에서 개체들은 살아 움직이며 끊임없는 변화의 물결을 일으킨다. 그런 의미에서 이 책은 유연한 발상과 과감한 시각으로 동시 흐름의 새 길을 내고 그 안에서 시가 팔딱팔딱 숨 쉴 수 있게 한 생태 기록이다. 요즘 동시 마을이 북적이는 까닭은 말할 것도 없이 이 동네가 살아 있기 때문이다.

(2014)

수록글 출처

제1부

청소년문학의 정체성을 묻다_「완득이」 이후(원제: 「완득이」 이후): 『창작과비평』 2010년 여름호

만들어진 청소년, 만들어 나갈 청소년문학: 『어린이와 문학』 2009년 8월호

청소년소설 속 아이들을 불러내다: 『어린이책이야기』 2009년 겨울호

청소년문학과 청소년문학이 아닌 것: 『창비어린이』 2009년 봄호

청소년문학의 당대성과 새로움에 대하여(원제: 비행을 꿈꾸다): 『창비어린이』 2007년 겨울호

제2부

동화와 소년소설이 전달하려는 메시지는 동일한가: 『창비어린이』 2010년 가을호

과학과 현실 비판의 상상력, SF동화: 『동화 읽는 어른』 2010년 2월호

역사를 소재로 한 어린이문학, 새롭게 읽기: 『창비어린이』 2007년 봄호

풍자! 웃으며 세상에 딴죽 걸기: 『어린이와 문학』 2007년 9월호

가족을 바라보는 동화의 시선(원제: 아버지, 그리고 가족을 이야기하는 책들): 『동화 읽는 어른』 2006년 10월호

'웃음'으로 들여다본 권정생 동화: 『동화 읽는 어른』 2008년 5월호

『걱정쟁이 열세 살』의 작가, 최나미를 만나다: 『창비어린이』 2014년 봄호

제3부

드러난 것과 숨겨진 것을 찾는 재미_샤론 크리치 『두 개의 달 위를 걷다』: 『어린이 책 이야기』 2009년 가을호

청소년소설이 되찾아야 할 한 가지_박선희 『파랑 치타가 달려간다』: 『어린이 책 이야기』 2010년 봄호

이 땅의 아웃사이더, '화란이'를 위하여_신여랑 『자전거 말고 바이크』: 『출판저널』 2008년 7월호

청소년소설에서 '성장'의 테마_이상권 『난 할 거다』: 『출판저널』 2008년 9월호

성과와 한계를 동시에 보여 주다_『관계의 온도』 『콤플렉스의 밀도』 『내일의 무게』: 『어린이 책 이야기』 2014 가을호

제4부

그림책이 역사를 다루는 방식_권윤덕 『꽃할머니』: 『창비어린이』 2010년 겨울호

1인칭 '나'가 보는 세상_유은실 『만국기 소년』: 『동화 읽는 어른』 2007년 8월호

가을에, 동시 한 편 들려 드릴까요?_안학수 『낙지네 개흙 잔치』: 『동화 읽는 어른』 2007년 11월호

책에서 만난 프랑스의 문제아들_기욤 게로 『꼬마 이방인』: 『동화 읽는 어른』 2003년 7월호

요즘 동시 마을이 북적이는 까닭은?_김이구 『해묵은 동시를 던져 버리자』: 『창작과비평』 2014년 겨울호

찾아보기

청소년문학의 정체성을 묻다

초판 1쇄 발행 • 2015년 12월 15일

지은이 • 오세란
펴낸이 • 강일우
책임편집 • 정편집실
조판 • 신혜원
펴낸곳 • (주)창비
등록 • 1986년 8월 5일 제85호
주소 • 10881 경기도 파주시 회동길 184
전화 • 031-955-3333
팩시밀리 • 영업 031-955-3399 편집 031-955-3400
홈페이지 • www.changbi.com
전자우편 • ya@changbi.com